Tina Frennstedt
COLD CASE – Das verschwundene Mädchen

Weitere Titel der Autorin:

COLD CASE – Das gezeichnete Opfer

Titel auch als Hörbuch erhältlich

Tina Frennstedt arbeitet als Kriminalreporterin beim schwedischen Fernsehen und ist – wie ihre Protagonistin im vorliegenden Buch – Expertin für Kriminalfälle, die nie aufgeklärt wurden. Ihre Reportagen über schwedische Kriminalfälle sind preisgekrönt und bilden den realitätsnahen Hintergrund für COLD CASE – DAS VERSCHWUNDENE MÄDCHEN. Dieser erfolgreiche Start der Krimireihe wurde als »Bestes schwedisches Krimidebüt 2019« ausgezeichnet. Auch der Nachfolgeband COLD CASE – DAS GEZEICHNETE OPFER war ein großer Erfolg und stand auf der SPIEGEL-Bestsellerliste.
Tina Frennstedt lebt und arbeitet in Stockholm. Aufgewachsen ist sie jedoch in Österlen, Südschweden, wo auch diese Krimireihe verortet ist.

TINA FRENNSTEDT

COLD CASE

DAS VERSCHWUNDENE MÄDCHEN

KRIMINALROMAN

Übersetzung aus dem Schwedischen von
Hanna Granz

lübbe

Dieser Titel ist auch als Hörbuch und E-Book erschienen

Vollständige Taschenbuchausgabe
der bei Bastei Lübbe erschienenen Paperbackausgabe

Copyright © 2019 by Tina Frennstedt
Titel der schwedischen Originalausgabe: »Cold Case. Försvunnen«
Originalverlag: Bokförlaget Forum, Stockholm, Sweden
Published in German language
By arrangement with Bonnier Rights, Stockholm, Sweden

Für die deutschsprachige Ausgabe:
Copyright © 2021 by Bastei Lübbe AG, Köln
Texterdaktion, Anja Lademacher, Bonn
Titelmotive: © shutterstock.com: Amy Johansson | caesart | LeicherOliver |
LDDesign | roberaten | Rashad Ashur | Alex Gontar
Umschlaggestaltung: Kirstin Osenau
Satz: hanseatenSatz-bremen, Bremen
Gesetzt aus der Adobe Garamond Pro
Druck und Verarbeitung: GGP Media GmbH, Pößneck
Printed in Germany
ISBN 978-3-404-18403-3

2 4 5 3 1

Sie finden uns im Internet unter: luebbe.de
Bitte beachten Sie auch: lesejury.de

Für Alison

Mittwoch
7. Februar 2018

Orkantief Rut fegte über die Küste Schonens. Es brauste in den Kiefern vor dem Haus und knallte, wenn Äste herunterkrachten.

Linnea Håkansson knipste die Lampe im Schlafzimmer an und trat ans Fenster. Draußen flatterte die Leine gegen den Fahnenmast. Im Sommer, ihrem ersten hier im Haus, war ein Blitz in eine Kiefer eingeschlagen, sodass sie in der Mitte auseinandergebrochen und auf das Nachbarhaus gestürzt war. Seitdem hatte Linnea ein angespanntes Verhältnis zu den hohen Nadelbäumen. Sie zog das Rollo herunter, verließ das Schlafzimmer und ging die wenigen Stufen zur Küche hinauf, wo sie den Wasserkocher füllte.

Linnea stellte sich vor, wie es jetzt wohl unten am Meer aussah, wie die Wellen dort hereinbrachen und den Sand mit sich rissen.

Als der Tee fertig war, kauerte sie sich auf dem grauen Sofa im Wohnzimmer zusammen, schaltete den Fernseher ein und wickelte sich in eine Wolldecke. Ein heftiger Windstoß ließ das Haus erzittern.

In den Nachrichten wurden Bilder eines Baukrans mitten in Malmö gezeigt, der unkontrolliert im Wind schwankte. Alle Häuser in der Umgebung waren evakuiert worden.

Ein Kratzen war zu hören, und sie wandte den Blick vom Fernseher ab, schaute zum Fenster. Etwas schabte an der Scheibe. Das Rollo bewegte sich im Luftzug, und die Lampe flackerte. Linnea stand auf, ging durch die Küche und in den Flur. Ließ den Blick über die Haustür gleiten.

Bald würde Mats anrufen, das wusste sie. Er war heute auf Dienstreise. Sie selbst war beruflich in Umeå gewesen und deshalb erst so spät nach Hause gekommen. Die Kinder schliefen bei den Großeltern.

Als sie hierhin umgezogen waren, hatte sie sich nicht vorstellen können, wie es ist, im Erdgeschoss zu wohnen. Von der Straße aus konnte man durch die großen Fenster hereinsehen, vor allem im Winter. Man kam sich vor wie in einem Aquarium umgeben von Kiefern.

Aus dem Augenwinkel sah sie die silberne Küchenuhr über der Tür. Es war fast neun. Sie ging ins Bad, um sich bettfertig zu machen. Mit einem Haarreif schob sie sich die dunklen Haare aus der Stirn, um sich das Gesicht einzucremen.

Plötzlich knallte es laut. Sie hielt sich am Waschbeckenrand fest.

Die Kiefer. Jetzt war es passiert, jetzt war sie auf ihr Haus gestürzt. Linnea drehte den Wasserhahn zu und ging in die Küche. Wieder flackerte die Lampe, und sie warf einen Blick zur Decke. War die Kiefer etwa doch ins Haus gestürzt? Nein, alles sah aus wie immer. Nur das Rauschen des Waldes war zu hören.

Sie trat in den Flur, etwas klapperte im Windfang. Sie legte das Ohr an die Tür, öffnete sie und tastete nach dem Lichtschalter. Sofort schlug ihr die Kälte entgegen. Das kleine Fenster stand sperrangelweit offen. Erleichtert atmete sie auf. Die schwankende Straßenlaterne draußen warf ihr unruhiges Licht herein. Linnea schloss das Fenster und hakte es fest. Die Außenbeleuchtung ließ sie an. Dann tippte sie den Code für die Alarmanlage ein.

Als sie zum Schlafzimmer ging, kratzte wieder etwas am Wohnzimmerfenster. Ob sie sich je daran gewöhnen würde, so zu leben? Entschlossen öffnete sie das Rollo, drückte ihre Stirn an die kalte Scheibe und schaute hinaus. In der Nähe des kleinen Nebengebäudes im Innenhof bewegte sich etwas. Sie sah genauer hin, aber da war der Schatten auch schon verschwunden. Ein Reh, versuchte sie sich einzureden, es war bestimmt nur ein Reh. Und jetzt würde sie nicht weiter über diesen verdammten Sturm nachdenken. Als sie im Schlafzimmer war, schloss sie die Tür hinter sich, um alle Geräusche auszusperren. Dann schlug sie den Bettüberwurf zur Seite.

Ihr Handy klingelte. Sie legte sich quer über das Bett, um es zu erreichen.

Mats merkte sofort, dass sie gestresst war.

»Es ist nur wegen des Sturms. Alles heult und klappert … Und als ich mich gerade hinlegen wollte, ging plötzlich das Fenster im Windfang auf.«

»Ich weiß«, sagte Mats. »In den Nachrichten warnen sie davor, das Haus zu verlassen. Ich kümmere mich morgen um das Fenster.«

Sie redeten noch eine Weile, und Linnea spürte, wie sie sich allmählich beruhigte. Nachdem sie aufgelegt hatten, nahm sie ihr Buch, um noch ein bisschen zu lesen. Plötzlich flackerte das Licht, dann wurde es dunkel.

Das hatte gerade noch gefehlt.

Sie seufzte laut, stand auf, schaltete die Taschenlampe ihres Handys ein und trat ans Fenster. Die Außenbeleuchtung der Nachbarn war ebenfalls erloschen. Sie nahm Streichhölzer aus der Nachttischschublade, zündete den silbernen Kerzenständer im Fenster an und kroch wieder unter die Decke. Die Kerzen flackerten.

Sie rief Mats an.

»Jetzt ist auch noch der Strom ausgefallen. Zum Glück habe ich mein Handy vorher aufgeladen.«

Sie wünschte sich, die Kinder wären zu Hause. Unlogisch,

aber sie fühlte sich sicherer und entspannter, wenn sie da waren. Mats hatte sie beruhigt und gemeint, dass der Strom bestimmt bald wieder da sein werde.

Linnea beschloss, daran zu denken, wie schön es sein würde, wenn der Sturm gegen Morgen abflaute. Sie stand noch einmal auf, blies die Kerzen aus und kroch dann in ihr Bett zurück.

Als sie das schwache Knarren zum ersten Mal hörte, drehte sie sich nur auf die andere Seite. Sie fühlte sich wie erschlagen, hatte schlecht geschlafen.

Beim zweiten Mal war sie hellwach.

Sie versuchte, die Nachttischlampe anzuknipsen, aber anscheinend gab es immer noch keinen Strom. Das grelle Licht des Handydisplays blendete sie, es war halb sechs. Sie behielt das Handy in der Hand, legte es sich auf den Bauch. Draußen riss und zerrte der Sturm immer noch an den Kiefern.

Wieder knarrte es. Und noch einmal, jetzt lauter, im Wohnzimmer. Langsam setzte Linnea sich auf.

Sie musste an das Fenster denken, das vom Sturm aufgeweht worden war. Vielleicht war das wieder passiert, vielleicht war diesmal eine Katze durchs Fenster hineingeschlüpft? Aber eine Katze trug keine Schuhe.

Sie und Mats waren schon oft von solchen Knarren im Haus aufgewacht. Aber dann hatten sie herausgefunden, dass es am Parkett lag, es arbeitete, wenn es auf Holzboden verlegt war. Besonders wenn ein Fenster offen stand und gleichzeitig die Heizung an war, konnten die Temperaturschwankungen bewirken, dass es sich so anhörte, als bewege sich jemand auf dem Parkett.

Sie hatten darüber gelacht, aber heute war Linnea überhaupt nicht zum Lachen zumute. Sie war hellwach und fühlte sich gleichzeitig erschöpft. In ihrem Kopf rauschte es, und ihr

Herz schlug so heftig, dass es wehtat. Sie rieb sich das Gesicht und schlug sich auf die Wangen, um wach zu werden.

Als die Schritte sich der Tür näherten, zögerte sie keinen Moment. Sie beugte sich herab und griff nach dem Baseballschläger, der unter dem Bett lag, kroch langsam ans Fußende, steckte sich das Smartphone mit der Taschenlampe in den Bund ihrer Unterhose und wartete. Wieder Schritte, jetzt noch deutlicher.

Die Wut vom Vorabend kehrte zurück. Wenn das ein Dieb war, was hatte er dann in ihrem Schlafzimmer zu suchen?

Lautlos richtete sie sich auf, trat vorsichtig hinter die Tür und hielt sich bereit. Es sah beinahe unwirklich aus, wie sich die Klinke langsam nach unten bewegte. Sie hob den Baseballschläger, ihre Hand war erstaunlich ruhig. Dann öffnete sich die Tür. In der Dunkelheit zeichnete sich das Profil eines maskierten Mannes ab. Als er einen Schritt auf das Bett zumachte, schrie Linnea laut auf und schlug ihm gleichzeitig, so fest sie konnte, auf den Kopf.

Der Schlag traf ihn seitlich. Er konnte nicht ausweichen und ging zu Boden. Im Fallen riss er das Wasserglas vom Nachttisch. Er hielt sich den Kopf, und etwas fiel ihm aus der Hand. Auf dem Boden blinkte ein Messer auf. Linnea beugte sich vor, nahm den Geruch von Zigarettenrauch wahr. Rasch machte sie einen Schritt nach vorn und schlug ihm mit dem Baseballschläger auf den Rücken.

Sie hörte, wie er etwas zu sagen versuchte, und schlug noch einmal zu. Dabei fiel ihr das Handy herunter, und das Licht des Displays erleuchtete Teile seines Gesichts im Profil. Sie sah, dass er gar keine Maske trug, sondern sich lediglich das Gesicht schwarz angemalt hatte. Und aus diesem tiefen Schwarz starrten zwei Augäpfel sie direkt an.

Der Mann bekam ihren Fuß zu fassen, doch sie riss sich los und es gelang ihr, durch Wohnzimmer und Küche in den

Flur zu entkommen. Krampfhaft hielt sie den Baseballschläger umklammert. Hinter sich hörte sie ein schleppendes Geräusch. Mit einer raschen Bewegung öffnete sie die Haustür. Die Alarmanlage heulte los.

Linnea konzentrierte sich auf das Nachbarhaus. Dort brannte kein Licht. Barfuß sprang sie über den Zaun, rannte zur Haustür des älteren Ehepaars und begann verzweifelt an die Tür zu hämmern.

»Hilfe, helfen Sie mir!«, schrie sie.

Ihre Rufe verhallten im Sturm, es schien niemand zu Hause zu sein. Die Tür ihres eigenen Hauses schlug im Wind, der Alarm war ausgegangen. Sie wagte es nicht, stehen zu bleiben, sondern rannte durch den Garten davon. Als sie über den Zaun setzte, sah sie den Mann in der Türöffnung. Sie rannte die Straße hinunter, warf immer wieder kurze Blicke über die Schulter. Um sie herum war es überall dunkel. Der Wind kam von allen Seiten. Mit dem Baseballschläger in der Hand rannte sie den Fußweg entlang, der durch den Kiefernwald führte.

Unten am Meer gab es weitere Häuser, dorthin wollte sie. Ihr Nachthemd flatterte im Wind. Zweige zerkratzten ihr die nackten Beine und Füße, und sie stolperte über herabgefallene Äste.

Nach einer Weile blieb sie stehen, um Luft zu holen, ihre Fußsohlen brannten. Ein Hausdach glänzte im Mondlicht. Höchstens noch hundert Meter. Sie blickte sich nach allen Seiten um, wusste, dass er irgendwo dort war und sie verfolgte. Weiter, sie musste weiter.

»Hilfe, bitte helfen Sie mir!«, schrie sie erneut, als sie das Haus endlich erreichte.

Aber ihre Stimme trug nicht, war nur ein heiseres Keuchen. Sie drehte sich um und rannte weiter, Richtung Strand. Ein mächtiger Ast lag quer über dem Weg, und sie kroch auf allen vieren darunter hindurch. Mit schlammverklebten Händen stand sie auf, sah die Dächer der Strandhütten zwischen den Bäumen auftauchen.

Doch der offene Strand, der wie die Rettung erschien, war auch eine Sackgasse.

Sie erklomm den ersten Strandwall, spürte die Holzplanken unter den Füßen und verkroch sich hinter einer der Strandhütten. Jetzt war sie im Vorteil, sie wusste, wie leicht man sich hier verirren konnte. Sie machte ein paar vorsichtige Schritte auf dem gefrorenen Sand. Das Meer brüllte, das hohe Schilf, das hier wuchs, schnitt ihr in die Haut. Sie konnte nicht weiter. Wenn sie sich eine Weile versteckte, gab er vielleicht auf. Dann konnte sie an der Schilfkante entlang weitergehen und den nächsten Abzweig in den Wald nehmen, wo noch andere Häuser waren.

Also kauerte sie sich auf einer der kleinen Holzveranden zusammen, zog die Beine an den Körper und klemmte sich den Baseballschläger zwischen die aufgeschürften Knie. Presste die Fingerknöchel der einen Hand gegen den Mund und schlang den anderen Arm um ihre zitternden Beine. Die Wolken flogen über den Himmel, und der Mond spiegelte sich auf der Meeresoberfläche.

Schweiß lief ihr den Rücken hinunter, eiskalt und gleichzeitig warm.

Plötzlich breitete sich Müdigkeit in ihr aus. Es muss bald sieben Uhr sein, dachte sie und schickte ein Stoßgebet zum Himmel, dass bald ein Jogger oder Hundebesitzer auftauchen möge.

Linnea legte den Kopf auf die Knie, biss sich in den Oberschenkel, als sie seinen keuchenden Atem hörte.

Sie blickte auf.

Zwei weiße Punkte starrten sie an.

Die Sicherheitsgurtlampen an der Decke schalteten sich aus, der Flieger nach Sturup hatte seine Flughöhe erreicht. Er war gerade einmal zur Hälfte besetzt.

Polizeikommissarin Therese Hjalmarsson, oder Tess, wie alle außer ihrer Mutter sie nannten, kippte die Lehne ihres Sitzes nach hinten. Die Nachricht vom Mord an Linnea Håkansson in Höllviken hatte sie um kurz vor acht am Morgen erreicht. Das Treffen des Stockholmer Cold-Case-Teams war daraufhin abgebrochen worden, und Tess hatte den ersten Flug zurück nach Malmö genommen.

Eine Frau, die mit ihrem Hund draußen gewesen war, hatte den leblosen Körper bei den Strandhütten entdeckt. Als die Details bekannt wurden, dauerte es nicht lange, bis bei der Polizei in Malmö die Alarmglocken schrillten. Der Überfall wies beängstigende Parallelen zur Vorgehensweise eines Mörders und Vergewaltigers auf, den die dänische Polizei über zehn Jahre lang vergeblich gesucht hatte. Hatte er, nach einer Cooling-Off-Periode von mehreren Jahren, wieder angefangen zu morden, diesmal auf der schwedischen Seite des Öresunds? Als wäre die Kriminalitätsrate in Malmö in den letzten zwölf Monaten nicht ohnehin schon rasant angestiegen.

Tess blickte auf die Tragfläche hinaus. Die Sonne blendete sie, und sie zog das Rollo herunter. Immerzu musste sie an Linnea Håkansson denken, die am frühen Morgen, nur mit einem Nachthemd bekleidet, zum Strand hinuntergejagt worden war.

Die Malmöer Polizei brauchte jetzt alle verfügbaren Einsatzkräfte. Das bedeutete jedoch auch, dass sie und ihr Cold-Case-Team ihre eigentliche Arbeit unterbrechen mussten. Dabei waren sie und die anderen in ihrem kleinen Team eigentlich fest entschlossen gewesen, endlich ein paar älteren Fällen auf den Grund zu gehen, die seit Jahren liegen geblieben waren. Auch die Führungsetage hatte ihre Zustimmung gegeben. Und jetzt kam ihnen ein mutmaßlicher Serientäter dazwischen.

Das Flugzeug ruckte in dem heftigen Wind. Tess öffnete den Sichtschutz wieder und schaute auf die bewegten Wolkenmassen. Das Orkantief Rut war von Südwesten gekommen und nahm über Schonen noch an Stärke zu. In den Nachrichten wurde es als einer der schwersten Stürme in den letzten fünfzig Jahren bezeichnet, schlimmer noch als Gudrun und Per.

Tess spürte die Druckveränderung in den Ohren und gähnte. Das Motorengeräusch verstummte, sie wurden langsamer, und ein paar Sekunden schienen sie in der Luft stillzustehen. Reflexmäßig griff Tess nach den Armlehnen. Sie litt eigentlich nicht unter Flugangst. Im Gegenteil, sie liebte den Blick, den man aus dieser Höhe hatte, und wenn es ging, nahm sie immer einen Fensterplatz. Aber heute war es wirklich heftig.

Ein weiteres Luftloch löste ein allgemeines Raunen aus, und die Frau hinter Tess lachte nervös. Ihr kleiner Sohn rief begeistert: »Achterbahn, Mama, wir fahren Achterbahn!«

Eine Stewardess kam vorbei.

»Kann ich Ihnen irgendetwas anbieten?«

»Wenn es geht, ein bisschen weniger Turbulenzen.«

Tess lächelte. Solange das Personal noch durch den Flieger lief, konnte es nicht allzu schlimm sein. Auf dem Namensschild der Frau stand »Anette«. Sie ging neben dem Sitz ein wenig in die Hocke und wendete sich Tess zu.

»Ach, wissen Sie, Turbulenzen sind gar nicht so gefährlich. Und das hier ist völlig harmlos! Letztes Jahr bin ich nach Costa Rica geflogen. Das waren Turbulenzen, und die habe ich auch überlebt!«

Sie zwinkerte Tess zu.

In einer Viertelstunde würden sie landen. Das Flugzeug wackelte noch ein paarmal. Inzwischen war es mucksmäuschenstill in der Kabine.

An der Spitze der Tragfläche blinkte ein Lämpchen auf, und von ferne sah Tess ein anderes Flugzeug, das in entgegengesetzter Richtung unterwegs war. Durch die Wolken erblickte sie einen See. Das Flugzeug ruckelte erneut, wie ein alter Fahrstuhl, der stecken geblieben war.

Tess drückte auf den Knopf, um die Lehne wieder aufrecht zu stellen, sie fühlte sich steif und wünschte, sie hätte es morgens noch geschafft, ins Fitnessstudio zu gehen.

Das Brummen der Motoren wurde schwächer, und die Stimme der Flugbegleiterin erfüllte den Raum. »Meine Damen und Herren, wir befinden uns im Anflug auf Sturup und Malmö Airport. Die Besatzung und der Kapitän …« Der Motor wurde lauter, und das Flugzeug setzte zu einem steilen Anflug über die gefrorenen Wiesen, Seen und Alleen Schonens an.

Erst müssen wir noch an der wütenden Rut vorbei, dachte Tess. Der Pilot drehte bei und flog die ebene Landschaft rund um Sturup an.

Heftige Windböen führten zu weiteren Turbulenzen, während sie durch die erste dünne Wolkenschicht sanken. Dann war der Boden zu sehen. Die starke Bremsung erweckte den Anschein, als würden sie stürzen. Das Fahrgestell wurde ausgefahren, und das Flugzeug machte einen Satz.

Tess konnte die Südspitze Schonens erkennen, bis hinunter nach Smygehuk. Der allerletzte Zipfel Schwedens verschwand in einer kompakten grauen Masse. Hinter sich hörte sie ein Baby schreien, wahrscheinlich reagierte es auf die Druckveränderung. Die Reisenden, vor allem Geschäftsleute, bereiteten sich darauf vor, das Flugzeug möglichst schnell zu verlassen. Ein weiteres Baby begann zu weinen.

Die Plastikflasche in der Tasche des Sitzes vor ihr war durch den Druck verformt worden. Tess gähnte noch einmal, um die Ohren freizubekommen. Im heftigen Wind ruckelte das Flugzeug erneut. Noch immer waren es mehrere Hundert Meter bis zum Boden.

Tess fuhr sich mit der Hand durch das blondierte Haar. Der Wind bewegte das Flugzeug hin und her, als befänden sie sich in einer Art Schaukel. Sie sah, wie sie sich dem Boden näherten, und zählte rückwärts.

Fünf. Vier. Drei. Zwei. Eins.

Das Fahrgestell setzte auf, das Flugzeug hoppelte dreimal, und eines der Handgepäckfächer sprang auf. Tess stemmte sich mit einer Hand gegen den Vordersitz. Der Gurt fing sie auf, und sie hoffte, der Pilot würde die Maschine vor dem Ende der Landebahn zum Stehen bekommen. Selbst die Geschäftsleute auf der anderen Seite des Ganges wirkten erleichtert, als das Flugzeug schließlich zum Stehen kam und die Sicherheitsgurtlampen erloschen.

Tess schaltete ihr Handy ein. Fünf neue Nachrichten. Eine von ihrer Kollegin Marie Erling: *Warte draußen auf dem Parkplatz*, und vier von Eleni. Sie fühlte sich ganz matt, als sie sie sah. Eleni hatte sich selbst den Namen Agapimo gegeben, griechisch für *mein Liebling*. Tess las die Nachrichten schnell durch.

Schwaches graues Nachmittagslicht fiel durch das Fenster, als Tess das Flugzeug verließ. Tess stieg als Erste aus. Sie schüttelte die zusammengeknautschte Flasche und lächelte die Flugbegleiterin Anette schief an.

»Genauso geht es meinen Ohren.«

»Ja«, sagte sie. »Es war eine ziemlich heftige Landung heute. Aber wir können froh sein, dass wir überhaupt landen konnten, bald wird der Flughafen wegen des Sturms geschlossen.«

Tess zog sich die schwarze Lederjacke über, ging die Gangway hinunter und auf der Landebahn um die Tragfläche herum. Kleine harte Regentropfen schlugen ihr ins Gesicht, und sie hielt sich eine Zeitung über den Kopf, um sich zu schützen, während sie die Treppe zum Terminal hinaufging.

»Ah, Hjalmarsson.« Polizeikommissarin Marie Erling riss den Blick von ihrem Handy los.

Tess zog die Autotür kräftig zu, der Wind leistete heftigen Widerstand.

Marie Erling fuhr vom Parkplatz herunter. Auf dem Boden des Autos lagen Karamellbonbonpapiere und eine Plastikbox mit den Resten eines Krabbensandwichs. Mit den Zähnen zerrte sie ein weiteres Bonbon aus dem Papier.

»Was hatte sie überhaupt in der Hütte am Strand zu suchen? Noch dazu bei einem Sturm, wie wir ihn seit fünfzig Jahren nicht mehr hatten!«

»Muss verfolgt worden sein. Furchtbarer Anblick laut der Frau, die sie gefunden hat, vergewaltigt und mit ihrem eigenen Baseballschläger erschlagen.«

»Und ihr Mann war …«

»… noch auf einer Konferenz in Sundsvall. Er hat bestätigt, dass es sich bei dem Baseballschläger um ihren eigenen handelt. Er hat gesagt, dass sie extreme Angst vor der Dunkelheit hatte und ihn immer unter dem Bett versteckte, wenn sie allein zu Hause war.«

Marie seufzte.

»Was für ein Albtraum!«

»Die Männer vom Sicherheitsdienst, die wegen des Alarms von der Firma rausgeschickt wurden, waren um kurz nach sechs da und fanden das Haus leer vor. Der Strom war ausgefallen. Und laut der ersten Streife vor Ort gab es Anzeichen von Gewalt und einer Auseinandersetzung im Schlafzimmer.«

»Und warum glaubt man, es sei der Däne gewesen, dieser Valby-Mann? Es ist doch Jahre her, seit der aktiv war.«

»Einer der dänischen Ermittler, der an dem Fall gearbeitet hat, hat angerufen, um uns zu warnen. Er hat sofort die Parallelen gesehen: eine Frau mittleren Alters, in ihrem eigenen Haus überfallen, Wohngegend mit Einfamilienhäusern, früher Morgen, kurz vor sechs. Er hat keine Spuren hinterlassen. Genau wie der Valby-Mann in Kopenhagen. Damals endeten zwei Vergewaltigungen ebenfalls mit einem Mord.«

Marie steckte sich ein weiteres Bonbon in den Mund.

»Mann, werden die jetzt alle am Rad drehen!«

Tess sah sie von der Seite an.

»Kriegst du keinen Zuckerflash?«

»Scheiß Sodbrennen – ich muss die ganze Zeit essen«, sagte Marie und bog auf die E65 Richtung Malmö ab. »Wenn wir Glück haben, läuft der Verkehr wieder, auf dem Hinweg war eine Fahrbahn gesperrt, weil ein Lkw seine Plane und Teile der Fracht verloren hatte.«

Marie fluchte über die schwache Beschleunigung des Dienstwagens, scrollte mit einer Hand durch die Playlist ihres Smartphones und schaltete das Radio ein.

Tess schüttelte den Kopf. Nach dem Zwischenstopp in Höllviken würde sie das Steuer übernehmen.

Aus den Lautsprechern dröhnte ein Song aus Maries Spotify-Playlist. Ein gellendes Gitarrensolo erfüllte das Auto und weckte Assoziationen an Nietengürtel und V-förmige Gitarren.

»*Krokus* von 1980. Die am meisten unterschätzte Band

aller Zeiten«, sagte Marie und trommelte mit den Fingern auf dem Lenkrad.

Tess versuchte, das Gebrüll des Sängers auszublenden. Es war warm im Auto, und unter Maries T-Shirt-Ärmel guckte ein gehörntes Monster mit feurigen Augen hervor, und der Schriftzug »Motörhead: Death or Glory« war zu sehen.

Dagegen war Tess' Tätowierung direkt unterhalb des Nackens völlig harmlos: ein keltisches Liebessymbol mit dem Buchstaben A. Rückblickend jedoch etwas unbedacht. Vor einigen Jahren hatte sie es sich zusammen mit Angela in Kopenhagen stechen lassen. Angela hatte dasselbe, nur mit einem T. Wenn sie es denn noch hatte.

Schweigend fuhren sie weiter, und Tess betrachtete die flache Landschaft um Malmö. Eine frisch gestutzte Krüppelweidenallee führte zu einem größeren Landgut. Das Gras lag umgeweht auf den Feldern, und Büsche und Bäume bogen sich im heftigen Wind. Sie musste an ihre Mutter denken, ihr neues Haus befand sich hier ganz in der Nähe, sie hatte sie aber seit der Scheidung noch nicht besucht.

Eine dunkelblaue Wolkensäule baute sich vor dem Auto auf, und ein Hagelschauer prasselte auf die Windschutzscheibe.

Ein paar Minuten später war alles vorbei, und sie rollten in Höllviken ein. An einem Rondell lief plötzlich ein Mann direkt vor ihnen auf die Straße.

Marie machte eine Vollbremsung, stieß die Autotür auf und sprang heraus.

»Sehen Sie hier irgendwo einen Fußgängerüberweg?«

Der Mann zuckte erschrocken zusammen.

»Oder sind ich und mein Auto etwa unsichtbar? He?«

Der Mann hob abwehrend die Hände.

»Nein, Entschuldigung.«

Tess öffnete die Beifahrertür.

»Lass gut sein«, sagte sie und schüttelte den Kopf.

Große Teile des Strandes in Höllviken waren abgesperrt. Kriminaltechniker untersuchten die Hütte und den Weg.

Wegen des nächtlichen Sturms sah das kleine Wäldchen aus wie ein Schlachtfeld, heruntergefallene Äste lagen überall herum. Die nach wie vor heftigen Böen erschwerten die Arbeit und die Spurensuche erheblich. Tess hielt sich am Verandageländer der türkisfarbenen Hütte mit dem weißen Giebel fest. Sie stellte sich vor, wie die Frau sich vor der rot gestrichenen Tür zusammengekauert und vor dem Mann Schutz gesucht hatte. Die Panik, die sie verspürt haben musste, die verzweifelte Hoffnung, ihn vielleicht abgeschüttelt zu haben. Auf den Holzplanken waren noch Blutflecken zu sehen.

Ihr Handy klingelte. Es war Polizeimeister Adam Wikman, der neu in der Abteilung Gewaltverbrechen war und auf eine Festanstellung hoffte.

»Wissen wir mehr über die Frau?«, fragte Tess.

»Linnea Håkansson, siebenunddreißig Jahre alt. Arbeitete als Marketingchefin im Clarion Hotel Malmö. Geordnete Verhältnisse, zwei Kinder, die bei den Großeltern übernachtet haben, seit vielen Jahren verheiratet. War gestern tagsüber dienstlich im Clarion in Umeå. Den letzten Kontakt über Handy hatte sie zu ihrem Mann Mats. Keine Einträge im Strafregister, keine möglichen Feinde. Sportlich, eins sechsundsiebzig groß. Kann ich sonst noch mit etwas dienlich sein, Chefin?«

Tess schwieg, dann begriff sie, dass er sie gemeint hatte.

»Nein, danke, das genügt erst mal.«

»Schrecklicher Anblick«, sagte Adam. »Ich war vor einer Stunde dort.«

»Tatsächlich?«

»Wir waren sowieso gerade unterwegs, und ich wollte den Tatort mit eigenen Augen sehen. Das ist wichtig, wenn man an einem neuen Fall arbeitet.«

Tess bedankte sich noch einmal bei dem beflissenen Kollegen und legte auf. Dann ließ sie den Blick erneut über die Hütte wandern.

Das alles war erst ein paar Stunden her.

Das Klinkenputzen in der Nachbarschaft hatte bisher noch zu keinen weiteren Erkenntnissen geführt. Jemand meinte, eine Frauenstimme gehört zu haben, aber bei dem Wetter sei es unmöglich zu sagen gewesen, woher der Schrei gekommen sei. Als er aus dem Fenster geschaut habe, sei alles wie immer gewesen.

Linnea musste zu Hause überrascht worden sein. Hatte er gewusst, dass sie alleine war? Was wäre passiert, wenn die Kinder da gewesen wären?

Sofort erschien Tims Gesicht vor ihrem geistigen Auge. Sie schob die Gedanken an ihn schnell beiseite. Nicht jetzt.

Sie drehte sich um und schaute auf das Meer hinaus. Alles sprach dafür, dass Linnea zum Strand geflohen war und der Mann sie verfolgt hatte. Was hätte sie selbst getan, wenn sie an einem einsamen stürmischen Morgen hierher gejagt worden wäre? Das Wasser lag wie eine dunkle, undurchdringliche Wand vor dem Strand und den Hütten. Sie dachte an die Katastrophenseminare, die sie besucht hatte. Wenn man als Polizistin unbewaffnet oder der Gegner zu stark war, sollte man zunächst versuchen zu fliehen. Als zweites ein Versteck suchen. Zum Angriff überzugehen, war immer der letzte Ausweg.

Linnea war anscheinend gezwungen gewesen, den letzten Schritt zuerst zu tun. Dann war sie geflohen und hatte zum Schluss wahrscheinlich noch versucht, sich zu verstecken.

Tess schloss die Augen. Sie sah das Foto von Linnea vor sich, sah die dunkelhaarige Frau durch den Wald rennen. Sie hatte keine Schuhe getragen, musste barfuß durch Kälte und Sturm gelaufen sein.

Vielleicht hatte sie, bei den Strandhütten angelangt, einen

kurzen Moment Hoffnung geschöpft. Dann war der Mann aufgetaucht, und sie hatte nichts mehr tun können, um sich zu schützen.

Als man sie fand, lag der Baseballschläger noch neben der Hütte. Der Täter hatte sich nicht die Mühe gemacht, ihn verschwinden zu lassen. Jetzt wurde er technisch untersucht, aber Tess glaubte nicht, dass es irgendwelche Spuren gab.

Vor der Hütte entdeckte Tess die Reste eines Feuers.

»Alt oder neu?«, fragte sie den Techniker und zeigte auf die Stelle.

»Mindestens ein paar Tage alt«, sagte er. »In einer der Hütten da hinten hat es Vandalismus gegeben, und die Planken, die dafür benutzt worden sind, wurden hinterher zum Feuermachen verwendet. Ein teures Vergnügen, hier in der Gegend kostet so eine Hütte über zehntausend.«

»Wie lange hat sie hier gelegen?«

»Die Leiche war ziemlich ausgekühlt, aber so über den Daumen höchstens eine halbe Stunde. Die Spaziergängerin mit dem Hund hat sie gegen halb acht gefunden.«

Sie schwiegen. Im Hintergrund drang das Bellen der Spürhunde durch das Branden des Meers.

»Die erste Blutfleckenanalyse dautet darauf hin, dass der Überfall hier auf der Veranda stattgefunden hat, sie hat versucht, sich zu verteidigen, wahrscheinlich aber hier schon einen Schlag abbekommen. Dann hat er sie auf den Strand geschleppt und vergewaltigt.«

Der Techniker deutete auf die Schleifspuren im Sand.

»Am Baseballschläger sind deutliche Blutspuren zu erkennen. Er hat ihr auf den Kopf geschlagen und sie anschließend wieder auf der Veranda abgelegt, wo sie gefunden wurde.«

»Todesursache?«

»Sie hat deutliche Würgemale am Hals.«

»Irgendwelche Fußabdrücke?«

»Auf diesem Untergrund schwer zu erkennen, zu viel loser Sand. Aber wir haben einen Gipsabdruck von einem halbwegs guten Abdruck eingeschickt. Mal sehen, was das ergibt.«

»Hatte sie ihr Handy dabei?«

»Nein, und im Haus gibt es kein Festnetz. Ihr Handy ist ausgeschaltet und verschwunden.«

»Wem gehört die Hütte?«

»Einer Familie Sandberg. Wohnt in einem der Häuser weiter oben, ist aber gerade für zwei Wochen nach Thailand gereist.«

Tess bedankte sich. Es hatte wieder angefangen zu regnen. Die Wellen schlugen hoch und donnerten auf den Strand. Der Sandstreifen war hier nur wenige Meter breit und von bunten Badehütten gesäumt. Tess wusste, wie begehrt sie waren. Falsterbo-Skanör ragte wie eine Spitze ins Meer, und Näset, wie man die Gegend hier nannte, war ein Sommerparadies der Reichen und Schönen. Die Probleme, mit denen man hier zu kämpfen hatte, verbarg man sorgfältig hinter den eigenen vier Wänden.

Tess drehte sich um und sah Marie vom Wald heraufkommen.

»Die Hunde haben die Strecke markiert, die sie gelaufen ist«, sagte ihre Kollegin außer Atem. »Da drinnen sieht es aus wie in einem Katastrophengebiet, alles ist voller Äste und umgestürzter Bäume.«

Sie verließen den Strand und gingen zum Auto.

Polizeimeister Adam Wikman rief erneut an.

»Wir haben einen ersten Bericht von der Rechtsmedizin hereinbekommen, sie glauben, dass er hinterher ihren Unterleib gewaschen hat.«

»Gewaschen? Wieso das denn?«, fragte Tess.

»Keine Ahnung. Aber laut der dänischen Kriminalpolizei

gab es bei den früheren Opfern des Valby-Mannes auch Anzeichen dafür. Sehen wir uns in der Dienststelle, Chefin?«

Tess grinste Marie an und zeigte auf ihr Handy.

»Ja, die Chefin ist unterwegs.«

Marie hob die Augenbraue, als Tess auflegte.

»Adam Wikman? Gott, der soll sich mal einkriegen!«

»Die Valium-Küste«, sagte Ola Makkonen und grinste.

Tess Hjalmarsson und Polizeihauptkommissar Per Jöns sahen ihn fragend an.

»Das Sozialbüro in Vellinge nennt die Gegend so«, sagte Makkonen und hob die Stimme. Das Polizeigebäude in Malmö wurde gerade renoviert, und lautes Bohrmaschinengeräusch erfüllte den Flur vor dem Büro.

»Die Frauen in Höllviken knabbern Valiumtabletten, um mit der Langeweile klarzukommen.«

Jöns kratzte sich die rötlichen Bartstoppeln.

»In Linnea Håkanssons Haus haben wir so was allerdings nicht gefunden«, sagte er.

»Nein, sie war ja gerade erst dorthin gezogen, wahrscheinlich hat sie noch keine Zeit gehabt, sich ein Rezept ausstellen zu lassen«, sagte Makkonen.

Er sah aus, als käme er gerade aus dem Fitnessstudio. Das dicke blonde Haar war sorgfältig gescheitelt.

»Ich habe selbst ein paar Jahre dort gewohnt«, erzählte er weiter. »An den Freitagnachmittagen war im ICA-Markt Toppen immer die Hölle los, und das Personal war ständig damit beschäftigt, die Waren wieder an ihren Platz zu legen. Und wisst ihr, warum?«

Tess und Jöns sahen einander an.

»Tja, die ganzen Tussis schlenderten herum, legten Hummer, Krabben und teures Fleisch in ihre Wagen, um sich gegenseitig zu beeindrucken. Und dann ließen sie es auf dem Weg zur Kasse einfach irgendwo liegen. Es geht hier immer nur darum, die Fassade zu wahren.«

Tess Hjalmarsson rutschte unruhig auf dem Stuhl hin und her. Dass Jöns Polizeikommissar Ola Makkonen, von vielen Mackan genannt, ins Boot geholt hatte, war zu erwarten gewesen, er gehörte zu den erfahrensten Ermittlern in der Abteilung Gewaltverbrechen. Und Per Jöns brauchte als neuer Chef für diese Abteilung im Polizeigebiet Süd jetzt sowohl ihn als auch Tess an seiner Seite. Aber Tess traute Makkonen nicht. Er gefiel sich zu sehr, wenn er in den Medien gezeigt wurde oder wenn er mit seiner Frau, die Anwältin war, bei den spärlichen Roter-Teppich-Events in Malmö auftrat.

Tess hatte das Gefühl, Makkonen hätte ebenso gut Schauspieler, Fernsehmoderator oder irgendetwas anderes werden können, bei dem man ständig im Rampenlicht stand.

Vor allem aber hatten er und Tess völlig unterschiedliche Ansichten darüber, was die Aufgaben der Malmöer Polizei betraf. Wenn es nach Makkonen ginge, würden alle Kräfte darauf verwendet, die Schießereien und Morde zu untersuchen, die dem organisierten Verbrechen zugeschrieben wurden. Derzeit hatten sie fünfzehn Morde auf ihrer Liste, die meisten davon im Umfeld krimineller Banden, die bisher noch unaufgeklärt waren.

»Diese Schießereien sind verdammt noch mal ein gesellschaftliches Problem«, dröhnte er bei Dienstbesprechungen gerne. »Und wir sind dabei, die Kontrolle zu verlieren.«

Aber Makkonen musste auch nicht all den Leuten in die Augen blicken, die Tess als Chefin des Cold-Case-Teams kennenlernte. Menschen, deren Angehörige vor vielen Jahren ums Leben gebracht worden waren, ohne dass sie je eine Erklärung dafür bekamen. Er saß ihnen nicht von Angesicht zu Angesicht gegenüber, sah nicht, wie die Trauer an ihnen zehrte.

Tess, die diese Bilder ständig vor Augen hatte, wusste jedenfalls ganz genau, was bei ihr immer Vorrang haben würde.

Viele Jahre lang hatte die Polizeiführung versucht, sie dazu zu bewegen, auf der Karriereleiter nach oben zu klettern, einen Chefposten anzunehmen. Man war schließlich geradezu auf der Jagd nach weiblichen Führungskräften. Aber Tess hatte abgelehnt. Sie hätte nichts gegen den Titel einer Polizeihauptkommissarin oder gegen eine Lohnerhöhung gehabt, aber sie wollte all dies nicht um jeden Preis.

Sie hatte keine Lust, sich mit noch mehr Administration und Personalfragen herumschlagen zu müssen. Sie war völlig zufrieden mit ihrem kleinen Team, in dem sie gemeinsam mit Marie Erling und Lundberg noch richtige Polizeiarbeit machen konnte. Vor allem, seit die Situation bei der Polizei in Malmö war, wie sie war. Ständig hatten sie es mit lose organisierten, kriminellen Gruppen zu tun, die sich in der Stadt gebildet hatten. Sie in den Griff zu bekommen war ein schier aussichtsloses Unterfangen. Niemand in diesem undurchschaubaren Geflecht hatte die Absicht, zu reden oder mit der Polizei zu kooperieren. Tess musste ununterbrochen dafür kämpfen, dass das Cold-Case-Team nicht auch in diesem Bereich eingesetzt wurde und so keine Zeit mehr für die Arbeit an den alten, unaufgeklärten Fällen blieb.

Als Leiter der Abteilung Gewaltverbrechen war Per Jöns verantwortlich für das Cold-Case-Team und Tess' direkter Vorgesetzter, auch wenn das Cold-Case-Team ansonsten völlig selbstständig arbeitete.

»Dreizehn Vergewaltigungen in dreizehn Jahren in Kopenhagen und Umgebung«, fuhr Per Jöns fort und richtete sich auf. »Die ersten beiden beging er im Stadtteil Valby, daher sein Spitzname. Er hat mindestens zwei Morde auf dem Gewissen. Und er war in Intervallen aktiv, vor drei Jahren hörte er dann aber plötzlich auf.«

Makkonen verschränkte die Hände hinter dem Kopf und kippelte auf seinem Stuhl.

»Besonders gut erinnere ich mich daran, dass der Mann stundenlang konnte. Keiner hatte eine Erklärung dafür.«

Er lachte.

Die dänische Kriminalpolizei war vor ein paar Jahren nach dem Mord an einer Prostituierten etwas außerhalb von Landskrona mit Tess' Gruppe in Kontakt getreten. Es hatte zu keinen neuen Erkenntnissen geführt, aber Tess konnte sich noch gut an die Vorgehensweise des Valby-Mannes erinnern, und sie hatte zahlreiche Zeugenaussagen von den betroffenen Frauen in Dänemark gelesen.

»Er hat nie die geringste Spur hinterlassen«, sagte sie. »Achtet sehr darauf, alles zu beseitigen, ist laut Zeugen von Kopf bis Fuß maskiert, verschließt mit Klebeband jede noch so kleine Lücke an den Ärmeln und den Hosenbeinen und überlässt nichts dem Zufall. Und jetzt heißt es, er wäscht seinen Opfern hinterher sogar den Unterleib.«

»Was für ein kranker Typ!«, rief Makkonen. »Glaubt er etwa, so könnte er Spuren vernichten?«

Jöns hievte sich aus dem Stuhl und watschelte zum Fenster. In den fünf Monaten, seit er auf dem Chefsessel der Abteilung Gewaltverbrechen saß, hatte er einige Kilo zugelegt.

»Wir müssen eine Pressekonferenz einberufen«, sagte er. »Aber ich möchte, dass alle eventuellen Ähnlichkeiten mit dem Valby-Mann bis auf Weiteres heruntergespielt werden. Details wie die Uhrzeit und das Waschen behalten wir bitte für uns.«

»Die Spekulationen sind längst im Gange«, sagte Makkonen und scrollte auf seinem Handy. »Sowohl *Aftonbladet* als auch *Kvällsposten* ziehen ordentlich vom Leder, mit ›Villenschreck in Malmö‹ und Parallelen zum Valby-Mann. Niemand wird sich mehr trauen, seine Frau allein zu Hause zu lassen. In der Presseabteilung steht das Telefon nicht mehr still.«

Er legte das Handy auf den Tisch.

»Die Details verbreiten sich doch von selbst unter den Nachbarn. Die Medien sind überall.«

»Ja, aber es soll wenigstens nicht von uns kommen«, sagte Jöns. »Und wir müssen vermeiden, dass in Malmö eine Paniksituation entsteht.«

»Die haben wir bereits. Selbst meine alte Mutter, die sich nie unnötig aufregt, hat mich vorhin angerufen und gefragt, ob sie Angst haben muss, wenn sie morgens allein zu Hause ist.«

Makkonen fuhr sich mit der Hand durchs Haar.

»Der Valby-Mann ist eiskalt. Er wartet, bis der Mann morgens zur Arbeit gegangen ist. Immer morgens, gegen sechs. Steht eindeutig auf Frauen mittleren Alters, gerne Mütter von Kleinkindern in wohlhabenderen Gegenden. Und er hat einen guten Geschmack, sie sind meistens richtig hübsch. Pass also lieber auf, Hjalmarsson.«

Tess warf ihm einen müden Blick zu.

»Da ich keine wohlhabende Mutter kleiner Kinder bin, werde ich schon klarkommen.«

»Das habe ich nicht gemeint.«

Makkonen zwinkerte ihr zu.

Tess stand auf.

»Sind wir fertig?«

»Ohne Scheiß, Hjalmarsson. Vor fünf Jahren ist er bei einer dänischen Ermittlerin eingebrochen.«

»Ich verspreche dir, abends die Tür abzuschließen. Wenn er auftaucht, bist du der Erste, der es erfährt, du magst so etwas ja. Ich meine …, es als Erster erfahren.«

Makkonen nickte zufrieden.

Das Handy vibrierte in Tess' Hosentasche, und sie zog es heraus. Eine weitere SMS von »Agapimo«.

31

Abendessen 19 Uhr? Schaffst du das?

Per Jöns wischte sich mit einer Serviette über die Stirn.

»Wir müssen die Dänen auf Abstand halten«, sagte Makkonen. »Im Moment ist das unsere Ermittlung. Im Ernst, letztes Mal hätten wir uns vor dem Verhörraum fast geprügelt. Man glaubt, man ist sich einig, hätte eine gemeinsame Strategie gefunden, und dann machen sie hinter deinem Rücken doch ihr eigenes Ding. Verdammt, Schweden ist fünfmal so groß, und sie bilden sich immer noch ein, eine Großmacht zu sein. Ohne uns gäbe es sie gar nicht.«

Tess stand mit dem Rücken zur Wand.

»Wegen des Sturms wird heute Abend wahrscheinlich die Brücke gesperrt, das erledigt sich also wahrscheinlich von selbst«, sagte sie.

Jöns drehte sich zu ihnen um.

»Carsten Morris kommt morgen aus Kopenhagen hierher. Wenn bis dahin die Brücke wieder geöffnet ist.«

Makkonen schnitt eine Grimasse.

»Morris, dieser deprimierte Clown? Sitzt der nicht in der Psychiatrie?«

»Nein, er scheint wieder draußen zu sein. Wenn es jemanden gibt, der den Valby-Mann kennt, dann er.«

Jöns sah Tess fragend an.

»Doch, ich weiß, wer das ist«, sagte sie. »Eine Legende.«

Makkonen schüttelte den Kopf.

»Ist das wirklich eine so gute Idee? Dieses Profiling-Ding und das ganze psychologische Zeug. Wozu hat das denn bisher geführt? Wie lange hat er in Kopenhagen sein Unwesen getrieben? Dreizehn Jahre, ohne dass sie ihn gefasst haben.«

Jöns quetschte sich wieder in seinen Stuhl.

»Die Dänen mussten Morris anscheinend überreden. Er hat auch noch nichts zugesagt, er war krankgeschrieben und hat sich auf unbestimmte Dauer eine Auszeit genommen.«

Makkonen schlug sich mit der Hand aufs Knie.

»Dann wollen wir mal hoffen, dass seine Psyche diesmal belastbarer ist. Beim letzten Mal hat er versucht, sich im Wohnzimmer zu erhängen.«

Er seufzte und stand auf.

»Tja, das wars wohl mit dem Skiwochenende. Die Kinder werden enttäuscht sein«, sagte er und ging hinaus.

Jöns spielte mit einem Bleistift und sah zu Boden.

»Heute Abend ist wieder Krisentreffen mit der Gewerkschaft«, sagte er. »Ein Gehalt von achtundzwanzigtausend im Monat, wenn man mehrere Jahre erfolgreich im Beruf gearbeitet hat. Ansonsten vierundzwanzig. Mein Gott, wie konnten wir uns je auf solche Bedingungen einlassen?«

Er klopfte auf die Tischplatte.

»Und was das Budget angeht: Nicht mal ein Mathe-Ass könnte daraus etwas zaubern. Gestern habe ich über einem Exceldokument gesessen und copy and paste betrieben. Es ist ein Witz! Wie ich es auch drehe und wende, mir fehlen zehn Mann. Zehn Leute, die uns erst im Herbst zugesagt worden sind. Und drei neue Dienstwagen. Aber diejenigen, die das Budget zu verantworten haben, sind längst über alle Berge.«

Tess hörte Jöns seufzen, während sie ins Cold-Case-Büro hinüberging.

Sie setzte sich an den Schreibtisch. Bevor sie nach Stockholm geflogen war, hatte sie die Fälle neu eingeteilt, und zwar danach, wie wahrscheinlich es war, dass sie sich noch aufklären ließen. Sie nahm sich die drei Fälle vor, die sie in den letzten drei Monaten durchgegangen war, und stellte ihren Kaffeebecher mit den Sternen und der Aufschrift »Super Cop« ab. Den hatte sie bekommen, nachdem sie den Friedhofsmord in Arlöv aufgeklärt hatte. Marie Erling hatte einen ebensolchen Becher, auf ihrem stand »Sidekick«. Und auf Lundbergs war eine

Brille, weil er sich so intensiv in das Voruntersuchungsmaterial vertieft hatte.

Sie, Marie und Lundberg hatten geschafft, was niemand für möglich gehalten hatte. Sie hatten den achtzehn Jahre zurückliegenden Ermittlungen um die Tote Sofie Axelsson neues Leben eingehaucht, hatten alles auf den Kopf gestellt und am Ende das kleine Goldkorn gefunden, einen verlorenen Fahrtenschreiber, der den Lkw-Fahrer, der von Anfang an verdächtigt worden war, überführt hatte. Dieser sensationelle Erfolg hatte Tess und ihrer Gruppe eine dreiseitige Reportage in der Gewerkschaftszeitung eingebracht, in der sie von einem bekannten Kriminologen außerordentlich gelobt worden waren, genauso wie von anderen Größen aus der Branche. Tess Hjalmarsson galt plötzlich als »Schonens Super-Cop«. *Kvällsposten* brachte ein großes Interview mit ihr in der Sonntagsbeilage, sie hatte in beiden Fernsehmagazinen des *Expressen*, *Brottscentralen* und *Veckans brott*, mitgewirkt und zig weitere Anfragen ablehnen müssen.

Aber Tess wusste, wie schnell sich das Blatt wenden konnte, niemand war besser als sein letzter Fall. Das Cold-Case-Team musste schnell wieder liefern, wenn sie bei der derzeitigen Lage in Malmö weiterhin an den alten Fällen arbeiten wollte. Sie galten als zu teuer und personalintensiv, und nur selten wurde tatsächlich ein Fall aufgeklärt. Das jahrelange Leiden der Angehörigen spielte im Kalkül der Polizeiführung keine Rolle.

Aber Tess ließen die Mörder, die noch immer frei herumliefen, keine Ruhe. Oft fühlte sie sich einsam, als wäre sie die Einzige, die sich auf die Seite der beinahe Vergessenen stellte, denen so Schreckliches widerfahren war und die für immer mit ihrem Trauma leben mussten.

Das CC-Team brauchte Ruhe, um methodisch arbeiten zu können, doch daran war einstweilen nicht zu denken. Tess'

Blick fiel auf die Dokumente, die vor ihr auf dem Tisch lagen. Irgendwo in diesen Stapeln verbargen sich die Lösungen.

Jarmo, der Türsteher, der vor zwanzig Jahren in Malmö erstochen worden war. Die Tatwaffe wurde nie gefunden, und nichts ließ darauf hoffen, dass sich alte Spuren wieder aufnehmen ließen.

Rechts daneben lag die Akte von Annika Johansson, verschwunden in Simrishamn. Zuoberst ein Foto der Neunzehnjährigen, einer fröhlichen, blond gelockten jungen Frau, die eines Nachts vor sechzehn Jahren auf dem Nachhauseweg von einem Tanzlokal in Simrishamn spurlos verschwunden und aller Wahrscheinlichkeit nach ermordet worden war. Ein blaues Metallarmband war auf einem Waldweg gefunden worden, dazu gab es ein paar wirre Zeugenaussagen. Und natürlich betroffene Angehörige, unschuldig Verdächtigte sowie eine unsäglich schlechte Ermittlungsarbeit. Irgendwo verbarg sich auch hier die Antwort, in all dem Papier, versteckt in irgendeinem Verhör, ein Detail, das man bisher nicht beachtet hatte, davon war sie fest überzeugt. Sie begegnete dem Blick des Mädchens auf dem Foto und spürte, wie sich das schlechte Gewissen meldete. Wo sollte sie nur anfangen zu suchen?

Neben den Akten zum Annika-Fall lag der Liedberg-Fall. Ein Foto des rot gestrichenen Landguts etwas außerhalb von Råå. Das Bauernpaar Kerstin und Gunnar Liedberg war aus anscheinend völlig unerklärlichen Gründen eines sonnigen Herbstmorgens vor elf Jahren ermordet worden. Nachdem sie sich in der vergangenen Woche intensiv mit dem Fall beschäftigt hatte, war Tess immer mehr davon überzeugt, dass die Liedbergs den Täter gekannt hatten. Nicht irgendwelche Verbrecher aus dem Baltikum hatten das Rentnerehepaar auf dem Gewissen, wie die früheren Ermittler nahegelegt hatten. In acht von zehn Fällen standen Opfer und Täter in irgendeiner Beziehung zueinander, und je mehr Tess sich in diesen

Fall vertiefte, desto überzeugter war sie, dass es auch hier so war. Kerstin hatte nicht nur Kaffee gekocht und Kekse für die Gäste bereitgestellt. Sie hatte auch ihre feinen Schuhe angezogen.

Diese Schuhe waren der Schlüssel. Für wen hatte sie sich wohl so zurechtgemacht? Und Gunnars Spielsucht – was hatte sie mit dem Ganzen zu tun, hatte jemand bei ihm Schulden eintreiben wollen?

Irgendwo hier lag das entscheidende Detail verborgen, und Tess war fest entschlossen, es aufzuspüren. Noch ehe das Jahr um war, würde sie zu der Tochter, Fredrika, fahren und ihr erzählen, warum ihre Eltern auf dem Hof so brutal abgeschlachtet worden waren. Es änderte nichts an dem, was passiert war, aber eine Erklärung war wichtig für die Trauerarbeit und eröffnet den Hinterbliebenen die Möglichkeit, mit dem Geschehen abzuschließen. Genau dafür arbeitete sie: um den Angehörigen irgendwann diese Nachricht überbringen zu können, den Kreis endlich zu schließen.

Weniges frustrierte Tess so sehr wie lose Fäden, Dinge oder Vorfälle ohne Zusammenhang. Wahrscheinlich war genau das der Grund, weshalb sie sich für den Polizeiberuf entschieden hatte. Denn wo konnte man etwas endgültiger abschließen, als wenn man Beweise aufgereiht, einen Täter gefasst hatte und ein Urteil gesprochen worden war? Wenn die Akte mit dem Stempel »Fall gelöst« in den Keller gebracht werden konnte?

Der Mord an Tims Mutter, der sogenannte Lena-Fall, hatte diesen Stempel nie bekommen. Und dennoch lag er nicht auf ihrem Schreibtisch, denn er galt bei der Polizei als aufgeklärt. Man war sich sicher, dass der Lebensgefährte schuldig war, doch es mangelte an Beweisen.

Tess erhob sich. Würde es ihr je möglich sein, mit dieser Schuld zu leben? Die Fehler zu vergessen, die sie gemacht hatte? Sie hatte Tim in den vergangenen Jahren oft besucht, und soweit sie es beurteilen konnte, ging es ihm inzwischen besser. Aber wenn sie ihm in die Augen sah, kam es ihr vor, als verberge sich tief in ihm etwas, und sie hoffte, dass er es ihr irgendwann erzählen würde. Sowohl der Junge als auch seine verstorbene Mutter hatten es verdient, dass der Kreis geschlossen wurde.

Freitag
9. Februar

Susanne kam langsam wieder zu sich. Vorsichtig öffnete sie ein Auge, sah aber nichts als Dunkelheit. Sie wusste, was passiert war. Sie lag im Flur auf den Steinfliesen und spürte die Spiralen der Fußbodenheizung unter sich. Bei all der Angst flößte ihr die Wärme eine Art Geborgenheit ein, etwas zum Festhalten. Ihre Beine waren nackt, der gelbe Bademantel hochgerutscht. Sie versuchte, die Arme zu bewegen, er hatte sie ihr über dem Kopf gefesselt, und ihre Muskeln verkrampften sich.

Behutsam drehte sie den Kopf, um die Augenbinde zu lockern. Hauptsache, er ist noch nicht oben, dachte sie. Egal was geschieht, aber bitte nicht das! Sie versuchte, ihre gefesselten Beine zu befreien, brachte aber nur kleine, zuckende Bewegungen zustande. Ihre Ohnmacht mischte sich mit Wut.

Das leichte Knarren des Wohnzimmerparketts beruhigte sie zumindest ein wenig: Er war noch unten. Aus reinem Selbsterhaltungstrieb blieb sie reglos liegen, tat als wäre sie noch bewusstlos. Stellte sich tot. Vielleicht interessierte sich das Monster nicht für Kadaver. Ihr Widerstand schien ihn nur noch mehr getriggert zu haben. Und noch ein weiteres Mal würde sie nicht überleben.

Sie hatte es kaum glauben können, als er sich erneut mit seinem ganzen Gewicht auf sie legte. Kaum eine halbe Stunde nach dem ersten Mal. Diesmal von hinten. Sie hatte die Klinge an ihrem Hals gespürt. Seinen keuchenden Atem in ihrem Nacken. Schließlich hatte sie sich selbst ausgeschaltet, ihr Körper musste allein zurechtkommen.

Trotz allem war es ein befreiendes Gefühl gewesen, mitten im Schmerz den Körper verlassen zu können, wegzugleiten.

Als alles vorbei war, hatte sie ein leises Stöhnen gehört und wie er seufzte. Dann war er aufgestanden, hatte sich die Hose hochgezogen. Es fühlte sich an, als hätte er ihr den Unterleib mit einem Handtuch abgewaschen, etwas lief ihr die Oberschenkel hinab. Ihre Beine schmerzten, als hätte sie versucht, Spagat zu machen. Er hatte nach Zigarettenrauch gestunken, noch immer hatte sie diesen Geruch in der Nase.

Ihr war schlecht. Magensäure stieg in ihrem Hals auf, die Socke in ihrem Mund drohte sie zu ersticken.

Das maskierte Monster ging in ihrem Haus von Zimmer zu Zimmer, zog Schubladen heraus und öffnete Türen. Wonach suchte es?

Links von ihr lag ihr Arbeitszimmer. Als sie den Kopf drehte, bemerkte sie ein schwaches Licht, als hätte sich ein Streifen Sonnenlicht über ihre Stirn gelegt.

Sie hörte, wie draußen auf der Straße ein Auto anhielt, und konzentrierte sich auf den Motor, der noch lief. Ein lautes, aggressives Hupen ließ sie zusammenzucken. Nein, bitte nicht hupen, kein Geräusch! Sie kniff die Augen zusammen und hoffte, es möge bald aufhören.

Erneut knarrte das Parkett, diesmal in der Küche.

Er näherte sich dem Flur, wo sie lag. Tu mit mir, was du willst, aber geh nicht nach oben, flehte sie innerlich. Vielleicht hatte er sie noch nicht entdeckt. Die Mädchen schienen noch zu schlafen. Doch mit jedem Geräusch, das er machte, wuchs ihre Angst, er könnte sie wecken und sie würden anfangen, sich zu unterhalten, würden die Treppe herunterkommen, um nachzusehen, was passiert war. Dann wäre es zu spät. Sie könnte sie nicht beschützen.

Sie bewegte sich vorsichtig, rieb den Hinterkopf an den Fliesen. Die Augenbinde lockerte sich ein wenig, es gelang ihr, an einer Ecke hindurchzuschauen. Sie konnte etwas sehen, die Öffnung war nur wenige Millimeter groß, aber dennoch. Durch den Spalt blickte sie in den großen Flurspiegel, in dem sie die Küche erkennen konnte. Der Mann war im Profil zu sehen, er hatte den Kühlschrank geöffnet.

Neben dem Kühlschrank stand die Mikrowelle, und sie blinzelte, um zu schauen, welche Uhrzeit sie anzeigte. Schließlich erkannte sie die spiegelverkehrten Ziffern: 07:20 Uhr. Ihr Mann war auf der Arbeit, wusste nicht, was an diesem Morgen bei ihnen zu Hause passiert war. Um kurz nach sechs, nur zehn Minuten nachdem er das Haus verlassen hatte, hatte es an der Tür geklingelt. Und als sie öffnete, fiel das Monster mit der Sturmhaube über sie her.

Jetzt drehte der Mann sich zu Susanne um, und sie schloss die Augen. Als sie wieder hinschaute, war der Sehschlitz noch ein wenig größer geworden, und sie sah etwas mehr von seinem Kopf. Er hatte die Sturmhaube abgenommen, stand da und trank aus einer Coladose. In seinem dichten schwarzen Haar zeichnete sich ein weißes Viereck ganz oben auf dem Schädel ab. Sie schluckte. *Sein Gesicht war schwarz geschminkt.*

Er schloss den Kühlschrank und starrte die Tür an, bückte sich und schien eines der Fotos genauer zu betrachten. Dann stellte er die Coladose auf den Küchentisch und sah sich um. Erst zu ihr herüber, dann wieder zum Kühlschrank. Er kam auf sie zu. Stand direkt vor ihr. Durch den Schlitz sah sie, dass er wie ein Froschmann gekleidet war. Handschuhe und Schuhe – alles schloss lückenlos mit der Kleidung ab. Sie machte die Augen zu und betete, er möge nicht gemerkt haben, dass die Binde sich gelockert hatte.

Als sie ihn die Treppe hinaufgehen hörte, schlug sie die Augen wieder auf. Langsam nahm er eine Stufe nach der anderen und sah dabei zu, wie ihre Panik wuchs. Sie strampelte und versuchte zu schreien. Wegen des dicken Stoffballs in ihrem Mund brachte sie jedoch nur klägliche Laute zustande. Der Mann warf den Kopf in den Nacken und lachte sie laut aus, dann war er mit ein paar raschen Schritten oben. Susanne nahm all ihre Kraft zusammen, um sich zu befreien, aber das Tape und das Seil saßen zu fest. Sie presste die gefesselten Arme gegen die Ohren, um nichts hören zu müssen. Kurz darauf ertönte von oben ein Schrei. Dann war es still, als wäre jemandem ein Kissen aufs Gesicht gedrückt worden.

Sekunden später gab es einen heftigen Aufprall und ein weiterer Schrei war zu hören. Eine Tür wurde aufgetreten, und jemand kam heruntergerannt. Sie konnte gerade noch erkennen, dass es Lea, die Freundin ihrer Tochter, war, die in einem hellblauen Nachthemd die letzten Stufen heruntersprang und im Flur landete. Das Mädchen starrte sie überrascht an, ihre Blicke trafen sich. Susanne schüttelte den Kopf. *Lauf!* Das Mädchen stürzte zur Tür, öffnete sie und rannte auf die Straße hinaus. Ihre Hilferufe gellten durch das ganze Viertel bis an die Frühstückstische der Nachbarn.

Tess streckte die Hand aus, um das immer lauter werdende Weckgeräusch ihres Handys abzuschalten. Das Balkongeländer vor dem Schlafzimmerfenster knarrte. Obwohl sie in zweiter Reihe und damit ein Stück vom Meer entfernt wohnte, ein wichtiges Detail für die Bewohner von Västra Hamnen, drang der Wind zwischen den Häusern bis zu ihrer Wohnung hinauf.

Eleni regte sich im Schlaf neben ihr. Einen Moment blieb Tess noch so liegen und starrte an die Decke. Sie hatten letzte Nacht wieder Sex gehabt.

Vorsichtig setzte sie sich auf. Bevor sie die Beine über die Bettkante schwang, warf sie noch einen Blick auf Elenis Rücken. Ihre hellbraune, nackte Haut.

Tess hatte zu sehr auf Äußerlichkeiten geachtet. Inzwischen wurde immer deutlicher, wie wenig sie sich zu sagen hatten. Noch nie hatte sie abends so viel gearbeitet oder trainiert wie jetzt, worüber Eleni sich oft beschwerte. Tess deckte sie zu und stand auf. Elenis Hund, ein Pudelmischling namens Chilli, kratzte an der Tür, er wollte herein. Sie öffnete ihm und ging in die Küche, schaltete die Nespresso-Maschine an und hörte im Hintergrund das eifrige Tapsen des Hundes.

Tess legte eine Kapsel ein.

Während sie sich die Zähne putzte, versuchte sie, ihre Gefühle zu sortieren. Sie wollte eigentlich keine Beziehung mehr mit Eleni und hatte auch keine Angst davor, allein zu sein.

Warum machte sie dann nicht einfach Schluss? Warum war sie so schlecht in solchen Dingen? Es passte überhaupt nicht zu ihrem Selbstbild, sie war schließlich jemand, der Dinge zum Abschluss brachte.

Mit Angela war das etwas anderes, Tess hatte wahnsinnige Angst, das Wenige, was noch von ihrer Beziehung übrig war, zu verlieren, obwohl inzwischen anderthalb Jahre vergangen waren. Anfang September hatte Angela eines Tages ohne jede Vorwarnung ihre Beziehung für beendet erklärt.

Tess musste an ihre Therapeutin denken. Man müsse ein Schokoladenei in der offenen Hand halten, hatte sie gesagt. Denn wenn man die Hand schließt, schmilzt die Schokolade.

Angela war trotzdem gegangen, trotz Tess' geöffneter Hand.

Noch ein Jahr war Tess anschließend zur Therapie gegangen. Hatte geübt, im Privatleben Grenzen zu ziehen, was sie laut der Therapeutin besser lernen musste. Ihr ganzes Leben war von Angelas Wünschen und Vorstellungen bestimmt gewesen.

»Sagen Sie mir, wenn ich Ihnen zu nahekomme«, hatte die Therapeutin gesagt und war langsam auf sie zugegangen.

Schließlich stand sie direkt neben ihrem Ohr.

»Finden Sie nicht, dass das ein bisschen zu nah ist?«

»Äh, doch«, hatte Tess erstaunt gesagt.

»Dann hätten Sie diese Grenze etwas früher ziehen müssen.«

Tess hielt beim Zähneputzen inne. Brauchte sie Eleni als Bestätigung? Als Trost nach dem Zusammenbruch? War es ein Versuch, sich zu beweisen, dass sie über Angela hinweg war? Wahrscheinlich eine Mischung aus alldem.

Aber Elenis Streben nach Symbiose, dass sie alles teilen und alles gemeinsam machen wollte, machte Tess allmählich wahnsinnig. Bei ihren lesbischen Freundinnen hatte sie gesehen, wie viele Beziehungen daran kaputtgingen, dass Paare versucht hatten, eine Art Zwillingsdasein zu führen. Wer will schon mit seiner Schwester schlafen?

Mit Angela war es das Gegenteil, sie war immer auf dem Weg woandershin gewesen, und das meistens allein. Immerhin hatten sie sieben Jahre und neun Monate lang eine Beziehung gehabt.

Tess spülte sich den Mund aus und schaute in den Spiegel. Sie war ein Star in ihrem Beruf, aber für ihr Privatleben würde sie keine Goldmedaillen einheimsen.

Chilli sah sie bettelnd an und wedelte mit dem Schwanz.

»Ja, ich nehme dich mit.«

Sie ging ins Schlafzimmer, um ihr Sportzeug zu holen. Eleni hob schläfrig den Kopf.

»Hallo Süße, komm her«, sagte sie und streckte die Arme nach ihr aus.

Elenis warmer Körper sah so einladend aus, dass Tess zum zweiten Mal an diesem Tag gegen ihre Prinzipien verstieß.

Sie legte sich auf Eleni und küsste sie innig. Noch nie hatte sie einen so körperlichen Menschen getroffen wie Eleni, sie überschüttete Tess im Bett mit Zärtlichkeit. Hier, zwischen den Laken, wenn es nur sie beide gab, funktionierte ihre Beziehung am besten. Oder: funktionierte sie überhaupt. Sie hatten guten Sex. Angesichts dessen, wie kalt und emotionslos es im letzten Jahr zwischen Angela und ihr gewesen war, hatte sie einiges nachzuholen. Sie genoss es, wie feucht Eleni wurde, und sie liebte ihre lauten Orgasmen.

Hinterher allerdings hatte sie oft das Gefühl, die Situation ausgenutzt zu haben. Denn Eleni wollte viel mehr. Zu Beginn hatte sie gehofft, es wäre gegenseitig, dass Eleni sich ebenfalls eine rein sexuelle Beziehung vorstellen konnte. Aber nun wurde immer offensichtlicher, dass das nicht stimmte.

Vorsichtig legte sie einen Finger auf Elenis Lippen. Die Nachbarn von oben brauchten ja nicht alles zu hören.

Kurz darauf öffnete Tess die Wohnungstür und lief die Treppen hinunter. Unten angekommen, wäre sie von dem heftigen Wind beinahe wieder ins Treppenhaus zurückgedrückt worden. Chilli presste sich an den Boden und jaulte erschrocken. Västra Hamnen war ein richtiges Windloch, und jetzt wütete hier das Orkantief Rut mit aller Macht.

Die Strandpromenade lag verlassen da. Hart schlugen die Wellen gegen die Stege, die Meeresoberfläche brodelte wütend und laut. Es war kurz nach halb acht, und niemand wagte sich freiwillig in den Sturm hinaus.

Hoch über ihr türmte sich der Turning Torso auf. Es heulte und pfiff um das geschraubte Gebäude. Vergangenen Frühling, nach der Trennung von Angela, als Tess frisch hierhergezogen war, hatte sie gedacht, es wäre das Publikum im Stadion, das man bis hierher hörte, bis sie feststellte, dass das Geräusch vom Wind kam, der in den Torso hineinblies.

Wilde Riesenwolken jagten über den Himmel und spiegelten sich im Öresund. Am Horizont konnte sie die Skyline von Kopenhagen ausmachen. Für Tess bedeutete dieser Blick Freiheit. Zu wissen, dass ein anderes Land so nahe lag, dass sie es von ihrem Schlafzimmerfenster aus sehen konnte.

Tess stürzte sich in den Wind. Ein hoffnungsloses Unterfangen, bei dem Wetter joggen zu wollen, jeder Meter kam ihr vor wie zehn, und schließlich musste sie aufgeben. In den Nachrichten hatte sie gehört, dass Rut in der Nacht Orkanböen von über dreißig Metern pro Sekunde ausgelöst hatte. Und nichts deutete darauf hin, dass der Sturm sich legte. Im Gegenteil, man ging davon aus, dass er sich noch mehrere Tage halten und vielleicht sogar noch stärker werden würde. Die Bevölkerung wurde ermahnt, sich im Haus aufzuhalten, und es wurde darauf hingewiesen, dass öffentliche Einrichtungen im Laufe des Tages geschlossen werden könnten.

Kann es überhaupt noch heftiger werden?, dachte Tess und kämpfte sich weiter. Als sie um die Ecke bog und auf eine freie Fläche kam, wurde sie von einer Böe erfasst und wäre beinahe gestürzt. Chilli hatte sich flach auf den Boden gelegt. Die Glaswand neben dem Haus knirschte. Tess schaute nach oben. Es gelang ihr gerade noch, Chilli zurückzureißen, als eine große Scheibe vor ihnen zu Bruch ging. Das Gartentor einer der Terrassen stand offen und schlug im Wind, Plastiktüten und Müll flogen durch die Luft.

»Das ist ja Wahnsinn«, sagte sie zu Chilli. »Wir kommen gar nicht vom Fleck!«

Plötzlich drang eine schwache Stimme durch den Wind, und Tess drehte sich um. Ein paar Meter von ihnen entfernt klammerte sich eine ältere Dame an einen Laternenpfahl. Neben ihr lag ein umgestürzter Rollator.

»Warten Sie, ich helfe Ihnen«, rief Tess.

Ein Mann kam von den Häusern her auf sie zugeeilt.

»Danke, wir kommen schon zurecht«, sagte die Dame, als der Mann, der anscheinend ihr Sohn war, ihr den Arm reichte.

Hinter ihnen strampelte sich ein anderer Mann auf einem grünen Lastenfahrrad ab. Auf der Ladefläche kauerten zwei kleine Jungen. Trotz aller Anstrengung bewegte sich das Rad kaum vorwärts.

Tess' Handy vibrierte in ihrer Tasche. Mit viel Mühe gelang es ihr, es herauszuholen, und sie versuchte, mit den Händen den Wind abzuschirmen.

»Er hat es wieder getan«, sagte Jöns kurz. »Vor einer Stunde, in einem Einfamilienhaus auf der Scaniagatan in Bellevue. Frau mit jugendlicher Tochter, mehrfach vergewaltigt, aber am Leben.«

Tess legte auf und drehte sich um, sah zum Riberborgsstranden hinüber. Auf der anderen Seite lag Bellevue Sjösida,

Malmös schickste Wohngegend, mit großen, prächtigen Häusern.

Nur wenige Kilometer von ihrer eigenen Wohnung entfernt hatte er erneut zugeschlagen, während sie noch geschlafen hatte.

Um den Hals trug er einen rosa Schal mit glitzerndem Goldmuster, der nachlässig über sein schwarzes Cordjackett hing. Tess hatte sich einen bärtigen älteren Mann vorgestellt, doch der dänische Profiler Carsten Morris war schlank, relativ klein, hatte braune Augen und war deutlich jünger, als sie gedacht hatte. Jetzt erst fiel ihr auf, dass sie noch nie ein Foto von ihm gesehen hatte.

Carsten Morris, von Beruf Psychiater, hatte zehn Jahre sehr erfolgreich als Profiler für die dänische Polizei gearbeitet, aber sich nie in der Öffentlichkeit gezeigt.

Er unterstützte die Beamten bei der Erstellung von Täterprofilen, um den Kreis der Verdächtigen einzugrenzen und deren Verhalten besser zu verstehen. Die Vorgehensweise, die benutzten Waffen, Tatort, Uhrzeit und Opfer konnten eine Menge über den Täter aussagen. Carsten Morris war es auf diese Weise schon oft gelungen, den Richtigen zu finden. Auch für den Valby-Mann hatte er ein Profil erstellt, das ihnen vielleicht weiterhelfen konnte.

»Guck dir den Schal an«, flüsterte Marie. »Warum schicken die uns einen Langzeitstudenten aus Christiania?«

Sie beobachtete, wie Polizeimeister Adam Wikman herbeieilte und sich dem berühmten Profiler vorstellte.

»Jesses«, sagte Marie und schüttelte den Kopf.

Nach dem jüngsten Vergewaltigungsfall liefen die Ermittlungen bei der Polizei Malmö auf Hochtouren. Die Frau aus

Bellevue war ins Krankenhaus gebracht worden, und eine Polizistin aus Makkonens Team sollte später versuchen, sie zu verhören.

Tess betrat den Besprechungsraum der Abteilung Gewaltverbrechen, wo sie dieses erste Treffen mit Carsten Morris und den anderen Ermittlern leiten sollte. Rafaela Cruz aus Makkonens Team saß bereits am Tisch, Makkonen selbst befand sich in einer anderen Besprechung.

»Ist das so gedacht, dass du mit dabei bist?«, fragte Marie, als sie Rafaela erblickte.

»Scheint so.«

Die große, muskulöse Ermittlerin antwortete, ohne aufzusehen. Manchmal fragte sich Tess, ob Rafaela Marie absichtlich behandelte, als wäre sie Luft, nur um sie zu provozieren. Falls ja, gelang ihr das ausgezeichnet, denn Marie tappte jedes Mal in die Falle, sobald sie sich im selben Raum befanden.

Kurz darauf kam auch Lundberg herein, dicht gefolgt von Carsten Morris. Er nickte allen zu, setzte sich auf einen Stuhl, um sich kurz darauf wieder zu erheben.

»Ich glaube, ich habe noch nicht alle begrüßt.«

Er gab Morris die Hand.

»Lundberg.«

»Und mit Vornamen?«

»Einfach nur Lundberg.«

Tess und Marie sahen sich an. Niemand hatte ihn je anders genannt, Tess konnte sich gar nicht mehr an seinen Vornamen erinnern. Überhaupt wusste sie nicht viel über den älteren Kollegen. Nur dass er ein treuer Mitarbeiter mit einer hohen Integrität war und einen Haufen Enkelkinder hatte, die neben dem Job seine Hauptbeschäftigung zu sein schienen. Er hatte Privates immer strikt von Beruflichem getrennt, auch jetzt noch, da seine Zeit als Polizist sich allmählich dem Ende zuneigte.

Tess schob die Thermoskanne mit Kaffee über den Tisch, aber Morris hob abwehrend die Hand. Dann zog er einen Teebeutel heraus und hängte ihn mit zitternden Fingern in seinen Becher. Die Brücke war am Morgen ein paar Stunden für den Zugverkehr geöffnet gewesen, und so hatte er kommen können.

»Ist es okay, wenn ich Schwedisch spreche?«, fragte sie und eröffnete damit die Sitzung.

Für Tess war das nicht selbstverständlich. Im Unterschied zu dem, was viele glaubten, fiel es Dänen und Südschweden durchaus nicht immer leicht, sich zu verständigen.

»Meine Mutter war Schwedin, ich bin zweisprachig aufgewachsen«, sagte er leise, und sein freundliches Lächeln spiegelte sich in seinen braunen Augen.

»Na, da haben wir ja Glück«, sagte Marie und lächelte ihn an.

Carsten Morris nahm ein Kästchen mit chinesischen Anti-Stress-Kugeln heraus, die leise klackerten, als er begann, sie in der Hand zu bewegen.

»Ihr Cold-Case-Team hat sich wirklich einen Namen gemacht«, sagte er und blickte in die Runde. »Die Sache mit dem Friedhofsmord ist bis zu uns vorgedrungen. Es ist eine Art Role Model für den Umgang mit alten Fällen geworden.« Er nickte Tess zu. »Ich erinnere mich, Sie in einer Fernsehsendung gesehen zu haben.«

»Ja, nur leider kann man sich auf seinen Lorbeeren nicht ewig ausruhen.«

Carsten Morris betrachtete die blauroten Kugeln in seiner Hand.

»Nein, und ich kann Ihnen auch wirklich nicht dazu gratulieren, dass der Valby-Mann zu Ihnen herübergekommen ist. Er hatte eine dreijährige Cooling-Off-Periode. Warum wird er jetzt wieder aktiv? Und warum hier? Irgendetwas in seinem Umfeld muss sich verändert haben.«

Er schwieg eine Weile, schien in seinen eigenen Gedanken versunken.

Marie sah zu Tess hinüber.

»Sie haben ihn viele Jahre beobachtet«, sagte Tess.

»Ja, und es ist ein merkwürdiges Gefühl, einem Menschen so nahe zu rücken, dass man fast alles über seine Kindheit, seine Familie, seinen Beruf und seine Motive zu wissen glaubt, ohne ihm je persönlich begegnet zu sein. Ein Gespenst, das ich Tag und Nacht verfolge.«

Carsten Morris drehte eine Kugel in der Hand.

»Ich habe zehn Jahre mit diesem Mann gelebt.«

»Fühlen Sie sich auch zu Ihrem eigenen Geschlecht hingezogen?«, fragte Marie und grinste breit, während sie ihren Pferdeschwanz fester zog.

Rafaela blickte erstaunt auf.

Tess bedeutete Morris mit einer Geste, dass er sich nicht um Maries Kommentar zu kümmern brauchte. Aber Carsten Morris lachte und blickte Marie amüsiert an. Dann ließ er die Kugeln noch einmal durch seine Hand rollen.

»Irgendetwas muss im näheren Umfeld des Valby-Mannes passiert sein, das Panik in ihm ausgelöst hat. Jetzt agiert er wieder genau wie damals.«

Tess nickte.

»Erzählen Sie uns, was er für ein Mensch ist.«

Morris räusperte sich.

»Der Valby-Mann ist in ärmlichen Verhältnissen aufgewachsen, da bin ich mir ziemlich sicher. Deshalb überfällt er ausgerechnet diese Häuser. Wo die Leute Geld haben. Eine Art Rache für seine Kindheit, in der ihm das vorenthalten wurde.«

Rafaela rutschte unruhig auf ihrem Stuhl herum und notierte sich etwas. Tess wurde nicht recht schlau aus der hochgewachsenen Kollegin, die niemandem wirklich in die Augen sah. Hatte sie sie jemals lachen sehen?

Viele Jahre war Rafaela als vielversprechende Polizistin im Außendienst gehandelt worden. Doch vor ein paar Jahren hatte man sie nach Lund versetzt. Niemand wusste genau, warum, aber es kursierten Gerüchte, sie hätte bei einem Einsatz überreagiert und wäre einem Drogenabhängigen gegenüber gewalttätig geworden. Eine interne Ermittlung hatte es nie gegeben, und es wurde darüber spekuliert, ob jemand sie schützte. Jetzt war sie seit ein paar Monaten zurück in Malmö und hatte in der Abteilung Gewaltverbrechen angefangen, wo Makkonen ein Auge auf sie haben sollte. Vor ein paar Wochen hatte sie dann zu Tess' großer Verwunderung an der Cold-Case-Tür geklopft und um ein Gespräch mit ihr gebeten. Sie hatte sich auf einen Stuhl gesetzt und zehn Sekunden geschwiegen, dann war sie zur Sache gekommen.

»Ich würde gerne mit alten Fällen arbeiten. Gibt es einen Platz für mich im Cold-Case-Team?«

Tess hatte nichts dagegen, ihr Team zu erweitern. Aber sie war sich nicht sicher, ob ausgerechnet Rafaela dafür geeignet war, sie hatte sie nie als typische Ermittlerin gesehen, dazu brauchte man viel Geduld und analytische Fähigkeiten. Außerdem war sie sich ziemlich sicher, dass die Polizeiführung ihr keine weitere Mitarbeiterin genehmigen würde. Deshalb hatte sie Rafaela gebeten, zu warten und zu schauen, wie die Lage im Herbst aussehen würde. Tess hatte Marie von diesem Gespräch erzählt, was sie inzwischen bereute.

Morris blickte auf seine Hände und atmete ein paarmal tief durch.

»Ich hatte den Valby-Mann eigentlich hinter mir gelassen. Hatte das alles hinter mir gelassen«, er deutete auf das Whiteboard. »Aber erzählen Sie mir doch etwas über die neuen Fälle.«

Tess fasste zusammen, was man über den Mord an Linnea Håkansson in Höllviken zu wissen glaubte.

»Der Valby-Mann hat seine Opfer bereits früher in zwei Fällen getötet«, sagte Morris, als sie fertig war. »Beide Male fühlte er sich bedroht. Zwei Frauen sind zudem schwer misshandelt worden. Vielleicht genügte ihm die Vergewaltigung allein nicht mehr, um seinen Durst zu stillen. Was ihn antreibt, ist das Spiel, die Macht, das Planen und das Gefühl, unbesiegbar zu sein. Er hat alle charakteristischen Züge eines Serienmörders.«

»Hier in Schweden glauben wir nicht an Serienmörder«, sagte Marie. »Der einzige Serienmörder, den wir hatten, war Thomas Quick. Und das war am Ende nur eine Fantasie.«

Carsten Morris schüttelte den Kopf.

»Ihr habt massenhaft Serienmörder«, sagte er und zeigte auf seinen Kopf. »Und zwar da drinnen.«

Die Anti-Stress-Kugeln schienen ihm neue Energie verliehen zu haben.

»Die meisten leben es nur nicht aus. Das ist in Dänemark genauso. Der einzig bekannte Serienmörder, den wir abgesehen vom Valby-Mann hatten, ist Peter Frank, und der verübte seinen ersten Mord in den USA, wo er aufgewachsen war. Dieser Mord wurde erst viel später aufgeklärt, nachdem er wegen des Mordes an seiner Mutter in Dänemark festgenommen worden war. Da erst sah man die Verbindungen zu der Amerikanerin, mit der er früher ein Verhältnis gehabt hatte. Die Schweden glauben vielleicht nicht an Serienmörder, und ich verlasse mich nicht nur auf Zahlen und Statistiken. Es sind die zugrunde liegenden psychologischen Strukturen, die mich interessieren. Und die Psyche ist überall auf der Welt gleich. Natürlich gibt es in den USA mehr Serienmörder als in Dänemark, aber das liegt schlicht an der größeren Bevölkerung.«

Carsten Morris schwieg, sein Blick wurde leer.

Er hatte eine Reihe von Büchern über Serienmörder und

die unterschiedlichen Verhaltensmuster von Straftätern veröffentlicht. Ein paar davon hatte Tess mit großem Interesse gelesen. Sie stellte ihre Sterntasse ab und räusperte sich, um den Profiler wieder zum Thema zurückzubringen.

Morris zuckte zusammen.

»Ein Serienmörder ist selten wie der andere«, sagte er schließlich. »Ihre Vorgehensweise unterscheidet sich enorm. Ein paar Dinge jedoch sind bei allen gleich: Sie bewegen sich in der Regel in Gegenden und Milieus, die sie gut kennen, und benutzen Waffen, mit denen sie vertraut sind.«

»Beim Valby-Mann war es ein Messer, und er war wohl immer mit dem Fahrrad unterwegs«, sagte Tess.

»Ja, das Messer ist sicher, und es gibt mehrere Zeugen, die glauben, im Zusammenhang mit den Überfällen in Kopenhagen einen Rad fahrenden Mann gesehen zu haben.«

»Aber warum ist er jetzt hier in Schweden aktiv, ausgerechnet jetzt?«

Morris zuckte die Achseln.

»Zufall, vielleicht arbeitet er hier, vielleicht ist es irgendwie praktisch für ihn. Leichter zu entwischen, und trotzdem ein vertrautes Milieu.«

»Ja, so verschieden sind wir gar nicht«, sagte Marie. »Immerhin waren wir bis 1658 alle Dänen, bis der Frieden von Roskilde uns gerettet hat.«

Wieder wedelte Tess Maries Kommentar beiseite.

»Sie hat ein etwas angespanntes Verhältnis zu Dänemark.«

»Ja, wir können ein bisschen anstrengend sein«, sagte Morris.

»Warum hat er Linnea getötet und Susanne nicht?«, fragte Lundberg unvermittelt.

Carsten Morris fuhr sich mit der Hand durch das wellige braune Haar.

»Aus zwei Gründen. Linnea hat ihn mit ihrem heftigen Widerstand überrascht. Und ich glaube, dass sie sein Gesicht gesehen hat.«

Lundberg schob sich die Brille auf die Stirn.

»Wie sucht er sich seine Opfer eigentlich aus?«

»Das wissen wir noch nicht genau. Wir wissen nur, dass er morgens zuschlägt, gegen sechs, immer im Haus der Opfer. Wahrscheinlich beobachtet er sie am Abend vorher, vielleicht sogar über mehrere Tage hinweg, und macht sich mit den Abläufen in der Familie vertraut.«

Carsten deutete auf ein Foto von Linnea, das am Whiteboard hing.

»Der Valby-Mann bevorzugt Frauen mittleren Alters. Zumindest bei den letzten zehn Opfern war es so. Die ersten drei waren etwas jünger, aber da war er selbst auch noch nicht so alt wie jetzt. Und alle waren dunkel, beinahe schwarzhaarig.«

Er deutete noch einmal auf Linnea.

»Dunkelhaarig, Mutter zweier Kinder. Wie sah das letzte Opfer aus?«

Tess sah zu Lundberg hinüber. Der ließ die Brille wieder auf seine Nase gleiten und las ab.

»Susanne war dunkelhaarig und hatte eine Tochter im Teenageralter.«

Morris nickte, ohne eine Miene zu verziehen.

»Er spielt mit ihnen, das macht für ihn einen der Reize aus.«

»Was ist es, das ihn daran so befriedigt?«

»Rache. Für etwas, das in seiner Kindheit passiert ist.«

Morris schwieg und betrachtete seine Anti-Stress-Kugeln.

»Ich habe da so meine Theorie, was ihn antreibt, aber dazu möchte ich im Moment noch nichts sagen.«

Marie zog ein Krabbensandwich aus ihrer Tasche.

»Sympathischer Typ.«

»Ja, er ist natürlich krank. Aber in seinem eigenen Kopf hält er sich für unfehlbar, steht er über allen anderen. Ein

57

Narzisst. Sieht wahrscheinlich ziemlich gut aus, kriegt leicht eine Frau, ist aber privat nicht übertrieben sexuell. Bei seinen Überfällen vergewaltigt er die Frauen allerdings mehrmals im Laufe von wenigen Stunden, worüber in Dänemark hier und da gewitzelt wurde, sowohl in den Medien als auch bei der Polizei. Sehr unangenehm, wie ich finde.«

Carsten Morris runzelte die Stirn.

»Ich glaube, ihr Schweden denkt da immer gleich an den Haga-Mann, aber es gibt nur wenige Parallelen. Ich hatte auch damals mit den Ermittlungen zu tun. Der Haga-Mann war relativ klein und hatte wenig Selbstbewusstsein. Natürlich war er sozial gestört, aber eines seiner Opfer begleitete er anschließend bis zur Haustür, weil der Frau nach der Vergewaltigung schwindlig war und sie nicht ohne Hilfe nach Hause fand. Das würde der Valby-Mann nie tun. Ich habe noch nie so jemanden wie ihn erlebt, nicht in Europa, nur in den USA. Es gibt nur wenige, die ein so riskantes Spiel spielen, das Schicksal derart herausfordern.«

»Beruf?«, fragte Tess.

»Irgendwas im Niedriglohnsektor. Er hat keine richtige Ausbildung. Der Valby-Mann ist alles andere als dumm. Aber er ist zu unstrukturiert, um wirklich Karriere zu machen. Seine Lust, seine Trigger, der Zwang, seine Fantasien umzusetzen, stehen ihm im Weg. Wahrscheinlich geht er wechselnden Tätigkeiten nach. Ich glaube, er arbeitet abends oder nachts, deshalb begeht er die Vergewaltigungen am frühen Morgen. Da muss er auch nicht befürchten, auf andere Leute zu treffen. Nicht, dass er asozial wäre. Die meisten finden ihn charmant, das ist häufig so bei Leuten mit einer psychopathischen Störung. Sie sind unterhaltsam, oft sogar witzig. Aber er geht keine engeren Beziehungen ein. Dennoch ist es möglich, dass er Kinder hat, wahrscheinlich lebt er aber nicht dauerhaft mit einer Frau zusammen.«

Carsten Morris verstummte. Starrte mit leicht glasigem Blick aus dem Fenster. Dann zuckte er zusammen.

»Entschuldigt«, sagte er. »Ich bin ein bisschen müde. Schlafe nachts schlecht, jetzt, wo alles wieder hochkommt.«

Tess schenkte ihm ein Glas Wasser ein, das er in drei Zügen leerte. Er steckte die Anti-Stress-Kugeln in die Tasche seines Jacketts, stand auf und ging hinaus.

Rafaela blickte von ihren Notizen auf.

»Sind wir fertig?«

Marie verdrehte die Augen. Tess nickte und beendete die Sitzung, nahm ihr Smartphone und ging auf die Homepage der Tageszeitung *Sydsvenskan*. Jöns' und Makkonens Pressetreffen musste gerade zu Ende gegangen sein. *Dänischer Star-Profiler soll den Mörder fassen*, lautete die Schlagzeile. Jetzt hatte Carsten Morris kaum noch eine andere Wahl, als mit ihnen weiterzuarbeiten.

Marie war noch im Raum geblieben.

»Warum ist ausgerechnet Rafaela bei den Ermittlungen dabei? Sie wird nichts dazu beitragen! Sie ist völlig unfähig und hat keinerlei Erfahrung.«

»Wir sollten ihr eine Chance geben«, sagte Tess und blätterte in ihren Unterlagen.

Im Augenblick war Rafaela Cruz nicht ihr größtes Problem. Außerdem wollte Tess wissen, was ihre Kollegin draufhatte, nachdem sie sich so für das Cold-Case-Team interessiert hatte.

Wenige Minuten später kam Carsten Morris zurück. Er wirkte ein bisschen munterer, trat ans Fenster und schaute hinaus.

»Dass er seinen Opfern hinterher den Unterleib wäscht – was ist da dran?«, fragte Tess.

»Tja, wenn man nach einer Art Signatur sucht, dann ist es wohl das.«

»Aber was will er damit bezwecken? Er scheint Kondome

benutzt zu haben, jedenfalls hat man bisher keine DNA gefunden.«

Morris schüttelte den Kopf und sah sie an.

»Eine weitere Kränkung, Kontrolle? Ich weiß es nicht. Was die menschliche Psyche angeht, gibt es mehr Fragen als Antworten.«

Montag
12. Februar

»Ist er es gewesen ... der Däne?«

Susanne Ek schaute auf ihre Hände hinab. Sie war blass, ihr Gesicht ausdruckslos. Im Krankenhaus war sie untersucht worden, hatte sich jedoch trotz intensiver Überzeugungsarbeit des Personals geweigert, dort zu bleiben. Bei der Rückkehr in ihr Haus in Bellevue war sie ohnmächtig geworden, sobald sie den schwarzen Steinfußboden im Flur gesehen hatte.

Während des gesamten Gesprächs saß eine Freundin neben ihr und streichelte ihren Arm.

Susanne wendete den Blick nicht von ihren Händen ab.

»Er hatte sich das Gesicht komplett schwarz geschminkt. Wozu? Er hatte schließlich eine Sturmhaube auf. Die Frau in Höllviken hat er getötet, mich aber nicht. Können Sie mir das erklären?«

Tess zögerte.

»Das Ergebnis der technischen Untersuchung ist noch nicht da, aber ...«

Susanne fiel ihr ins Wort.

»Sie hat versucht, sich zu verteidigen, ich war gefesselt – lag es daran?«

Die Jalousien im Wohnzimmer waren heruntergelassen.

»Können Sie sich vorstellen, wie sich das für meine Tochter anfühlt? Ganz Malmö weiß jetzt, dass es hier passiert ist. In der Schule und überall wird es Gerede geben ... Wie können wir hier wohnen bleiben, wenn er noch frei herumläuft? Vielleicht kommt er zurück.«

»Wenn Sie möchten, können wir Ihr Haus unter Polizeischutz stellen«, sagte Tess. »Aber wenn es derselbe Mann ist wie in Kopenhagen, wird er nicht wiederkommen. Er ist noch nie an einen Tatort zurückgekehrt.«

Susanne drehte den Kopf weg und blieb mit dem Blick am Erker zum Garten hängen.

»Gott sei Dank ist wenigstens den Mädchen nichts passiert.«

Tess nickte, fand jedoch keine beruhigenden oder tröstenden Worte. Die Frau stand immer noch unter Schock. Dennoch brauchten sie möglichst schnell weitere Informationen, um den Valby-Mann aufhalten zu können. Susanne hatte ihn ohne Sturmhaube gesehen, das war von unschätzbarem Wert für die Ermittlungen.

Die Befragung der Nachbarn hatte nichts ergeben. Aber sie wussten, dass der Täter auf einem schwarzen Damenrad mit Fahrradkorb geflohen war.

Nachdem die Freundin der Tochter aus dem Haus gerannt war und um Hilfe gerufen hatte, war einer der Nachbarn nach draußen gerannt und hatte versucht, ihn auf seinem eigenen Fahrrad zu verfolgen, hatte ihn aber bald aus den Augen verloren. Der Trumpf der Polizei war die Coladose. Wenn es stimmte, was Susanne Ek erzählt hatte, dass er daraus getrunken und sie dann stehen gelassen hatte, musste seine DNA daran zu finden sein. Damit wäre ihm ein bemerkenswerter Fehler unterlaufen. Auch wenn sie wahrscheinlich keine DNA hatten, mit der sie sie vergleichen konnten, weil er bisher keine Spuren hinterlassen hatte.

»Heute früh hat das Telefon geklingelt.« Susanne Ek nickte zu ihrer Freundin hinüber. »Karin ist drangegangen. Wir dachten, Sie wären das. Aber es war ein Journalist. Er wollte wissen, wie ich mich fühle, und fragte, ob er mit mir sprechen könne ...«

Tess seufzte.

»Es tut mir sehr leid, dass das passiert ist.«

Susanne Ek antwortete nicht, sondern starrte weiter aus dem Fenster.

Eine Weile herrschte Schweigen. Dann versuchte Tess es noch einmal.

»Und ansonsten ist Ihnen nichts Besonderes an ihm aufgefallen? Was auch immer: Geruch, Bewegungsmuster? Haben Sie vielleicht seine Stimme gehört?«

Susanne Ek schüttelte langsam den Kopf.

»Da war nur ein schwacher Geruch nach Zigarettenrauch, wie ich vorhin schon gesagt habe. Und der weiße Fleck. Es sah merkwürdig aus, nicht wie sonst bei grau meliertem Haar.«

»Dann war es eher eine größere Partie?«

Tess versuchte, ihren Blick einzufangen.

»Ja, so sah es zumindest aus. Ein Viereck auf seinem Kopf.«

Plötzlich hob Susanne die Stimme. Ihr Blick wurde klar.

»Ich werde das alles vergessen, sobald Sie mit ihren Fragen fertig sind. Ich habe nicht vor, diesem Monster und allem, was damit zusammenhängt, einen Platz in meinem Leben einzuräumen. Ihn, *alles* an ihm, werde ich ausradieren.«

Tess nickte.

Durch die Wand war die aufgebrachte Stimme des Ehemannes zu hören.

»Wie können Sie so etwas zulassen? Zweimal in ein und derselben Woche, bei den Leuten zu Hause! Ihr seid doch Idioten, allesamt! Was, wenn es eure Frauen wären, die er vergewaltigt?«

Susanne Ek rutschte unruhig auf dem Sofa hin und her, zog den Schal enger um sich. Dann hustete sie ein paarmal.

»Sein Körper war vollständig bedeckt, und er war schwarz geschminkt«, sagte sie, den Blick zu Boden gerichtet. »Ich fand es seltsam, dass er so ruhig war, dass er den Kühlschrank öffnete und trank. Ohne Sturmhaube. Er schien überhaupt keine Angst zu haben, dass jemand nach Hause kommen und ihn stören könnte.«

Tess erhob sich, überlegte, ob sie der Frau die Hand geben sollte, ließ es aber sein.

»Wenn Ihnen noch etwas einfallen sollte, melden Sie sich bitte sofort. Egal, was es ist.«

Sie ging hinaus. Im Flur betrachtete sie den schwarzen Fliesenboden. Stellte sich Susanne Ek vor, wie sie gefesselt dort gelegen hatte. Dann ging sie in die Hocke und sah zum Spiegel hinüber. Darin war ein Großteil der Küche zu sehen, der Kühlschrank sowie der Küchentisch.

Seltsam, dass der Täter so abgebrüht gewesen war, den Kühlschrank zu öffnen und nach etwas zu trinken zu suchen. Als hätte ihn etwas abgelenkt, als hätte er vergessen, wie er sonst agierte. Alle Details bis auf dieses stimmten mit dem Valby-Mann überein. Frühestens am Nachmittag würden sie vom NFC, dem Nationalen Forensischen Zentrum, Bescheid bekommen, ob es Treffer bei der Coladose gegeben hatte. Tess machte sich keine allzu großen Hoffnungen. Sie saß noch immer in der Hocke, als einer der wachhabenden Polizisten hereinkam. Sie stand auf, grüßte und ging an ihm vorbei auf die Treppe hinaus.

Es hatte angefangen leicht zu schneien, aber die Flocken schmolzen, sobald sie den Boden erreichten.

Sie ging zum Gartenzaun und sah zu den großen Einfamilienhäusern in der Scaniagatan und der Vikingagatan hinüber. Bei vielen hingen noch die Lichterketten in den Bäumen. Gepflegte Gärten und gediegene, mehrstöckige Steinhäuser mit Pool. Die Anwohner hier hatten ein viermal so hohes Einkommen wie die in den nahe gelegenen staatlichen Siebziger-Jahre-Bauten von Bellevuegården. Und mindestens doppelt so viele Autos. Dennoch führte die geringe Entfernung zwischen Luxus- und Problemgegend zu keiner höheren Kriminalitätsrate in diesem Stadtteil.

Aber die Panik hiervor würde jetzt wahrscheinlich enorm zunehmen. An der Kreuzung hinter der Absperrung zählte sie mindestens vier Autos, in denen jemand saß und Ausschau hielt. Die Presse, vermutete sie.

Unter der Treppe gab es ein Kellerfenster. Der Valby-Mann hätte bequem hier einsteigen können, hatte aber den riskanteren Weg gewählt und stattdessen an der Haustür geklingelt. Tess musste an Morris' Worte denken: Dieser Mann erlebte Risiken als Kick.

Sie stieg ins Auto und fuhr zum Polizeigebäude zurück.

Die Straße vor ihr war gesperrt, Tess landete im Stau vor dem Gebäude des Fernsehsenders SVT. In Malmö herrschte immer noch Chaos wegen der Verwüstungen, die der Orkan Rut in den vergangenen Tagen angerichtet hatte. Am Morgen hatte der Sturm endlich nachgelassen, aber der Wetterbericht warnte davor, dass er zum Wochenende hin bei Plusgraden mit voller Kraft zurückkehren könnte.

Tess schaltete den Motor ab und stieg aus, um nachzusehen, was den Stau verursachte. Ein paar Hundert Meter weiter vorn kämpften Arbeiter mit einem umgestürzten Ampelmast, der die Fahrbahn Richtung Innenstadt blockierte. Tess seufzte und stieg wieder ein. Gleichzeitig klingelte ihr Handy. *Papa*, wurde auf dem Display angezeigt.

Tess holte tief Luft und nahm ab.

»Den ganzen Herbst haben wir darüber geredet, die Veranda auszubauen«, klagte ihr Vater, nachdem er Hallo gesagt hatte. Seine Stimme klang heiser, schleppend und seltsam tief, sie erkannte sie kaum wieder.

»Es war ihre Idee, und dann hat sie mich nach vierzig Jahren plötzlich sitzen lassen. Kannst du mir das erklären?«

»Nein, Papa, das kann ich nicht.«

Sie spähte nach vorn. Bisher gab es keinerlei Anzeichen, dass der Verkehr bald wieder fließen könnte.

»Du musst von einem Tag zum nächsten denken, sie nacheinander verstreichen lassen. Später wird es leichter. Es ist kein schöner Zustand, ich weiß, aber es ist die einzige Möglichkeit. Du wirst noch eine Weile brauchen, um dich wirklich daran zu gewöhnen.«

Ihr Vater erwiderte nichts, und so fuhr sie fort.

»Im Moment habe ich leider kaum Zeit, ich habe viel mit der Arbeit zu tun.«

»Ja, du hast deinen eigenen Kram, wie alle«, sagte er. »Das Dach vom Gewächshaus ist runtergerissen worden. Aber es ist mir egal.«

»Pass auf dich auf und bleib am besten im Haus, ich helfe dir mit dem Gewächshaus, sobald ich kann.«

Sie legte auf und rieb sich frustriert das Gesicht.

Ein halbes Jahr war die Trennung ihrer Eltern nun her, und er steckte immer noch fest. Sie konnte seinen Schock ja verstehen, aber wann würde er sich legen? Wann würde eine neue Phase für ihn beginnen? Und in welcher Phase befand sie sich selbst eigentlich, nach anderthalb Jahren? War sie dabei, es zu akzeptieren? Nein, so fühlte es sich nicht an. Sie war immer noch wütend, enttäuscht, und, wie sie zugeben musste, sie hoffte immer noch. Was für ein Zufall, dass sie und ihr Vater mit nur einem Jahr Abstand verlassen worden waren.

Ihre Trennung von Angela war allerdings bei Weitem nicht so überraschend gekommen wie die ihrer Eltern. Sie hatte sich schleichend angekündigt, wie eine ständige Katastrophenwarnung. Sie hatte gewusst, dass etwas im Gange war, hätte aber nie gedacht, dass es so endgültig sein würde, dass Angela tatsächlich ohne sie zurechtkommen würde. Aber die Tage waren verstrichen, und allem Anschein nach ging es ihr ausgezeichnet.

Wann hatten sie zuletzt Kontakt gehabt? Vor einem halben Jahr? Angela hatte sie nicht einmal von ihrer Freundesliste bei Facebook gestrichen, das war fast noch schlimmer. Sie wirkte so seltsam unberührt, lebte einfach weiter. Einmal hatte sie sogar ein Bild gelikt, das Tess von sich und Marie im Dienstwagen gepostet hatte. Tess hatte das Foto sofort gelöscht.

Sie versuchte, nicht zu verfolgen, was Angela tat, aber es gelang ihr nicht wirklich. In letzter Zeit war Angela sowohl auf Facebook als auch auf Instagram deutlich aktiver geworden. Diese Veränderung gefiel Tess nicht. Zwar kannte sie die meisten Gesichter aus Angelas Bekanntenkreis von früher, aber ab und zu tauchte auch jemand Neues, Unbekanntes auf. Mit ihrer Malerei schien es noch besser zu laufen als während ihres Zusammenlebens, mehr Vernissagen, mehr Verkäufe, so als blühe sie förmlich auf. Angela entglitt ihr immer mehr und vielleicht auch für immer.

Ihre unterschiedlichen Ansichten darüber, was das Wichtigste im Leben war, hatten am Ende ihre Liebe zerstört.

Im letzten Jahr, in den Monaten vor der Katastrophe, hatte Tess überall nur noch Kinderwagen gesehen. Angela wollte keine Kinder, sie hatte keine Lust auf den Familiensumpf, wie sie es nannte. Sie wollte frei sein und sich ihrer Malerei und anderen Interessen widmen.

Tess startete den Motor. Die Trennung ihrer Eltern und das Chaos, das damit einhergegangen war, hatte sie selbst wieder darauf zurückgeworfen, was sie zu vergessen versucht hatte: auf Angela.

Sie wendete und schlich über kleinere Straßen zum Polizeigebäude am Drottningtorget.

Beim Einparken klingelte erneut ihr Handy.

»Der NFC hat uns Vorrang gegeben«, sagte Jöns außer Atem. »Die Coladose ... Es gibt einen Treffer für den Valby-Mann, Fingerabdrücke.«

»In Schweden?«

»Ja«, sagte Jöns. »Aber nicht, was du denkst. Es geht um einen alten Fall. Annika Johansson, die als vermisst gemeldet wurde. Was sagst du dazu?«

»Annika? Annika Johansson aus Simrishamn?«

Tess fiel beinahe das Smartphone aus der Hand.

»Wo gab es den Treffer?«

»Erinnerst du dich an das Auto, an die Fingerabdrücke, die am Lenkrad gefunden wurden?«

»In dem weißen Ford? Wer weiß davon?«

»Bisher nur du, Makkonen und ich.«

Nachdem Tess aufgelegt hatte, versuchte sie, sich zu sammeln. Bruchstücke der Ermittlungen im Annika-Fall zogen vor ihrem geistigen Auge vorbei. Bevor sie sich mit dem Liedberg-Fall auseinandergesetzt hatten, hatten sie und Lundberg große Teile der Voruntersuchung zu Annika Johanssons Verschwinden gelesen. Sie hatten sogar Annikas Mutter besucht und mit ein paar von ihren Freunden geredet.

Es zerriss Tess Hjalmarssons Cold-Case-Herz, wenn sie an diesen Fall dachte. Unzählige Verhörprotokolle und Dokumente verstaubten im Keller der Polizei. Annikas Verschwinden war einer der schwierigsten Fälle in der schwedischen Kriminalgeschichte, ein klassischer Cold Case, den man nie hätte kalt werden lassen dürfen. Ein neunzehnjähriges, freundliches junges Mädchen, das gerade seinen Schulabschluss gemacht hatte, wurde wenige Hundert Meter von seinem Elternhaus in Simrishamn entfernt überfallen und wahrscheinlich ermordet. Auf dem Nachhauseweg von einem Nachtclub, in einer Juninacht zu Beginn eines der heißesten Sommer seit vielen Jahren. Sechzehn Jahre später lag ihr Verschwinden immer noch wie ein Nebelschleier über der Kleinstadt Simrishamn an der südschwedischen Ostküste.

Tess hatte die Akte verbittert beiseitegelegt. Es war eine der schlechtesten Ermittlungen, die sie je erlebt hatte. Gleich zu Beginn waren mehrere schwerwiegende Fehler gemacht worden. Dennoch stand dieser Fall ganz weit oben auf ihrer persönlichen Rangliste ungelöster Fälle.

»Bravo, der hat gesessen! Aber denk an die Atmung.«

Schießtrainerin Ingrid Lundbäck klopfte Tess anerkennend auf die Schulter.

Vier von fünf im Ring, aus sieben Metern in zwei Sekunden. Das würde für diesen Teil der Prüfung reichen, wusste sie. Tess nahm die Schutzbrille ab und unterhielt sich noch eine Weile mit Lundbäck über das Ergebnis und ihre Schusstechnik.

Im Vergleich zu den meisten Kollegen in der Abteilung Gewaltverbrechen konnte man Tess als relativ schießfreudig bezeichnen. Sie verbrachte gern viel Zeit auf dem Schießstand im Keller des Polizeigebäudes und war sowohl treffsicher als auch schnell. Vor allem die Präzisionsübungen aus zwanzig Metern Entfernung mochte sie. Auch wenn sie im Dienst nur selten zur Waffe greifen musste, gab es ihr ein gutes Gefühl, mit der Pistole umgehen zu können, oder anders gesagt: Sie fand, es war ihre Pflicht, schießen zu können, wenn sie schon das Recht hatte, eine Waffe zu tragen. Während der fünfzehn Jahre als Polizistin hatte sie ihre Waffe nur zweimal in einer akuten Situation benutzt: vor zehn Jahren im Zusammenhang mit einem Kiosküberfall am Värnhemstorget, und als sie bei einer Auseinandersetzung mit einer kriminellen Bande in Seved bedroht wurde und einem Mann in den Fuß geschossen hatte.

»Versuch, mir auch Per Jöns in den nächsten Tagen mal runterzuschicken, inzwischen sind einige von euch ganz schön ins Hintertreffen geraten«, sagte Lundbäck.

Tess bedankte sich für das Training und ging hinaus, um ihre Sig Sauer wieder in den Waffenschrank zu legen. Als Ermittlerin konnte es einem leicht passieren, dass man vor dem Bildschirm hängen blieb, und wenn man seine Waffe nicht im Alltag benutzen musste, suchte man gerne nach Gründen, nicht hier runtergehen zu müssen. Je unsicherer man sich dann fühlte, desto mehr drückte man sich vor dem Schießstand. Kollegen, die sich so selten dort sehen ließen, dass sie nicht einmal mehr zur jährlichen Schießprüfung gingen, konnten das Recht verlieren, eine Waffe zu tragen. Dazu gehörten beispielsweise Lundberg und offenbar auch ihr Chef, Per Jöns.

Tess stieg aus dem Fahrstuhl, bog links ab und ging weiter durch den Flur. Das Büro des Cold-Case-Teams lag etwas abseits in der Abteilung Gewaltverbrechen. Das Türschild an ihrem neu renovierten Raum, der wie alle Räume im neuen Polizeigebäude den Namen einer bekannten Persönlichkeit der Stadt Malmö trug – etwa Eva Rydberg, Zlatan oder Anita Ekberg –, hatten sie überklebt. Der Architekt hatte heftig dagegen protestiert, als er es im Zuge einer Inspektion entdeckte. Er habe sich schließlich viele Gedanken über die Bezeichnungen der Räume gemacht.

»Wir können doch nicht in einem Raum sitzen, der Björn Afzelius heißt«, hatte Marie ausgerufen, als sie eines Montagmorgens zum ersten Mal das Büro betreten hatte.

»Palme?«, hatte Lundberg vorgeschlagen.

Tess wies darauf hin, dass es so einen Raum bereits auf Kungsholmen in Stockholm gebe. Und rein psychologisch betrachtet erschien es ihr falsch, das Büro nach einem der hoffnungslosesten Cold Cases Schwedens zu benennen, noch dazu, da die Tat in Stockholm begangen worden war.

Und so stand jetzt einfach nur »CC Schonen« auf dem

überklebten Namensschild. Ein braunes Sofa mit einem Glastisch war das einzige Möbelstück, das nicht unter Ordnern, Kartons und Papierstapeln verschwand.

Nur ein geringer Teil der alten Ermittlungsunterlagen war bisher digitalisiert worden. Tess und Lundberg hatten gemeinsam die vielen Akten zum Annika-Fall aus den Archivschränken im Keller nach oben geschleppt. Um ehrlich zu sein, hatte sie nicht zu glauben gewagt, dass ausgerechnet im Annika-Fall, mit dem sie sich in den letzten Jahren so viel beschäftigt hatte, neue Spuren auftauchen könnten.

Den gestrigen Tag hatten sie und ihre Kollegen damit verbracht, die Akten durchzuarbeiten. Sie hatten an ihren Schreibtischen gesessen und Seite für Seite umgeblättert. Makkonens Team konzentrierte sich in einem anderen Raum auf die Vergewaltigungen und den Valby-Mann, während die CC-Gruppe nach möglichen Verbindungen zwischen den Überfällen suchen sollte. Jede Stunde, die verging, ohne dass ein neuer Vergewaltigungsfall gemeldet wurde, war für Polizei und Bevölkerung in Malmö eine gute Nachricht. Die ständigen Schießereien erschienen dagegen fast als normal.

Von der Decke des CC-Raumes hingen lose Stecker und Elektrokabel herab. Marie Erling kniete auf dem frisch gebohrten Holzfußboden und versuchte, das in eine Glasscheibe integrierte elektronische Whiteboard anzuschließen.

»Da fehlt schon wieder so ein bescheuerter Adapter«, murmelte sie.

Schließlich gab sie auf und setzte sich zu den anderen an den runden Tisch.

Tess sah sich um und entdeckte ein einfaches altes Whiteboard auf Rollen.

»Neueste Technik«, sagte Lundberg und schob die Brille von der Stirn auf seine Nase. »Nicht immer wirklich effektiv.«

Tess zeichnete einen senkrechten Strich auf die Tafel. Auf der einen Seite befestigte sie die Fotos der beiden Frauen, Linnea Håkansson aus Höllviken und Susanne Ek aus Bellevue. Daneben platzierte sie das etwas ältere, undeutliche Phantombild, das in Kopenhagen vom Valby-Mann erstellt worden war. Der Mann auf dem Bild hatte dichtes dunkles Haar, schwarze Augenbrauen und ein etwas eckiges Kinn. Lediglich eines der früheren Opfer hatte ihn kurz unmaskiert gesehen, als ihm während des Handgemenges die Sturmhaube heruntergerutscht war.

Auf der rechten Seite des Whiteboards brachte Tess zwei Fotos von Annika Johansson an: das Foto vom Schulabschluss und das letzte Foto, das zu Lebzeiten von ihr gemacht worden war. Auf dem einen lockte sich ihr blondes Haar unter der Studentenmütze, und sie lächelte die drei Ermittler strahlend an. Das andere Foto stammte von einer Überwachungskamera vor dem Paviljong, dem Nachtclub in Simrishamn, den sie vor ihrem Verschwinden besucht hatte. Ein ziemlich unscharfes Bild, auf dem Annika ganz allein mit einer Jeansjacke über dem Arm auf der Treppe stand.

Nur wenige Dinge sind so schicksalsschwanger wie die letzten Fotos eines Ermordeten oder Vermissten, dachte Tess. Zu Beginn des einundzwanzigsten Jahrhunderts hatte man ja noch nicht ständig mit dem Handy in der Gegend herumfotografiert oder Selfies gemacht. Sie dachte an die Mengen von Bildmaterial, die sie zur Verfügung hätten, wenn Annika heute verschwunden wäre.

An einer Wand hatte sie Karten von ganz Schonen, Malmö und Höllviken aufgehängt. Ausdrucke auf Papier waren bei ihrer Arbeit immer noch unersetzlich.

Tess sah sich Annikas Fotos an und dann den Valby-Mann. Nachdem sie die Vernehmungsprotokolle der Freunde, der verdächtigten Brüder Mårtensson und Annikas Bruders Axel gelesen hatte, war sie intuitiv überzeugt gewesen, dass die Lösung irgendwo in ihrer näheren Umgebung zu finden war. In Annikas Umgebung. Zu viele Lücken, schlampig durchgeführte Verhöre und nicht genauer untersuchte Hinweise verstellten die Sicht, aber das meiste deutete doch darauf hin.

Ein Däne war in Annikas Umfeld allerdings nie aufgetaucht.

»In erster Linie«, sagte Tess und zeigte auf das Foto von Annika, »handelt es sich hier um eine Vermisste. Wir glauben, dass sie getötet wurde, vermutlich gewaltsam. Es kann sich jedoch genauso gut – und vielleicht ist das gar nicht so unwahrscheinlich – um Totschlag handeln und nicht um Mord. Dann wäre die Tat inzwischen verjährt. Dennoch werden wir herausfinden, wer dahintersteckt, und ihre Leiche finden. Okay?«

Lundberg und Marie nickten.

»Fangen wir noch mal von vorne an. Lundberg, was war Annika für ein Mensch?«

»Ein fröhliches, allem Anschein nach ganz normales Mädchen, das gerade seinen Schulabschluss gemacht hatte. Sie spielte Volleyball und Handball im IF Simrishamn. Hatte in den meisten Fächern gute Noten, viele Freunde, war beliebt, sah gut aus, hatte keine Feinde. Wohnte mit ihren Eltern und ihrem älteren Bruder Axel in einem Haus. Sie wollte Kindergärtnerin werden und sollte bereits im Herbst in einer Einrichtung aushelfen, bevor sie sich endgültig für die Ausbildung entscheiden wollte. Wurde als tier- und kinderlieb bezeichnet. Stabiles Elternhaus. Mutter und Vater trennten sich allerdings ein paar Jahre nach ihrem Verschwinden. Der Vater ist vor drei Jahren gestorben.«

»Hatte sie einen festen Freund?«

»Zum Zeitpunkt ihres Verschwindens offiziell nicht. Mit Rickard Mårtensson hatte sie Schluss gemacht. Keine Exzesse in dieser Hinsicht, keine Drogenprobleme.«

Tess nickte.

»Klingt nach einer ganz normalen Neunzehnjährigen. Ein unbekannter Brummifahrer könnte sie vor sechzehn Jahren gekidnappt haben, vielleicht lebt sie heute unter neuem Namen in Jordanien. Vorher wäre sie dann völlig freiwillig mit dem Valby-Mann mitgefahren. Dessen Auto könnte gestohlen gewesen sein. Und anschließend hätte jemand versucht, es aus unbekannten Gründen zu verbrennen. Findet jemand von euch, dass wir von dieser Hypothese ausgehend weiterarbeiten sollten?«

Lundberg schob sich die Brille wieder auf die Stirn und lachte.

»Das wäre natürlich eine charmante Lösung für das Ganze.«

»Nicht wahr? Aber eigentlich stellt sich die Frage: Wie hängen die beiden Fälle tatsächlich zusammen? Warum haben wir eine Übereinstimmung der Fingerabdrücke?«

Sie klopfte mit dem Stift auf das Phantombild des Valby-Mannes und dann auf das Foto von Annika.

»Wenn es denn überhaupt stimmt«, sagte Lundberg. »Es ist ja wirklich ein merkwürdiger Zufall. Das Auto wurde einige Tage nach Annikas Verschwinden am Gyllebo-See in Österlen gefunden. Es war schlecht versteckt, und offenbar hatte jemand versucht, es in Brand zu setzen, damit aber keinen Erfolg gehabt. Bei der technischen Untersuchung wurden Haare im Kofferraum gefunden, die Annika zugeordnet werden konnten. Deshalb ging man davon aus, dass sie nach dem Überfall darin transportiert wurde.«

»Und die Fingerabdrücke?«

»Wurden am Lenkrad gefunden. Sie konnten aber niemandem zugeordnet werden. Bis jetzt.«

Marie hob den Blick von ihrem Handy.

»Der Sommer, in dem Annika verschwand, war der wärmste seit sechzehn Jahren. Am siebten Juni zweitausendzwei schien die Sonne von früh bis spät, und in Simrishamn waren es fünfundzwanzig Grad.«

Tess musterte ihre Kollegin fragend.

»Steht auf Wikipedia. Astrid Lindgren starb, und Fadime wurde erschossen. Im Kino lief *Lilja 4-ever*, und Afrodite gewann diesen Schlagerscheiß. Brasilien siegte in der Fußball-WM, Schweden war auch dabei, Göran Persson wurde Staatsminister, und ein paar Kilometer nördlich von Simrishamn war ich bei Sweden Rock, machte Headbanging zu Motörhead, ein super Konzert. In derselben Nacht, in der Annika verschwand.«

»Ja«, sagte Lundberg, »und am Wochenende achter, neunter Juni fand in Schonen ein großes Fußballturnier statt. Mehrere Spiele wurden in Simrishamn ausgetragen, an denen zahlreiche Jugendliche teilnahmen, auch aus dem Ausland. Das war der Grund, weshalb der damalige Ermittler Rune Strand und seine Kollegen mit der Hypothese eines unbekannten Täters von außerhalb arbeiteten, eines Fußballspielers, der sich nur vorübergehend in der Stadt aufhielt.«

Tess zeichnete einen Zeitstrahl mit den wichtigsten Ereignissen in der missglückten Annika-Ermittlung. Ein paar Wochen nach Annikas Verschwinden hatte sich der Verdacht gegen ihren Exfreund, den Simrishamner Rickard Mårtensson erhärtet. Er war einer der Letzten, die mit ihr geredet hatten, und noch dazu aggressiv geworden, nachdem sie ihn im Paviljong hatte abblitzen lassen. Statistisch gesehen war er der Täter.

Weil aber sein Vater ihm ein Alibi gegeben hatte, indem er bezeugte, dass Rickard in der Nacht nach Hause gekommen war, musste man ihn wieder laufen lassen. Außerdem gab es keine Beweise gegen ihn.

Abgesehen von ein paar wenigen Punkten direkt nach Annikas Verschwinden war der Zeitstrahl bis zum heutigen Morgen, als die Fingerabdrücke auf der Coladose zu einem Treffer geführt hatten, leer.

Vor Tess lagen zwei Ordner auf dem Tisch. Der eine Ordner enthielt eine sorgfältige Zusammenfassung aller Ereignisse. Der zweite Ordner enthielt Angaben zu Spuren, die gesichert worden waren und die man mithilfe der neuesten Technik noch einmal untersuchen konnte. Darüber hinaus enthielt er Angaben über die Beziehungen zwischen den Verdächtigen oder anderen, die man im Zuge der Ermittlungen vernommen hatte. Wenn jemand starb, erkrankte, umzog oder Ähnliches, wurde dies ebenfalls in diesem Ordner vermerkt. Solche Angaben konnten ausschlaggebend sein, weil sich möglicherweise alte Loyalitäten veränderten, worauf jeder Ermittler hoffte. Dass einer schließlich doch den Mund aufmachte und erzählte, was wirklich passiert war. Das Cold-Case-Team pflegte außerdem Vergleichsmaterial in Exceltabellen ein, in die sie Details rund um den Mord eingab. Eventuelle Verurteilungen Verdächtiger, Täterprofil, Charakter des Verbrechens. Darauf aufbauend legten sie anschließend ihre Prioritäten fest. Das Problem bei der Annika-Ermittlung waren jedoch die vielen groben Fehler, die gleich zu Beginn gemacht worden waren. Viele ihrer Freunde waren erst Wochen später vernommen worden. Und als die Verhöre endlich stattfanden, wurden sie unzureichend durchgeführt. In dieser ersten Zeit, die bei einer Mordermittlung die allerwichtigste ist, hatten sich die potenziellen Täter sowohl absprechen als auch Alibis beschaffen und eventuelle Beweise vernichten können. Die Tatortuntersuchung an sich war ebenfalls ein Witz gewesen. Obwohl bereits am Tag darauf ein etwas sonderbarer Mann der Polizei einen Hinweis gegeben hatte, war der Platz viel zu spät abgeriegelt worden. Massenhaft Leute hatten in diesen Tagen das kleine Wäldchen passiert. Die Polizei vor Ort war schlicht und ergreifend unfähig gewesen, eine Ermittlung dieser Größenordnung angemessen durchzuführen.

»Wir müssen noch einmal Annikas Leben in Simrishamn

betrachten«, sagte Tess. »Und als Erstes mögliche Verbindungen zu einem Dänen suchen. Am Tatort im Wäldchen wurde ein Schuhabdruck gefunden. Was noch, Lundberg?«

Lundberg schaute in die Mappe.

»Ja, diesen Schuhabdruck konnte man sich nie richtig erklären, wenn er denn überhaupt etwas mit dem Fall zu tun hatte. Das Bemerkenswerteste daran ist wohl, dass es sich um eine Schuhgröße vierzig handelt, relativ klein also für einen Mann. Und wir gehen ja davon aus, dass es sich um einen männlichen Täter handelt.«

»Gibt es irgendwo Angaben dazu, welche Schuhgröße der Valby-Mann hat?«

»Nein«, sagte Lundberg. »Aber er kommt mir nicht vor wie einer, der kleine Füße hat. Er wird als ziemlich groß und kräftig beschrieben.«

Tess stand von ihrem Stuhl auf.

»Annikas Eltern, Anita und Ingvar, kontaktierten die Polizei gleich am Morgen, als sie sahen, dass sie nicht nach Hause gekommen war. Da hatten sie bereits sämtliche Freunde angerufen, und keiner hatte etwas von Annika gehört. Das Ungewöhnliche an Annikas Fall ist, dass es tatsächlich zwei Zeugen gibt, die in der Nähe gewesen sein könnten, als es passierte.«

Sie schrieb etwas an die Tafel.

»Der seltsame Mann, von dem man annimmt, dass er mit seinem Hund im Wald war, als Annika getötet wurde, der Einsiedler also, der Teile des Überfalls gesehen haben könnte.«

»Ja«, sagte Lundberg. »Der Hund hatte sich merkwürdig benommen, angefangen zu jaulen und ihn zu dem Mäuerchen gezogen. Er dachte, es handelte sich um ein Paar, das Sex hatte. Er blieb kurz stehen und ging dann weg. Als er einer Nachbarin erzählte, was er gesehen hatte, kontaktierte diese die Polizei, woraufhin endlich das Wäldchen untersucht wurde, wo man dann Annikas Metallarmband auf einem Weg fand.«

Tess bat Lundberg, etwas mehr über den Einsiedler zu erzählen.

»Er scheint noch zu leben, müsste heute um die achtzig sein. Ein scheuer Mann, der lange in einer selbst gebauten Hütte im Wald gelebt hat. Seine einzige Gesellschaft war ein alter Schäferhund, der ihm nicht von der Seite wich. Es gab viele Gerüchte über ihn, die einen meinten, er sei ein berühmter Atomforscher mit einer Psychose, die anderen glaubten, er vergreife sich an kleinen Kindern. Die Verhöre mit ihm führten zu nichts, er schüttelte nur zu allem den Kopf und wollte in Ruhe gelassen werden. Der Einsiedler wurde auch der Gasmaskenmann genannt, weil er mit einer Gasmaske herumlief, um sich vor Bodenstrahlungen und Atommüll zu schützen.«

»Was für eine Traumzeuge!«, sagte Marie und zielte mit einer Büroklammer auf den Papierkorb.

Ihre Silberarmbänder rasselten, als sie ein weiteres Butterbrot aus ihrer Tasche zog.

»Er vertraute sich also einer Nachbarin an, die daraufhin die Polizei rief?«

»Ja«, sagte Lundberg. »Er hatte einen Mann gesehen, der rittlings auf einer jungen Frau saß, und dachte, wie gesagt, sie hätten Sex. Und dann murmelte er noch irgendein unzusammenhängendes Zeug über ein Markenzeichen auf dem Rücken der Jeansjacke. Auf die Frage, ob er den Mann erkannt habe, sagte er nichts. Es gibt keinerlei Auskünfte darüber, wie er aussah, nur dass auf der Jacke ein Markenzeichen zu sehen gewesen war.«

»Aber nichts an seiner Aussage wies auf eine Vergewaltigung hin, oder?«, fragte Tess.

»Nein, es könnte aber natürlich ein missglückter Vergewaltigungsversuch gewesen sein, der zu Schlimmerem führte.«

»Zu dem Ergebnis kamen jedenfalls anscheinend die lieben

Kollegen, bevor sie den Fall einmotteten und nach Hause gingen, um sich den Bauchnabel zu pulen«, sagte Marie.

»Oder besser gesagt: Bevor sie nach Hause gingen, um Saida anzurufen«, sagte Lundberg und rieb sich die Augen.

Marie hörte auf zu kauen.

»Welche Saida?«

Tess setzte sich wieder hin.

»Erzähl du, Lundberg«, seufzte sie.

Lundberg räusperte sich, was er nur selten tat.

»Tja, also ... Als die Ermittlungen etwa ein halbes Jahr nach Annikas Verschwinden stillstanden, wuchs die Verzweiflung unter den Beamten, und Ermittlungsleiter Rune Strand kontaktierte auf eigene Faust die Fernsehwahrsagerin Saida. Er fuhr mit Annikas blauem Metallarmband, das am Tatort gefunden worden war, nach Norrland, damit Saida es anfassen und ihm ... ja, einen Hinweis darauf geben konnte, wo Annika war. Leider ist das Armband dann bei der Wahrsagerin verloren gegangen.«

Marie schaute ungläubig von Tess zu Lundberg.

»Ihr verarscht mich, oder?«

»Leider nicht«, sagte Tess und konnte sich ein Lächeln nicht verkneifen.

»Wer weiß alles davon?«

»Nur ein paar wenige im Haus, die damals auch schon dabei waren, es ist ein wohlgehütetes Geheimnis. Aus verständlichen Gründen.«

»Weiß es Makkonen?«

»Ich glaube nicht.«

»Ein Glück, sonst würde es morgen auf der Titelseite der *Sydsvenskan* stehen. Was hat Saida gesagt? Wo ist Annikas Leiche?«

»In einem roten Steinhaus an irgendeinem See, wenn ich mich richtig erinnere.«

Tess zeigte zum Regal hinüber.

»Liegt alles da hinten. Ich habe es aus den Voruntersuchungen rausgenommen. Rune Strand war vielleicht nicht der Hellste, aber völlig durchgeknallt war er auch nicht. Unnötig, dass es an die Falschen gerät.«

»Dann ist ja klar, warum der Fall nie aufgeklärt wurde«, sagte Marie. »Weiß Annikas Familie davon?«

»Ja, leider. Rune hat es ihnen gesagt.«

»Au weia«, sagte Marie.

Tess legte ihren Stift auf den Tisch und stand auf.

»Tja, da kann man nichts machen. Hätte er das Armband nicht an sich genommen, sodass es verloren ging, hätte man heute vielleicht DNA daran sicherstellen können. So können wir das vergessen.«

»So könnte man es sagen«, meinte Marie.

Sie ging zum Whiteboard und zeigte auf das Foto einer Frau.

»Die zweite Person, die zum fraglichen Zeitpunkt in der Nähe war, ist Louise Granqvist, heute um die sechzig. Sie wohnte damals und wohnt heute immer noch nur wenige Hundert Meter vom vermutlichen Tatort entfernt und behauptet, eine Frau herzzerreißend schreien gehört zu haben. ›Nein!‹, und dann: ›Nein, lass das!‹ Sie war sich sicher, dass es Annika war. Sie hat auf die Uhr geschaut, es war 02:20 Uhr, was passen würde, da Annika das Paviljong kurz davor verlassen hatte. Nach einigem Zögern ging sie hin, um nachzuschauen, woher der Schrei kam, ein weißes Auto kam ihr entgegen, die Scheinwerfer blendeten sie, und sie wurde beinahe überfahren.«

Tess sah Lundberg an.

»Aber etwas an ihrer Aussage ist merkwürdig.«

»Ja«, sagte er und schob sich die Brille wieder auf die Stirn. »Sie machte diese Aussage erst vier Tage nachdem Annika verschwunden war. Als die Kollegen in der Nachbarschaft von Haus zu Haus gingen, behauptete sie noch, nichts mitbekommen zu haben, obwohl sie so nahe am Tatort wohnte.«

»Dann hat man sie wohl nicht ernst genommen?«

»Sie wirkte schon glaubwürdig, aber die Kollegen meinten, es könnte eine Art nachträgliche Konstruktion gewesen sein. Fehlerhafte Erinnerungsbilder kommen bei Zeugen ja recht häufig vor, und es erschien ihnen seltsam, dass ihr das nicht sofort eingefallen war, als sie von Annikas Verschwinden hörte.«

»Vielleicht hatte sie Angst? Vielleicht hat sie etwas gesehen oder kannte die Person? War sie sich denn sicher, dass es Annika war, die sie schreien gehört hatte?«

»Ja, und auch das erscheint etwas seltsam. Aber sie meinte, sie habe ihre Stimme ganz sicher erkannt, ihre Tochter spiele Handball im selben Verein, deshalb habe sie Annika oft gesehen und gehört.«

Am Tatort waren Reifenspuren gefunden worden. Die Spurweite stimmte mit der des Fords überein, der in Brand gesetzt worden war. Das Auto konnte über das Fahrzeugregister nicht zugeordnet werden, es hatte keine Nummernschilder, und die VIN-Nummer war abgeschliffen worden.

»Der missglückte Versuch, das Auto zu verbrennen, deutet darauf hin, dass es Amateure waren«, sagte Lundberg. »Die Sauerstoffzufuhr war unterbrochen worden. Glück für uns, denn nur so konnten überhaupt Spuren sichergestellt werden. Pech für ihn oder sie.«

Eine Weile saßen sie schweigend da.

Das durchdringende Geräusch einer Bohrmaschine erklang im Flur und schallte zu ihnen hinüber.

Marie stand auf und öffnete die Tür.

»Können Sie vielleicht ein bisschen lauter bohren? Die Stille tut einem ja in den Ohren weh«, brüllte sie und schlug die Tür so fest zu, dass die Scheiben klirrten.

Tess setzte sich in die Fensternische, um zu warten, bis der Lärm sich wieder etwas legte.

Draußen sah sie braunes Laub wie in einem Tornado neben dem Slusskanalen aufwirbeln.

Sie ging zum Whiteboard zurück und fasste zusammen.

»Okay, was haben wir? Einen Schuhabdruck Größe vierzig, der möglicherweise vom Täter stammt. Reifenspuren vor Ort, von dem Ford, der später halb ausgebrannt und mit Haaren von Annika im Kofferraum gefunden wurde, wahrscheinlich der Wagen, in dem sie transportiert wurde. Und: Fingerabdrücke des Valby-Mannes. Und dann haben wir noch einen Stofffetzen von einem Dornbusch, auch daran könnten sich Spuren finden.«

»Und das hat man bis heute nicht mit den bisherigen Verdächtigen abgeglichen?«

Tess schüttelte den Kopf.

»Nein, und wenn dabei etwas schieflaufen würde, könnte man den Test nicht noch mal wiederholen. Der Fleck lässt sich nur extrem schlecht analysieren, er ist einfach zu klein. Anscheinend ist die Blutgruppe jedoch dieselbe wie bei Annika, aber es muss deswegen natürlich nicht ihr Blut sein. Sobald man einen hieb- und stichfesten Verdacht hat, sollte man ihn mit der neuesten Methode vergrößern und dann schauen, ob es eine Übereinstimmung gibt. Aber so weit sind wir noch lange nicht.«

Tess zeigte auf das Whiteboard und zeichnete eine neue Spalte ein, die sie mit »Mögliche Täter« überschrieb. Sie unterstrich die Worte.

Axel, Stefan, Rickard.

»Fangen wir mit Annikas Bruder an, Axel. Wir wissen, dass er seine Schwester übertrieben beschützte, und auch er war an dem Abend im Paviljong. Die Polizei hatte außerdem den Verdacht, dass er unmittelbar nach Annikas Verschwinden ihr Zimmer durchsuchte.«

»Alibi?«

»Keins. Er behauptet, er sei in der Nacht direkt nach Hause gegangen, die Eltern hätten geschlafen. Niemand hat ihn gesehen. Er hatte kein Auto, aber das könnte ihm jemand geliehen haben.«

»Was hätte er für ein Motiv, seine Schwester zu töten?«

»Ein Streit, der aus dem Ruder gelaufen ist«, sagte Lundberg. »Vielleicht wollte er sie irgendwie zurechtweisen. Annika war beliebt und hatte einige Verehrer, was ihm total gegen den Strich ging.«

»An dem Abend hat er sich auch mit diesem Rickard Mårtensson angelegt.«

Tess unterstrich den Namen.

»Rickard war schwer verliebt in Annika«, fuhr sie fort. »Alle wussten es, und er hatte auch eine kürzere Beziehung mit ihr.«

»Ja, aber bei den Vernehmungen bestritten sowohl Axel als auch Rickard, dass es ein ernster Streit gewesen sei, nur eine kleine Unstimmigkeit, meinten sie.«

»Was macht Axel heute?«

»Wohnt in Viby, etwas außerhalb von Kristianstad, arbeitet bei der Bank, hat eine Frau und drei Kinder und führt ein geregeltes Leben. Aber dass seine Schwester verschwand, machte ihm zu schaffen, er war anschließend während des Studiums lange krankgeschrieben.«

»Und dann haben wir noch den anderen Mårtensson.«

Tess klopfte mit dem Stift auf das Whiteboard.

»Auch Rickards Bruder, Stefan Mårtensson, hat zu Annikas Freundeskreis gehört, ein berüchtigter Frauenheld. Beide Brüder Mårtensson waren oft in Chrilles Werkstatt in Gärsnäs, nennt sich ›Die Garage‹. Sie haben da an Autos rumgeschraubt. Vor allem Rickard ist mehrfach verhört worden, ohne dass man ihm etwas hätte nachweisen können.

Wie man es auch dreht und wendet, ihre Namen tauchen

immer wieder auf. Wir müssen sie noch einmal gründlich unter die Lupe nehmen.«

»Ich habe schon mal angefangen«, sagte Lundberg. »Dieser Rickard Mårtensson ist inzwischen Alkoholiker. Oder zumindest Quartalssäufer, scheint zeitweise nüchtern zu sein, und ab und zu arbeitet er auch. Erst siebenunddreißig Jahre alt, aber schon ein ganz schönes Wrack. Lebt in einem kleinen Reihenhaus in Tomelilla.«

»Typisch«, sagte Marie. »Trinken, um zu vergessen. Ein erprobter Trick. Ich sollte mir auch öfter mal einen genehmigen.«

Lundberg fuhr fort:

»Stefan, neununddreißig, ist ein gut situierter Makler, der mit seiner Familie in Malmö wohnte, jetzt aber ein großes Haus in Vik gebaut hat, wo sie gerade einziehen. Hat mit Immobiliengeschäften in ganz Schonen einige Millionen gemacht und soll auch bei irgendeinem Glücksspiel eine größere Summe gewonnen haben.«

»Sein Alibi?«, fragte Tess.

Lundberg schob seine Brille hoch.

»Ganz interessant: Ich finde keins. Er ist natürlich zu dieser Nacht befragt worden und hat irgendetwas von einem Kumpel erzählt, bei dem er übernachtet hätte. Aber der Kumpel konnte sich nicht recht erinnern, außerdem wurde er erst mehrere Wochen später verhört. Die Kollegen scheinen das nicht weiter verfolgt zu haben und schossen sich stattdessen auf den Bruder sein.«

Tess schüttelte den Kopf und schrieb: *Stefan Alibi?*

»Da ist allerdings etwas, das bei Stefan auffällt«, sagte Lundberg zögernd.

»Ja?«

»Ein paar Jahre nach Annikas Verschwinden gab es einen anonymen Tipp, dass Stefan unzählige Artikel über Annika gesammelt hätte. Und als sie in seiner Küche nachsahen, fanden sie in einem Schrank tatsächlich massenhaft Abendzeitungen, in denen über Annika berichtet wurde.«

»Viel zu auffällig«, sagte Marie und scrollte weiter auf ihrem Handy.

»Wie hat er selbst das erklärt?«, fragte Tess.

»Das Übliche, er habe auf dem Laufenden bleiben wollen, es sei schließlich um seinen Bruder gegangen und so weiter.«

»Jepp, jetzt steht es im Internet«, rief Marie. »Makkonen war wieder aktiv, hier, in *Kvällsposten: Polizei sucht mögliche Verbindungen zwischen Höllvikenmord und Annikas Verschwinden.*«

Lundberg schlug mit der Hand auf den Tisch.

»Verdammt! Das ist doch zum Weglaufen, alles wird immer gleich weiterverbreitet. Scheint heutzutage unmöglich, etwas innerhalb dieser vier Wände zu halten!«

Marie schüttelte den Kopf.

»Ja, Lundberg, früher war alles besser, als es nur die Eins und die Zwei gab. Das Telefonbuch, Bleistift und Briefmarken. Es wird echt zu viel gechattet und gesnappt, verdammt noch mal.«

Sie zwinkerte Tess zu, die den Artikel ebenfalls las. Sie dachte an Makkonen und überlegte, ob er dahintersteckte.

Tess nahm ihr Handy und ging auf den Flur hinaus.

Eine Mutter darf nicht aus den Medien erfahren, dass ihre Tochter möglicherweise von einem Serienvergewaltiger getötet wurde. Tess wusste, was es für die Angehörigen bedeutete, wenn eine Ermittlung wiederaufgenommen wurde, wie es die Betroffenen erneut in den Zustand zwischen Hoffnung und Verzweiflung zurückwarf.

Annikas Mutter, Anita Johansson, nahm sofort ab. Sie hatte die Nachricht gerade auf der Internetseite der *Kvällsposten* gelesen.

»Es tut mir sehr leid, dass ich Sie nicht vorher anrufen konnte«, sagte Tess.

Anita schien aufgewühlt.

»Aber ich verstehe nicht, wie das zusammenhängen soll.«

»Wir auch nicht, das müssen wir noch klären.«

Tess versprach, sie auf dem Laufenden zu halten, und ging zu den anderen zurück.

»Es hat einen Vorteil, dass es herausgekommen ist, es wird sich etwas bewegen in Österlen«, sagte Lundberg. »Die Leute werden reden.«

»Und können sich leider auch vorbereiten«, sagte Tess und trat wieder an das Whiteboard.

Sie zeigte auf das Phantombild des Valby-Mannes.

»Wir haben seine Fingerabdrücke in dem Auto, in dem auch Haare von Annika gefunden wurden. Aber in unseren Akten findet sich kein Hinweis darauf, dass sie etwas mit einem Dänen zu tun gehabt hat. Wenn der Valby-Mann tatsächlich Annikas Mörder ist, dann hätte der alte Rune Strand damals recht gehabt mit dem unbekannten Täter, der eines Nachts im Juni wie aus dem Nichts aufgetaucht ist … und ihr wisst, was ich davon halte. Es stimmt überhaupt nicht mit dem Bild überein, das ich von dem Ganzen habe. Oder mit der Statistik. Wie oft werden in Schweden Frauen von völlig unbekannten Männern in einem Wäldchen unmittelbar in der Nähe ihres Zuhauses überfallen? Der Valby-Mann scheint keine Verbindung zu seinen Opfern zu haben, das ist in solchen Fällen die absolute Ausnahme. Aber seine Vorgehensweise ist komplett anders als im Annika-Fall.«

Es klopfte an der Tür. Durch die Glasscheiben sah sie zu ihrer Erleichterung, dass es nur Carsten Morris war und kein Alarm wegen eines weiteren Überfalls.

Er grüßte, zog sich einen Stuhl heran und setzte sich. Die Anti-Stress-Kugeln in seiner Jackentasche klimperten leise. Diesmal trug er einen schwarz-weiß karierten Schal. Tess musste daran denken, was Makkonen über Morris' Selbstmordversuch vor ein paar Jahren gesagt hatte.

Er zeigte auf das Foto von Annika.

»Blond, jung und draußen. Das entspricht überhaupt nicht seinen Präferenzen.«

»Aber«, wandte Lundberg ein, »die waren vor sechzehn Jahren vielleicht noch nicht so ausgeprägt? Das war ja alles, bevor er in Kopenhagen aktiv wurde.«

Morris schüttelte den Kopf.

»Der Valby-Mann ist konsequent. Er vergewaltigt und tötet nicht einfach nur aus Lust. Er verfolgt ein bestimmtes Ziel damit.«

Morris klang verärgert. Sah erschöpft aus.

Tess breitete die Arme aus.

»Aber es ist eine Tatsache, dass seine Fingerabdrücke in diesem halb verbrannten Auto gefunden wurden, ebenso wie Haare von Annika.«

Morris rutschte auf dem Stuhl hin und her.

»Das ist eine falsche Fährte, die Sie da verfolgen. Irgendetwas stimmt daran nicht.«

Er nahm eine Kugel und bewegte sie hektisch in der Hand, während er auf die Tischplatte starrte.

»Der Fehler mit der Coladose bei der letzten Vergewaltigung ärgert ihn wahnsinnig. Es passt auch überhaupt nicht zu ihm, dass so etwas passiert. In dreizehn Jahren hat er nie auch nur irgendeine Spur hinterlassen, und dann vergisst er plötzlich die Coladose auf dem Küchentisch.«

»Wollen Sie damit sagen, Sie zweifeln daran, dass er das in der Bellevuevilla war?«

Morris schüttelte den Kopf.

»Nein, nein, natürlich war er das. Aber etwas muss ihn irritiert haben, er wurde abgelenkt und vergaß, die Dose mitzunehmen.«

»Beinahe als wollte er entdeckt werden?«, schlug Marie vor.

»Das garantiert nicht«, sagte Morris.

Marie zeigte auf Tess.

»Ich bin zwar nur der Sidekick von ihr da, aber ich habe trotzdem darüber nachgedacht, warum er, wenn er doch auf dunkelhaarige Frauen mittleren Alters steht, in Bellevue auf die Mädchen im Obergeschoss losgegangen ist.«

Carsten Morris beugte sich über den Tisch und sah sie anerkennend an, die dunklen Ringe unter seinen Augen waren nicht mehr ganz so stark zu sehen. Marie lächelte breit zurück.

»Gute Frage«, sagte er. »Aber es passt ausgezeichnet zu ihm. Er wollte mit der Mutter spielen, ihr Angst machen. Ich glaube nicht, dass er die Mädchen wirklich vergewaltigen wollte. Seinen eigentlichen Auftrag hatte er ja längst erfüllt.«

Tess sah auf die Uhr. In einer Viertelstunde begann eine weitere Pressekonferenz, und Jöns wollte diesmal sie und Makkonen mit dabeihaben. Am liebsten auch Morris. Aber es hatte sich als sinnlos herausgestellt, ihn dazu überreden zu wollen. Nachdem zu den Medien durchgedrungen war, dass der berühmte dänische Profiler an dem Fall beteiligt war, hatten sie sofort mit der Jagd nach ihm begonnen, um ihn zu einer Stellungnahme zu bewegen.

»Sie haben es sich nicht zufällig anders überlegt?«, fragte Tess dennoch.

Er lachte und schüttelte den Kopf.

»Der Valby-Mann wird mich nicht in den Medien zu sehen bekommen. Unsere erste Begegnung soll von Angesicht zu Angesicht stattfinden.«

Tess nickte.

»Noch etwas«, sagte Morris. »Der Valby-Mann hasst es, Fehler zu machen. Das ist ihm bisher nur einmal passiert. Eine der Frauen hat ihm im Tumult im Dunkeln die Sturmhaube heruntergerissen. Wahrscheinlich hat er nicht bemerkt, dass sie ihn sah, sonst hätte er sie nicht am Leben gelassen. Auf ihren Aussagen beruht das Phantombild. Nachdem es veröf-

fentlicht wurde, verstärkte sich seine Aktivität, und er verge-
waltigte fünf Frauen innerhalb von nur einem Monat.«

Eine SMS von Jöns erinnerte Tess an die Pressekonferenz.
Sie sammelte ihre Unterlagen zusammen.

Morris deutete zur Tür.

»Er verfolgt die Berichterstattung und reagiert auf das, was
passiert. Sehen Sie zu, dass sein Fehler mit der Coladose nicht
publik wird. Behalten Sie die Spur für sich, sonst flippt er
völlig aus.«

In seinem Kopf blitzte es, Rickard Mårtensson richtete sich auf und stieß dabei versehentlich an die Bierdosen auf dem Tisch. Wie Dominosteine fielen sie eine nach der anderen um, bis die letzte herunterfiel und auf dem Teppich landete. Ein paar goldbraune Tropfen sickerten aus der Dose. Im ganzen Wohnzimmer stank es nach abgestandenem Bier.

Rickard stöhnte und tastete nach der Fernbedienung auf dem Tisch.

Durch die kaputte, halb heruntergelassene Jalousie fiel etwas Sonnenlicht. Schon lange dachte er nach solchen durchsoffenen Nächten nicht mehr: *Nie wieder!*

Ein leises Murmeln im Hintergrund sagte ihm, dass der Fernseher noch eingeschaltet war. Der Jingle des Morgenprogramms von TV4 hatte ihn geweckt, wie ein Messer hatte es sich ihm in den ohnehin schon schmerzenden Schädel gebohrt. Der Fernseher hatte wahrscheinlich die ganze Nacht über geflimmert und gerauscht.

In seinem Kopf hallte noch das Echo von Jockes Stimme nach.

»He, Alter, mach mal noch paar Bierchen!«

Sie hatten sich wieder einmal *The Searchers* angesehen und dabei Karten gespielt. Rickard brauchte sich nicht auf den Western zu konzentrieren. Er hatte ihn schon unendlich oft gesehen. Zwischendurch unterbrach er das Kartenspiel, sprang mit wackligen Beinen vom Sofa auf, wobei er fast umfiel. Dann tat er, als zöge er seinen Colt wie der Kriegsveteran Ethan Edwards, gespielt von John Wayne, und feuerte seine Replik ab:

That'll be the day. Put an amen to it. I don't believe in surrenders.

Und für einen Augenblick waren die beiden Männer – jeder hatte inzwischen sicher zehn Bier intus – selbst in der Prärie. Sie ritten durch die Wüste Arizonas, im Rücken den Sonnenuntergang. Stark, mutig und zielbewusst. Sie standen Ethan zur Seite, der seine Nichte Debbie retten wollte, die von den Komantschen gefangen genommen worden war. Er wollte sich an den Indianern rächen, die die Familie seines Neffen abgeschlachtet und seine Mutter sowie seine Frau getötet hatten – die einzige Frau, die Ethan je geliebt hatte.

Der Indianerhass glühte in Rickards Herz. Das Gefühl, das sich eingestellt hatte, als er den Film kurz nach Annikas Verschwinden zum ersten Mal gesehen hatte, war noch präsent. Genau so war es.

Rickard hielt immer wieder inne, wollte bei bestimmten Szenen auf keinen Fall gestört werden. Jocke vermochte der Handlung nicht ganz zu folgen, obwohl er den Film inzwischen ebenfalls zigmal gesehen hatte.

Als Ethan klar wird, dass Debbie bei den Komantschen bleiben wird, beschließt er, sie zu töten: Lieber soll sie sterben, als mit ihnen zu leben. Und natürlich ist es vollkommen offensichtlich, dass in Wirklichkeit Ethan Debbies Vater ist. Für Rickard war in dem Film nur die Rache und die Verbindung des Helden zu dem Mädchen wichtig.

Jetzt lehnte er sich über den Wohnzimmertisch und griff nach seiner Snus-Tabakdose, stopfte sich einen ordentlichen Priem unter die Oberlippe und zog sich die Decke über die nackte Brust.

Draußen auf der Straße war Kinderlärm zu hören. Er verschränkte die Arme hinter dem Kopf, schaute zur Decke und lauschte auf das Pfeifen des Sturms draußen in den Bäumen. Drei Sonnenstrahlen fielen durch die Jalousie. War es schon Nachmittag? Die Nachmittagslichtpanik war die grausamste. Aber er wusste, wie er ihr entkommen konnte. Wie er jedem Gefühl entkommen konnte.

Während er dalag, versuchte er zu begreifen, was genau beim Aufwachen anders gewesen war als sonst. Irgendetwas war neu. Aber sein Hirn war zu mariniert, als dass er den Finger darauf hätte legen können. Ein leichtes Kribbeln hatte sich in die graue Watte seines Daseins geschlichen. Erst hatte er gedacht, es käme von einem Traum, aber er konnte sich seine Träume schon lange nicht mehr merken. Bis auf diesen einen speziellen Albtraum mit den eingewickelten Frauenkörpern auf dem Boden, die anklagend mit dem Finger auf ihn wiesen. Der ihn wie eine Art nächtliche Parallele zu der Hölle von vor sechzehn Jahren begleitete.

Nein, das hier war etwas anderes. Langsam stand er auf und zog sich seine Jogginghose und das grüne T-Shirt an, die auf dem Boden lagen.

In der Küche öffnete er den Kühlschrank, legte den Kopf in den Nacken und trank die Milch direkt aus der Packung.

»Bah, was für eine Plörre«, fluchte er, als er den sauren Geschmack wahrnahm.

Der Kater hämmerte und dröhnte hinter seiner Stirn, und er warf den Milchkarton auf den Boden. Dreckiges Geschirr bedeckte jeden Quadratzentimeter der Küche. Zigarettenstummel, schmutzige Teller, Reste und leere Verpackungen vom thailändischen Fastfood gestern. Und vom Tag davor.

Rickard warf einen sehnsüchtigen Blick auf die Tuborg-Dose im Kühlschrankfach. Eine einzige war zwischen Zervelatwurst, Mayonnaise und einer matschigen Tomate übrig geblieben.

Kurz zögerte er. Aber es war besser für ihn und für seine Umgebung, wenn er sich ein paar Schluck genehmigte.

Rickard genoss das zischende Geräusch beim Dosenöffnen und die kribbelnde Kohlensäure, die ihm die Kehle herunterlief und den Geschmack nach saurer Milch wegspülte. Bier war sein Gift. Weintrinker konnte er nicht verstehen.

Nach ein paar Minuten wurde sein Kopf klarer, und er fühlte sich bereit, dem neuen Tag zu begegnen. Das Kribbeln im Bauch und in der Brust kehrte zurück wie ein angenehmer Schauer. Mitten in der Bewegung hielt er inne. Das runde Gesicht des kleinen Mädchens tauchte vor seinem inneren Auge auf, seine braunen Locken. Ihr Lachen war vom Klettergerüst und der Rutsche herübergeschallt. Gerade hatte er beschlossen, die Parkbank zu verlassen, als er ihre Mutter entdeckt hatte. Jeanette. War das sechs oder sieben Jahre her? Das Letzte, was er von ihr gehört hatte, war, dass sie nach Helsingborg gezogen war. Jetzt war sie anscheinend zurück. Sie sah noch aus wie damals, nur ein bisschen müder vielleicht, und sie hielt dieses Mädchen an der Hand. Es konnte nicht älter als sechs sein.

Als er sie erblickte, stand für einen Moment alles still, und er konnte sich nicht überwinden aufzustehen. Es war irgendetwas an dem Lachen des Mädchens, als es auf seine Mutter zurannte, eine Erinnerung an die Monate, in denen er nüchtern gewesen war und Jeanette kennengelernt hatte.

Erst als Jeanette und das Mädchen gegangen waren, konnte er sich wieder bewegen. Sie hatten ihn nicht gesehen, da war er sich sicher. Zu Hause hatte er all seine Gefühle in Skåne-Guld-Bier und einer halben Flasche Aquavit ertränkt. Die schnellste und einfachste Lösung für alle Probleme. Er war schon betrunken gewesen, als Jocke rüberkam.

Jetzt stellte er die halb ausgetrunkene Dose weg und verließ die Küche, öffnete die schwergängige Balkontür. Im Fenster daneben stand das weiße Adventsgesteck, wo es das ganze letzte Jahr gestanden hatte.

Etwas Weiches strich um seine Beine.

Seine schwarze Katze Pat Stacy, benannt nach John Waynes Sekretärin und Geliebter, schlüpfte maunzend hinein.

Ein starker Windstoß pfiff durch die Tür, die amerikanische Flagge über dem Sofa flatterte. Mit jedem Jahr zweifelte er mehr daran, dass er es je über den Atlantik schaffen würde. New York war ihm egal. Er fühlte sich in Großstädten nicht wohl. Das flaue Gefühl in der U-Bahn bei seinem ersten Stockholmbesuch hatte ihm genügt, um einzusehen, dass er für diese Welt nicht geschaffen war. In der Prärie, der schonischen Prärie, war er geboren, und dort gehörte er hin.

Ihm wurde kalt, und er schloss die Balkontür.

Rickard trank den Rest aus seiner Dose. Er musste zum Spirituosenladen und seinen Vorrat auffüllen. Diesmal nach Simrishamn. Rickard wechselte zwischen Simrishamn und Tomelilla, um überflüssige Blicke zu vermeiden.

Er setzte sich aufs Sofa und hob den Laptop vom Boden auf. Obwohl er zwei Paracetamol genommen hatte, dröhnte ihm der Kopf, und sein Blick war verschwommen.

Er stellte fest, dass Jocke ihm über Messenger eine Nachricht geschickt hatte. Sie waren schon ihr ganzes Leben lang befreundet, und Jocke wusste genau über die Beziehung zwischen ihm und seinem Bruder Bescheid. Rickard hatte nie mit Jocke über die Nacht geredet, auch nicht über die bruchstückhaften Erinnerungsbilder, die allmählich zurückkehrten. Aber Jocke wusste, was Stefan für ein mieser Typ war und dass sein Vater Stefan immer bevorzugt hatte. Er hatte ihm erzählt, wie kaputt die Familie in Wirklichkeit war, auch wenn sie nach außen hin wie eine normale Simrishamner Mittelschicht-Familie wirkte. Hinter der Fassade aber gab es einen Vater, der ständig Affären hatte, eine Mutter, die die Augen verschloss, bis alles auseinanderfiel und die später schwer krank wurde. Und zwei völlig verschiedene Brüder, die sich nichts zu sagen hatten. Jockes Familie war auch nicht viel besser, Scheidung, Alkoholprobleme und Gewalt. Zusammen waren sie durch die Wälder gezogen, hatten die Wirklichkeit hinter sich gelassen und sich in ein Wildwestleben geträumt, in dem sie sich ihre eigene Welt einrichteten.

Rickard kehrte zum Laptop zurück und klickte das Foto eines großen weißen Neubaus auf einem Hügel an, das Jocke ihm geschickt hatte. Darunter stand: *Hier wird nicht gespart!*

Rickard betrachtete das Foto.

Es wunderte ihn nicht, dass sein großer Bruder Stefan hierhin zurückgekehrt war und sich für seine Millionen ein riesiges Haus baute. Dennoch passierte etwas mit Rickards Atmung. Sie wurde flacher, schneller. Er sah vor sich, wie sein Vater sich in dem Haus bewegte, mit seinen Enkelkindern scherzte und seinem Lieblingssohn stolz beim Palastbau half.

Rickard stand auf und sah sich um. Er war ein wirklich großer Mann, doch die Jahre hatten ihn gebeugt. Als hätten sich all die gemeinen Kommentare, Verdächtigungen und Spekulationen in seinem Nacken und auf seinem Rücken festgesetzt. Nach sechzehn Jahren trug er noch immer das Verschwinden einer jungen Frau auf seinen Schultern. Der einzigen Frau, die er je geliebt hatte. Die der Grund dafür war, dass sein Leben heute so trostlos war. Alle Träume und alle Versuche, doch noch etwas aus sich zu machen, waren mit ihr gestorben.

Er sah Stefans Gesicht vor sich. Rickard setzte sich auf einen Stuhl und vergrub den Kopf in den Händen. Versuchte, sich in jene Nacht zurückzuversetzen. Aber da war nur ein unzusammenhängendes Rauschen, sein Gehirn gehorchte ihm nicht.

Er ging in den Flur und zog sich seine Stiefel und die grüne

Fleecejacke an. Dann öffnete er die Tür und atmete die kalte frische Luft ein. Der Wind fuhr in sein Haar, und er musste sich am Türrahmen festhalten. Vor den Reihenhäusern breitete sich das matschige Feld aus. Tomelillaslätten. Seine Prärie. In der Auffahrt wartete sein zuverlässiger roter Volvo 740 auf ihn. Rickard warf einen Blick auf den Cowboyhut auf der Ablage. Nein, heute nicht. Lieber nicht zu sehr auffallen, dachte er und zog die Tür hinter sich zu.

2002

Der Stoß kommt unerwartet und ist ganz bestimmt beabsichtigt. Es kann kein Versehen sein. Das Helle, Sommerliche ... Ich sehe nichts mehr, höre nur Rauschen und das Rascheln unserer Kleidung. Es pocht in meinem Hinterkopf, etwas Warmes rinnt herab, es kitzelt am Haaransatz. Als ich begreife, was passiert, schreie ich laut.

Gesichter ziehen vor meinem geistigen Auge vorbei. Mama, Papa, Axel. Rickard.

»Ein Säufer, ein Loser, warum bist du mit dem zusammen?«

Sara und die anderen sagten mir sofort, dass ich ihn verlassen sollte. Aber ich mochte Rickard. Er war viel netter als die anderen Jungs und wahnsinnig in mich verliebt. Bei unserem ersten Date, im Café Thulin, wartete er draußen und scharrte mit dem Fuß, umarmte mich unbeholfen. Und als er mir Kaffee einschenkte, zitterte vor Aufregung seine Hand.

Außerdem war er ziemlich witzig, vor allem wenn er sich entspannte und ganz er selbst war. Einmal hat er mir Blumen geschenkt, gelbe, halb verwelkte Rosen, aber dennoch, das hatte bis dahin noch kein Junge getan.

Wir waren knapp drei Monate zusammen, anfangs hielten wir es geheim. Axel flippte aus, als er es erfuhr. Ich bekam Angst vor ihm, dachte, er würde mich schlagen. Völlig krank, als hätte ich etwas Verbotenes getan. Ich bin schließlich neunzehn und kann tun, was ich will.

Aber am Ende hatte ich keine Lust mehr auf Rickards Trinkerei. Wenn es richtig schlimm wurde, konnte er nicht einmal mehr sprechen. Ich machte Schluss, und alle fanden das richtig. Rickard konnte mich nicht loslassen, wurde aggressiv, jedes Mal, wenn er mich danach irgendwo traf.

Ich wunderte mich, als sein Bruder bei uns zu Hause anrief und sich für Rickards Benehmen entschuldigte. Noch seltsamer war, dass ich das Gefühl hatte, er wollte etwas von mir. Er sagte, er fände mich hübsch, ich würde jemand Besseres verdienen als seinen Bruder Rickard.

Alle Mädchen in Simrishamn kannten den schönen Stefan. Sportlich, cool, Markenklamotten. Aus ihm würde mal was werden, er würde weggehen, Simrishamn hinter sich lassen und etwas Großes einfädeln. Rickard nicht.

Das feuchte Laub klebt an meinem Gesicht, Erde dringt mir in den Mund und knirscht zwischen meinen Zähnen. Etwas winselt und keucht weiter weg. Ein Hund?

Die Pressekonferenz sollte im Nils-Poppe-Saal stattfinden. Tess nahm ihr schwarzes Jackett aus dem Schrank im CC-Raum. Sie trug selten Polizeiuniform. Wenn es einen Durchbruch geben würde, würde sie es vielleicht tun. Ansonsten trug sie meist Jeans, T-Shirt, Turnschuhe und Lederjacke. Seit sie selbst darüber entscheiden konnte, zog sie weder Kleider noch Röcke an. In ihrem Kinderfotoalbum gab es nur ein einziges Bild von einem Familientreffen, auf dem sie ein Kleid trug. Steif saß sie auf dem Sofa, und man sah ihr an, dass sie sich extrem unwohl fühlte. Sie erinnerte sich noch genau an das Gefühl. Irgendwann hatte ihre Mutter nachgegeben und ihr doch erlaubt, eine Hose anzuziehen.

Aus dem Konferenzraum drang Stimmengewirr, und Stühle scharrten über den Boden. Wie sehr sie sich wünschte, nicht hier sein zu müssen! Tess fand Pressekonferenzen völlig sinnlos, vor allem in dieser Phase der Ermittlungen. Man saß da, sagte so wenig wie möglich und tat so, als ob man alles unter Kontrolle hätte.

Jöns hatte ihr von seinem Telefonat mit dem Polizeichef erzählt. Dieser hatte ihm mächtig Druck gemacht, den Mann, der ganz Malmö in Angst und Schrecken versetzte, endlich zu fassen.

Gegen Abend sollte auf dem Stortorget eine Demo gegen die Gewalt stattfinden, die in Malmö eskalierte. In Herrgården waren gestern wieder Schüsse gefallen, und so unglaublich es war, gab es immer häufiger Probleme mit Handgranaten im Bereich der Bandenkriminalität. Vor ein paar Tagen war in derselben Gegend eine Handgranate sogar gegen eine Familie eingesetzt worden. Und Malmö wurde in den Zeitungen wieder einmal mehr zum Chicago Schwedens.

Auch wenn die Polizei betonte, dass sich die Gewalt auf bestimmte Bezirke beschränke und das Risiko für die Normalbevölkerung äußerst gering sei, glaubten doch viele, es wäre nur eine Frage der Zeit, bis die Gewalt sich überall ausbreiten würde. Am Morgen war der Polizeichef mit der Nachricht an die Presse gegangen, dass Malmö zur Pilotstadt für ein neues Polizeiprojekt werden solle, das in den USA sehr erfolgreich sei. Eine spezielle Einsatztruppe solle Banden und Waffen in der Stadt lokalisieren und gegen sie vorgehen, mit gezielten Einsätzen, kollektiven Strafen und über Bandenmitglieder, die bereit waren, die Seiten zu wechseln.

Vor der Tür stieß Tess mit Lundberg zusammen.

»Susanne Ek aus Bellevue hat sich gemeldet. Ihr ist im Nachhinein noch etwas eingefallen: Der Valby-Mann hat ihren Kühlschrank angestarrt.«

»Ihren Kühlschrank?«

»Ja, als sie ihn durch den Schlitz in der Augenbinde beobachtete, sah sie, dass er den Kühlschrank anstarrte, und zwar ziemlich lange, wie sie meinte.«

Lundberg musste sich beeilen, um mit Tess Schritt halten zu können.

»Was hat sie denn am Kühlschrank hängen?«

»Das Übliche. Magnete, Fotos.«

»Okay, dann bitte sie doch mal, mir ein Foto von dem Kühlschrank zu schicken.«

Sie zog ihr Handy heraus. Zwei neue Nachrichten von Eleni, die mit ihr das Wochenende planen wollte, und drei verpasste Anrufe von ihrem Vater.

Tess hörte ein wohlbekanntes Lachen hinter sich, steckte das Handy in die Hosentasche und drehte sich um. Marie Erling und Carsten Morris unterhielten sich angeregt, Marie wickelte sich eine Haarsträhne um den Finger.

Tess betrat den Konferenzraum und quetschte sich neben Jöns, der mit seiner Körperfülle zwei Plätze einnahm. Die Kameras richteten sich auf sie, sobald sie den Raum betrat. Der Super-Cop, der den Fall schon lösen würde. Und es schien Tess, dass sich das Interesse der Fotografen und Kameramänner dabei ein wenig zu intensiv darauf richtete, dass sie eine Frau war.

Tess flüsterte Jöns Morris' Warnung zu: keine Details über die Verbindung zum Annika-Fall. Vor ihnen waren bereits die Mikrofone aufgereiht: TV 4, *Expressen*, *Aftonbladet*, TT, SVT.

Eine blonde Reporterin der *Sydsvenskan* saß ganz vorne in der ersten Reihe. Tess hatte sie auf diversen Privatpartys getroffen, sie war eine Freundin und ehemalige Kollegin von Angela aus deren Zeit in der Medienwelt. Tess sah, wie die Frau ihren Blick suchte. Sie wusste, dass sie den Ruf hatte, eine gute Journalistin zu sein. Ein guter Grund, ihren Blick nicht zu erwidern. Tess wollte so wenig wie möglich sagen müssen. Das können ebenso gut andere tun, dachte sie mit Blick auf Makkonen. Sie hatten sich darauf geeinigt, die Pressekonferenz so kurz wie möglich zu halten und eine anschließende Fragerunde zu vermeiden. Der Pressesprecher würde sich anschließend um die Interviews kümmern.

Jöns beantwortete die üblichen Fragen, während sie auf ihre Hände schaute und hoffte, dass alles schnell vorbei sein würde.

Wie wollen Sie mit der Angst umgehen, die jetzt in der Bevölkerung umgeht?
Was haben Sie bisher für Spuren?

Ist die Malmöer Polizei für einen Fall wie diesen überhaupt gerüstet?

Wenn Sie schon keine Ressourcen haben, um die Schießereien in den Gangs in den Griff zu bekommen, wie wollen Sie dann das hier schaffen?

Werden Sie Unterstützung von der dänischen Polizei anfordern?

Manche Reporter waren wie bissige kleine Terrier, stellten immer wieder dieselbe Frage. Tess wusste, dass sie nur ihre Arbeit machten, aber es half der Polizei wenig, wenn sie die Bevölkerung mit immer reißerischen Überschriften in Angst und Schrecken versetzten.

»Es gibt also eine Verbindung zu Annika Johanssons Verschwinden? Was hat es damit auf sich?«

Tess hob den Blick, beugte sich vor und öffnete den Mund, um etwas zu sagen, aber Makkonen kam ihr zuvor:

»Das ist natürlich ein großer Durchbruch, und wir arbeiten weiter daran. Ihr Verschwinden zählt zu den aufsehenerregendsten Fällen in der schwedischen Kriminalgeschichte.«

Was tat er da? Tess versuchte, seinen Blick einzufangen.

»Was führt Sie zu der Annahme, dass es sich hier um denselben Täter handelt?«

Tess mischte sich schnell ein.

»Darauf können wir leider nicht eingehen. Und ich möchte betonen, dass die Verbindung zwischen diesen beiden Fällen noch unklar ist.«

Die Reporterin der *Sydsvenskan* wendete sich direkt an sie:

»Gibt es DNA-Spuren, die ihn mit dem Annika-Mord in Verbindung bringen?«

»In den Annika-Ermittlungen gibt es, wie Sie wissen, nur wenig technische Beweise«, sagte Tess. »Wir können Ihnen da leider noch nicht viel sagen.«

Die Journalistin ließ sich nicht abwimmeln.

»Als Leiterin des erfolgreichen Cold-Case-Teams muss es für Sie doch großartig sein, neue Hinweise in einem so wichtigen Fall wie dem von Annika Johansson zu erhalten.«

Tess lächelte.

»Jede neue Erkenntnis in einem alten Fall ist willkommen. Ansonsten kann ich nichts weiter dazu sagen.«

»Fühlen Sie sich sehr unter Druck nach dem großen Erfolg im Fall des Friedhofsmords?«

Tess lächelte erneut.

»Wie gesagt, wir arbeiten unter Hochdruck und melden uns, wenn wir weitere Erkenntnisse haben.«

Sie erhob sich, noch bevor Jöns der Presse danken und die Konferenz offiziell beenden konnte. Mit einem raschen Seitenblick auf Makkonen verließ sie den Raum. Zwei Reporter sowie das Team der *Sydsvenskan* drängelten sich an den anderen vorbei, um sie abzufangen, aber es gelang Tess, ihnen zu entwischen. Erschöpft lehnte sie sich an die Wand. Makkonen hatte keine einzige Zeile der Ermittlungsprotokolle zu Annikas Verschwinden gelesen, er hatte keine Ahnung. Dennoch hatte er die Stirn, sich hinzusetzen und den Journalisten etwas von offensichtlichen Verbindungen zu erzählen.

Und sie war es, die vor den Angehörigen dafür geradestehen musste. Von jetzt an würde Makkonen von ihr keine Details mehr bekommen. Sie sah Annikas Gesicht vor sich. Innerhalb von einer Stunde würde alles erneut auf jeder Website und überall im Fernsehen zu sehen sein.

Die Außenbeleuchtung funktionierte nicht, wie Tess feststellte, als sie am Haus ihres Vaters ankam. Wahrscheinlich war es drinnen genauso düster.

»Hier kann man einfach reinspazieren und sich nehmen, was man braucht«, rief sie, als sie die Tür hinter sich zuzog. Sie war natürlich auch nicht abgeschlossen gewesen.

»Die sollen ruhig kommen, meine Tochter ist Polizistin!«

Bis auf die Lampe der Dunstabzugshaube war es im ganzen Haus dunkel. Tess machte im Flur und in der Küche Licht, sie hatte das Gefühl, dass er nur deshalb im Dunkeln saß, weil er wusste, dass sie kommen würde. Der Schein der Flurbeleuchtung warf einen Lichtkegel ins Wohnzimmer und beschien den Sessel, auf dem er saß, von hinten.

Tess betrat die Küche und öffnete den Kühlschrank. Alles war aufgeräumt und in bester Ordnung.

Ihr Vater deutete vage zum Garten hinaus, wo das Gewächshaus halb umgeweht worden war.

»Ich hätte das sturmsichere kaufen sollen, das englische, aber wer weiß, ob das etwas genützt hätte.«

Sie knipste die Lampe neben dem Sofa an. Ihr Vater hatte eine Ausgabe von *Gods & gårdar* auf dem Schoß. Er war unrasiert, und sein Haar war im Nacken viel zu lang. Eine seiner grünen Socken hatte ein Loch, was so gar nicht zu ihm passte. Sein beinahe faltenfreies Gesicht war ausdruckslos.

»Ich wache jeden Morgen um die Wolfsstunde auf, Punkt

Viertel nach vier. Dann versuche ich, in mich hineinzuspüren: Wie schlimm ist es heute? Ist es schlimm, schlimmer oder am schlimmsten? Was ist gestern alles passiert? Bestenfalls nicht viel.«

Auch Tess verabscheute die Stunde des Wolfes. Um diese Uhrzeit waren ihre Erinnerungen an ihre Jahre mit Angela immer am intensivsten.

Ihr Vater legte nachdenklich den Zeigefinger an seinen Mund.

»Komisch, eigentlich habe ich mich immer über neue Herausforderungen im Leben gefreut. Ich glaube, das ist etwas, was du von mir geerbt hast, man wehrt sich, wenn alles zu viel wird, tritt einen Schritt zurück und nimmt neuen Anlauf. Wie ein Pfeil, kurz bevor er abgeschossen wird. So erreicht man die nächste Stufe. Aber diesmal habe ich einfach keine Kraft. So etwas habe ich noch nie erlebt. Hier sitze ich mit knapp über siebzig allein in einem Pappkarton an einem nichtssagenden Ort namens Hjärup.«

Er lachte freudlos.

»Ausgerechnet Hjärup! Frisch zugezogene Kleinfamilien und Rentner und mittendrin ich. Kannst du dir etwas Deprimierenderes vorstellen?«

In Tess' Kindheit waren sie mehrfach umgezogen, hatten in verschiedenen Häusern in Falsterbo und Malmö gelebt. Diese Umzüge konnte man als Ausdruck des starken Interesses ihrer Eltern an Wohnungen und Einrichtung betrachten oder aber als Ausdruck für die Rastlosigkeit ihrer Mutter. Sobald ein Haus fertig renoviert war, begann die Jagd nach dem nächsten.

Tess' Vater wies auf eine Staffelei in einer Ecke des Raums.

»Neulich habe ich versucht, mal wieder etwas zu malen. Da siehst du, was draus geworden ist.«

Auf der Staffelei stand eine weiße Leinwand mit einem einzelnen schwarzen Strich darauf.

»Beeindruckend, wirklich sehr inspirierend«, sagte sie und lächelte.

Er hob die Augenbrauen. Hatte plötzlich wieder mehr Kraft in der Stimme.

»Ich frage mich, ob sie jemand Neues kennengelernt hat. Bei unserem letzten Telefonat klang sie ganz aufgedreht. Ich glaube, das ist das Schlimmste: dass sie so froh zu sein scheint. Du versprichst doch, es mir gleich zu erzählen, wenn du etwas weißt? Es wäre so erniedrigend. Aber auf jeden Fall besser, es zu wissen.«

Sie hatte große Lust, ihn zu packen und an den Schultern zu rütteln, ihm zu sagen, er solle aufhören, sich wie ein Kind zu benehmen, und endlich sein Leben anpacken. Aber sie wusste, dass in so einer Situation nur Zuhören half. Wie bei allen trauernden Angehörigen, denen sie im Beruf begegnete. So gerne man auch mit aufbauenden Worten kommen wollte, es nützte nichts. Das Einzige, was ein Trauernder wollte und brauchte, war jemand, der zuhörte.

Dennoch hörte sie sich selbst sagen: »Vielleicht solltest du dir mal ein Antidepressivum verschreiben lassen.«

Ihr Vater hob abwehrend die Hand, noch ehe sie den Satz beendet hatte.

»Nie im Leben! Pillen und Alkohol – das wäre mein Ende.«

Tess setzte sich in das neue Zweiersofa ihm gegenüber und dachte an die erste Zeit, nachdem Angela sie verlassen hatte. An den klaren, sonnigen Septembermorgen. Die Mattheit. Das Gefühl völliger Sinnlosigkeit. Und das Kribbeln im Körper, das sich nicht abschalten ließ. Die Gedanken, die sich ständig im Kreis drehten, und die Hoffnung, die immer wieder aufflammte und dann wieder erlosch. Zum ersten Mal hatte sie sich, äußerst widerwillig, eine Woche krankschreiben lassen. Allein in ihrer früheren gemeinsamen Wohnung in Slottsstaden zu hocken war wie eine zusätzliche Strafe gewesen, aber sie kam einfach nicht aus dem Bett. Sie hätte Freunde anrufen und sich bei ihnen ausheulen sollen, das lag ihr jedoch einfach nicht. Und die meisten waren ohnehin eher Angelas Freunde. Obwohl es erst anderthalb Jahre her war, konnte Tess sich nicht mehr genau erinnern, was sie in den ersten Tagen nach der Trennung gemacht hatte. Diese Tage waren grau, bleistiftgrau gewesen. Seltsam, dachte sie jetzt, dass so starke Gefühle ausgerechnet diese Farbe haben. Aber vielleicht lag es daran, dass sie beschlossen hatte, diese Zeit auszuradieren.

Irgendwann war es schließlich Weihnachten und dann Neujahr gewesen. Aus Leugnung wurde Wut, und sie zog sich die Laufschuhe an. Sie rannte und rannte, um ganz Malmö herum. Mehrere Monate lang war es fast das Einzige, was sie tat: trainieren und sich auf die Arbeit konzentrieren. Ihr Gehirn zum Umschalten zwingen. Ihre Oberarmmuskulatur war so ausgeprägt, dass sie problemlos das Sofa, auf dem sie saß, hätte hochheben können. Aber Angela, die ihre trainierten Arme so gemocht hatte, war nicht mehr da, um sie zu bewundern.

Sie hatte viel darüber gelesen, wie Trauerprozesse nach Scheidungen und Trennungen funktionierten. Und nun musste sie selbst die einzelnen Phasen durchleben, war nicht mehr nur Zuschauerin. Erst versuchte sie es mit Hass, indem sie sich Angelas negative Seiten vor Augen führte, und redete sich ein, wie schön es war, ohne jemanden zu leben, der sich ständig gegen die Zweisamkeit sperrte. Aber der Hass laugte sie aus und führte nur dazu, dass sie in ihren negativen Gedanken hängen blieb. Außerdem führte er zu einer Bitterkeit, die sie selbst an anderen immer verabscheut hatte. Schließlich hatte sie sich zu einer Mischung aus Akzeptanz, Sport und Weitermachen entschlossen. Sie versuchte, einen neuen Pfeil einzulegen und ihn abzuschießen, wie ihr Vater es eben ausgedrückt hatte.

Sie musterte ihn. Wahrscheinlich würde er, sobald sie das Haus verließ, aufstehen und überall Licht machen. Die Ordnung in der Küche wies darauf hin, dass nicht immer alles nur katastrophal war. Was ihr Sorgen machte, war seine Verbitterung. Sie wollte nicht, dass sie solch eine Macht über ihn hatte – so wie es bei ihr gewesen war.

»Deinem Traum vom eigenen Kind bist du jetzt doch eigentlich viel näher als vorher«, hatte Marie zu ihr gesagt.

Tess hatte erst gedacht, sie mache Witze. Aber zumindest theoretisch gesehen, hatte sie natürlich recht. Im Grunde war Angela das größte Hindernis bei ihrem Kinderwunsch gewesen, sie hatte ihr immer deutlich gesagt, dass sie keine Kinder haben wollte. Aber Tess hatte in dem falschen Traum gelebt, sie könnte ihre Meinung noch ändern, denn Tess' biologische Uhr tickte gnadenlos. Das Problem war nur, dass sie keine alleinerziehende Mutter sein und das Kind auch nicht auf die Welt bringen wollte.

Ihr Vater schien ihre Gedanken zu lesen.

»Deine Angela, die konnte malen«, sagte er und sah Tess von der Seite an. »Wir kamen überhaupt sehr gut miteinander aus. Du solltest es noch einmal versuchen. Ihr habt so gut zueinandergepasst.«

»Das liegt leider nicht in meiner Hand.«

Tess erhob sich.

Er hatte sie immer ermutigt, auszugehen und jemand Neues kennenzulernen – oder sich einen Hund anzuschaffen.

»Manche finden das zynisch, aber ich nenne es Überlebensinstinkt«, hatte er gesagt.

Tess fragte sich, was aus dieser Überzeugung geworden war.

Sobald ich jemand Neues habe, etwas Ernsthaftes, stelle ich sie euch vor, hatte sie gesagt. Eleni war das jedoch nicht. Absolut nicht. Und ihr Vater hätte sie auch sofort durchschaut. Er hätte gesehen, dass Eleni etwas ungesund Kontrollierendes hatte und eine unterdrückte Aggressivität in sich trug. Vor allem aber hätte er gemerkt, dass Tess nicht wirklich in sie verliebt war.

Jetzt sank er wieder in sich zusammen.

»Ich muss wohl anfangen, samische Nachrichten zu hören oder so«, seufzte er. »Überall sind Erinnerungen! Jede lächerliche Fernseh- oder Radiosendung, die wir zusammen gesehen oder gehört haben, macht mich fertig. *Auf der Spur* oder *Guten Morgen, Welt*. Ich habe es neulich erst versucht. Aber dann musste ich ausschalten, wollte mich ständig zu ihr umdrehen und die Sendung kommentieren. Verstehst du, was ich meine?«

Tess wusste es genau, sagte aber nichts. Seit fast zwei Jahren war sie nicht mehr im Café Lola gewesen. Schaute sogar in eine andere Richtung, wenn sie daran vorbeikam.

»Aber Papa, willst du sie denn wirklich noch zurückhaben, nach allem, was sie dir angetan hat? Könntest du ihr überhaupt wieder vertrauen?«

Er schwieg eine Weile.

»Nein, aber ich glaube, das spielt in meinem Alter keine Rolle mehr. Was hat es für einen Sinn, sich zu trennen, wenn man ohnehin nur noch zwanzig Jahre zu leben hat? Was glaubt sie, ohne mich noch erleben zu können? Oder läuft sie vor etwas davon, etwas so Schrecklichem, dass sie lieber allein in ihrem Haus sitzt? Vermisst sie unsere gemeinsame *Guten Morgen, Welt* nicht ebenfalls?«

Regen prasselte gegen die Fensterscheiben, und der Wind riss an den Bäumen.

»Ja, ja, wir Kerle brechen zusammen, die Frauen dagegen blühen auf, wenn so etwas passiert. Das weiß man ja.«

Tess schaute auf das Grundstück hinaus.

»Ich versuche mal, das Gewächshaus wieder aufzurichten.«

Zersplittertes Glas lag auf dem Boden vor den zertrümmerten Glaswänden, und Tess machte einen großen Schritt darüber hinweg.

Welkes Laub und umgefallene Pflanzen lagen herum.

Ganz in der Ecke, hinter einer großen vertrockneten Hortensie, entdeckte sie einen Rosenstrauch mit zwei Knospen und einer geöffneten rosa Blüte. Sie duckte sich unter den herabhängenden Glasscherben des kaputten Daches hindurch und nahm ihn heraus. Wieder im Haus, stellte sie ihn auf den Küchentisch.

»Tut mir leid, aber ich schaffe es nicht einmal, dir einen Kaffee anzubieten. Lass uns das auf ein andermal verschieben«, hörte sie ihren Vater sagen.

Tess trat zu ihm ins Wohnzimmer. So wie er dort in seinem Sessel saß, wirkte er unglaublich einsam. Sie legte ihm eine Hand auf die Schulter.

Es bestand doch wohl kein Risiko, dass er …? Tess hielt mitten in dem Gedanken inne. Führte sich die aufgeräumte Küche vor Augen. Ob ihre Schwester Isabel ihn wohl zwischendurch mal besuchte? Wahrscheinlich nicht, wahrscheinlich vermied sie es, ihn in diesem Zustand zu sehen.

Tess zog ihr Handy heraus und stellte fest, dass sie mehrere Anrufe verpasst hatte.

»In Malmö herrscht Panik nach den Überfällen.«

»Ja, ich weiß. Und ich bin dir dankbar, dass du versucht hast, mich ein bisschen aufzumuntern. Fahr los, und schnapp sie dir.«

Er schnipste mit den Fingern.

»Papa …«

»Nun mach schon! Ich weiß doch, dass es Wichtigeres gibt als deprimierte alte Männer, die nicht aus dem Sessel kommen.«

Der Schalk blitzte in seinen Augen auf, und Tess drückte ihren Vater kurz an sich.

»Bis bald, Liebes«, sagte er.

Und Tess ließ ihn im Wohnzimmer zurück.

Ihr Kopf lehnte an der Fensterscheibe der Pågatåg-Bahn, die von ihrem Atem beschlagen war. Anita Johansson, Annikas Mutter, blickte sich verwirrt um.

Auf den blauvioletten Sitzen auf der anderen Seite des Ganges saßen drei junge Frauen um die zwanzig, wahrscheinlich hatte ihr Lachen sie geweckt. Anita lehnte den Kopf wieder an die Scheibe.

Die Frauen alberten herum, und sie musste immer wieder zu ihnen hinübersehen.

Die Blonde saß mit dem Rücken zu ihr. Ihre Locken bewegten sich, während die anderen ihr Handy herumreichten und über irgendein Foto lachten.

»Gib es zurück!«

Ein schonischer Dialekt, Südostschweden. Anita sah ihr Profil. Die gerade Nase, das markante Kinn.

Sie beugte sich vor, um besser sehen zu können. Die Frau hatte ungewöhnliche Locken, kein gewelltes oder krauses Haar, sondern natürliche Locken, die ihr bis auf die Schultern fielen. Dazu trug sie einen grauen College-Pullover und gebleichte Jeans mit fransigen Beinabschlüssen über den Stiefeln.

Die Fotos aus Annikas Album tauchten vor ihrem geistigen Auge auf. Vor ein paar Tagen war sie noch einmal in den Keller gegangen und hatte die Kartons durchsucht. Sie hatte sich dazu gezwungen, hatte beschlossen, dass es an der Zeit war, die Erinnerungen an ihre Tochter wieder zuzulassen. Eine

Weile hatte sie auf dem Boden gesessen und mit zitternden Händen geblättert, dann hatte sie die Fotos wieder in den Karton gelegt und den Keller verlassen.

Im Waggon befanden sich außer ihr nur die jungen Frauen, ein älterer Mann sowie ein Paar mittleren Alters.

Anita lehnte sich zurück, beobachtete aber weiterhin die Frauen. Als die Lockige aufstand, um etwas aus ihrer Tasche zu holen, sah sie kurz ihr Gesicht. Sie hatte unschuldige runde Wangen und trug einen karierten Schal um den Hals.

Anita konnte nicht aufhören sie anzustarren, die Frau schien es zu spüren, denn sie blickte kurz in ihre Richtung, dann stellte sie die Tasche wieder auf die Gepäckablage. Anita wühlte in ihrer Handtasche, sie brauchte dringend etwas Süßes und fand zum Glück ein Stück Schokolade. Außerdem Feuchttücher, mit denen sie sich Stirn und Nacken abtupfte.

Zu einigen von Annikas Freunden hielt sie bis heute Kontakt. Wie etwas zu Sara, die Annika am nächsten gestanden hatte und an ihrem letzten Abend noch mit ihr zusammen gewesen war. Sara rief Anita oft an, um ein wenig zu plaudern. Durch ihre Gespräche halfen sie einander, die Erinnerung an Annika lebendig zu halten. Gleichzeitig tat es Anita unendlich weh, die Freunde heranwachsen und Kinder bekommen zu sehen, denn es machte ihr bewusst, in welcher Lebensphase Annika jetzt gewesen wäre.

Bis auf die Gespräche der jungen Frauen war es still im Waggon, und so war es leicht, ihrem Geplauder zu folgen.

Schließlich standen zwei von ihnen auf, um zur Toilette zu gehen.

»Da hast du es zurück«, sagte eine von ihnen und warf der Blonden ihr Handy zu.

Anita zögerte kurz, dann ging sie die paar Schritte hinüber und setzte sich auf einen der frei gewordenen Plätze.

»Entschuldigung, aber der ist eigentlich besetzt.«

Anita lächelte.

»Ich weiß, ich wollte Ihnen nur kurz etwas sagen. Passen Sie gut auf sich auf, versprochen?«

Die junge Frau sah sie verunsichert an, sagte jedoch nichts.

»Wissen Sie, ich hatte eine Tochter, die sah genauso aus wie Sie. Jetzt ist sie fort.«

Anita versuchte, sich zu entspannen und beruhigend zu lächeln, denn sie sah, wie die junge Frau unbehaglich hin und her rutschte.

»Was ist mit ihr passiert?«, fragte die Frau leise.

Anita verschränkte die Finger im Schoß, um ihre Hände ruhig zu halten, und sah aus dem Fenster. Der Zug hielt in Svarte, zwischen den Häusern war das grauschwarze Meer zu sehen. Sie ließ ihren Blick auf einer Möwe ruhen, die auf dem Bahnsteiggeländer saß.

»Ich weiß es nicht. Sie ist verschwunden, jemand hat sie umgebracht. Vielleicht werde ich nie erfahren, was passiert ist.«

Der grelle Schrei der Möwe, die sich vom Geländer abstieß und aufflog, drang bis ins Abteil.

Anita legte der jungen Frau vorsichtig eine Hand auf den Arm.

»Ich wollte Sie nicht erschrecken, aber wenn ich junge Mädchen wie Sie sehe, die ihr so ähnlich sind …«

Ihre Kehle wurde eng, und ihre Stimme begann zu zittern.

»… dann möchte ich euch einfach bitten, vorsichtig zu sein. Es gibt so viele Gefahren da draußen.«

Die junge Frau nickte. Anita hörte die Freundinnen zurückkommen.

»Ich hoffe … ich hoffe, es wird alles gut«, sagte die Blonde.

Anita bedankte sich mit einem Nicken, stand auf und ging wieder an ihren Platz.

Ihre Beine zitterten, und sie atmete flach. In ihrem Kopf pochte es, ihr war schlecht.

Die junge Frau und ihre Freundinnen flüsterten miteinander. Eine von ihnen kicherte. Das Ehepaar warf Anita einen Blick zu und sah dann schnell wieder weg.

Anita atmete ein paarmal tief durch. Am liebsten wäre sie ausgestiegen.

Ein paar Minuten später waren sie in Ystad, und die jungen Frauen und das Ehepaar suchten ihre Sachen zusammen.

Anita starrte aus dem Fenster.

Die jungen Frauen gingen Richtung Bahnhofsgebäude. Nach ein paar Metern drehte sich die Blonde um, lächelte ihr zu, hob die Hand und winkte zaghaft, dann ging sie weiter.

Als Tess und Marie auf die Ebene kamen, erfasste eine Windböe das Auto. Genau wie die Meteorologen es vorhergesagt hatten, Sturm Rut war wieder erwacht.

Tess' Handy meldete sich, und ein kurzer Blick sagte ihr, dass sie eine MMS von Susanne Ek bekommen hatte, die den Kühlschrank zeigte.

Sie vergrößerte das Bild, um das sie Susanne gebeten hatte, und musterte es während der Fahrt.

»Familienfotos, Urlaubskarten. Kannst du mal schauen, ob dir was auffällt, worauf der Valby-Mann reagiert haben könnte?«

Tess reichte das Handy an Marie weiter.

»Derselbe Blödsinn wie überall. Hässliche Magnete, Bilder von den Kindern, crazy Fotos und Urlaubskarten.«

Tess nahm das Handy wieder an sich, sie würde sich das Foto später noch einmal genauer ansehen.

Marie saß schweigend auf dem Beifahrersitz, und Tess genoss es, sich nicht den üblichen Hardrock anhören zu müssen, der immer lief, wenn Marie am Steuer saß. Als sie durch Svedala hindurch waren, kam ihr Maries Schweigen jedoch allmählich verdächtig vor, und sie drehte sich zu ihr um. Marie war hellgrün im Gesicht.

»Halt an, ich muss kotzen!«

Tess fuhr rechts ran.

Marie riss die Tür auf, stieg aus und übergab sich dreimal heftig. Tess beugte sich über den Beifahrersitz.

»Brauchst du Hilfe?«

»Nein danke, das hier mache ich lieber allein.«

Marie würgte noch ein paarmal.

»Pfui Teufel«, sagte sie. »So elend habe ich mich in meinem ganzen Leben noch nicht gefühlt. Und zuzusehen, wie Jöns ein Kuchenstück nach dem anderen verschlingt, macht es auch nicht gerade besser.«

»Du hast in letzter Zeit auch eine ganze Menge in dich reingestopft«, sagte Tess und warf ihr eine Rolle Küchenpapier zu.

Marie wischte sich den Mund ab und stieg wieder ein.

Plötzlich begriff Tess, was all die Bonbons und Krabbenbrote zu bedeuten hatten.

Marie schnäuzte sich.

»Ich will's nicht behalten. Wirklich nicht.«

»Warum?«

»Zwei Kinder und ein stänkernder Mann sind genug. Unsere Beziehung hält keine weiteren Kleinkindjahre mehr aus, das wäre der Todesstoß. Ich kann auch nicht behaupten, dass ich Lust habe, noch mal eine Riesenmelone aus mir rauszupressen.«

Tess startete den Motor und fuhr auf der E65 weiter Richtung Ystad.

»Und Tomas?«

»Der möchte. Ich habe noch drei Wochen Zeit, um mich zu entscheiden. Kannst du dir das vorstellen? Da hat man mal an einem Freitagabend seit Ewigkeiten wieder ein bisschen Spaß, und dann ist man gleich schwanger …«

»Gibt ja Verhütungsmittel.«

Tess fuhr schweigend weiter. Was für eine Ironie des Schicksals! Sie träumte davon, eines Tages Mutter zu werden, und neben ihr saß eine zweifache Mutter und dachte über eine Abtreibung nach.

Ihr Handy brummte erneut, und Marie sagte ihr, dass es

eine Nachricht von Eleni sei, die fragte, wann sie heute nach Hause komme.

»Wie geht es dir eigentlich?«

Marie deutete mit dem Kopf auf das Handy.

Tess warf ihr einen raschen Blick zu.

»Ach, geht so. Ihre ständigen SMS machen mich wahnsinnig!«

»Wohnt sie noch bei dir?«

Tess nickte. Sie wusste, dass Marie es von Anfang an für eine idiotische Idee gehalten hatte, dass sie Eleni bei sich hatte einziehen lassen.

»Du verschwendest deine Zeit. Noch dazu an eine Frau, die dich zu kontrollieren versucht. Diese Frau ist eine Hexe, glaub mir. Und noch dazu vollkommen durchgeknallt. Du sagst doch selbst, dass ihr euch nichts zu sagen habt und dass sie ständig versucht, dich in eine Art Symbiose zu zwingen.«

Marie ließ sich gar nicht mehr bremsen.

»Du liebst eine Frau, die dich verlassen hat. Lebst mit einer anderen zusammen, die du nicht liebst und die versucht, dich zu manipulieren. Du möchtest Kinder haben, lässt aber die Zeit einfach verstreichen. Na, herzlichen Glückwunsch!«

»Danke«, erwiderte Tess kurz.

Sie hatte keine Lust, das Gespräch fortzusetzen.

Bilder von Elenis aggressiven Wutausbrüchen flimmerten vor ihrem inneren Auge vorbei. Davon hatte sie Marie lieber gar nicht erst erzählt.

»Was hältst du davon, wenn wir versuchen, einen der Mårtensson-Brüder aufzusuchen, wenn wir schon mal in der Gegend sind?«

Doch Marie ließ nicht locker.

»Hat sie mittlerweile wenigstens einen Job gefunden?«

Tess zuckte die Achseln.

»Es ist ja wohl wirklich nicht gerade eine She-had-youat-hello-Story, oder? Mal im Ernst, warum beendest du das Ganze nicht einfach?«

Sie kam sich vor wie eine Angeklagte vor Gericht. Und sie wusste, dass Marie recht hatte.

»Ich weiß, was du meinst, aber ganz so oberflächlich ist es auch wieder nicht. Sie kann auch sehr lieb sein, und sie war für mich da …«

»Ja, sie war für dich da und hat dich getröstet, während du an eine andere gedacht hast, mit der du viel lieber ins Bett gegangen wärst. Mach Schluss, bevor es richtig schlimm wird. Und fahr in die Storchenklinik in Kopenhagen. Das ist doch einer der wenigen Vorteile, die wir als Frauen haben: Wir können das auch alleine durchziehen.«

»Das will ich aber nicht. Du weißt, dass ich nicht schwanger sein möchte. Keine Chance!«

»Ach, so schlimm ist das auch wieder nicht. Du musst dich und deinen Bauch halt neun Monate lang verstecken, dann ist alles fertig. In der Zeit schaffst du es ohnehin nicht, irgendwelche Bräute oder Ganoven zu jagen. Bestell dir einen Kaiserschnitt, wenn es die Geburt ist, vor der du Angst hast, das habe ich bei unserem Zweiten auch gemacht. Ist viel einfacher.«

Tess runzelte die Stirn. Normalerweise mochte sie Maries Direktheit, aber ein Sinn für Nuancen und dafür, wann etwas mehr Feingefühl angebracht war, gingen ihrer Kollegin beinahe vollständig ab.

»Auch das ist gerade nicht aktuell«, sagte sie.

Sie hatte nie vermocht, sich vorzustellen, schwanger zu sein. Manchmal fragte sie sich, ob es ein zu weibliches Bild war, etwas, das sie nicht mit sich selbst in Verbindung bringen konnte.

»Dann musst du dir eben eine jüngere Partnerin suchen oder deine Eier einfrieren lassen, bis du deine Meinung geändert hast. Aber jetzt halt bitte noch mal an, ich muss noch mal kotzen.«

»Das ist eins der letzten Fotos, die wir von ihr haben, vom Frühling, bevor sie auf die Schulfreizeit fuhr«, sagte Anita und strich mit dem Finger die dünne Staubschicht vom Bilderrahmen.

Tess betrachtete das Foto im Bücherregal. Die blond gelockte junge Frau hatte den Arm um den Mast eines Segelboots gelegt und lächelte in die Kamera.

Sie nickte.

»Ein schönes Bild.«

»Ja, man musste damals gut aufpassen. Die Zeitungen wollten ständig neue Fotos, aber das hier haben wir nie hergegeben.«

»Wann war denn diese Freizeit?«

»Ein paar Wochen vor dem Schulabschluss, sie sind in den Blekinge Schärengarten gefahren.«

»Und wer war alles mit?«

»Die Abschlussklassen und ein paar ehemalige Schüler, die die Wettkämpfe organisierten.«

Tess konnte sich nicht erinnern, in den Voruntersuchungsprotokollen etwas über eine Schulfreizeit gelesen zu haben.

»Wissen Sie, ob es irgendwo noch Fotos von dieser Freizeit gibt?«

»Ja, im Keller. Ich habe es lange nicht mehr über mich gebracht, sie mir anzuschauen ... zuletzt wahrscheinlich, als ich sie damals der Polizei vorgelegt habe ... man wird so ... ja.«

Tess war zum ersten Mal in Annikas Elternhaus. Sie und Marie hatten sich gewundert, als der Bruder, Axel, ihnen die Tür öffnete. Sie hatten nicht damit gerechnet, dass er bei seiner Mutter sein würde. Vielleicht hatte Anita ihn gebeten, herzukommen und sie zu unterstützen. Oder er wollte wissen, worüber gesprochen wurde. Jedenfalls folgte er ihnen von einem Zimmer ins nächste, als müsste er seine Mutter vor der Polizei beschützen.

Schließlich setzten sie sich an den Kiefernholztisch in der Küche, auf dem immer noch ein roter Weihnachtsläufer lag. Im Fenster hing ein Leuchter mit einer brennenden Kerze. Es duftete nach frisch gebrühtem Kaffee, und Anita öffnete die Durchreiche, um das Service aufzudecken. Sie stellte einen Teller mit Zimtschnecken hin, und Marie griff sofort zu.

»Mmh, lecker«, sagte sie.

Anita nickte freundlich.

»Bedienen Sie sich, ich habe sie heute Morgen frisch gebacken.«

Sie stellte Tassen und Teller hin.

»Stellen Sie sich vor, ich habe noch viele Jahre danach beim Essen aus Versehen für Annika mitgedeckt. Einfach so, aus Gewohnheit. Aber mit den Jahren lernt man es dann.«

Sie lächelte, doch ihre Augen blieben ernst.

Wenn Tess daran dachte, was sie durchgemacht hatte, konnte sie nicht anders, als sie zu bewundern. Dass sie sich nicht mehr wehrte und akzeptierte, dass sie vielleicht nie erfahren würde, was genau passiert war.

Anitas rundes Gesicht war ungewöhnlich glatt für eine Frau um die fünfundsechzig. Ihre Augenpartie ähnelte der ihrer Tochter, und auch die Locken hatte Annika ganz offensichtlich von ihr geerbt.

Anita war nach dem Verschwinden ihrer Tochter im Haus wohnen geblieben. Sie und ihr Ehemann Ingvar hatten sich getrennt. So endete es häufig. Entweder schweißte die Trauer einen für den Rest des Lebens zusammen, oder man ging getrennter Wege. Inzwischen war Ingvar seit drei Jahren tot, an Krebs gestorben.

Tess berichtete Anita und Axel von den Fingerabdrücken, die mit denen im weißen Ford übereinstimmten.

»Sie haben immer gesagt, Sie glauben nicht, dass sie vergewaltigt worden ist«, sagte Axel, der immer noch stand. Die

122

Arme hatte er vor der Brust verschränkt, und hinter der unauffälligen Brille zeichnete sich eine verärgerte Stirnfalte ab.

»Ja, und daran hat sich auch nichts geändert«, sagte Tess. »Dennoch müssen wir wieder in alle Richtungen ermitteln, wenn es neue Erkenntnisse gibt.«

Sie konnte gut verstehen, dass Anita und Axel sich nicht vorstellen wollten, dass jemand wie der Valby-Mann ihrer Annika zu nahegekommen und vielleicht der Letzte gewesen war, der sie lebend gesehen hatte.

Anita legte beruhigend eine Hand auf Axels Arm.

»Wir sind natürlich dankbar für alles, was uns dabei hilft, mit alldem abzuschließen zu können«, sagte sie. »Aber von einem Dänen habe ich nie etwas gehört. Ich glaube, Annika hätte mir davon erzählt. Oder Sara, ihre beste Freundin.«

Marie nahm sich noch eine Zimtschnecke und sah Axel an.

»›Die Garage‹ in Gärsnäs, wo die Brüder Mårtensson damals abhingen. Waren Sie da auch oft?«

»Ein paarmal vielleicht, aber nicht regelmäßig.«

»Haben Sie dort irgendetwas von einem Dänen gehört?«

Axel schüttelte den Kopf.

»Nein, soweit ich weiß, nicht. Und es waren auch nicht die Kreise, in denen Annika verkehrte. Rickard war ein durchgeknallter, halbkrimineller Autoschrauber.«

»Trotzdem hatte sie eine Beziehung mit ihm.«

»Das war keine Beziehung«, sagte Axel schnell. »Rickard war von ihr besessen und konnte sie einfach nicht in Ruhe lassen.«

Tess dachte an den Streit zwischen Axel und Rickard vor dem Paviljong, an dem Abend, an dem Annika verschwunden war. Keiner aus dem Freundeskreis hatte genau mitbekommen, worum es ging, aber es hieß, Axel habe Rickard gewarnt, sich seiner Schwester je wieder zu nähern.

In den Verhören hatte man Axel auch zu Annikas Zimmer

befragt. Als die Polizei kam, um es zu untersuchen, schien bereits jemand da gewesen zu sein und alles durchwühlt zu haben. Es fehlte unter anderem ein Tagebuch, von dem die Mutter wusste, dass Annika es geführt hatte. Es wurde nie gefunden. Aber es gab keinen Grund, ihn jetzt noch einmal deswegen zu bedrängen.

Anita setzte sich zu ihnen an den Tisch.

»Es ist schwierig in einer Kleinstadt«, sagte sie. »All die Gerüchte ... Jeder kennt jeden, und es wird viel geredet. Anfangs mochte ich gar nicht mehr rausgehen. In den ersten Tagen fiel es mir schwer, überhaupt aufzustehen. Die nächste Herausforderung bestand darin, Kaffee zu kochen. So ging es eine lange Zeit ...«

Anita schloss die Augen.

»Aber für die Familie Mårtensson war es sicherlich auch nicht einfach«, sagte sie.

»Richtig leid tut mir aber keiner von denen«, mischte Axel sich sein. »Guck dir doch an, was aus ihnen geworden ist: ein Alkoholiker und ein Multimillionär.«

»Ja, aber man muss das doch auch verstehen«, sagte Anita und stützte die Ellbogen auf den Tisch. »Was Rickard durchgemacht hat, vor allem, wenn er gar nichts mit alldem zu tun hatte. Dass er all die Jahre verdächtigt wurde. Ich meine ...«

Sie hielt inne und schaute aus dem Fenster.

»Ich sehe ihn manchmal auf der Straße, er weicht mir mit dem Blick immer aus und scheint den Leuten generell aus dem Weg zu gehen.«

»Zu Recht«, meinte Axel.

Anita trank einen Schluck Kaffee.

»Einmal hat er versucht, mit mir zu reden. Er war betrunken und kam beim Hafenfest auf mich zugewankt. Ich sah die Panik in seinem Blick, als er dann doch keine Worte fand.«

Axel verdrehte die Augen.

»Ich muss doch wohl sagen dürfen, was ich empfinde«, sagte Anita mit ungewohnt strenger Stimme zu ihrem Sohn. »Und ich habe nie daran geglaubt, dass er etwas damit zu tun hatte. Dann wäre er doch nicht in Simrishamn geblieben, bei all den misstrauischen Blicken. Im Grunde war er ein guter Junge, das habe ich immer gespürt.«

Anita nickte Tess zu.

»Die Familie war finanziell immer knapp dran, und sein Vater Dan hat manchmal in der Schule ausgeholfen. Die Mutter wurde später krank, jetzt sitzt sie in irgendeinem Heim für Alzheimerpatienten. Sie haben es wirklich nicht leicht gehabt.«

Durch das Fenster sah Tess einen Vogelfutterspender, der im Wind schaukelte. Abgesehen vom Sturm draußen war nur das Ticken der Küchenuhr zu hören.

Entweder man wird demütig oder steinhart, dachte Tess und sah Anita an. Diese hatte sich für Ersteres entschieden. Eine Überlebenstaktik.

Tess hatte Angehörige erlebt, die in Bitterkeit und Hass verharrten. Sowohl Väter als auch Mütter, die schworen, die Sache in die eigene Hand zu nehmen, wenn sie eines Tages dem Täter gegenüberstünden. In einem Fall war ein bekannter Mädchenmörder in Göteborg bei seinem ersten Freigang auf offener Straße getötet worden. Es wurde gemunkelt, die Eltern hätten jemanden für die Tat engagiert. Es hatte keine großen polizeilichen Ermittlungen gegeben, und niemand hatte versucht, den Täter zu finden.

In Annikas Fall gab es niemanden, auf den die Familie ihren Hass hätte richten können.

Sie tranken ihren Kaffee aus. Anita umarmte Tess und Marie zum Abschied.

»Für mich geht es nicht mehr um Rache, und vielleicht

nicht einmal mehr darum, wer es getan hat. Aber ich hätte gerne ein Grab, das ich besuchen kann. Das hat Annika einfach verdient. Und wir auch. Verstehen Sie?«

Tess nickte.

»Wir werden alles dafür tun«, sagte sie.

Anita stand am Fenster. Draußen startete Axel den Motor, um zu seiner Familie in Viby zurückzufahren.

Jetzt würde alles wieder von vorne losgehen.

Als darüber spekuliert worden war, ob der verurteilte sadistische Doppelmörder Marklund etwas mit Annikas Verschwinden zu tun haben könnte, hatte Anita das Land verlassen und war nach Mallorca geflohen, um nichts davon mitzubekommen.

Aber es hatte sich nicht richtig angefühlt. Wenn sie am Strand lag, hatte sie Annika draußen auf dem Meer gesehen. Sie war aufgestanden und hinausgeschwommen und hatte die junge Frau aus der Ferne beobachtet, bis diese es bemerkt und gefragt hatte, warum sie sie so anstarre. Anita war zum Strand zurückgeschwommen, hatte sich ihre Sachen geschnappt und war in ihr Hotelzimmer gegangen. Tags darauf hatte sie den Rückflug umgebucht und den ersten Flieger nach Hause genommen.

Sie dachte an die Zugreise gestern von Malmö nach Simrishamn, wie sie wieder an alles erinnert worden war.

Anita hatte sich nie daran gewöhnt, Fotos ihrer Tochter in den Medien zu sehen. Für die war Annika doch nur ein Opfer, eine von vielen in der Reihe seltsamer Vermisstenfälle. Als sie klein war, war Annika ein wirklich traumhaftes Kind gewesen. Freundlich, fröhlich, ruhig und charmant. Auch als Jugendliche hatte sie ihre positive Grundeinstellung beibehalten. Es war kein Zufall, dass sie auf den meisten Fotos lachte. Natürlich hatte sie auch ein paar kurze anstrengende Phasen gehabt, aber weit davon entfernt, was man von anderen mitbekam. Sie hatte wenig Alkohol getrunken und sich den Eltern anvertraut, wenn sie etwas beschäftigte. Das Sprichwort stimmte wohl: Gott nahm die Besten zuerst.

Manchmal hatte Anita eingewilligt, Interviews zu geben, hatte geduldig die Fragen der Journalisten beantwortet und versucht, behilflich zu sein. Ebenso begegnete sie den Polizisten, die sich in regelmäßigen Abständen meldeten und irgendwelchen Details nachgehen wollten. Doch vor ein paar Jahren hatten diese Gespräche aufgehört. Die Polizei arbeite nicht mehr an dem Fall, wurde ihr gesagt, zumindest nicht aktiv. Es gebe einfach zu viele offene Fragen. Neue Morde, neues Elend waren in den Fokus gerückt. Sie machte ihnen keinen Vorwurf daraus. Tagtäglich las sie über Morde und Schießereien. Aber es war ärgerlich, dass die Polizei gerade am Anfang so viele Fehler gemacht hatte. Das war ihr bewusst geworden, als die Zeitungen anfingen, die Polizeiarbeit infrage zu stellen, und wissen wollten, warum der Fall nie aufgeklärt worden war.

Mit der Zeit war ihre Hoffnung geschwunden, dennoch hatte sie sich gefreut oder war zumindest dankbar gewesen, als die Chefin des Cold-Case-Teams in Malmö sich vor einem halben Jahr bei ihr gemeldet und gesagt hatte, sie würde sich noch einmal neu in Annikas Verschwinden einlesen und schauen, ob es da nicht doch noch einen Weg gebe.

Plötzlich war alles wieder sehr aktuell, obwohl sie nicht recht verstanden hatte, was dieser schreckliche dänische Mörder mit Annika zu tun haben könnte.

Die Ungewissheit war immer das Schlimmste gewesen. Anfangs hatte sie sich mit dem Gedanken gequält, was Annika in den letzten Augenblicken ihres Lebens wohl erlitten hatte. Hatte sie Angst, hatte sie Schmerzen gehabt? Wusste sie, was passieren würde?

Als Mutter hätte sie bei ihr sein, sie beschützen und daran

hindern müssen, sich Gefahren auszusetzen. Sie hatte versagt, egal, was andere ihr einzureden versuchten.

Noch dazu war Annika nur wenige Hundert Meter von zu Hause entfernt überfallen worden. Anita und Ingvar hatten seelenruhig geschlafen. Sie hatten ihr vertraut, Annika hatte nie irgendwelche Dummheiten gemacht. Aber als Anita am Morgen in ihr Zimmer kam und ihr Bett leer vorfand, hatte es sich angefühlt, als habe man ihr ein eiskaltes Messer in den Rücken gerammt. Sie wusste sofort, dass etwas nicht stimmte. Eine Mutter spürt so etwas.

Anita ging vom Fenster weg, um ihr Handy zu holen. Sie erreichte Axel noch im Auto.

»Sag mal, erinnerst du dich noch, was sie damals im Frühling immer gehört hat?«

»Mach dir keine Gedanken, Mama, das führt doch zu nichts.«

»Aber es geht mir einfach nicht aus dem Kopf, im Moment kommt so vieles wieder hoch. Ich kann einfach nicht aufhören, darüber nachzudenken. Weißt du es noch?«

Axel schwieg eine Weile.

»Ich glaube, es war Kim Larsen.«

»Dänisch.«

»Hm.«

»Aber ist das nicht ein merkwürdiger Zufall? Ich meine, jetzt, wo ein Däne unter Verdacht steht? Vielleicht sollte ich es doch der Polizei erzählen.«

»Vielleicht hat es aber auch gar nichts zu sagen, er war schließlich nicht nur in Dänemark beliebt.«

Anita räumte die Tassen in die Spülmaschine.

»Ich finde es jedenfalls seltsam. Es passte auch gar nicht zu Annika, sie hatte sich verändert, das habe ich so oft gesagt. Und Kim Larsen war ein älterer Sänger, nichts, was Neunzehnjährige normalerweise hören.«

128

»Hör auf, dich zu quälen, lass die Polizei ihre Arbeit machen. Wir können im Augenblick gar nichts tun.«

Anita seufzte. Er hatte recht. Sie legte auf und öffnete die Kellertür. Etwas zog sie dort hinunter.

Im Hobbyraum bewahrte sie die Sachen von Annika auf, die sie nicht um sich haben wollte. Bücher, Fotoalben, Kuscheltiere, ihre CDs und ihr Handballtrikot, alles lag ordentlich sortiert in einem Schrank. Anita zog ein Album heraus. Davon gab es viele, vom Babyalbum bis zu ihren eigenen, von verschiedenen Reisen.

Erst gestern hatte Anita versucht, sie sich anzusehen und es dann doch nicht vermocht.

Im Regal entdeckte sie auch die Zeitungsablage mit den Briefen von Freunden, die ihnen nach Annikas Verschwinden geschrieben hatten. Sie zog sie heraus und blätterte. Ein paar anonyme Briefe waren auch dabei gewesen. Einige mit Spekulationen und seltsamen Theorien darüber, was Annika zugestoßen sein könnte. Sie wusste nicht recht, warum sie sie aufbewahrte. Einer war von dieser Frau, die behauptet hatte, Annika in jener Nacht schreien gehört zu haben. Er hatte etwa ein, zwei Jahre nach Annikas Verschwinden plötzlich in ihrem Briefkasten gelegen, als sie und Ingvar noch um ihre Ehe kämpften. Anita hatte so ihre Vermutungen, von wem er stammte, hatte aber nie versucht, sie darauf anzusprechen.

Sie nahm den Umschlag mit ihrem und Ingvars Namen darauf. Er war mit Kugelschreiber auf liniertes Papier geschrieben.

Liebe Anita, lieber Ingvar,
ich hoffe, Ihr nehmt es mir nicht übel, dass ich Kontakt zu Euch
aufnehme und dennoch lieber anonym bleiben möchte. Ich kann
mir nicht vorstellen, wie schrecklich es sein muss, ein Kind zu
verlieren. Aber ich denke mir, dass sich nichts mit der Verzweiflung

*und der Trauer vergleichen lässt, mit der Ihr leben müsst. In
den letzten Jahren habe ich mit einem schlechten Gewissen
und Schuldgefühlen gelebt, weil ich nicht gehandelt, nicht früher
begriffen habe, dass etwas nicht stimmte, und weil ich nicht zum
Wäldchen gegangen bin, um nachzusehen, was los war. Vielleicht
hätte ich sonst das Schreckliche verhindern können.*

*Wie ich der Polizei bereits gesagt habe, habe ich gegen 02:20 Uhr
einen Schrei gehört, dachte aber zunächst, es hätte etwas mit der
Party im Paviljong zu tun. Als ich begriff, dass etwas nicht stimmte,
war es schon zu spät.*

*Viele haben darüber spekuliert, dass es Rickard Mårtensson
gewesen sein könnte, der damals mit dem Auto wegfuhr. Ich
habe den Mann am Steuer nicht erkannt, das Auto war einfach
zu schnell, ich wäre beinahe überfahren worden. Er könnte es
tatsächlich gewesen sein, aber ich bin mir nicht sicher.*

*Auch das tut mir sehr leid. Ich habe wirklich ernsthaft versucht
nachzuforschen, ob es verdrängte Erinnerungsbilder von jener
Nacht gibt, die ich wieder hervorholen könnte, aber es ist mir leider
nie gelungen. Ich wünschte, ich könnte Euch eine größere Hilfe
sein, denn ich bin diejenige, die dem Schrecklichen, das nicht weit
entfernt von meinem Grundstück passierte, wahrscheinlich am
nächsten war.*

Sehr herzliche und anteilnehmende Grüße.

Weder Anita noch Ingvar hatten sich den Brief sonderlich
zu Herzen genommen. Es hatte keinen Sinn, sich darüber
Gedanken zu machen, was hätte anders laufen können. Sie
hatten der Polizei davon erzählt, aber dann nicht weiter darüber nachgedacht.

Nachdem sie eine Weile gesucht hatte, fand Anita das
Album von Annikas letztem Frühling, 2002. Sie strich mit
der Hand über den weinroten Einband, auf den Annika mit
Goldstift die Jahreszahl geschrieben hatte. Sie war in solchen

Dingen immer sehr genau gewesen und hatte Fotos zeitnah entwickeln lassen.

Anita wischte den Staub ab. Die Polizei hatte vorhin nach dieser Schulfreizeit gefragt. Anita war sich ziemlich sicher, dass in diesem Album Fotos davon waren. Im Wohnzimmer und in der Küche hingen vier Fotos von Annika. Es waren die einzigen, die sie um sich herum ertragen konnte. Sie hatte immer noch Angst vor den Gefühlen, die sie übermannten, wenn sie allzu tief grub.

Einen Moment verharrte sie mit dem Album in der Hand, dann setzte sie sich und öffnete es. Sie begegnete Annikas glücklichem Gesicht an ihrem letzten Schultag. Diese ganze Juniwoche war sonnig und warm gewesen. Sie erinnerte sich an die Vorbereitungen, wie sie das Partyzelt im Garten aufgestellt und das Essen angerichtet hatten. Annika hatte sich so gefreut. Viele Eltern machten sich Sorgen, dass die Partys zu ausschweifend werden könnten, und Anita war froh gewesen, dass ihre Tochter es eher ruhig angehen ließ.

Bei der Feier selbst war Annika ihr ungewöhnlich still vorgekommen, aber sie hatte gedacht, es läge vielleicht an all der Aufregung, die damit zusammenhing, dass die Schule endete.

Anita blätterte zurück zu den Bildern von der Freizeit in Blekinge im Monat davor. Annika spielte mit ihren Freunden Volleyball am Strand. Anita lächelte, schlug dann aber das Album schnell wieder zu und stellte es zurück ins Regal.

Mehr schaffte sie nicht. Nicht heute.

2002

Es gelingt mir, den Kopf zu heben, ich versuche zu schreien, meine Kehle ist trocken, ich höre Geräusche, sie kommen aus meinem Mund. Jedes Mal, wenn er zudrückt, schlägt mein Kopf gegen etwas Hartes. Ich versuche, nach ihm zu treten, der Druck um meinen Hals wird immer stärker.

Wieder jault in der Ferne ein Hund. Hier bin ich, hörst du mich?

Vor meinen Augen tauchen Erinnerungen auf, wie Reflexe von Sonnenlicht im Wasser.

Ich sehe mich selber, wie ich alle Kraft zusammennehme, hochspringe und den Ball mit der flachen Hand ins gegnerische Feld schlage. Das Blitzen der Kamera. Er machte Fotos. Micke und Sara kamen und gaben High Five. Wir lachten, ich schaute zu ihm hinüber. Er lächelte. Es war wie auf einer Bühne. Sobald er in der Nähe war, fühlte ich mich, als hätte ich die Hauptrolle in einem großartigen Stück. Wenn er ging, erschien alles sinnlos.

Das ganze Frühjahr über hatte sich unsere Abschlussklasse auf die letzten Schulwochen mit der Freizeit als Krönung gefreut.

Und jetzt hätte ich ebenso gut zu Hause bleiben können. Die anderen waren mir egal, die Ausflüge und Aktivitäten interessierten mich nicht.

Alles drehte sich nur darum, wann er und ich das nächste

Mal einen Augenblick für uns alleine hatten. Die Spannung, das Unkontrollierbare, der Schock darüber, was in der letzten Zeit zwischen uns passiert war.

Die Sonne schien, es waren über zwanzig Grad, obwohl es erst Mitte Mai war. Das Meer in Blekinge war wärmer als zu Hause in Österlen. Vielleicht lag es an den Inseln, die das Wasser einschlossen. Nach dem Spiel rannte ich zum Steg, sprang hinein, schwamm ein paar Züge unter Wasser und kraulte dann zum Steg zurück. Ich hoffte, er würde mir zusehen, lächeln, ein Handtuch für mich bereithalten. Aber stattdessen saßen nur die Jungs da, glotzten blöd und kommentierten die Mädchen. Ich wickelte mich fest in mein hellblaues Handtuch und verließ den Steg.

Am Abend versammelten wir uns in dem hässlichen Vereinslokal. Die Lehrer hatten sich bemüht, den Raum zu verschönern, hatten Tischdecken über die abgenutzten Holztische gelegt. Ich schaute mir die Sitzordnung an. Wir würden Blickkontakt haben.

Rickard schielte herüber und machte ein beleidigtes Gesicht. Ich wich ihm aus. Ich wusste, dass er und einige andere abends hinter dem Haus heimlich tranken. Niemand sagte etwas. Und mir war es egal.

Der Musiklehrer wollte, dass wir gemeinsam sangen. Ich bemühte mich während des Essens, mich mit Sara und den anderen zu unterhalten. Mir nichts anmerken zu lassen, nicht zu lange in seine Richtung zu schauen. Aber ich wartete die ganze Zeit nur auf sein Zeichen.

Sara hatte das Armband gesehen. Am liebsten hätte ich der ganzen Welt erzählt, von wem ich es bekommen hatte, aber ich antwortete, ich hätte es mir selbst gekauft.

Endlich, als wir fertig gegessen hatten, geschah es. Ein diskretes Nicken zur Seite. Er ging voraus, und als alles ruhig schien, folgte ich ihm.

Wir liefen schnell, schlichen uns zum Steg hinunter. Hinter der Sauna zog er mich an sich. Ich liebte es, wenn er mich so fest anfasste und mich küsste.

Mehr wollten wir nicht tun, nicht auf der Freizeit, darauf hatten wir uns geeinigt. Aber mein Körper war erfüllt von einer solchen Sehnsucht – und so ging es auch ihm.

»Versprichst du 's mir?«, fragte ich noch einmal.

Und bereute es sofort. Wollte ihn nicht drängen. Er nahm meinen Kopf in beide Hände und sah mir in die Augen.

»Ich verspreche es dir, bald gibt es nur noch uns beide«, sagte er und küsste mich weiter.

Und natürlich glaubte ich ihm.

Tess und Marie fuhren die kleine Anwohnerstraße hinunter und weiter Richtung Simrishamn Zentrum.

»Was hattest du für einen Eindruck von Annikas Bruder?«, fragte Tess.

»Axel? Er wirkte vollkommen nichtssagend auf mich. Und trotzdem dominant.«

»Wie meinst du das?«

»Man würde ihn nicht wiedererkennen, selbst wenn man ihn schon hundertmal gesehen hätte. Ein korrekter Bänker mit hässlicher Brille. Ich kann mich nicht einmal an seine Haarfarbe erinnern.«

»Und sonst?«

»Er scheint immer noch furchtbar wütend zu sein. Und er will auf keinen Fall, dass jemand glaubt, sie hätte etwas mit Rickard Mårtensson gehabt.«

»Selbst seine Mutter beschreibt ihn in einem Verhör als extrem überbehütend der Schwester gegenüber«, sagte Tess. »Und auch jetzt noch scheint er zu glauben, dass er Anita beschützen muss.«

»Ja, vielleicht hat er herausgefunden, dass Annika mehr mit diesen Typen verkehrte, als es ihm lieb war, und dann hat er sie damit konfrontiert. Vielleicht eskalierte es letztlich sogar so, dass er sie beseitigen musste?«

Tess fuhr zum Paviljong hinunter und parkte das Auto neben der Kleingartensiedlung.

»Er war ja auch in den Vernehmungen keine wirklich große Hilfe«, sagte Marie.

»Nein, aber seine eigene Schwester umzubringen ist ja noch mal eine andere Nummer«, sagte Tess und schaute zum Strandlokal hinunter.

»Irgendetwas scheint er jedenfalls zu verschweigen.«

Eine Weile blieben sie im Auto sitzen.

»Die Mutter scheint großes Verständnis für diesen Rickard Mårtensson zu haben und vieles mit seiner schwierigen Kindheit zu entschuldigen«, sagte Marie und steckte sich ein Kaubonbon in den Mund. »Ist ziemlich überzeugt von seiner Unschuld.«

»Das ist mir auch aufgefallen«, sagte Tess. »Tatsächlich wäre es aber schon ziemlich seltsam, wenn er all die Jahre als Hauptverdächtiger in der Gegend wohnen geblieben wäre. Wenn er es wirklich war.«

»Ja, vielleicht«, sagte Marie und schaute aus dem Fenster. »Es nervt mich nur wahnsinnig, wenn die Leute alles mit ihrer schweren Kindheit begründen, als könnte man damit alles entschuldigen. Wer hat es als Kind denn schon leicht gehabt? Unser Stiefvater hat uns und unsere Mutter fünf Jahre lang geschlagen, bis sie sich endlich aufraffte und ihn rauswarf. Aber irgendwann muss man das auch mal hinter sich lassen.«

Tess sah sie überrascht an.

»Du wurdest als Kind geschlagen? Das hast du mir nie erzählt.«

»Nein, ich hatte mir vorgenommen, nie wieder über dieses Arschloch zu reden«, sagte Marie und öffnete die Tür. »Hätte meine Mutter ihn nicht rausgeworfen, hätte ich ihn irgendwann umgebracht. Dann hätte ich aber wohl auch eine andere Karriere eingeschlagen.«

»Was ist passiert?«, fragte Tess und zog den Schlüssel aus dem Zündschloss.

»Eines Tages setzte er sich in den Kopf, meinen kleinen Bruder zu töten. Er nahm ein riesiges Messer und jagte ihn durch den Garten. Ich war sieben und rannte los und wählte die 90 000, wie man das damals machte. Als die Polizei kam, hatte sich die Lage schon wieder beruhigt, und das Schwein schickte sie wieder weg. Die Polizisten bestanden aber darauf, mit dem Mädchen zu sprechen, das angerufen hatte, also mit mir. Und dann fragte mich die Polizistin, ob bei uns alles in Ordnung wäre. Es war das erste Mal, dass ein Erwachsener mich wirklich ernst nahm. An dem Nachmittag habe ich beschlossen, Polizistin zu werden.«

Tess hatte gewusst, dass Marie es nicht leicht gehabt hatte, einer ihrer Brüder war drogenabhängig, dennoch überraschten sie diese Details. Sie schaute verstohlen auf Maries Bauch. Noch war von der Schwangerschaft nichts zu sehen. Aber Maries Ausbruch von heute Morgen hatte sie noch nicht ganz verdaut.

Sie stiegen aus und gingen zum Paviljong hinunter. Das weiße Holzgebäude war von einer großen grauen Holzveranda umgeben, und sie gingen die Stufen zum Eingang hinauf. Das Paviljong war noch immer ein Tanzlokal, hatte aber in der Zwischenzeit einige Male den Besitzer gewechselt. Tagsüber diente der Gastraum als Speisesaal für die benachbarte Grundschule. Die runden Bullaugen zu beiden Seiten der Tür saßen zu hoch, als dass man hätte hineinsehen können. Tess ging um das Gebäude herum zu den großen Panoramafenstern.

Meterhohe Wellen brandeten an den menschenleeren Strand. Ein einsamer Frachter aus dem Baltikum schaukelte weit draußen wie ein Plastikboot in einer Badewanne.

Hier im Paviljong hatte Annika ihren letzten Abend verbracht. Eine Abschlussparty für alle Gymnasiasten.

Tess zeigte auf die Überwachungskamera über dem Eingang neben der Treppe.

»Von hier stammt das letzte Bild, das bei uns am Whiteboard hängt. In den Videoaufzeichnungen steht sie auf der Treppe, nachdem sie ihre Jeansjacke in der Garderobe abgeholt hat. Kein Ton natürlich, aber man bekommt trotzdem einen Eindruck, welche Stimmung hier draußen geherrscht haben muss. Aufgemotzte Autos, Musik und lautes Gegröle. Unübersichtlich, wie immer an solchen Orten, wenn die Bar bald schließt. In derselben Bildsequenz sind kurz auch Rickard Mårtensson und Annikas Bruder Axel zu sehen.«

»Und anschließend ist Annika wie vom Erdboden verschluckt.«

Ein kalter Windstoß erfasste Tess, sie musste sich kurz am Geländer festhalten.

»Diese Rut ist ganz schön wild!«, rief Marie.

Sie schirmten ihre Gesichter ab und schauten durch das Fenster. Ein Sonnenstrahl fiel durch die Wolken und warf das helle Licht des Wintertages in den leeren Saal. Tess stellte sich einen Juniabend vor sechzehn Jahren vor. Die tropische Österlen-Nacht, die vielen ausgelassenen Schüler, die sich im angesagtesten und deshalb voll besetzten Nachtclub Schonens versammelt hatten.

»Selbst gebrannter Schnaps und sturzbetrunkene Aufreißertypen.«

»Warum flüsterst du?«, fragte Marie.

»Weil ich den Film von dem Abend nicht stören will, der gerade in meinem Kopf abläuft.«

»Und was siehst du da so?«

»Ich sehe Annika an der Bar, traurig oder wütend. Sie sitzt auf einem hohen schwarzen Lederhocker mit Chrom und wendet Rickard Mårtensson, der schon vollkommen dicht ist und versucht, Kontakt mit ihr aufzunehmen, den Rücken zu.«

Marie rieb mit der Hand über die Scheibe, um besser hineinsehen zu können, und ergänzte:

»Aus den Lautsprechern dröhnen Eminem, E-Type und dieser ganze Scheiß aus den Neunzigerjahren. Bestimmt gibt es eine Discokugel an der Decke. Dieselbe Szenerie wie an jedem Samstagabend in jeder schwedischen Bar, Paare geben sich einen Korb, mal so rum, mal anders herum. Aber deswegen bringt man doch niemanden um!«

»Nein«, sagte Tess. »Also, warum wird ausgerechnet Annika eine Stunde später ermordet?«

Drinnen im Saal tauchte eine Putzfrau auf, die etwas überrascht zu ihnen herausschaute.

»Weil sie mit jemandem aneinandergeraten ist, der sie verfolgt oder den sie später auf dem Waldweg trifft. Oder hat sie etwas gesehen, was sie nicht hätte sehen dürfen? Könnte hier drinnen irgendetwas passiert sein?«

»Nein. Sie ist schon bedrückt, als sie herkommt, aber keiner weiß, warum. Dabei behaupten ihre Freundinnen, sie wüssten alles voneinander.«

»Darauf gebe ich nichts«, sagte Marie, drehte sich um und spuckte auf das Holzdeck.

»Was meinst du damit?«

»Ich glaube nicht, dass Annika ihnen alles erzählt hat. Hast du das als Neunzehnjährige gemacht? Sie hatte ihre Geheimnisse, wie jeder in dem Alter.«

Tess steckte die Hände in ihre Daunenjacke. Ja, sie hatte damals auch Geheimnisse gehabt. Mädels und Lehrerinnen, in die sie verliebt gewesen war, Poster von den Fernsehserien *Cagney & Lacey*, *Kojak – Einsatz in Manhattan* und *Baretta* flimmerten vorbei.

»War sie betrunken?«, fragte Marie. Tess zuckte zusammen.

»Wer?«

Marie zog die Augenbraue hoch.

»Na, wer wohl?«

»Annika? Nein, jedenfalls nicht sehr. Aber vor allem hat sie an dem Abend nicht getanzt. Das war etwas, das allen auffiel und was alle hinterher erwähnten. Sie war deprimiert.«

»Ein Typ, ich bleibe dabei. In dem Alter dreht sich alles nur darum. Auch wenn es sich bei manchen dabei vielleicht um Frauen gehandelt haben mag.«

»Hm, vielleicht«, sagte Tess. »Aber um welchen Typ?«

»Einen Dänen, der später zum Mörder und Vergewaltiger wurde?«

Tess und Marie verließen die Veranda und gingen zum Auto zurück. Dunkelgraue Wolken jagten über den Himmel. Die kurze Sonnenstunde des Tages war vorbei.

Tess deutete auf den Radweg, der parallel zum Meer verlief.

»Das ist der Weg, den sie wahrscheinlich gegangen ist. Und obwohl viele draußen herumstanden, gab es keine Zeugen. Sie verließ das Paviljong, ohne mit jemandem zu reden.«

»Warum ist sie nicht über die beleuchtete Straße gegangen?«, fragte Marie und zeigte in Richtung der Kleingärten.

»Wahrscheinlich fühlte sie sich sicher. Nicht viel mehr als ein Kilometer bis nach Hause, ein Weg, den sie hundertmal gegangen ist. In dem Alter hält man sich für unsterblich, und wenn man immer denselben Weg nach Hause genommen hat, denkt man irgendwann nicht mehr darüber nach. Wenn man hier weitergeht, kommt man zum Schwimmbad und zu einem Campingplatz, auch da waren um die Uhrzeit noch viele Leute.«

»Lärmende Deutsche und Dänen, die in hässlichen Jogginganzügen und Zelten Bier trinken. Da kann Gott weiß was passiert sein. Gab es am Schwimmbad Überwachungskameras?«

»Eine, am Eingang, aber die war an dem Tag kaputt. Außerdem hätte sie gar nicht die Reichweite gehabt, um aufzunehmen, was auf dem Waldweg geschah.«

»Ein Handy hatte sie auch nicht dabei?«

»Nein. Auch 2002 hatten manche Leute es zwar schon ständig bei sich, aber Annikas Nokia lag zu Hause, wahrscheinlich dachte sie, sie bräuchte es nicht. Vor sechzehn Jahren gab es immer noch ein paar Telefonzellen. Die Mutter nahm an, dass sie eine Telefonkarte hatte, die sie ab und zu benutzte. Auch im Paviljong gab es ein an der Wand befestigtes Telefon, aber es gibt keine Auskünfte darüber, ob Annika jemanden angerufen hat, das wurde nicht untersucht.«

»Super Arbeit, die die Kollegen da gemacht haben«, sagte Marie und verdrehte die Augen.

»Komm, lass uns hinfahren«, sagte Tess und zeigte auf das Wäldchen.

»Das ist ein Fahrradweg«, wandte Marie ein.

»Ja, und wir sind die Polizei. Du kümmerst dich doch sonst auch nicht um irgendwelche Verkehrsregeln?«

Sie gingen an der Brücke vorbei zum Auto.

Nach ein paar Hundert Metern auf dem Radweg hielten sie an und stiegen aus.

Tess orientierte sich an dem grünen Stromkasten, der noch immer am Straßenrand stand, dort, wo der kleine Weg in den Wald abzweigte.

»Hier war es. Der Waldweg ist eine Abkürzung von ein paar Hundert Metern zur großen Straße. Wenn man die überquert, gelangt man zu den Häusern, wo Annika und ihre Familie wohnten. Die meisten hier benutzten ihn im Sommer, wenn auch vielleicht nicht mitten in der Nacht.«

Tess öffnete die Autotür und musste sich dabei gegen den Wind stemmen.

Marie zögerte.

»Nicht dass uns ein Baum auf den Kopf fällt!«

Die Birken und Tannen um sie herum bogen sich bedenklich. Tess schaute in die nackten Baumwipfel hinauf. Sie bildeten riesige Münder, die alles zu verschlingen drohten. Es

sauste, pfiff und knarrte, wenn die Baumstämme sich anein-
anderrieben.

Sie setzte sich die Kapuze ihrer Daunenjacke auf, verließ
den Waldweg und begab sich zwischen die Bäume. Es roch
nach Moos, Erde und feuchtem Laub.

Vor dem Steinmäuerchen blieb sie stehen, erkannte den
Ort von den Fotos wieder, den der Einsiedler als Tatort an-
gegeben hatte. Sie holte tief Luft und versuchte, den Sturm
auszublenden, spürte, wie ihr Puls sich beschleunigte. Sie
wünschte sich, es wäre ein ruhiger sonniger Tag, damit sie sich
besser konzentrieren könnte. Die erste Begegnung mit einem
mutmaßlichen Tatort hatte immer denselben Effekt auf sie,
eine Art Trauer, vermischt mit Neugier und Ehrfurcht. Nichts
an diesem Ort wies darauf hin, dass hier vor sechzehn Jahren
ein Mensch verschwunden war. Nichts erinnerte an eines der
rätselhaftesten Ereignisse dieser Art in Schweden.

Eine unansehnliche kleine Stelle mitten in einem Wald, an
der täglich Menschen vorbeigingen. Kein Zeichen der Erinnerung, keine Blumen, Stofftiere, Kerzen oder Kreuze, wie sie
sonst oft an solchen Orten zu finden sind.

Auf der kleinen Lichtung sprießte zaghaft das erste Gras
durch die Laubmassen neben einer Brombeerhecke. Die helle
warme Juninacht fühlte sich sehr weit weg an. Tess schloss die
Augen, sah vor sich, wie Annika neben dem Mäuerchen um
ihr Leben kämpfte. Völlig hilflos, aber vielleicht noch mit der
leisen Hoffnung, jemand könnte ihr Rufen hören.

Sie trat näher, ging in die Hocke und fuhr mit der Hand
über das dornige Gestrüpp. Wenn es noch dasselbe war, hatte
man an einem seiner Zweige den kleinen Stofffetzen aus der
Asservatenkammer gefunden, vermutlich stammte er von Annikas Kleidung.

Tess drehte sich um. Marie fotografierte ein paar Meter
von ihr entfernt mit dem Handy. Irgendwo schräg hinter ihr

musste der Einsiedler mit seinem Schäferhund gestanden haben. Von dort aus hätte er freie Sicht gehabt, selbst wenn die Bäume belaubt gewesen waren. Zumindest hatte er die Jacke des Mannes und das Markenzeichen auf dem Rücken erkennen können.

»Wo lag noch mal das Armband?«, rief Marie gegen den Sturm an.

Tess stand auf und zeigte auf den Waldweg.

»Irgendwo dort. Vielleicht hat es sich gelöst, als er oder sie die Leiche weggeschleppt haben«, sagte sie. »Zum Glück hat man es gefunden, sonst hätte man dem Einsiedler doch nie geglaubt, was er angeblich gesehen hatte. So hatte man zumindest einen konkreten Beweis.«

»Einen konkreten Beweis, der dann allerdings bei der Wahrsagerin Saida verloren ging. Ich frage mich ja, was man heute an so einem Beweisstück hätte herausfinden können.«

»Es war ein geschlossener blauer Metallarmreif, starr, nicht sonderlich groß, und man musste ziemlich daran ziehen, um ihn vom Arm herunterzubekommen.«

»Könnte sie es selbst abgestreift und auf dem Weg fallen gelassen haben, als sie merkte, was passierte? Damit man sie fand? Aber warum hat der Täter es nicht gemerkt und es aufgehoben?«

Tess lehnte sich an einen Baumstamm und schaute zum Stromkasten. Um sie herum fielen kleine Birkenzweige herunter.

Hinter ihrem Rücken krachte es.

»Scheiße, was war das?«, rief Marie und sah sich um.

Ein paar Meter von ihnen entfernt schwankte eine hohe, schmale Fichte vor und zurück, sie konnte jederzeit umfallen. Neben ihnen war bereits eine kleinere zu Boden gekracht, ihre Wurzeln ragten in die Luft.

»Lass uns hier verschwinden!«

Sie drehten sich um und liefen zum Fahrradweg zurück.

Dort angekommen, schlugen sie die Autotüren zu und atmeten auf.

»Wohin willst du jetzt?«, fragte Marie, als Tess auf dem Radweg weiterfuhr.

»Wir schauen mal, ob Louise, die Frau, die den Schrei gehört hat, zu Hause ist. Unangekündigt ist oft am besten.«

Auf dem Wendehammer sah Tess sich um, maß mit den Augen den Abstand bis zu dem Platz, an dem Louise angeblich gestanden hatte, als sie dem Auto auf dem Radweg begegnet war. Vom Tatort bis zu ihrem dunkelgrauen Steinhaus am Waldrand, das von der Straße aus kaum zu sehen war, war es nur eine halbe Minute Fahrzeit gewesen.

Sie parkten in der Einfahrt, stiegen aus und lehnten sich auf ihrem Weg zur Haustür gegen den Wind. Zu klingeln brauchten sie nicht, eine Frau um die sechzig in beigefarbener Strickjacke und mit graublondem Haar öffnete ihnen die Tür.

»Louise?«

Die Frau nickte zögernd und sah sich Tess' Dienstausweis an.

»Können wir reinkommen? Bisschen windig hier draußen«, sagte Marie und bemühte sich, die Haustür festzuhalten.

Widerstrebend ließ Louise sie ein und setzte sich auf die Bank im Windfang. Sie hatte Schuhe an und war offenbar auf dem Weg nach draußen gewesen.

»Können wir hier reden?«

Tess nickte und erklärte, dass sie wieder aktiv am Annika-Fall arbeiteten.

»Ich habe alles gesagt, woran ich mich noch erinnern kann«, sagte Louise. »Mehrfach und verschiedenen Polizisten.«

Gleich in der Defensive, dachte Tess. Sie hat keine Lust, noch mal darüber zu reden.

»Verstehe«, sagte Tess. »Wir waren nur ohnehin gerade in der Gegend, und manchmal ist es ja so, dass einem viel später wieder Dinge einfallen, von denen man dachte, sie spielten keine Rolle, sodass man die Polizei nicht von sich aus kontaktiert. Für uns könnten sie aber dennoch wichtig sein. Deshalb sind wir hier.«

Louise stand auf und trat ans Fenster.

»Sechzehn Jahre sind eine lange Zeit. Da kann einem das Gedächtnis schon mal einen Streich spielen. Ich habe im Laufe der Jahre so viele Männer in diesem Auto zu sehen gemeint. Aber einen Namen zu nennen wäre nicht richtig. Es ging so schnell. Ich wäre damals beinahe überfahren worden. Es war eine schreckliche Nacht, wirklich furchtbar!«

»Ja«, sagte Marie. »Und am schlimmsten war es für Annika. Ganz zu schweigen von ihrer Familie.«

Sie griff in ihre Tasche.

»Würden Sie den Mann auf einem Bild wiedererkennen?«, fragte sie und hielt ihr das Phantombild des Valby-Mannes hin.

»Wer ist das?« Louise nahm die Zeichnung entgegen und sah die beiden Polizistinnen fragend an. »Ich habe nichts gesehen, ich habe mich durch einen Sprung in den Graben gerettet.«

Marie nahm das Bild wieder an sich.

»Als Sie damals von den Kollegen befragt wurden, haben Sie den Schrei nicht mit Annika in Verbindung gebracht.«

Louise seufzte.

»Nein, und es ist mir heute auch wirklich peinlich. Ich hatte eine schwierige Zeit, es lief zu Hause nicht so gut.«

»Und deshalb dauerte es vier ganze Tage, bis Ihnen das wieder einfiel?«

Louises Blick flackerte, sie sah zu Boden. Tess musste an Rafaela denken, es war dasselbe ausweichende Verhalten.

145

»Ich wollte mir sicher sein«, sagte sie leise. »Aber nachdem ich alles, was ich gesehen und gehört hatte, in Gedanken noch mal gründlich durchgegangen war, hatte ich keine Zweifel mehr.«

»Sie haben also Annikas Stimme gehört«, sagte Tess. »Daran konnten Sie sich plötzlich wieder erinnern?«

»Ganz sicher. Ich habe sie ja relativ häufig gesehen und gehört.«

Marie sah ihr fest in die Augen.

»Wissen Sie, Louise, ich habe das Gefühl, dass viele Leute Angst haben, darüber zu reden, was sie in jener Nacht gesehen und gehört haben. Gehören Sie auch dazu? Kann es sein, dass Sie jemand Konkretes im Sinn haben, es aber nicht zugeben möchten?«

»Angst?« Sie richtete sich auf, schien geradezu beleidigt. »Nein. Aber es ist ganz schön viel verlangt, sich genau zu erinnern, wenn man etwas so Traumatisches erlebt hat.«

Tess warf Marie einen raschen Blick zu, sie wusste genau, was sie über Leute wie Louise dachte.

»Falls Ihnen doch noch etwas einfällt, melden Sie sich bitte jederzeit.«

Sie gab Louise einen Zettel mit ihrer Handynummer und ging mit Marie wieder hinaus in den Sturm.

Louise ließ sich wieder auf die Bank sinken und stützte die Ellbogen auf die Knie. Mit einem Mal fühlte sie sich unglaublich schwer. Ihr Blick fiel auf die Ritzen zwischen den Dielenbrettern. Sie war nicht stolz auf sich, weiß Gott nicht.

Es war eine so friedliche Juninacht gewesen, doch dann waren stürmische Zeiten für sie angebrochen. Dennoch waren sie und ihr Mann zusammengeblieben, in der stillschweigenden Übereinkunft, nie wieder über die Ereignisse zu reden. Und dieses Gelübde galt für alles, was in jener Nacht passiert war.

Sie blinzelte. Müdigkeit überkam sie, und sie hätte sich am liebsten einfach schlafen gelegt.

Stattdessen versetzte sie sich sechzehn Jahre in der Zeit zurück.

Sie hatte damals in kurzen Hosen auf der Treppe gesessen, eine Zigarette in der Hand. Es musste Punkt zwei Uhr nachts gewesen sein. Sie sog den Rauch tief ein, und die Glut leuchtete im Dunkeln auf.

Sie genoss das Alleinsein. Nach richtig gutem Sex eine rauchen, dachte sie, das habe ich lange nicht mehr gemacht. Sie schaute zum Wald hinüber. Auf dem Nachbargrundstück leuchteten bunte Lampions auf der Veranda, Mücken summten um die eingeschaltete Außenbeleuchtung.

Sie konnte sich nicht erinnern, wann sie zuletzt so eine Hitze erlebt hatte. Seit zwei Tagen kühlte es auch nachts kaum ab. Vom Meer her hörte sie das regelmäßige Plätschern der Wellen und weiter weg Partylärm, Musik und lautes Lachen. Alle wollten auch noch das Letzte aus dieser tropischen Nacht herausholen, in dem Bewusstsein, dass es, auch wenn der Sommer gerade erst begonnen hatte, die einzige und letzte sein konnte. Dann wurde es plötzlich still, bis auf das hartnäckige Sirren einer einzelnen Mücke. Louise schlug sie sich von der Wade, atmete die frische Waldluft und den Duft von taubedecktem Gras ein, drückte die Zigarette aus und erhob sich.

Auch jetzt stand Louise auf. Wie in Trance und noch immer gefangen in den Erinnerungen an die Juninacht, ging sie ein paar Schritte Richtung Haustür, blickte durch das längliche Fenster in den Wintersturm hinaus.

Dieser Schrei.
Er hatte so flehend geklungen und … Sie hatte oft versucht, das richtige Wort zu finden. »Überrascht« traf es noch am ehesten.
Kurz darauf dann ein weiteres Lebenszeichen.
»Nein«, rief die Frauenstimme flehend.
Louise meinte auch Schluchzen zu hören. Dann wieder ein Schrei, leiser jetzt, hoffnungsloser.
»Nein, bitte nicht.«
Ein Zweig knackte. Dann war alles still, und sie war die Treppe ein Stück hinuntergegangen.

Und jetzt sah sie durch ebendieses Fenster auf dieselbe Treppe wie damals, erinnerte sich an das Knirschen des Kieswegs in der Nacht. Die Straße war unbeleuchtet gewesen, aber der Frühsommerhimmel immer noch blau. Sie wandte sich zum Wald und versuchte auszumachen, woher der Schrei gekommen war. Schaute auf die Uhr. 02:20 Uhr. Als sie nur noch die Grillen und das Rauschen in ihrem eigenen Kopf hörte, drehte sie sich um und ging zum Haus zurück, machte die Tür hinter sich zu. Beinahe hatte sie vergessen, dass er da oben noch schlief. Bald musste sie ihn wecken, damit er rechtzeitig verschwand.

Louise versuchte sich zu erinnern, wie lange sie damals in der Küche gesessen hatte. Aber da war nur die Erinnerung an das Gefühl von Rastlosigkeit und Angst. Irgendetwas hatte da draußen im Wäldchen nicht gestimmt, nur hundert Meter von ihrem Haus entfernt. Der flehende Schrei der Frau hallte immer noch in ihr nach. Schließlich war sie doch noch einmal in den Flur gegangen, hatte die Taschenlampe von der Hutablage genommen, die Haustür geöffnet und war hinausgegangen. Sie hatte die nackten Arme um sich geschlungen, als vom Meer her eine frische Brise aufkam. Zögerte. Vielleicht war es ja doch nichts, weswegen man sich sorgen musste. Ein paar Hundert Meter den Radweg hinunter lag das Paviljong, Partylärm kam und ging in Wellen. Sie wusste, dass die Schulabgänger dort feierten. Ihr Sohn wäre auch hingegangen, wenn er nicht schon verreist gewesen wäre. Aber der Schrei war nicht vom Paviljong gekommen, da war sie sich ganz sicher.

Sie hatte die Taschenlampe eingeschaltet und richtete den Lichtkegel auf den Boden. Ging den Kiesweg hinunter und weiter auf die Straße Richtung Wendehammer. Dort war sie stehen geblieben, hörte aber nur das Meer rauschen.

Als sie gerade umkehren wollte, bemerkte sie Scheinwerferlicht im Wald. Ein Motor wurde gestartet. Es hörte sich an, als steckten die Räder fest, als drehten sie durch. Dann kam ein Auto aus dem Wald. Louise erinnerte sich, wie sie mitten auf dem Radweg stehen geblieben war, während die grellen Scheinwerfer auf sie gerichtet waren. Wie erstarrt stand sie da.

»Nein«, schrie sie lautlos und hob die Arme schützend vor ihr Gesicht.

Im letzten Moment begriff sie, wie schnell das Auto tatsächlich war, und warf sich zur Seite, in den Graben.

Mit dem Strickjackenärmel wischte Louise das beschlagene Türfenster ab. Sie schauderte im kalten Luftzug, der durch die Ritzen des Windfangs drang. Dachte an die Polizistinnen, die eben noch da gewesen waren. An Annika, das fröhliche Lächeln in ihrem jungen Gesicht. An ihre Eltern.

Sie schaute auf die Straße hinaus. Ebenso wie damals blickte sie genau hin. Sie sah den Mann am Steuer deutlich vor sich.

»Ich habe sie das auf gut Glück gefragt«, sagte Marie, als sie nach Simrishamn hineinfuhren. »Ich glaube nicht, dass sie irgendetwas gesehen hat. Scheint mir eher, als hätte sie sich damals interessant machen wollen. Sie tut sich vor allem selbst leid. Das sind die Schlimmsten. Haben schon so manche Ermittlung kaputt gemacht.«

Tess musterte das Wäldchen, an dem sie vorbeifuhren.

»Ich weiß nicht, ich glaube, dass sie sehr wohl etwas gesehen hat. Sie hat sich das Phantombild gar nicht richtig angeschaut. Wahrscheinlich hat sie damals mehrere Tage überlegt, was genau sie sagen soll. Solche Leute erlebt man ja auch immer wieder.«

Leer und verlassen lagen die Kopfsteinpflastergassen da. Von den Fischerbooten im Hafen drang ein Knirschen und Knallen herüber, wenn sie aneinanderstießen. Nur die Möwen trotzten dem Sturm. Ihre Schreie übertönten sogar das Meeresrauschen, wenn sie herabstießen, um sich die Reste aus den Fischernetzen zu holen.

Die Straße nach Gärsnäs führte von Simrishamn aus über das freie Feld. Tess kannte diese Gegend Schonens nur von einigen Besuchen bei Freunden in deren Ferienhäuschen in Österlen. Sie hatte oft daran gedacht, sich ebenfalls eins zu kaufen, aber für viel mehr als die Wohnung in Västra Hamnen reichte ihr Gehalt nicht aus. Entlang der Küste zogen die Preise jährlich an.

Vor vier Jahren hatten Angela und sie im Sommer eine Hütte außerhalb von Kivik gemietet. In ihrer Erinnerung war es eine wunderschöne Zeit gewesen. Jeden Tag strahlender Sonnenschein, Frühstück im Garten, lange Tage am Strand und herrliche Ausflüge in die Hügellandschaft Brösarps Backar und in die Heidelandschaft bei Haväng. Eine ganz andere Welt, so nahe an Malmö und doch so anders. Sie wäre gerne für immer geblieben, glücklicher war sie wahrscheinlich nie gewesen. Oder kam es ihr nur im Nachhinein so vor? Wie sonst hätte es zwei Jahre später plötzlich vorbei sein können?

Sie begriff es noch immer nicht. Freunde und Bekannte hatten alle möglichen Erklärungen dafür gehabt: Angela habe einfach Bindungsängste, sie liebe ihre Freiheit, und in Sachen Kinder seien sie sich doch ohnehin immer uneins gewesen. Das hätten sie aber doch gemeinsam diskutieren können! Tess wäre dazu bereit gewesen und hatte das auch deutlich gezeigt. Sie hatte gekämpft. Warum hatte sich nicht auch Angela mehr bemüht?

»Hier ist es«, sagte Marie.

Tess schreckte aus ihren Gedanken auf. Chrilles Autowerkstatt, »Die Garage«, lag neben der Eisenbahnstrecke im verschlafenen Örtchen Gärsnäs, gleich gegenüber einer Schweinezucht. Sie parkten vor dem heruntergekommenen Gebäude mit den beiden grauen Garagen und der Zapfsäule. Mehrere Autowracks und ein paar Oldtimer standen davor. Tess' Handy summte, sie zog es heraus und sah, dass es eine weitere Nachricht von Agapimo war. Schnell steckte sie das Handy wieder ein.

»Was für ein Idyll, man spürt förmlich, wie sich hier die schönsten Zukunftsperspektiven eröffnen«, sagte Marie und stieg aus. »Hier möchte man sich doch glatt niederlassen und anfangen, in der Schweinezucht zu arbeiten.«

Sie stützte sich am Auto ab und beugte sich vor.

»Alles in Ordnung?«, rief Tess und hielt sich einen Arm vor das Gesicht, um sich vor dem Wind zu schützen.

Marie nickte.

»Es sieht verrammelt aus, vielleicht ist gar keiner da.«

Tess klopfte an die Metalltür, drückte die Klinke herunter und stellte fest, dass sie nicht abgeschlossen war. Das leise Dudeln eines Radios war zu hören, und als sie eintraten, erhob sich ein angeleinter, hellbrauner Pitbullterrier vom Boden.

Marie wich zurück.

»Ich hasse diese Viecher mit ihren runden Augen.«

Tess grinste amüsiert. Marie kam ihr selbst immer wie ein bissiger Kampfhund vor, wenn sie richtig loslegte.

»Hallo?«, rief sie in die Halle hinein.

Der Hund bellte.

»Ich komme«, rief ein Mann aus dem Raum hinter der Theke.

Tess sah sich um. Eine typische einfache Autowerkstatt, stellte sie fest. Werbeposter von verschiedenen Reifenherstellern schmückten die Wände. Es roch nach Benzin, Blech und Feuchtigkeit.

Ein zerlegter blauer Oldtimer stand in der Mitte.

An der Wand hinter der Theke hing ein großes Porträt des Schwedendemokraten Jimmie Åkesson mit der Aufschrift »Jimmie for president«.

Ein Mann in grauem T-Shirt und schwarzer Zimmermannshose trat aus dem hinteren Raum. Er nickte ihnen zu und tätschelte seinem Pitbull den Kopf, um ihn zu beruhigen.

»Also, meine Damen, was kann ich für Sie tun?«, fragte er in breitem Schonisch.

Tess erklärte, dass sie von der Polizei seien und ihm ein paar Fragen stellen wollten.

»Ist das Ihre Werkstatt?«

»Ja, seit zwanzig Jahren.«

Er richtete sich auf und reichte ihnen die Hand.

»Chrille.«

Tess berichtete von den Vergewaltigungen in Malmö und Höllviken und fragte, ob er mitbekommen habe, dass die Polizei jetzt Verbindungen zum Annika-Fall untersuchte.

»Ja, diese elende Geschichte hat uns alle lange verfolgt«, sagte Chrille und zeigte auf sein Radio aus den Fünfzigerjahren, das auf der Theke stand. »Ich habe es heute früh gehört. Dann geht jetzt wohl alles wieder von vorne los?«

»Erinnern Sie sich an einen Dänen, der 2001 hier in der Gegend herumhing? Könnte einen weißen Ford gefahren sein.«

»Nein, da fällt mir spontan niemand ein. Aber ich war auch nicht permanent hier, ich wohnte damals eigentlich in Kristianstad und hatte Leute, die in der Zwischenzeit meine Werkstatt führten. An dem Abend, als Annika verschwand, war ich allerdings vor Ort.«

Er ging zur Theke hinüber.

Tess zog eine Kopie des Phantombilds heraus.

»Das könnte jeder sein«, sagte Chrille nach einem flüchtigen Blick auf das Bild und schüttelte den Kopf.

»Ja, es ist nicht sonderlich gelungen«, pflichtete Tess ihm bei und legte es auf die Theke. »Es weckt also keinerlei Erinnerungen bei Ihnen?«

Chrille fixierte die Wand hinter ihnen und schien nachzudenken.

»Dänen sind hier in der Gegend ja nichts Besonderes. Ich meine, da war auch mal einer, der ab und zu vorbeikam. Aber ich weiß nicht mehr, warum.«

Tess Hjalmarsson nickte.

»Und der weiße Ford?«

Chrille schüttelte den Kopf.

»Weiß noch, wie sie ihn gefunden haben und dass etwas

darüber in der Zeitung stand. Aber das war doch ein gestohlenes Auto, oder? Ich weiß jedenfalls nichts Näheres darüber.«

»Gibt es denn jemanden in Ihrem Bekanntenkreis, der mehr über den Dänen wissen könnte?«

Zum dritten Mal schüttelte Chrille den Kopf.

»Keiner, zu dem ich heute noch Kontakt hätte oder von dem ich wüsste, wo er sich jetzt aufhält.«

»Die Brüder Mårtensson waren oft hier. Kannten Sie die?«

»Sowohl die beiden als auch ihren Vater, Dan. Aber das ist lange her. Dan treffe ich manchmal noch auf irgendwelchen Automessen. Aber Rickard und Stefan habe ich seit Jahren nicht mehr gesehen. Stefan würde sich an so einem Ort gar nicht mehr blicken lassen. Ist lange her, seit der Dreck unter den Fingernägeln hatte. Er ist sozusagen ...«

Chrille streckte den Finger in die Luft und pfiff.

»Ja, wir haben gehört, dass es für ihn mit seiner Maklerfirma in Malmö gut gelaufen ist«, sagte Tess.

Chrille lachte trocken.

»Wenn man es ›gut laufen‹ nennen möchte, wenn einer baufällige Schrotthäuser an Stockholmer verscherbelt ...«

»Und was halten Sie von Rickard und den Verdächtigungen gegen ihn?«

Chrille lehnte sich an den Tresen.

»Tja, was weiß man schon ... Die Polizei glaubte ja, er hätte den Ford in jener Nacht gefahren. Aber die Leute hier draußen kümmern sich um ihre eigenen Angelegenheiten.«

»Kannten Sie Annika persönlich?«

»Ich wusste zumindest, wer sie ist.«

Tess schaute auf den Pirelli-Kalender mit nackten Frauen, der neben dem Plakat von Åkesson hinter Chrille an der Wand hing.

Er folgte ihrem Blick.

»Nicht strafbar, oder, Frau Wachtmeister?«

»Nein, gar nicht.«

»Sie wissen schon, dass es bei uns keinen Präsidenten gibt, oder?«, fragte Marie und zeigte auf Åkesson.

»Ist aber auch nicht strafbar, oder? Obwohl man das manchmal fast glauben könnte.«

Er stellte das Radio lauter, als der Jingle der Nachrichten von Radio Malmöhus erklang.

Anscheinend wurde die Sturmwarnung noch verschärft, mehrere Straßen in Schonen waren gesperrt worden. Diesmal war eher der Osten betroffen. Der Flügel eines Windrads war beschädigt worden und ragte über die E65 außerhalb von Skurup, weshalb die Straße gesperrt worden war, auch Teile von Malmö konnten wegen umgestürzter Bäume nicht angefahren werden.

Für den Abend wurden Orkanböen erwartet, und die Bevölkerung wurde dazu angehalten, zu Hause zu bleiben. In Nordschonen war teilweise die Stromversorgung unterbrochen.

Die Wellblechwände schepperten im Wind. Marie ging zur Tür.

»Ich geh mal zum Auto und hör nach, ob wir überhaupt nach Hause kommen.«

Chrilles Telefon klingelte.

Er ging dran und legte nach einem kurzen Gespräch gleich wieder auf. »Ich muss los, bei mir zu Hause ist ein Baum umgestürzt.«

Tess bedankte sich und bat ihn, sich zu melden, wenn ihm noch etwas zu dem Dänen einfallen sollte.

Als sie die Tür öffnen wollte, blies der Wind so stark, dass sie sich durch die Öffnung quetschen musste. Es hatte angefangen zu dämmern, und es regnete wieder. Tess kämpfte sich zum Auto vor.

»Heute noch nach Hause zu kommen, können wir vergessen«, sagte Marie, die hinter ihr auftauchte. »Die Bundesstraßen neun und elf sind gesperrt. Und ich weigere mich, bei so einem Wetter über irgendwelche Nebenstraßen nach Malmö zu kriechen. Lass uns ein Hotel suchen.«

»Ja, gesetzt den Fall, wir schaffen es noch bis Simrishamn«, sagte Tess und schnallte sich an. »Hier wird es wohl kaum etwas geben.«

Als sie am Bahnhof vorbeikamen, sahen sie, dass der Zugverkehr komplett eingestellt worden war.

»Alle Wege aus diesem verdammten Loch sind versperrt«, sagte Marie. »Was für ein Drama!«

Sie zog ihr Handy heraus.

»Cooler Typ, dieser Chrille. Dank solchen Gestalten wie ihm läuft es hier in Schweden.«

Sie hielt Tess das Handy hin.

»Er hat etwas zu verbergen. Nackte Mädels oder Schwedendemokraten sind tatsächlich nicht verboten, aber was sagst du hierzu?«

Tess hielt am Straßenrand und vergrößerte das Foto. Darauf war ein großer Blechkanister mit diversen Schläuchen zu sehen. Daneben standen Plastikkanister.

»Wo hast du das gefunden?«

»Ich habe eine Runde ums Haus gedreht, um mich umzusehen. Das Ding stand in einem Schuppen auf der Rückseite. Ausrüstungen zum Selbstbrennen sind hier draußen wahrscheinlich Standard, oder?«

Obwohl Tess immer noch ein bisschen sauer auf Marie war, musste sie lachen.

»Das können wir später vielleicht mal brauchen«, sagte sie. »Wenn wir Chrille und seinen Erinnerungen doch noch mal auf die Sprünge helfen müssen.«

Nach zwanzig Minuten auf menschenleeren Straßen erreichten sie Simrishamn, fuhren auf den Parkplatz vor dem Hotel Svea und gingen hinein.

Tess und Marie waren nicht die Einzigen, die hier gestrandet waren. Vor der Rezeption standen mehrere Grüppchen mit Gepäck.

Die Frau an der Rezeption wirkte gestresst, Schweiß rann ihr über die Stirn, während sie versuchte, die Gäste zu beruhigen.

»Noch haben wir Strom. Aber wir können nicht versprechen, dass das Reserveaggregat genügt, um alle Zimmer warm zu halten, wenn die Stromversorgung zusammenbricht.«

Kurz darauf bezog Tess ein winziges Hotelzimmer und schaute durch das Fenster auf das dunkle Meer und den Kleinboothafen hinaus. Das Hotel lag nur knapp hundert Meter vom Wasser entfernt. Sie überlegte, ob die Wellenbrecher diesen enormen Kräften gewachsen waren.

Marie war sofort schlafen gegangen. Tess dachte noch immer über die ungewollte Schwangerschaft ihrer Kollegin nach. Es war ein blödes Gefühl, sie ihr zu missgönnen, aber dass Marie so gedankenlos darüber redete, obwohl sie doch wusste, wie sehr Tess sich ein Kind wünschte, war schwer zu verdauen. Gleichzeitig widerstrebte es Tess, so in Selbstmitleid zu baden. Sie seufzte und beschloss, an etwas anderes zu denken.

Im Fernsehen gab es auf *TV Skåne* eine Sondersendung über den Sturm. Die Berichterstattung über die Vergewaltigungen wurde ausnahmsweise von Orkantief Rut verdrängt, das heute Nacht seinen Höhepunkt erreichen sollte. Schon jetzt flackerte in regelmäßigen Abständen das Licht. Tess hatte vorsichtshalber die Taschenlampe aus dem Auto mitgenommen. Sie schaute auf ihr Handy. Eleni hatte mehrfach geschrieben, um zu fragen, wann sie nach Hause kommen würde. Tess blickte sich um. Ein schmales Einzelbett mit bunt gemustertem Überwurf.

Sie dachte daran, was Chrille gesagt hatte, dass die Leute

auf dem Land sich um ihre eigenen Angelegenheiten kümmerten. Dennoch wurde hier sicher genauso viel geredet wie woanders auch, wenn nicht sogar mehr.

In den sechzehn Jahren, die inzwischen vergangen waren, waren aus Gerüchten Fakten geworden, Wahrheiten, die einem Einzelnen oder mehreren nutzten. Aber irgendwo da draußen wusste bestimmt jemand, was damals wirklich passiert war. Nicht genug damit, dass die ursprünglichen Ermittlungen unzureichend gewesen waren. Darüber hinaus war es absolut bemerkenswert, dass es keine weiteren Zeugen gab, dass niemand gesehen hatte, wie Annika in jener Nacht nach Hause gegangen war.

Nach ihrem Besuch am Tatort fühlte Tess sich in der Überzeugung bestärkt, dass Annika ihren Mörder gekannt hatte. Wenn sie keine geheime Beziehung mit einem Dänen mit psychopathischen Zügen und Serienmördercharakter gehabt hatte, dann war sie im Wäldchen jemandem aus ihrem näheren Umfeld begegnet. Jemandem, der gewusst hatte, welchen Weg sie gehen würde, und der sie dort abgepasst hatte.

Es hatte keine eindeutigen Kampf- und Abwehrspuren gegeben. Das zumindest hatte die ansonsten mangelhafte technische Untersuchung klar ergeben. Und wie groß war die Wahrscheinlichkeit, dass ein unbekannter Vergewaltiger sie ausgerechnet dorthin verfolgt hatte?

Tess griff nach ihrem Handy und sah sich noch einmal die Kühlschrankfotos an, die Susanne Ek ihr geschickt hatte.

Worauf hatte der Valby-Mann reagiert?

Wieder flackerte das Licht.

An den Kinderfotos konnte Tess nichts Auffälliges entdecken. Ein anderes Foto zeigte Susanne mit einem Mann, wahrscheinlich ihrem Ehemann, am Strand, vermutlich am Mittelmeer. Sie lachten und stießen mit Weingläsern an. Daneben hing ein laminiertes Foto, dessen Farben etwas verblasst waren. Darauf waren vier Personen in einem offenen Auto älteren Modells zu sehen. Tess betrachtete es lange. Eine von ihnen sah aus wie Susanne Ek in jüngeren Jahren.

Tess war sich immer sicherer. Der Grund für Annikas Verschwinden war hier zu suchen, in Simrishamn und Umgebung. Und es hatte mit den Ereignissen in den letzten Lebenstagen der jungen Frau zu tun.

Die Frage war nur, warum sich in dem Auto, mit dem sie vermutlich transportiert worden war, die Fingerabdrücke des Valby-Mannes befanden. Welche Rolle spielte er hier? Es war ein belastendes Indiz, dessen Untersuchung eine Menge Zeit und Energie fordern konnte, was am Ende vielleicht zu gar keinem Ergebnis führte.

Einen alten Fall wieder aufzurollen war an sich schon mühsam genug, und es half niemandem, wenn es unnötig kompliziert wurde. Aber es war auch möglich, dass es zum ersten Mal einen Durchbruch im Fall der vermissten Annika Johansson gab.

2002

Ich lausche, ob der Hund noch zu hören ist, während sein Griff um meinen Hals immer fester wird. Aber in meinem Kopf rauscht es so stark, dass ich nicht mehr weiß, welche Geräusche wirklich existieren.

Ich versuche, etwas zu sagen, versuche, Worte zu formen, aber mein Gesicht wird auf den Boden gepresst.

Ich sehe meine Eltern vor mir. Wenn sie mich finden, werden sie furchtbar enttäuscht sein. Dabei waren sie an meinem Abschlusstag so froh und stolz. Ich erinnere mich an die laute Trillerpfeife des Direktors. Wie wir an der Reihe waren, auf die Treppe zu laufen. Wir drückten die schwere Holztür auf und warfen unsere Mützen hoch. Sangen von den glücklichen Studentenzeiten.

Der Schulhof war voller glücklicher, erwartungsvoller Menschen. Ich ließ den Blick über die Menschenmenge gleiten, suchte ihn.

Meine Klassenkameraden schubsten mich vorwärts, und wir drängten die Treppe hinunter. Ich sehe meine Eltern, sie hielten ihr Plakat ganz hoch, darauf mein Foto als lachendes Kind. Als ich sie entdeckte, wurde ich von Liebe für sie übermannt. Spürte, wie mir die Augen brannten.

Da standen sie, hatten immer das Beste für ihre Kinder getan. Ich hatte so ein schlechtes Gewissen wegen meiner Heimlichtuerei. Gleichzeitig gab es nichts, was sie in diesem Moment für mich hätten tun können. Ich hatte es so gewollt.

Ich lief zu ihnen. Verwandte und Freunde gratulierten und hängten mir Blumen um den Hals. Wir verließen den Schulhof und stiegen in das Cabrio, in dem Sara und ich den ganzen Weg nach Hause fahren sollten. Mitten im Getümmel entdeckte ich ihn. Mit ihr. Es versetzte mir einen Stich. Er hatte einen Arm um sie gelegt. Kurz trafen sich unsere Blicke. Ich schaute weg. Griff nach dem Armband, wollte es mir herunterreißen. Ich wusste ja, dass er sich noch mit ihr traf, dass er sich noch nicht von ihr getrennt hatte. Aber ich war nicht darauf gefasst, ihn dort mit ihr zu sehen, am schönsten Tag meines Lebens.

Wir stiegen in das rote Cabrio. Sara stellte sich hin, sang und grölte, die Champagnerflasche in der Hand. Ich bemühte mich, es ihr gleichzutun und glücklich auszusehen. Aus dem Auto neben uns dröhnte »Efter Plugget« von Factory, eine kompakte Geräuschkulisse, Autohupen und Getröte dröhnten über unsere Köpfe. Die Geräusche werden leiser. Ich komme zu mir …

Ich muss hier weg. Es kann nur ein Missverständnis sein. Wieso tut er mir das an? Ich muss hier weg, aber ich schaffe es nicht mehr. Nicht einmal den Hund höre ich noch. Stattdessen klingen mir die Worte des Lehrers beim Abschiedsessen in den Ohren: *Jetzt liegt das ganze Leben vor euch.* Dann wird mir schwarz vor Augen.

Dienstag
13. Februar

»Der Sturm ist abgeflaut«, sagte Tess und sah von der Treppe des Hotels aufs Meer hinaus.

Die Wellen schlugen immer noch hoch und brachen sich donnernd am Strand. Zwei Männer im Kleinboothafen bemühten sich, ein kleines weißes Fischerboot wiederaufzurichten.

Tess' Blick blieb am Horizont hängen.

»Auf dieser Seite sieht das Meer ganz anders aus.«

»Stimmt«, sagte Marie. »Das ist die Ostsee. Am anderen Ufer wohnen Balten und Russen statt Dänen. Keine Ahnung, was schlimmer ist.«

Tess blickte Marie an, die noch ein Brötchen vom Frühstücksbüfett in der Hand hielt.

»Du bist ja rassistisch.«

»Überhaupt nicht. Ich bin realistisch. Unmögliche Leute sind das.«

Marie atmete tief ein.

»Kein Land, keine Menschen, nur blau und unendlich. Das ist super bei Übelkeit. Heute Nacht dachte ich, mein Bett fliegt aus dem Fenster, und als ich heute Morgen aufgewacht bin, war meine Nasenspitze eiskalt. Jetzt will ich nur noch nach Hause und mich im Bett verkriechen.«

»Das wird wohl noch ein wenig dauern«, sagte Tess. »Erst müssen wir nachsehen, ob der Einsiedler noch lebt.«

Sie gingen um das Hotel herum und stiegen ins Auto.

Bevor Tess den Motor startete, saß sie einen Moment schweigend da.

»Wir sind die Einzigen, die Annika irgendeine Form von Wiedergutmachung verschaffen können. Sie hat ein Recht darauf. Wenn nur der Täter selbst weiß, was passiert ist, hätten wir das perfekte Verbrechen, das darf nicht sein. Und wir wissen, dass oft gerade in den letztes Lebenswochen eines Ermordeten etwas Entscheidendes passiert ist. Da liegt die Lösung. Was hat Annika in den Tagen vor ihrem Tod gemacht?«

»Sie war auf einer Party.«

»Und davor?«

»Da war die Freizeit in Blekinge.«

»Genau.«

»Und dort ist etwas passiert. Aber was?«

Marie trank einen Schluck aus ihrer Colaflasche.

»Sie hat mit Jungs geschlafen und einen draufgemacht, wie alle in dem Alter.«

»Ich musste daran denken, was ihre Mutter gesagt hat: dass ein paar ehemalige Schüler als Betreuer mit waren. Könnten Rickard oder Stefan dabei gewesen sein?«

Tess betrachtete die kleinen Häuser in der Gasse. Rosa, hellblau, grün und gelb mit Holztüren. In den Fenstern standen chinesische Porzellanhunde. Tess kannte ihre Geschichte. Wenn Seeleute fremdgegangen waren, brachten sie diese Hunde aus dem Orient als Versöhnungsgeschenk für ihre Frauen mit, die sie dann anschließend einfach umfunktionierten. Der Legende nach drehten die Frauen die Hunde mit der Schnauze zur Straße, um ihren Liebhabern zu signalisieren, dass die Luft rein war. Standen sie andersherum, waren ihre Männer zu Hause.

Tess startete den Motor und fuhr aus der Stadt hinaus.

»Wenn man jemanden getötet hat und nicht erwischt wurde«, sagte sie, »wie lebt man all die Jahre damit? Was für ein Mensch wird man da?«

»Vielleicht lebt er ja gar nicht mehr?«, schlug Marie vor.

»Doch, ich glaube schon. Was macht das mit solch einem Menschen, es muss einen doch irgendwie verändern, so eine Schuld zu tragen. Die Leute um einen herum müssen doch merken, dass man sich verändert hat, oder?«

Tess musste dabei auch an den Lena-Fall denken, an den Lebensgefährten von Tims Mutter. Wenn niemand sich erneut um diesen Fall kümmern würde, um noch einmal alles auf den Kopf zu stellen, würde er mit großer Wahrscheinlichkeit davonkommen, obwohl er mehr als verdächtig war. Das war teilweise auch ihre Schuld, denn sie hatte damals in der ersten, wichtigen Phase zu viele Spuren übersehen, das Ganze als Brandunfall beurteilt. Wie lebte dieser Mann heute? Hatte er sich irgendjemandem anvertraut? Sah man ihm an, dass er Lena auf dem Gewissen hatte, oder eigentlich sogar zwei Menschenleben, denn er hatte damit ja auch Tims Leben grundlegend zerstört?

»Tja, ich weiß nicht«, seufzte Marie. »Vielleicht wird man wie der Valby-Mann: ein Psychopath, der immer noch schlimmere Taten begehen muss. Wenn man einmal angefangen hat, kann man wahrscheinlich ebenso gut weitermachen. Er lässt sich halt einfach nicht erwischen.«

»Glaubst du, er war's auch in Annikas Fall?«

Marie wickelte ein neues Bonbon aus und steckte es sich in den Mund.

»Nein, auch wenn das für uns natürlich praktisch wäre.«

Tess zog ihr Handy heraus.

»Da wir schon einmal hier sind, sollten wir versuchen, auch Rickard Mårtensson zu erwischen.«

»Der hat sich zumindest ganz sicher nach dem Vorfall verändert, und zwar zu seinem Nachteil. Keine Ahnung, warum alle ihn für ach so unschuldig halten. Er war einer der Letzten, der sie gesehen hat, war schwer in sie verliebt und wurde fallen gelassen, und er wurde anschließend Alkoholiker. Klar wie Kloßbrühe, wenn du mich fragst.«

Tess wählte Rickards Nummer, erreichte aber wieder nur den Anrufbeantworter. Sie hütete sich, eine Nachricht zu hinterlassen. Je unvorbereiteter er war, desto besser.

Kurz darauf waren sie in Simris, einem Dorf mitten im Nirgendwo, in dem sich die Häuser um eine für Schonen typische, weißgeschlämmte Kirche drängten. Der Einsiedler, Nils-Arne Persson, hatte seine Waldhütte schon vor Annikas Verschwinden verlassen und war in ein Fachwerkhaus am Rande des Dorfes gezogen. Laut Einwohnermeldeamt lebte er noch.

»Hier muss es sein«, sagte Marie im selben Augenblick.

Sie sahen sich suchend um. Das hellrote Fachwerkhaus, in dem der Einsiedler wohnen sollte, war schwarz vom Ruß und zur Hälfte abgebrannt. Ein paar verkohlte Holzbalken standen noch, daneben lag ein Haufen Ziegel.

Ein kleiner Teil des Hauses schien jedoch noch intakt zu sein. In der Mitte ragte ein Schornstein empor, daneben standen zwei tote graue Bäume.

»Verdammt«, sagte Marie und zeigte auf das Haus.

Tess schaltete den Motor aus.

»Es muss vor relativ kurzer Zeit passiert sein.«

Als sie aus dem Auto stiegen, flog ein Schwarm Krähen von den hohen toten Bäumen auf, die sich im Wind bogen.

Sie näherten sich dem Haus.

»Hier kann doch keiner mehr wohnen!«

Im ausgebrannten Teil des Hauses waren die Überreste einer Küche zu sehen. Auf dem Boden lagen ein paar Bretter.

»Suchen Sie jemanden?«

Tess drehte sich um und entdeckte eine ältere Frau mit grauem Pagenschnitt, Brille und grüner Öljacke. Tess zeigte ihren Dienstausweis und erklärte, wer sie waren und wen sie suchten.

»Nils. Ja, der ist bestimmt drinnen, er geht nur selten raus«, sagte die Frau, schüttelte ihnen die Hand und stellte sich als Britt, Nils' Nachbarin vor.

Britt erzählte, dass das Haus vor ein paar Monaten abgebrannt war. Sie hatte es von ihrem Haus aus gesehen, das ganz in der Nähe lag, und die Feuerwehr gerufen.

»Der Gasherd ist explodiert. Teile des Hauses konnten gerettet werden, und Nils wollte dort wohnen bleiben. Aber er redet mit niemandem. Nicht einmal mit mir, obwohl ich täglich nach ihm schaue. Jetzt fürchte ich vor allem, dass der Sturm das Haus vollends zerstören könnte. Worum geht es denn, wenn man fragen darf?«

Tess zögerte.

»Ein alter Fall, wir würden gerne kurz mit ihm reden.«

»Geht es um dieses Mädchen, Annika Johansson? Ich habe in den Nachrichten gehört, dass es neue Erkenntnisse gibt.«

Tess nickte.

»Spricht er manchmal darüber?«

Britt schüttelte den Kopf.

»Nein. Manche Leute dachten, er hätte etwas damit zu tun gehabt. Völliger Blödsinn. Er könnte keiner Fliege etwas zuleide tun.«

Britt erzählte weiter, dass sie Nachbarn seien, seit er seine Hütte im Wald kurz vor Annikas Verschwinden verlassen habe. Die Gemeinde und der Sozialdienst hätten ihn gedrängt, in ein Altenheim zu ziehen, aber er habe sich geweigert.

»Hat er gar keine Verwandte?«

»Seine Mutter lebte in Ängelholm, aber sie ist schon lange tot. Nils wurde zu einem Original hier in der Gegend, einem Obdachlosen, der sich im Wald aufhielt. Einmal wurde sogar eine Radiodokumentation über ihn gemacht, in der er über gefährliche Bodenstrahlungen sprach und all die Vitamine und Mineralstoffe, die er zu sich nehmen würde, um sich davor zu schützen. Die kann man sich immer noch auf You-Tube angucken. Er hatte es nicht leicht. Die Jugendlichen terrorisierten ihn, dachten sich allerlei Unfug aus und zerstörten seine Hütte. Als er jung war, war Nils ein ganz normaler Mann, studierte an der Uni und so weiter. Aber dann ... ja, dann schlug die Krankheit zu.«

»Was hat er denn?«

Britt zuckte die Achseln.

»Tja, was weiß ich ... Damals gab es ja diese ganzen Diagnosen noch nicht. Heute hat jeder zweite Asperger oder ADHS, Nils hat wahrscheinlich von allem Möglichen etwas. Er ist einfach menschenscheu, introvertiert, hat manchmal Panikattacken.«

»Haben Sie damals die Polizei angerufen und erzählt, was er gesehen hat?«

Britt nickte.

»Er weigerte sich, mit jemand anderem als mit mir zu sprechen. Es war das einzige Mal, dass er etwas gesagt hat. Er hat von diesem Markenzeichen auf der Jacke des Mannes gesprochen. Ich habe der Polizei alles weitergegeben, was er mir gesagt hat, es scheint aber nicht geholfen zu haben.«

»Nein«, sagte Tess. »Aber wir würden gern noch einmal mit ihm reden.«

»Das wird wahrscheinlich schwierig.«

Tess trat einen Schritt vor.

»Wir würden es trotzdem gerne versuchen.«

»Dann gehe ich am besten vor. Aber ich glaube nicht, dass es etwas bringen wird.«

An der Tür blieb die Frau stehen.

»Ich muss Sie warnen. Nils achtet nicht auf seine Körperhygiene.«

Sie öffnete die Tür, oder das, was noch davon übrig war.

»Nils? Hallo?«

Kurz darauf war sie zurück und winkte sie herein. Ein heftiger Geruch nach Urin und Schmutz schlug ihnen entgegen.

Tess hielt sich den Arm vor Mund und Nase.

»Puh«, flüsterte Marie.

In den niedrigen Räumen war es dunkel und muffig. Die Gardinen vor den beiden einzigen Fenstern waren zugezogen. Auf einem Holztisch brannten zwei Kerzen und eine kleine Lampe mit grünem Schirm. Ganz leise war ein Radio zu hören, und das Pfeifen des Windes, wenn er durch die undichten Stellen in das Haus eindrang.

Ganz in der Ecke sah Tess vor einem prasselnden Kaminfeuer den Rücken eines Mannes, der auf dem Boden hockte. Britt hielt sich diskret die Hand vor die Nase, als sie Nils ansprach.

»Hier sind zwei Polizistinnen, Nils. Sie wollen mit dir reden.«

Der Mann wedelte abwehrend mit den Armen, ohne sich umzudrehen.

»Sie wollen dir nur ein paar Fragen stellen, dann gehen sie wieder. Es ist wichtig für sie, verstehst du?«

Nils stieß einen leeren Milchkarton vom Hocker neben sich. Tess hörte ihn fauchen. Britt schüttelte bedauernd den Kopf. Marie begann zu würgen und rannte hinaus.

Tess näherte sich dem Mann und ging neben ihm in die Hocke, sodass sie sein Profil sehen konnte. Nils wich zurück, und Britt griff nach seinem Arm, um ihn zu stützen. Er trug eine kleine zerkratzte Brille, und sein Gesicht wirkte uralt.

»Keine Angst, Nils«, sagte Tess und legte eine Hand auf seinen Arm.

Nils griff nach dem Schürhaken auf dem Boden.

Tess fragte, ob er sich an Annika erinnere, die junge Frau, die vor sechzehn Jahren im Wald verschwunden war. Nils antwortete nicht, sondern stocherte nur mit dem Schürhaken im Kamin.

Tess zog den Kragen ihres Polohemds hoch, um sich vor dem Gestank zu schützen. Stählte sich, um weiter zu fragen.

»Verstehen Sie, ich möchte Annikas Mutter eine Antwort darauf geben, was damals mit ihrer Tochter passiert ist. Das ist wichtig für sie. Und ich glaube, dass Sie etwas darüber wissen. Sie haben erzählt, dass Sie etwas auf der Jacke des Mannes gesehen haben.«

Nils hörte auf, im Kamin zu stochern, und starrte vor sich hin. Ein wimmernder Laut drang aus seinem Mund, und er schüttelte den Kopf.

Tess drehte sich zu Britt um.

»Was ist, Nils?«, fragte Britt. »Gibt es etwas, womit du der Polizei weiterhelfen kannst?«

Nils schüttelte heftig den Kopf, gab ein gurgelndes Geräusch von sich und knallte den Schürhaken auf den Boden.

Tess erhob sich.

»Wir wollen Sie nicht weiter stören. Wenn Ihnen noch etwas einfällt, können Sie uns gerne über Britt kontaktieren, wir geben ihr die Nummer ...«

Erneut wedelte Nils abwehrend mit den Armen. Dann warf er den Schürhaken an die Wand und begann heftig zu atmen.

»Wir lassen ihn jetzt lieber in Ruhe«, sagte Britt.

Sie gingen zur Tür. Auf der Schwelle drehte Tess sich noch einmal um und schaute den alten Mann an, der im Dunkeln hockte. Der frische Wind draußen neutralisierte den Gestank, sie ging hinaus und atmete tief ein.

Am Auto stand Marie und übergab sich.

»Sie ist schwanger«, erklärte Tess.

»Man muss nicht schwanger sein, um so zu reagieren«, sagte Britt und zeigte auf das Haus. »Schon seltsam, wie sehr man sich dennoch daran gewöhnt. Es war jedenfalls sehr schön, wie Sie sich ihm genähert und mit ihm geredet haben, das hat seit Jahren keiner außer mir getan.«

»Würden Sie sagen, dass Nils klar im Kopf ist?«

»Ja, zumindest meistens. Er liest Zeitung und hält sich auf dem Laufenden. Er will einfach nur in Ruhe gelassen werden.«

Tess bedankte sich und ging wieder zum Auto.

»Ehrlich gesagt, der wirkte auf mich nicht ganz richtig«, sagte Marie. »Woher wollen wir wissen, dass er es nicht gewesen ist?«

Tess seufzte.

»Findest du, er macht den Eindruck, ein neunzehnjähriges Mädchen töten zu können? Er ist damals mit einer Gasmaske durch den Wald gerannt.«

Sie fuhr auf die Straße nach Malmö. Lundberg rief auf dem Handy an.

»Ihr müsst euren Österlen-Trip beenden. Das Täterprofil des Valby-Mannes ist durchgesickert. Ebenso Details über die Verbindung zu Annikas Verschwinden. Der *Expressen* hat es in seiner Onlineausgabe.

»Scheiße! Ist Morris da?«

»Habe ihn heute noch nicht gesehen.«

Lundberg räusperte sich.

»Ich lese mal vor: *Laut einer anonymen Quelle hat der dänische Serientäter Spuren hinterlassen, die ihn mit dem Verschwinden von Annika Johansson in Verbindung bringen. Sie stammen angeblich von einer Getränkedose, die der Mann in dem Haus stehen gelassen hatte, in dem er seine letzte Vergewaltigung begangen hat. Dem Valby-Mann wird eine ganze Reihe von Taten zur Last gelegt, viele Jahre verbreitete er Angst und Schrecken unter den Frauen in Kopenhagen und Umgebung. Die dänische Kriminalpolizei ist jedem seiner Schritte penibel gefolgt und arbeitet mit einem sehr detaillierten Täterprofil. Demnach ist davon auszugehen, dass er an einer psychopathischen Störung leidet. Die Gewalttaten sind laut der Quelle des* Expressen *so etwas wie eine Rache für seine harte Kindheit.«*

»Okay. Jetzt wird Morris ausflippen. Genau das sollte seiner Meinung nach auf keinen Fall an die Öffentlichkeit gelangen.«

Tess legte auf.

»Wer ist das Leck?«, fragte sie Marie.

»Das weißt du so gut wie ich.«

»Ja, aber was hat Makkonen davon?«

»Vielleicht ein gratis Fußballticket? Eine Jahreskarte fürs Hockeystadion? Einen Fick?«

»Du bist ja völlig sexfixiert!«

»Das wird man, wenn man nie welchen hat, und wenn es dann doch mal passiert, gleich wieder schwanger wird.«

Der Spielplatz am Ententeich in Simrishamn lag leer und verlassen da. Rickard wartete schon über eine Stunde, doch das Mädchen war nicht aufgetaucht. Vielleicht hielten Sturm und Kälte sie davon ab, hinauszugehen. Er selbst hatte keine Probleme mit dem Wetter. Viele Stunden unter freiem Himmel hatten ihn abgehärtet.

Er wollte sie so gern wiedersehen.

Schließlich gab er auf und fuhr mit dem Auto weiter Richtung Zentrum.

Im Spirituosenladen am Netto-Markt kaufte er zehn Dosen Tuborg Guld.

Anschließend ging er quer über den Rasen, an der Kirche vorbei und zum Marktplatz am roten Rathausgebäude. Hier waren die Bänke windgeschützt und dennoch ebenso leer wie am Ententeich.

Er setzte sich und wendete sein Gesicht der grellen Wintersonne zu. Hoffte, sein Bier ungestört genießen zu dürfen.

Auf dem kleinen Marktplatz gegenüber mühte sich ein Mann damit ab, seinen Blumen- und Gemüsestand zusammenzupacken. Der Wind trieb leere Kartons vor sich her, und Möwen suchten zwischen den Kopfsteinpflastersteinen kreischend nach Essensresten.

Rickard öffnete eine Dose und trank ein paar Schlucke. Plötzlich knarrte die Parkbank, und er zuckte zusammen.

»Verdammt«, rief er, als seine Bierdose überschwappte.

»Immer locker bleiben, Alter«, sagte Kniv-Kalle. »Was bist du nur für ein Trottel!«

Kniv-Kalle war ein dämlicher Loser. Keiner, mit dem Rickard auf einer Bank sitzen wollte. So tief war er noch nicht gesunken. Er bückte sich und packte die Dosen wieder ein.

»Hast du von dem Vergewaltiger in Malmö gehört?«

Rickard hatte keine Lust, mit Kniv-Kalle zu reden, das hatte keiner.

»Ich meine, dass er auch das mit Annika war?«

Rickard erstarrte.

»Was redest du denn da für eine Scheiße?«

Er spuckte seinen Tabakpriem aus.

»Das haben sie in den Nachrichten gesagt. Dann warst du es also gar nicht?«

Rickard starrte Kniv-Kalle an, dann stand er auf und ging zu seinem Auto zurück. Er war schon in deutlich betrunkenerem Zustand gefahren. Dennoch klappte er erst einmal den Sitz zurück, streckte seine langen Beine aus und wartete. Schaute aus dem Fenster und überlegte, was Kniv-Kalle wohl gemeint haben könnte. Schließlich öffnete er auf seinem Handy die Seite der *Sydsvenskan* und las die Schlagzeile: »Vermisstenfall vor sechzehn Jahren mit Vergewaltigung und Mord in Verbindung gebracht«.

Rickard musste den Artikel mehrfach lesen. Er fühlte sich wie benebelt, die Buchstaben auf dem kleinen Bildschirm tanzten vor seinen Augen. Er wünschte, er wäre nüchtern, riss sich noch einmal zusammen und las den ganzen Artikel von Anfang bis Ende.

Annikas Gesicht erschien vor seinem geistigen Auge. Nach all den Jahren konnte er noch immer ihren Duft heraufbeschwören. Ein süßer, blumiger Duft, Acqua di Giò, so hieß doch ihr Parfum? Dann kam all das andere. Wie die Polizei ihn zum dritten Mal zum Verhör abholte und in die Dienststelle am David Halls Torg in Malmö brachte. Wie die Nachbarn, Familie Jacobsson, hinter der Gardine standen und ihn im Polizeiauto davonfahren sahen. Bestimmt spekulierten sie, ob inzwischen wohl genügend Beweise gegen ihn vorlagen, um ihm Annikas Verschwinden in die Schuhe schieben zu können.

Was für ein Chaos! Und das nicht nur in seinem Kopf, sondern in ganz Simrishamn. Man redete ja über nichts anderes mehr. Niemand glaubte noch, dass Annika sich freiwillig von zu Hause fernhielt.

Jeden Tag waren die Zeitungen voller neuer Meldungen über ihr unerklärliches Verschwinden. Und er erinnerte sich noch gut an das Knattern der Hubschrauber, mit denen die Einsatzkräfte die Wälder und Küsten abgesucht hatten.

Er dachte an das Polizeigebäude. Die Fotografen, die draußen auf ihn lauerten. Wie die Beamten ihm Fragen zu der entsprechenden Nacht stellten, zu seinem Alkoholkonsum und wie er so eigentlich nach Hause gekommen wäre. Wie sie sich weigerten, seine Erinnerungslücken zu akzeptieren. Und wie Annika ihm im Paviljong ausgewichen war, wie er sich mit ihrem Bruder Axel gestritten hatte. Wie dieser Polizist Rune Strand ihn während des Verhörs in die Falle gelockt hatte, indem er gesagt hatte, ein Mann im Wald hätte den Überfall beobachtet.

Nach einem längeren Schweigen war er blind hineingetappt.

»Hat er etwas über mich gesagt? Bin ich deshalb hier?«

Der Polizist hatte die Hände hinter dem Kopf verschränkt und sich zurückgelehnt. Hatte Rickard lange forschend angeschaut und dann gesagt: »Nein, Rickard. Hat er nicht. Hätte er Sie denn sehen können?«

Und dann wurde ihm mitgeteilt, dass sein Vater Dan ihm ein Alibi gegeben hatte, sodass sie ihn gehen lassen mussten.

Das hatte ihn gewundert, denn es war das erste Mal, dass er das Gefühl hatte, sein Vater stünde auf seiner Seite.

Noch heute erinnerte er sich an jedes Detail des Verhörs. Seltsam, denn vieles andere in seiner Erinnerung war wie ausradiert.

Rickard versuchte nachzuspüren, ob er jetzt irgendetwas empfand, aber in seinem Körper wie auch in seinem Kopf war es vollkommen leer.

Was bedeuteten die neuen Entwicklungen für ihn persönlich? War es damit endlich vorbei? Sechzehn Jahre der Verdächtigungen, schiefen Blicke und Kommentare ließen sich ja nicht einfach so wegwischen. Wenn er überhaupt etwas empfand, dann Verachtung. Verachtung gegenüber der Polizei, weil sie schon wieder so völlig falschlag.

Er steckte den Schlüssel ins Zündschloss und startete den Motor. Die Wahrheit lag nicht im Polizeigebäude in Malmö, sondern woanders. Und es wurde Zeit, sie ans Licht zu bringen.

Als er gerade auf die Straße einbiegen wollte, sah er im Rückspiegel Jeanette mit dem Mädchen an der Hand. Rickard schüttelte den Kopf, um klarer zu werden. Warum hatte er auch trinken müssen! Sein Herz pochte wild und laut. Als sie sich dem Auto näherten, öffnete er die Tür und stieg aus. Jeanette und das Mädchen gingen nur wenige Meter von ihm entfernt mit gebeugten Köpfen gegen den Wind an. Das Mädchen hielt seine Mütze fest, damit sie nicht davonflog. Er suchte Jeanettes Blick, doch sie wich ihm aus. Er wusste, dass sie ihn wiedererkannte, aber sie schien ihn nicht sehen zu wollen. Stattdessen sah er das kleine braunhaarige Mädchen an und wurde mit einem strahlenden Lächeln belohnt.

Rickard lächelte zurück und hob die Hand zum Gruß. Das Mädchen sah ihn mit seinen schräg stehenden Augen groß an und winkte.

Er fühlte sich wie gelähmt. Wollte etwas sagen, wusste aber nicht, was für dummes Zeug über seine Lippen kommen würde.

Noch nie in seinem Leben hatte so ein Sturm in seinem Herzen getobt.

Es waren nicht nur die schräg stehenden Augen. Auch das Lächeln hatte sie von ihm.

Seine Debbie hatte verdammt noch mal seinen Mund! Seine elenden Gene hatten etwas Gutes geschaffen, etwas Schönes.

Eine Weile starrte Rickard ihnen hinterher. Als sie um die Ecke verschwanden, ballte er die Faust zu einer Siegergeste und machte einen Luftsprung. Er fühlte sich plötzlich stark, stärker als durch jeden noch so starken Rausch. Er stieg wieder ein und fuhr auf den Kristianstadsvägen, schlug mit der Hand aufs Lenkrad und brüllte dreimal: »Yes!«

Zu der gemeinsamen Nacht mit Jeanette war es während einer seiner nüchterneren Perioden gekommen, auf einer Party vor sechs Jahren in der Nähe von Ystad. Da er an diesem Abend mit dem Auto da gewesen war, hatte er sich zurückgehalten und irgendwann zu seiner Verblüffung gemerkt, dass Jeanette immer öfter seine Nähe suchte. Schließlich hatte er ihr angeboten, sie nach Hause zu bringen, und dann war es gekommen, wie es kommen musste, auf der Rückbank seines Autos.

Vielleicht gar nicht mal so überraschend, dass sie jetzt tat, als würden sie sich nicht kennen. Er konnte sich nicht erinnern, dass er sich anschließend noch einmal bei ihr gemeldet hatte. Er fragte sich, ob es wohl einen Mann in ihrem Leben gab, den das Mädchen Papa nannte. Rasch verdrängte er den Gedanken wieder.

Übertrieben vorsichtig fuhr er die Kopfsteinpflasterstraße entlang. Er wusste, dass man die Polizei geradezu mit der Nase darauf stieß, dass man betrunken am Steuer saß, wenn man allzu langsam fuhr, aber was sollte er tun? Er kannte seine Grenzen.

Er ließ Simrishamn hinter sich und fuhr Richtung Vik. Zu seiner Rechten lag das Meer, dunkel und kraftvoll, die weißen Schaumkronen brachen sich an der Küste von Baskemölla bis Stenshuvud.

Nach zehn Minuten erreichte er das kleine Fischerdorf, wo sich die Häuser unten am Hafen drängten. Auf der anderen Seite der Hauptstraße waren auf den Hügeln mehrere Neubauten entstanden.

An normalen Sommertagen war der Verkehr in Österlen dicht, und Touristen füllten die pittoresken Dörfer. Jetzt blickte Rickard über ein menschenleeres Dorf. Der Wind heulte um seinen roten Volvo.

»Wenn es kalt und ungemütlich ist, dann passt es den feinen Pinkeln nicht, hierherzukommen«, murrte er und wischte sich mit dem Handrücken den Alkoholschweiß von der Stirn.

Er erinnerte sich an die wehmütige Stimmung, wenn die Sommergäste die Dörfer verließen. Freunde, die ihre Ferien in Simrishamn und Umgebung verbracht hatten und dann in ihre Heimatorte zurückkehrten, während er bleiben musste. Die Stille, die sich über der Gegend ausbreitete, der Verlust. Er konnte es immer noch spüren, wenn er in sich hineinlauschte.

Er fuhr am Golfclub Lilla Vik vorbei, hier waren weniger Häuser. Suchend blickte er sich um. Hier irgendwo musste die Abfahrt zu Stefans Haus sein. Seine Freude über die Begegnung mit dem Mädchen flaute ab.

Ein Schild mit der Aufschrift »Orelund« führte ihn auf eine schmale Straße mit einer scharfen Kurve durch Apfelbaumpflanzungen und Gewächshäuser hinunter zum Meer. Nach einer Weile endete der öffentliche Weg. Rickard ignorierte den Hinweis und fuhr weiter.

Als er die Rückseite des großen weißen, palastartigen Hauses erblickte, wäre er beinahe in den Graben gefahren. Im letzten Moment gelang es ihm, die Kontrolle über das Auto zurückzugewinnen, und er bog in einen neu angelegten Kiesweg ein. Er fuhr weiter, bis er das Haus auf dem Hügel von vorne sehen konnte, während er selbst hinter den Bäumen verborgen blieb. Dann schaltete er den Motor aus und atmete tief durch. Er fasste das Lenkrad fest mit beiden Händen und blickte erneut zu dem weißen Haus hinauf.

»Verdammt, das ist ja ein Schloss, das der sich da gebaut hat!«

Um das Gebäude herum verlief eine Mauer. Im Carport war Platz für mindestens vier Autos. Ein weißer Lexus und ein roter Porsche standen in der Einfahrt. Das Haus lag abgelegen und war von hohen Bäumen umgeben.

Weiße Säulen standen am Eingang, und in dem Teil des Gartens, den er von hier aus einsehen konnte, war ein Spielplatz angelegt worden, mit zwei großen Trampolinen in der Mitte. Und außerdem wurde wohl gerade ein riesiger Pool angelegt. Eine Plastikplane flatterte und sah aus, als würde sie gleich davonfliegen. Zwei Bauarbeiter liefen im Garten herum.

Rickard drehte den Kopf. Vom Haus aus konnte man die gesamte Bucht überblicken, über Stenshuvud bis zum Blekinge Skärgård hinauf.

Die Haustür öffnete sich. Rickard zuckte zusammen, als sein Bruder auf die Treppe trat.

Stefan trug einen dunkelblauen Anzug mit einem weißen Hemd und Krawatte. Er sah aus, als käme er direkt von der Arbeit. Rickard duckte sich instinktiv und holte ein paarmal tief Luft. Seine Neugier mischte sich mit Nervosität. Das Letzte, was er wollte, war, von seinem Bruder gesehen zu werden.

Seit ihrer letzten Begegnung waren zwei Jahre vergangen.

Trotz der Entfernung konnte Rickard erkennen, dass das Jackett seines Bruders an den Oberarmen spannte.

»Noch immer gut gebaut«, murmelte er.

Kurz darauf trat ihr Vater heraus. Eine ältere Kopie seiner selbst, wenn auch kleiner gewachsen. Ironischerweise hatte ausgerechnet Rickard viel von seinem Äußeren geerbt, obwohl sie sonst so wenig gemeinsam hatten. Er empfand nichts mehr für seinen Vater, für ihn war er lediglich ein fremder älterer Mann. Er konnte sich nicht einmal erinnern, wann sie zuletzt telefoniert hatten.

Rickard grunzte, als er die beiden so zusammen beobachtete, sah, wie er seinen großen Bruder ständig unterstützte. Als hätte er das jemals nötig gehabt! Stefan nutzt den Alten nur aus, wie immer, dachte er. Und der freut sich, dass er sich im Glanz seines erfolgreichen Sohnes sonnen kann.

Stefan redete mit einem der Bauarbeiter im Garten und zeigte auf irgendetwas. Rickard lehnte sich in seinem Sitz zurück. Er beobachtete das Haus, den Bruder und den Vater im hellen Nachmittagslicht. In seinem Innern lief erneut *The Searchers*, wie ein paralleler Filter legte sich der Film über die Wirklichkeit. Ethan Edwards näherte sich in Großaufnahme dem Lager der Komantschen. Elegant sprang er vom Pferd und lief mit großen Schritten über die Prärie, in der Hand seine Winchester. Sein Haus war geplündert und dem Erdboden gleichgemacht worden. In der Asche lagen Leichen. Die Frau, die einzige Frau, die Ethan je geliebt hatte, hatten die Komantschen ihm geraubt und getötet. Rickards verschwommener Blick blieb an Stefan hängen. Sein Bruder war mitsamt seinem Palast von orangem Prärielicht umgeben, und hohe Flammen leckten an der Rückseite des Hauses. Wie aus einer künstlichen Feuerstelle schossen sie hoch über das Dach. Rote und gelbe Muster verteilten sich über die weiße Fassade. Die Asche vor dem Haus glomm und puffte leise zwischen den Leichen, die den Boden bedeckten. Von der großen Eiche tropfte Blut auf den Rasen.

Rickard kam zu sich, als ein Lastwagen von der Straße in den Kiesweg einbog und sich seinem Auto näherte. Er drehte den Schlüssel um und ließ seinen Volvo an den Wegrand rollen. Dann schaute er wieder zum Haus hinauf, aber alle waren fort.

In seinen Ohren rauschte es. Rickard legte den Kopf auf das Lenkrad. Erinnerungen drängten an die Oberfläche. Die wichtigen. Die vielleicht alles zurechtrücken konnten.

Er versuchte, das Rauschen zu dämpfen, die Erinnerungsbilder langsam abzuspielen. Kniff die Augen zusammen. Sein Gehirn kochte. Es musste funktionieren. *Es musste!* Er schlug mit dem Kopf hart auf das Lenkrad. Verdammt!

Dann wurde es still. Er blickte auf, ringsum war alles ruhig. Ein paarmal atmete er tief durch, dann legte er den Kopf wieder auf das Lenkrad. Das Geräusch der Dusche. Es gelang ihm, sich in sein Zimmer von vor sechzehn Jahren zurückzuversetzen. Komm schon, komm schon, mahnte er sich selbst. Wärme breitete sich auf seiner Stirn aus, reinigte ihn. Ein schwaches Quietschen der Haustür. Ein leises Klicken, als sie zufiel. Schuhe, die von den Füßen getreten wurden. Die Badezimmertür. Das Rauschen von Wasser.

In seinem Zimmer stand das Fenster offen, der Luftzug hatte ihn geweckt. Er *wusste*, dass er es gehört hatte. Konnte sogar seinen trockenen Mund wieder spüren, das Pochen in seinem Kopf, den sich ankündigenden Kater. Ein paarmal in den letzten Jahren war genau dieses Fragment wieder in seiner Erinnerung aufgetaucht. Jedes Mal ein bisschen deutlicher. Und er hatte nie gewusst, was er damit anfangen sollte. Wer würde einem elenden Säufer wie ihm schon glauben?

Die Jahre waren vergangen. Er trug für alle Zeit den Stempel des Hauptverdächtigen. Auch wenn es keine Beweise gab, er hatte ein Motiv: Eifersucht und unerwiderte Liebe. Außerdem hatte er sich an dem Abend öffentlich mit Annikas

Bruder gestritten, sich eifersüchtig gezeigt, und er war einer der Letzten gewesen, der mit ihr gesprochen hatte. Vor allem aber war er total besoffen gewesen und hatte Erinnerungslücken.

Das Leben um ihn herum ging weiter, die Erinnerungen an Annika verblassten. Aber an Jahrestagen oder wenn jemand anderes vermisst wurde, stand wieder etwas über den Fall in den Zeitungen, und dann kam es vor, dass er in jene Zeit zurückversetzt wurde. Wenn er im Vollbesitz seiner geistigen Kräfte war. Und dann kehrten auch die Erinnerungsbruchstücke zurück.

In den Tagen nach Annikas Verschwinden, als alle anderen sich an der Suche nach Annika beteiligten, waren diese Erinnerungen zum ersten Mal aufgetaucht. Er musste die ganze Szene heraufbeschwören, er wusste, dass das entscheidend war. Rickard legte den Kopf auf das Lenkrad und kniff die Augen noch einmal fest zu.

Doch es war zu spät. Er hob den Kopf, blickte noch einmal zum Haus seines Bruders hinauf und blieb lange still sitzen. Ein schwaches Donnern von Pferdehufen ließ das Auto unter ihm vibrieren. Ethan war bei ihm.

Oben auf dem Hügel trat Stefan vor die Haustür, stellte sich auf die Treppe und ließ den Blick über seinen Besitz wandern. Dann schaute er zur Straße hinunter. Rickard starrte zu ihm hinauf. Seine Augen brannten, *sein ganzes Hirn brannte*, und er biss die Zähne zusammen.

»Die ganzen Jahre, diese ganze Scheiße nur wegen dir. Du hast es weiß Gott nicht verdient, so zu wohnen.«

Donnerstag
15. Februar

Hans Lavesson trat ans Fenster und schaute auf seinen Garten in der Einfamilienhaussiedlung in Bunkeflostrand hinaus. Je älter er wurde, desto früher wachte er morgens auf, sodass er jetzt schon mit dem Frühstück fertig war.

Er freute sich, dass die Vögel die Meisenknödel, die der Sturm gestern aus dem Kirschbaum gerissen hatte, auf dem Boden gefunden hatten. Wie so oft musste er an seine verstorbene Frau denken. Er lauschte auf die Stille. Das war jetzt sein Leben. Er hatte sich entschieden, nach ihrem Tod im Haus wohnen zu bleiben. Auch wenn seine Freunde und die Kinder da anderer Meinung waren, er ging davon aus, dass er nicht mehr viele Jahre vor sich hatte, und ein Umzug schien ihm viel zu anstrengend.

Sein Blick blieb an den Vögeln hängen, er liebte es, ihnen dabei zuzusehen, wie sie zwischen den Meisenknödeln umherflogen, und freute sich, dass er ihnen dieses Vergnügen schenken konnte.

Plötzlich bewegte sich etwas hinter dem Baum. Ein schwarz gekleideter Mann öffnete das Gartentor zum Grundstück gegenüber.

Seltsam, er hätte schwören könne, denselben Mann gestern schon einmal am Nachbarhaus gesehen zu haben. Das Fahrrad, die Mütze und die Art, wie er sich bewegte, waren dieselben. Aber der Mann ging nicht etwa zur Haustür, sondern um das Haus herum.

Hans sah genauer hin. Der Schwarzgekleidete war kräftig, hatte schwarzes Haar und anscheinend eine schwarze Mütze in der Hand.

Gestern hatte Hans die Mutter der Nachbarsfamilie, Josefin, gegen Abend mit einem Handgepäckkoffer nach Hause kommen sehen. Wie es hieß, reiste sie viel für den Job. Hans hatte nicht mehr viel Kontakt zu den Nachbarn, die meisten waren zugezogene Familien mit Kleinkindern.

Hans schaute hinaus und wartete darauf, dass der Mann wieder auftauchte. Als sich nichts rührte, ging er ins Schlafzimmer hinüber, um das Nachbarhaus von der anderen Seite sehen zu können. Und richtig, dort sah er ihn, wie er sich zu einem Kellerfenster hinunterbeugte. Vielleicht ein Handwerker, der irgendetwas reparieren sollte? Aber warum klingelte er dann nicht einfach an der Tür?

Hans ging in den Flur, zog seine schwarzen Halbschuhe an und schloss die Haustür auf. Als er ins Freie trat, drehte der schwarz gekleidete Mann sich hastig um und rannte zu seinem Fahrrad.

»Ein merkwürdiger Besucher«, murmelte Hans.

»Zwei Vergewaltigungen, ein Mord und jetzt ein mutmaßlicher Einbruchsversuch innerhalb von weniger als vierzehn Tagen«, sagte Jöns und rieb sich das stoppelige Kinn.

Keiner sagte etwas.

»Ja, und heute früh ist beim Postzusteller Schenker eine Handgranate aus einem Paket gefallen«, sagte Makkonen. »Ganz Malmö ist voller Handgranaten aus Ex-Jugoslawien. Man traut sich ja kaum noch, die Kinder im Park spielen zu lassen.«

Marie ließ eine große Kaugummiblase platzen.

»Man traut sich selbst kaum noch in den Park, zumindest nicht in Uniform. Ich kann nicht behaupten, dass die Polizei bei der Bevölkerung gerade sonderlich beliebt ist.«

Am Vormittag war der Eingang des Polizeigebäudes mit faulen Eiern beworfen worden. Und in den Zeitungen wurde laut Unmut über die Arbeit der Polizei geäußert.

Am selben Morgen hatte eine Familie aus Bunkeflostrand angerufen und einen Einbruchsversuch gemeldet, den ein aufmerksamer Nachbar beobachtet hatte. Sowohl der Zeitpunkt als auch das Aussehen des Verdächtigen legten nahe, dass es sich um den Valby-Mann gehandelt hatte.

»Wir könnten versuchen, Unterstützung von der Landesmordkommission zu bekommen«, sagte Jöns und ließ seinen Stift auf den Tisch fallen.

»Nein, verdammt, nicht die NOA! Wir haben doch bisher nur einen einzigen Mord«, sagte Makkonen.

»Ja, das ist der Stand heute, aber der Mann scheint seine Aktivitäten ja nicht gerade heruntergefahren zu haben.«

Tess wusste, dass Makkonen während der Ermittlungen im Fall des Heckenschützen Peter Mangs mit mehreren Personen bei der Landesmordkommission aneinandergeraten war.

»Die Alternative wäre, Dänemark mit ins Boot zu holen«, sagte Jöns und faltete die Hände über dem Bauch. »Dann hätten wir zumindest mehr Personal.«

»Nein«, sagten Marie und Makkonen wie aus einem Mund.

Marie legte ihre Füße auf den Nachbarstuhl.

»Beziehungsweise, macht, was ihr wollt. Aber ich wechsle dann lieber zur Verkehrspolizei.«

»Okay, dann werden wir mit den Leuten arbeiten müssen, die wir haben.«

Tess blickte in die Runde, die aus Jöns, Makkonen, zwei seiner Mitarbeiter, Rafaela Cruz, Marie und Lundberg sowie ihr selbst bestand. Sie schenkte sich Kaffee aus der Thermoskanne ein und verzog das Gesicht.

Sie konnte sich nicht erinnern, je so eine gereizte Stimmung während einer Besprechung erlebt zu haben. Und Carsten Morris hatte weder auf ihre Anrufe reagiert noch sich blicken lassen, seit die Nachricht über die Spuren, die der Valby-Mann hinterlassen hatte, an die Presse gelangt war. Wo trieb er sich nur herum?

Marie zerknüllte ein paar Bonbonpapiere.

»Also gut. Wo sollen wir nach ihm suchen? Ich meine, auf welche Wohngegenden sollten wir uns konzentrieren, oder haben wir überall Leute?«

Makkonen warf ihr einen irritierten Blick zu.

»Fragen über Fragen, Marie. Was schlägst du vor?«

»Keine Ahnung, kann ich hellsehen?«, sagte sie und wandte

sich dann an die anderen. »Ich glaube jedenfalls, dass es höchste Zeit ist, über etwas zu sprechen, was sich kein anderer hier zu sagen traut: Wir haben ein riesengroßes Problem mit einem Leck in diesem Haus. Und das hat zu den Ereignissen heute früh in Bunkeflostrand geführt. Dass wir unsere Besprechungen ausgerechnet in einem Zimmer namens ›Schweigeraum‹ durchführen, kommt einem da einfach nur absurd vor.«

Marie starrte Makkonen an, der ungerührt wegsah.

Jöns streckte die Hand nach einer der Zimtschnecken aus, die er zur Auflockerung der Stimmung auf den Tisch gestellt hatte.

»Okay. Noch einmal: Was hier besprochen wird, bleibt unter uns. Wir haben keine Zeit, uns intensiv darum zu kümmern, aber ich gehe natürlich davon aus, dass es niemand hier im Raum war. Es darf nichts mehr an die Presse gehen, wir machen den Deckel zu. Priorität hat im Moment die Erstellung eines neuen Phantombilds, das wir überall verbreiten werden. Ich kümmere mich derweil um die Presseanfragen, auf die wir ja irgendwie reagieren müssen. Es ist schließlich gerade nicht ganz einfach, die Bevölkerung davon zu überzeugen, dass sie zu Hause sicher ist. Muss ich erwähnen, dass mir zig Vorgesetzte auf den Füßen stehen? Ich weiß, dass wir alle ziemlich fertig sind, aber wir müssen einen Gang hochschalten, um den Valby-Mann zu stoppen.«

Er biss in seine Zimtschnecke.

Tess musterte ihn. Offensichtlich gehörte Jöns zu den Leuten, die in Krisenzeiten zur Hochform aufliefen. Zumindest hoffte sie das.

»Wir müssen ein neues Phantombild rausbringen«, wiederholte Jöns. »Ich begreife nicht, warum das so lange dauert. Warum ist Szymuk nicht längst hier?«

Er sah sie der Reihe nach an und nahm sich eine weitere Zimtschnecke.

»Ruben Szymuk kommt nach dem Mittagessen, spätestens am frühen Nachmittag«, sagte Makkonen. »Das hat er uns zugesagt.«

Szymuk war einer von zwei bei der NOA angestellten Phantombildzeichnern, und er war aus Stockholm eingeflogen worden. Das Vergewaltigungsopfer aus Bellevue, Susanne Ek, hatte sich bereiterklärt, bei der Erstellung mitzuarbeiten.

Nachdem die anderen den Raum verlassen hatten, blieben Tess, Makkonen und Jöns zurück.

»Was für eine gelungene Teamsitzung«, sagte Tess und lächelte schief.

Makkonen seufzte. »Die Frau sollte mal was zur Beruhigung ihres Hormonhaushalts nehmen.«

Tess begriff, dass er auf Marie anspielte.

»Man braucht keine Hormonprobleme, um zu merken, wie angespannt die Lage ist.«

Sie setzte sich auf die Tischkante.

»Ich wollte euch gerne noch erzählen, was ich in Österlen im Zusammenhang mit dem Annika-Fall erfahren habe.«

Sie begann mit ihrem Bericht, aber nach einer Weile hielt sie inne, denn die beiden schienen ihr gar nicht zuzuhören.

Jöns blickte durch sie hindurch, Makkonen spielte mit seiner Snus-Tabakdose.

»Wir legen die Annika-Ermittlungen erst mal wieder auf Eis«, sagte Jöns plötzlich.

Tess spürte, wie Wut in ihr hochkochte.

»Ich bin nicht diejenige, die auf der Pressekonferenz verkündet hat, es gebe Verbindungen zwischen den Morden. Oder dass wir seine DNA auf der Dose gefunden haben. Genau davor hatte Morris uns gewarnt, und ich habe es vor der Konferenz extra noch mal gesagt! Es hat ihn zusätzlich getriggert.«

»Es war gut, den Dreckskerl unter Druck zu setzen und klarzumachen, dass wir etwas gegen ihn in der Hand haben«, widersprach Makkonen.

Tess schüttelte den Kopf.

»So funktionieren Menschen wie der Valby-Mann nicht. Er ist ein Psychopath und empfindet das nicht als Druck. Es stachelt ihn lediglich dazu an, zu beweisen, was für Idioten wir sind und was für ein toller Hecht er selber ist.«

»Fängst du jetzt auch schon an zu psychologisieren? Was wissen wir denn überhaupt über ihn? Bisher ist ihm noch keiner persönlich begegnet.«

Tess erhob sich.

»Nein, aber er hat uns diesmal eine sehr klare Botschaft gesendet. Die geplante, aber zum Glück verhinderte Vergewaltigung in Bunkeflostrand ist eine direkte Folge seines Missgeschicks mit der Coladose in Bellevue. Genau davor hatte Carsten Morris uns gewarnt.«

Makkonen hob die Hände.

»Dieser Schluffi! Was hat der denn bisher beigetragen? Der sitzt doch nur schweigend rum und starrt auf den Tisch. Ich frage mich, was er nimmt. Und diese dämlichen Kugeln … Wär besser, wenn er die zwischen den Beinen hätte. Wo steckt er überhaupt, sollte er bei den Besprechungen nicht dabei sein?«

»Morris ist der Einzige, der weiß, wie der Valby-Mann tickt«, sagte Tess und wandte sich Jöns zu.

»Das ist natürlich wertvoll«, murmelte der.

»Wie er *tickt*, aber hier geht es darum, ihn von dem abzuhalten, was er *tut*«, brauste Makkonen auf.

»Das eine führt im besten Falle zum anderen«, entgegnete Tess ebenso scharf. »Das erleben wir nicht zum ersten Mal. Und da nun einmal Verbindungen zu Annikas Verschwinden festgestellt worden sind, wäre es fahrlässig, da nicht weiterzu-

forschen. Vor allem nachdem eine ganze Stadt und insbeson-
dere eine Familie in Österlen genau das von uns erwartet, eben
weil die Verbindungen an die Öffentlichkeit gelangt sind.«

Makkonen verdrehte genervt die Augen.

»Mensch, Hjalmarsson, wir haben jetzt keine Zeit für solchen Blödsinn.«

Er warf die leere Snus-Tabakdose Richtung Papierkorb,
verfehlte ihn aber um einen halben Meter.

Tess ging zur Tür. Im Rausgehen hörte sie Jöns sagen:

»Okay, wir stehen alle unter Druck …«

Tess blickte vom Fenster des CC-Raums auf die Straße hinunter.

Jöns war Makkonen gegenüber viel zu nachgiebig. Auch früher schon waren hier und da einige Ermittlungsdetails zu den Medien durchgedrungen. Meist war es um Makkonens Ermittlungen gegangen und darum, dass er möglichst gut dastand. Das hier war jedoch ebenso ihr Fall. Und wenn Makkonen die undichte Stelle war, trug er indirekt die Schuld daran, dass es beinahe zu einem dritten Überfall gekommen war. Er würde wohl wieder einmal damit durchkommen. Aber Tess würde keinesfalls zulassen, dass Annikas Mutter den Preis dafür bezahlte.

»Haben Sie kurz Zeit?«

Tess drehte sich um. Carsten Morris stand in der Tür. Er trug sein übliches schwarzes Cordjackett, hatte den Schal aber diesmal im Hotel gelassen, oder wo auch immer er in Malmö wohnte. Er setzte sich auf den Besucherstuhl neben ihrem Schreibtisch. Makkonen hatte recht, der Profiler schlich sich an wie ein Schatten.

»Erinnern Sie sich an Juha und den Dreifachmord in Åmsele?«, fragte er leise und lehnte sich auf seinem Stuhl zurück.

»Ja.«

Sie fühlte sich zu erschöpft und aufgewühlt, um sich irgendwelche alten Kriminalgeschichten anzuhören. Trotzdem setzte sie sich.

»Der vierzehnjährige Sohn der Familie ging damals auf die Knie und flehte um sein Leben, als er begriff, dass Juha ihn dort auf dem Friedhof töten wollte. Das war der schlimmste Fehler, den er machen konnte. Und wissen Sie, warum?«

Tess schüttelte zerstreut den Kopf.

»Juha sah plötzlich sich selbst in ihm. Seine eigene Schwäche, die er mehr fürchtete als alles andere. Plötzlich wurde sie ihm bewusst, und er musste sie vernichten, musste sie durch Wut und Hass verdrängen. Deshalb hat er den Jungen erschossen.«

Carsten Morris versuchte, ihren Blick einzufangen.

»Was ich hier sage, ist wichtig, wenn Sie den Valby-Mann verstehen wollen. Aber vielleicht sind Sie daran ja gar nicht mehr interessiert?«

»Doch, doch«, sagte Tess. »Reden Sie weiter.«

Morris holte tief Luft.

»Viele interpretierten Juhas Verhalten als Mangel an Empathie. Darum ging es aber gar nicht. Menschen mit psychopathischen Störungen denken zuallererst an sich selbst, Empathie oder andere Menschen sind für sie gar kein Thema.«

Tess knibbelte an ihren Nagelrändern. Sie sah die Szene vor sich. Wie beinahe die ganze Familie auf dem Friedhof von Åmsele ausgelöscht wurde. Der Einzige, der davonkam, war der zweite Sohn, der in einem Zelt im Garten übernachtet hatte. Es war einer der grausamsten Fälle in der schwedischen Kriminalgeschichte.

»Juha wie auch der Valby-Mann sind unglaublich leicht gekränkt«, fuhr Morris fort. »Ihre Maske zu verlieren, mit der eigenen Schwäche konfrontiert zu werden löst bei ihm Todesangst aus. Deshalb werden sie in solchen Situationen so gefährlich.«

Tess sah Morris an.

»Und jetzt hat er vor uns das Gesicht verloren?«

Morris nickte.

»Vor der ganzen Welt. Er hat einen Fehler gemacht, und alle haben es erfahren.«

Er holte die Anti-Stress-Kugeln heraus und rollte sie in der Hand. Es war bemerkenswert, wie seine ganze Haltung sich veränderte, wenn er über den Valby-Mann sprach. Er redete dann mit einer Glut, die den ganzen Raum zum Leben erweckte.

»Sie wollen damit sagen, dass er weitermachen wird und dass sich die Abstände zwischen den Taten noch verkürzen werden?«, fragte sie.

Morris nickte.

»Er rächt sich jetzt nicht mehr nur für das Unrecht, das ihm in der Kindheit widerfahren ist, sondern richtet seinen Hass auch auf euch. Auf das Böse, das sein Selbstwertgefühl bedroht. Wahrscheinlich fühlt er sich auch dadurch gekränkt, dass ihm Annikas Verschwinden zur Last gelegt wird. Das ist für ihn eine minderwertige Form des Verbrechens, die er selbst nie begehen würde. Jetzt muss er der Polizei und allen anderen seine Macht beweisen. Es kann gut sein, dass er sich jetzt auch andere Opfer suchen wird.«

»Was meinen Sie damit?«

Morris richtete sich auf.

»Vor vier Jahren, gegen Ende seiner intensivsten Phase in Kopenhagen und bevor die Cooling-Off-Periode begann, hielt die Polizei eine Pressekonferenz ab. Der Frau, die er auf einem Schrebergartengrundstück in Valby überfallen hatte, war es gelungen, sich loszureißen, und sie hatte Teile seines Gesichts gesehen, als er die Sturmhaube verlor. Es war das erste Mal, dass dem Valby-Mann ein Überfall misslang. Auf der Pressekonferenz betonte die Polizei diesen Fehler und stellte ihn als Zeichen der Schwäche dar. Es deute darauf hin, dass er sich gestresst fühle und weniger konzentriert sei. Auch damals habe ich die Ermittler davor gewarnt, irgendetwas über sein psychologisches Profil preiszugeben, aber leider wurde auch damals darüber in der Zeitung berichtet.«

Tess begriff allmählich, worauf er hinauswollte.

»Drei Tage später brach er mitten in der Nacht bei einer der Ermittlerinnen ein. Sie war bei der Pressekonferenz dabei gewesen und hatte über seinen Fehler berichtet. Die Polizistin lebte allein in einer Wohnung in Amager und wurde davon geweckt, dass er plötzlich maskiert an ihrem Bett stand. Er sagte nichts, stand nur da und starrte sie an, dann verließ er die Wohnung. Das war das letzte Mal, dass man den Valby-Mann in Kopenhagen sah, bevor er hier in Malmö wieder auftauchte.«

Tess nickte.

»Ich habe von der Frau gehört«, sagte sie. »Und jetzt wollen Sie mir sagen, dass er möglicherweise auch hier eine von uns Polizistinnen bedrohen wird?«

Carsten Morris sah ihr fest in die Augen.

»Nicht irgendwelche Polizistinnen. Sondern Sie.«

»Und warum gerade mich?«

»Weil Sie bei der Pressekonferenz dabei waren, genau wie die Polizistin in Kopenhagen. Sie sind bekannt und eine der leitenden Ermittlerinnen. Außerdem waren Sie die einzige Frau auf dem Podium. Deshalb wird er Sie bestrafen. Er verfolgt die Polizeiarbeit minutiös, er liest und sieht alles.«

Diese verfluchte Pressekonferenz!

»Ich denke nicht daran, mich von ihm an meiner Arbeit hindern zu lassen.«

Morris hob die Hände.

»Das verstehe ich. Und es ist Ihre eigene Entscheidung. Aber ich habe Sie zumindest gewarnt.«

»Wir brauchen uns ja auch nicht über jeden Schritt einig zu sein. Ich bin Polizistin, Sie sind Psychiater. Wir beide tun unser Bestes.«

Tess war durchaus schon von Kriminellen bedroht worden. Das war nichts Ungewöhnliches, wenn man bei der Polizei arbeitete, auch wenn es inzwischen, seit sie mit den abgelegten Fällen arbeitete, sehr viel seltener vorkam.

Sie stand auf und trat ans Whiteboard. Betrachtete das Phantombild, das die dänische Polizei hatte erstellen lassen. Es war wirklich nicht besonders gut. Aber etwas an dem dichten schwarzen Haar kam ihr bekannt vor, es erinnerte sie an eine bekannte Persönlichkeit, aber sie kam nicht drauf, an wen.

Tess zeigte auf das Foto von Annika.

»Für mich steht diese Frau im Zentrum. Und ich glaube, Sie wissen, was ich meine.«

Morris nickte, und sie fuhr fort.

»Wer kennt das nicht, Fälle, die uns nie wieder loslassen. Bei Ihnen ist es der Valby-Mann, bei mir Annika Johansson. In der jetzigen Situation ist das eine gute Kombination. Ich werde denjenigen finden, der Annika getötet und ihre Leiche hat verschwinden lassen. Ich habe ihrer Mutter versprochen, dass sie ein Grab bekommt, an dem sie trauern kann. Offensichtlich scheint der Weg dahin über den Valby-Mann zu führen. Ich begreife nur noch nicht, wie alles zusammenhängt.«

»Es hängt nicht zusammen«, sagte Morris leise. »Zumindest nicht so, wie Ihre Kollegen annehmen. Er hat Annika nicht getötet. Das wissen Sie so gut wie ich.«

Die blond gelockte Schülerin auf dem Foto lächelte ihnen entgegen. Hatte Annika den Valby-Mann überhaupt lebend getroffen?

»Aber es gab Fingerabdrücke von ihm in dem halb ausgebrannten Auto, in dem auch Haare von ihr gefunden wurden. Das können wir nicht einfach ignorieren«, sagte sie.

»Vielleicht zeigt sich ja, wie schon so oft, dass es dafür eine ganz einfache Erklärung gibt, und im Nachhinein wundern sich dann alle, dass niemand früher darauf gekommen ist. Er kann sich sehr wohl zu dieser Zeit in dieser Gegend aufgehalten haben. Der Valby-Mann ist eine bewegliche Figur. Vielleicht hatte er bereits früher Zugang zu dem Auto? Ein Serientäter kann seine Vorgehensweise bewusst ändern, um die Polizei irrezuführen. Auch wenn ich nicht glaube, dass der Valby-Mann darauf größere Energien verschwendet. Er kann sich gar nicht vorstellen, dass Sie ihn erwischen. Der Hauptgrund, weshalb er nicht auffliegt, ist, dass er im Alltag ganz normal funktioniert. Bestimmt ist er ein freundlicher Nachbar, ein hilfsbereiter Kollege und ein netter Fußballpapa. Sollte er je gefasst werden, werden alle verblüfft dastehen und sich fragen: Wie kann das sein? Ausgerechnet der, das hätte ich niemals gedacht!«

Tess betrachtete nachdenklich das Phantombild.

»Der eigentliche Grund, warum er Annika nicht ermordet haben kann, ist aber ein ganz anderer.«

Tess blickte zu Morris auf, der schon wieder seine Anti-Stress-Kugeln in der Hand rollte.

»Der Valby-Mann greift wieder und immer wieder dieselbe Frau an. Zumindest in seinem Kopf. Und wie Sie ebenfalls wissen, unterscheidet sich Annika in einem Punkt ganz wesentlich von den anderen: Sie war zu jung. Hatte keine Kinder. Die falsche Haarfarbe. Wurde draußen und mitten in der Nacht ermordet. Wie ich bereits gesagt habe: Er ist konsequent. Sehen Sie sich die anderen Frauen doch mal an, sie ähneln sich komplett, erinnern alle an ein und dieselbe Frau.«

Morris zeigte auf die Fotos an der Wand.

»Und wer ist diese Frau?«

»Seine Mutter natürlich«, rief Morris aus.

»Seine Mutter?«

»Welcher Mensch hat größeren Einfluss auf einen Menschen als die Frau, die ihn geboren hat?«

Für einen Moment sah Tess ihre eigene Mutter vor sich. Sie war sich relativ sicher, dass ihr Vater sie stärker geprägt hatte.

»Wegen etwas, das sich in seiner Kindheit zugetragen hat?«

Morris betrachtete die Kugel in seiner Hand. Nahm sie hoch und drehte sie ein paarmal, während er Tess in die Augen sah.

»Seine Mutter war Prostituierte.«

»Woher wissen Sie das?«

Morris steckte die Kugel ein und lehnte sich zurück.

»Weil er mich zweimal kontaktiert hat. Nach einem Artikel im *Extrabladet*, in dem etwas über meine Arbeit als Profiler stand und auch darüber, dass ich an der Jagd auf ihn beteiligt war.«

»Ach, und das verraten Sie mir jetzt?«

»Well.« Morris lächelte. »Ich habe doch gesagt, dass ich glaube, die Triebfeder zu seinen Taten zu kennen.«

Es war das erste Mal, dass sie ihn lächeln sah. Außer wenn Marie im selben Raum war. Tess runzelte die Stirn. Zum ersten Mal ärgerte sie sich über Morris. Er war der Einzige, der je live mit dem derzeit meistgesuchten Mann Nordeuropas gesprochen hatte, und sagte nichts darüber. Sie atmete durch die Nase ein, wusste instinktiv, dass es sich nicht lohnte, einen Mann wie Carsten Morris zurechtzuweisen.

»Haben Sie das auf Band?«

»Natürlich, wofür halten Sie mich denn? Aber außer mir weiß niemand, dass es diese Aufnahmen gibt. Ich hoffe, ich habe mich damit an die Richtige gewendet?«

Tess nickte.

»Weiß es die dänische Polizei?«

»Nein. Nicht nur Ihr Haus hat ein Problem mit undichten Stellen.«

»Wie lang dauerten die Gespräche?«

»Zwei, vielleicht auch drei Minuten.«

»Was hat er gesagt?«

Morris lächelte erneut.

»Lassen Sie es mich so sagen: Er hat nichts gesagt, was darüber Auskunft geben könnte, wer er ist. Sonst hätte ich damit zur Polizei gehen müssen. Aber für einen Mann mit einer derart narzisstischen Störung war es anscheinend zu verlockend, jemanden zu kontaktieren, der sein halbes Berufsleben darauf verwendet, ihn zu verstehen. Also mich. Meine Besessenheit schmeichelt ihm einfach.«

Morris rieb sich die Augen und raufte sich das braune Haar.

»Er ist ein sehr artikulierter Mann mit typisch Kopenhagener Akzent. Genau wie es im Täterprofil steht. Es war kurios, denn er ging davon aus, dass wir viel gemeinsam hätten, was das Beurteilen anderer Menschen anging. Behauptete, er könne eine andere Person innerhalb weniger Minuten scannen. Er schien eingehend über mich recherchiert zu haben, wie auch immer ihm das gelungen ist, ich bin eigentlich sehr vorsichtig mit dem, was ich von mir preisgebe.«

Morris hielt inne.

»Als ich ihm erklärte, was uns unterscheidet, fing er an zu reden. Ich sagte, der große Unterschied zwischen uns bestehe darin, was wir aus unserem Wissen über andere Menschen gemacht haben. Ich vergewaltige und töte keine Frauen.«

Morris zog sein Handy heraus.

»Die letzte Aufzeichnung habe ich gespeichert. Wollen Sie sie hören?«

»Gerne«, sagte Tess.

Sie beugte sich vor, um besser zu verstehen.

Der Valby-Mann war anscheinend draußen, im Hintergrund war Verkehrslärm zu hören, sie war froh, dass ihr Dänisch gut genug war, sodass sie ihn trotzdem verstand.

»Aber Sie sind auch nicht das Kind einer Hure. Verstehen Sie das, Morris, was das bedeutet? So friedlich, wie Ihre Kindheit war, können Sie sich das wahrscheinlich nur schwer vorstellen.«

Seine Stimme klang beiläufig, normal, als spreche er mit einem Freund.

»Es hat lange gedauert, damit klarzukommen, nachdem die Erinnerungen wieder hochkamen. Aber wissen Sie was, Morris, die Prostituierten auf der Istegade waren deshalb keine schlechten Menschen. Ich habe einige von ihnen kennengelernt. Sie wussten genau, wie sie die Männer ausnutzen konnten. Sie wussten es, aber sie hatten verdammt noch mal keine andere Wahl, als ihre Körper zu verkaufen und ihr schmutziges Geld anzunehmen.«

Morris' Stimme: »Warum müssen Sie sich dann an diesen Frauen rächen?«

Der Valby-Mann schwieg. Klang erstaunt, als er weiterredete.

»Das tue ich nicht, keines der Opfer war eine Prostituierte, oder etwa doch? Jetzt bin ich aber enttäuscht, Morris, ich hatte mehr von Ihnen erwartet.«

»Dann helfen Sie mir zu verstehen, was Sie tun«, sagte Morris.

Verkehrslärm und entfernte Stimmen waren zu hören, dann redete der Valby-Mann weiter, diesmal leiser, mit zögernder Stimme.

»Nicht einmal Sie werden das verstehen.«

»Wünschen Sie sich, Ihre Mutter wäre so gut gestellt gewesen wie die Frauen, die Sie vergewaltigen? Rächen Sie sich deshalb an ihnen?«

Tess hörte, wie der Valby-Mann lachte.

Dann tutete es. Er hatte aufgelegt. Morris steckte das Handy wieder ein.

»Das war vor drei Jahren. In seiner Welt geht es ständig um den Kampf zwischen Hure und Madonna. Es ist die Madonna, die er immer wieder vergewaltigt und tötet. Indirekt die Mutter, seine Mutter. Die Madonna, die ihn erst geboren und dann im Stich gelassen hat. Dafür muss sie büßen, wieder und immer wieder.«

Morris schüttelte den Kopf.

»Er konstruiert sich eine eigene Logik.«

Tess trat wieder ans Fenster. Schaute hinaus, erfüllt von einem Gefühl der Unwirklichkeit, nachdem sie die Stimme des Valby-Mannes gehört hatte. Lief er wirklich irgendwo da draußen herum? Er kam ihr so normal vor. Sie wusste nicht, was sie sich vorgestellt hatte. Täter mussten nicht wie Monster klingen, nur weil sie welche waren. Der Doppelmörder Trond Jansson aus Borlänge war einer der nettesten Verbrecher, die sie je getroffen hatte.

Im Hintergrund hörte sie das Klackern von Morris' Anti-Stress-Kugeln, seine Silhouette spiegelte sich im Fenster. Warum hatte er sich ausgerechnet jetzt entschieden, ihr von diesem Gespräch zu erzählen?

Morris stand auf, steckte die Hände in die Hosentaschen und ging zum Whiteboard hinüber.

»Ich werde Ihnen nicht helfen können.«

Er zeigte auf die Frauen.

»Was meinen Sie damit?«

»Ich habe ihn lange genug gejagt.«

»Geben Sie auf?«

Morris lachte.

»Nennen Sie es, wie Sie wollen. Ich bin eher an eine Grenze gestoßen. Ich habe ganz klar gesagt, was passieren wird, wenn sein Fehler publik wird … wie schlimm es dann endet. Und jetzt passiert genau dasselbe wie in Kopenhagen. Zurück auf Los. Das ist der Grund, weshalb ich Ihnen die Aufzeichnung vorgespielt habe. Jetzt können Sie die Verfolgung übernehmen. Aber das ist nicht alles.«

Morris schwieg. Er hatte seine Zweifel bereits am allerersten Tag geäußert, als er nach Malmö gekommen war. Er hatte eine eigene Praxis als Psychiater und war nicht verpflichtet, mit ihnen zusammenzuarbeiten.

»Ich habe auch private Gründe. Ich muss auf meine Gesundheit Rücksicht nehmen.«

Er setzte sich wieder und sah sie mit glanzlosen Augen an.

»Wir sind angeblich beide Stars in unserem Beruf. Und was haben wir davon? Sind wir glücklich?«

Tess antwortete nicht. Es war lange her, seit sie sich diese Frage gestellt hatte. Seit jemand sie gezwungen hatte, darüber nachzudenken. Wie definierte man Glück überhaupt?

Morris zog eine Schachtel Tabletten aus der Tasche und hielt sie hoch.

»Sobril. Die empfohlene Dosis liegt bei höchstens zehn Milligramm. Oder in meinem Fall bei null. Ich habe den Zeitpunkt verpasst, an dem ich hätte aufhören können. Es ist nur eine Frage der Zeit, bis ich mitten in einer Besprechung zusammenklappe. Manchen würde das freuen, wie etwa Ihren blonden Kollegen. Aber ich habe eine Tochter, auf die ich Rücksicht nehmen muss.«

Tess betrachtete ihn. Sah vor sich, wie er zu ihren Füßen zusammenbrach.

»Darf ich Sie anrufen?«

»Wenn es ein Gespräch nur zwischen uns beiden ist, ja. Spielen Sie Tennis?«

»Einigermaßen«, sagte Tess.

»Gut, dann treffen wir uns mal zu einem Match. Wenn ich wieder fit bin.«

Als Morris gegangen war, nahm Tess ihr Smartphone und schrieb eine kurze Nachricht an Makkonen und Jöns.

Morris steht nicht mehr zur Verfügung.

Makkonen antwortete sofort: *Ist er von uns gegangen?* Gefolgt von einem Smiley.

Tess antwortete nicht. Sie ging in den Waffenraum im Keller hinunter, öffnete ihren Safe und nahm ihre Dienstwaffe heraus. Eigentlich war es verboten, die Sig Sauer mit nach Hause zu nehmen. Und wenn man es doch tat, aus Versehen oder aus praktischen Gründen, musste man sie auseinandernehmen und die Teile an verschiedenen Orten ablegen. Aber es gab eine sogenannte Grauzone. Sie beschloss, dass diese ab sofort für sie galt, steckte die Waffe unter die Jacke und zog den Reißverschluss zu.

Sonntag
18. Februar

Tess hatte das farbenfrohe Gemälde neben dem Fernseher bisher gar nicht wahrgenommen und stand nun vom Sofa auf, um es sich näher anzusehen. Es schien ein kosmisches Motiv zu sein, mit einem brausenden Fluss in der Mitte.

Sie runzelte die Stirn. Seit wann hing das Bild dort?

Misstrauisch ging sie durch die Wohnung und entdeckte weitere Einrichtungsgegenstände, die ihr bisher offenbar entgangen waren. Von der Wand aus starrten sie zwei griechische Theatermasken mit weit aufgerissenen Mündern hohläugig an. Unter dem Wohnzimmertisch lag ein bunt gemusterter Wollteppich, den sie ebenfalls zum ersten Mal sah.

»Mein Gott, du hast ja gar keine Farben in deiner Wohnung!«, hatte Eleni ausgerufen, als sie sie zum ersten Mal besucht hatte.

Das hatte sich jetzt also geändert. Tess seufzte und setzte sich wieder aufs Sofa. Nach der Trennung von Angela hatte sie alles Auffallende eliminiert. Vielleicht eine Art symbolischer Protest gegen ihre eigentlichen Gefühle. Sie liebte Angelas helle Aquarelle, die früher ihre Wände geschmückt hatten. Aber nachdem Angela ausgezogen war, hatte Tess alles entsorgt, was an ihre gemeinsame Zeit erinnerte. Das Einzige, was sie behalten hatte, war ein signierter Andy Warhol; eines der Porträts von Mick Jagger, das jetzt über dem Sofa hing.

Als sie Eleni vor einem halben Jahr auf einer Party kennengelernt hatte, war es nicht nur ihr Aussehen, ihr langes dunkles Haar gewesen, das sie an Angela erinnerte. Auch ihre lebhaften und ausdrucksstarken Gesten waren ihr vertraut vorgekommen.

Irgendwo im Hinterkopf hatte Tess damals schon geahnt, dass es eine Falle war, dass es nur um Äußerlichkeiten ging. Diese Befürchtung hatte sich bestätigt, als ihre Gespräche sich ziemlich bald nur noch um Horoskope und Auren zu drehen begannen. Dennoch war sie mit Eleni zusammengeblieben. Vielleicht aus Sehnsucht nach Nähe, vielleicht in der Hoffnung, dass es irgendwo tief drinnen doch eine Gemeinsamkeit gab. Diese wollte sich jedoch einfach nicht einstellen. Manchmal konnten sie zusammen lachen, ansonsten aber war es nur die körperliche Leidenschaft, und auch die klang allmählich ab. Übrig blieben lediglich Elenis Eifersucht und ihr Kontrollzwang. Und Einrichtungsgegenstände, die sich Tess selbst niemals ausgesucht hätte. Marie hatte recht. Sie musste die Beziehung beenden.

Eleni hatte geschrieben, dass sie bei ihrem Bruder übernachten würde, und darüber war Tess sehr froh. So konnte sie sich einfach entspannen. Der einzige Nachteil war, dass Eleni Chilli mitgenommen hatte.

Sie wusste, dass sie die Nachforschungen zu Annikas Verschwinden offiziell auf Sparflamme laufen lassen mussten. Aber sie wollte unbedingt noch einmal mit dem Einsiedler reden. Und wie hatten eigentlich die Brüder Mårtensson auf die neuesten Entwicklungen reagiert? Gestern hatte sie zum wiederholten Male versucht, Rickard zu erreichen – ohne Erfolg.

Sie zog ihr Handy heraus, um seine Nummer zu wählen, doch im selben Moment rief ihre Mutter an. Sie redete sofort drauflos, über den Sturm und über die Vergewaltigungen.

»Schrecklich, wirklich schrecklich. Glaubt ihr, ihr kriegt ihn? Die Leute hier reden von nichts anderem mehr. Ich habe ihnen erzählt, dass meine Tochter an dem Fall arbeitet, und versprochen, dass du dich darum kümmerst, dass wieder Ruhe in Malmö einkehrt.«

Tess versuchte, das Gespräch auf ihren Vater zu lenken, und sagte, dass es ihm schlecht gehe.

»Ja, ja, er wird schon zurechtkommen. Man wird wie ein kleines Kind, wenn so etwas passiert. Aber weshalb ich eigentlich anrufe, du denkst doch an Tante Theas Beerdigung am Freitag?«

Tess brach der Schweiß aus. Wie hatte sie die Beerdigung ihrer Großtante vergessen können? Sie war einer der wichtigsten Menschen in ihrem Leben gewesen.

»Und deine neue Freundin …? Kommt sie mit?«

Tess musste überlegen, wen sie meinte. Eleni?

»Nein, nein, das klappt wohl eher nicht.«

Tess versprach, zur Beerdigung zu kommen, und legte auf.

Freundin, dachte sie. Ihre Mutter hatte nie richtig gewusst, wie sie ihre Partnerinnen nennen sollte, vor allem vor Freunden und Bekannten. Bei mehreren Gelegenheiten hatte sie »Tess’ Freundin« gesagt, wenn sie von Angela sprach. Manchmal auch Partnerin, oder noch schlimmer: Lebensgefährtin.

»Aber Marianne, das ist doch Tess’ Frau, sie leben zusammen«, hatte Tante Thea sie dann korrigiert.

Nicht dass Tess’ Familie besonders schockiert gewesen wäre, als Tess mit neunzehn ihr Coming-out hatte. Sie hatten sich bestimmt schon ihren Teil gedacht. Am schwierigsten war es für ihre Mutter gewesen, sie hatte ganz offensichtlich keine Lust, sich damit auseinanderzusetzen, vielleicht hoffte sie auch im Stillen, es würde sich wieder geben. Großtante Thea dagegen hatte stets ganz demonstrativ nach ihren Beziehungen gefragt, obwohl sie einer anderen Generation angehörte.

Als es zu Hause unerträglich wurde, war Tess als Jugendliche sogar für eine Weile bei ihr eingezogen.

Nachdem sie aufgelegt hatten, betrachtete Tess auf ihrem Handy noch einmal das Foto von Susanne Eks Kühlschrank. Hatte der Valby-Mann eine der vier Personen in dem Auto wiedererkannt? Gab es da möglicherweise eine Verbindung?

Morgen würde Susanne zu ihnen ins Polizeigebäude kommen und mit dem Polizeizeichner Szymuk ein neues Phantombild erstellen. Dann konnte sie sie nach dem Foto fragen.

Sie suchte erneut Rickards Nummer heraus.

Er meldete sich nicht. Sie versuchte es noch einmal.

Diesmal antwortete er zu ihrer Überraschung nach dem dritten Klingeln.

»Ja, wer ist da?«

Tess sagte es ihm.

»Wie Sie sicher gesehen und gehört haben, sind ein paar neue Details aufgetaucht.«

Sie hörte im Hintergrund den Fernseher laufen, es klang wie ein Western.

»Ja, anscheinend haben Sie jetzt einen anderen gefunden, den Sie ans Kreuz nageln können.«

Er lachte freudlos. Eindeutig betrunken, dachte Tess.

»Ich würde gerne mit Ihnen reden. Aber vielleicht passt es ja gerade nicht so gut?«

»So ist es, oder auch nicht … spielt keine Rolle. Kommen Sie doch auf ein Bier vorbei.«

»Das könnte schwierig werden.«

»Dann laden Sie mich in eine Kneipe ein. Das ist die Polizei mir nach all den Jahren schuldig!«

Er lachte erneut. Sie hörte, dass er mit irgendetwas herumhantierte.

»Ich habe mir ziemlich viele Gedanken über alles Mögliche gemacht. Aber bisher hat es niemanden interessiert.«

»Aber jetzt interessiert es mich«, sagte Tess. »Können wir uns diese Woche mal treffen?«

»Ja, rufen Sie einfach an. Sie wissen ja, wo Sie mich finden, ich bewege mich selten vom Fleck, wenn man das so sagen kann. Haben Sie schon mit meinem Bruder gesprochen?«

»Nein, aber das werden wir noch tun.«

»Gut, das sollten Sie meiner Meinung nach auch.«

»Sie erinnern sich nicht zufällig an einen Dänen, der mit Annika in Verbindung gestanden haben könnte?«

»Nein, dieser Typ scheint ein perverses Arschloch zu sein. An den hätte ich mich bestimmt erinnert. Aber vergessen Sie meinen Bruder nicht. Er wohnt jetzt in Vik, in einem verdammten Schloss, kann man gar nicht verfehlen.« Wieder lachte er. »Könnte interessant sein zu hören, was er heute über die ganze Sache denkt.«

Plötzlich legte er auf. Tess wusste nicht, ob mit Absicht oder aus Versehen.

Sie lehnte sich auf dem Sofa zurück. Fast fühlte sie sich ein bisschen schwindlig, als hätte sein Alkoholdunst sich von Küste zu Küste bis zu ihr ausgebreitet. Tess stellte sich Rickards Gesicht vor. Es würde schwierig werden, ihn halbwegs nüchtern zu erwischen, und die Frage war, an wie viel er sich überhaupt erinnern konnte.

»Was für ein Chaos!«, seufzte sie.

Sie und ihr Team bewegten sich in einem Sumpf aus Verrat, dunklen Erinnerungen und Ängsten. Schlimm genug, dass der Valby-Mann ganz Malmö in Panik versetzte. Sie wünschte beinahe, die Verbindung zum Annika-Fall wäre gar nicht aufgetaucht.

Und sie war enttäuscht von Carsten Morris. Natürlich konnte sie verstehen, dass er seine Gesundheit nicht aufs Spiel setzen wollte. Er schien ja einiges im Gepäck zu haben, von dem sie keine Ahnung hatte. Gleichzeitig war sein Wissen aber unverzichtbar. Und er hatte sie in ihrem Gefühl bestärkt, dass der Valby-Mann nicht Annikas Mörder sein konnte. Sie dachten ähnlich, er war ein Verbündeter, und sie hatte damit gerechnet, ihn an ihrer Seite zu haben.

Tess nahm ihr Handy und wollte sich gerade Angelas Timeline auf Facebook anschauen, als sie ein Geräusch aus dem Flur hörte. Es klang, als hätte jemand die Klinke der Wohnungstür bewegt.

Hatte Eleni es sich doch anders überlegt?

Sie lauschte und hörte wieder dasselbe Geräusch. Schnell warf sie einen Blick zur Terrasse. Wenn es nötig war, konnte sie dort herunterspringen.

Leise schlich sie über das Parkett. Ihr Herz klopfte.

Jemand stand vor ihrer Tür, nur wenige Meter von ihr entfernt. Sie spürte seine Anwesenheit.

Leise ging sie zur Tür und schaute durch den Spion.

Im Treppenhaus war es dunkel. Sie schärfte ihren Blick, konnte jedoch nicht mehr ausmachen als den leuchtenden Lichtschalter an der Wand. Ein schwacher Rauchgeruch drang durch den Türspalt. Sie schnupperte. Es roch definitiv nach Zigarette.

Sie warf einen Blick zur Balkontür. Draußen wurde es bereits dunkel.

Vorsichtig bückte sie sich und zog sich die Schnürstiefel an, nahm die Waffe aus der Jackentasche, legte das Ohr an die Tür und schaute ein weiteres Mal durch den Spion. Dann drehte sie langsam den Schlüssel um, atmete tief durch und stieß die Tür auf, hob die Waffe und starrte ins Dunkel. Mit einer schnellen Drehung ihres Körpers sah sie hinter der Tür nach, dann schaltete sie das Licht im Treppenhaus ein. Das Adrenalin rauschte durch ihren Körper. Sie richtete sich auf und atmete langsam aus.

Dabei entdeckte sie einen Zigarettenstummel auf dem Boden. Der Betreffende hatte sich nicht einmal die Mühe gemacht, ihn auszudrücken. Er lag da und qualmte, ein glühender kleiner Gruß. Tess betrachtete ihn. Keiner der Nachbarn rauchte, da war sie sich ganz sicher. Und erst recht würde keiner von ihnen einen brennenden Zigarettenstummel auf die Treppe werfen. Natürlich konnte es der Besuch eines Nachbarn gewesen sein, aber warum hatte sich dann jemand an ihrer Tür zu schaffen gemacht?

Sie trat die Glut mit dem Absatz aus, dann holte sie Gummihandschuhe und eine Papiertüte, um den Stummel hineinzulegen.

Die ganze Nacht schlief sie angespannt, erwachte beim leisesten Geräusch, machte Licht und griff immer wieder nach der Sig Sauer, die unter ihrem Kopfkissen lag.

Montag
19. Februar

Ruben Szymuk war bereits hinzugezogen worden, als der Heckenschütze Peter Mangs sein Unwesen in der Stadt getrieben hatte. Mangs war jedoch gefasst worden, bevor sein Bild an die Presse gegangen war.

Diesmal war Ruben Szymuk ein kahler Raum in der Abteilung Gewaltverbrechen zugewiesen worden. Nichts sollte Susanne Ek ablenken und ihre Erinnerung beeinflussen.

Zusammen saßen sie vor dem Computer und versuchten mithilfe von E-FIT ein Bild des Valby-Mannes zu erstellen, basierend auf Susanne Eks Erinnerungen an sein Spiegelbild im Flur. Wenn die Zeugen die Fähigkeit dazu besaßen, konnten sie auch mit Bleistift und Papier selber zeichnen. Aber meist kam der Computer zum Einsatz, und der Zeuge saß daneben, um das Bild zu korrigieren, während es entstand.

Die Software, mit der es erstellt werde, entwirft lediglich ein frontales Porträt, da Menschen im Profil nicht wiedererkannt würden, hatte Szymuk ihnen erklärt.

Tess stand hinter den beiden und sah zu. Sie hatte niemandem von den merkwürdigen Geräuschen und der Zigarette in ihrem Treppenhaus erzählt. Im Grunde war ja auch nichts passiert. Den Zigarettenstummel bewahrte sie dennoch auf.

Sie musterte das angefangene Porträt und fragte sich, ob das auch der Mann war, der gestern vor ihrer Tür gestanden hatte. Szymuk hatte mit dem dichten schwarzen Haar begonnen, das auch die Zeugin in Dänemark am besten hatte beschreiben können. Auf der rechten Schädelhälfte des Mannes befand sich demnach eine abgegrenzte weiße Stelle. Ein Pigmentfleck, dachte Tess.

Sobald das Bild herauskam, würde er sich, wenn er einigermaßen schlau war, die Haare abrasieren, deshalb galt es auch, den richtigen Moment abzupassen, um es an die Presse zu geben.

»Im Nacken etwas länger, ungefähr so«, sagte Susanne Ek und zeigte mit der Hand.

Ruben Szymuk war dafür bekannt, eine gute Atmosphäre zu schaffen, sodass sich auch traumatisierte Zeugen, wie Susanne Ek, entspannten.

Phantombilder waren umstritten und wurden in Schweden im Vergleich zu den USA, Deutschland und England nur selten eingesetzt. Im Schnitt wurden höchstens etwa zehn Bilder pro Jahr erstellt. Im Laufe der Zeit hatte es besonders zwei gegeben, die ungewöhnlich gut getroffen waren und der Polizei bei der Verfolgung der Täter sehr geholfen hatten. Das eine war das des Lasermanns mit seinem halblangen, strähnigen roten Haar und der Brille gewesen, das andere das des Haga-Manns in Umeå. Letzteres hatte ebenfalls Ruben Szymuk angefertigt.

»Wir müssen uns vor allem auf drei Dinge konzentrieren«, sagte er zu Susanne. »Ich nenne es ZAP: Zeit, Abstand und Perspektive. Diese drei Aspekte entscheiden darüber, wie gut das Bild wird. Und es geht hier nicht um einen Wettbewerb, in dem Fall wären Sie sowieso die einzig mögliche Gewinnerin, denn nur Sie haben ihn gesehen.«

Susanne Ek lächelte zaghaft.

»Da Sie ihn im Spiegel gesehen haben, müssen wir alles umgekehrt denken, zum Beispiel den Pigmentfleck in seinen Haaren.«

Nach und nach entstand auf dem Bildschirm das Gesicht des Valby-Mannes. Die Kieferpartie war kräftiger als bei dem Phantombild aus Dänemark, und er hatte ein Kinngrübchen. Die Augenbrauen waren breit und dunkel. Das dicke dunkle Haar leicht nach rechts gekämmt. Der Mund sah aus wie ein Strich, mit leicht herabgezogenen Mundwinkeln, die ihm ein grimmiges Aussehen verliehen. Seine Augen standen ein klein wenig schräg. Wieder kam er Tess irgendwie bekannt vor, ohne dass sie hätte sagen können, an wen er sie erinnerte.

Als Susanne Ek zur Toilette ging, wandte Ruben sich an Tess.

»Sie ist gut, sie hat ein Gefühl für Gesichter, besser als der Durchschnitt. Die meisten Zeugen sind unbrauchbar, aber das wissen Sie ja selbst.«

Tess nickte. Manchmal prüfte sie ihr eigenes Personengedächtnis, etwa indem sie versuchte, sich das Gesicht des Taxifahrers vorzustellen, der sie gefahren hatte. Es gelang ihr nur selten. Der Mensch ist an sich einfach nicht sonderlich aufmerksam, vor allem wenn er nicht weiß, dass es wichtig sein könnte. Dramatische Situationen entstehen in der Regel sehr schnell und wenn man am wenigsten darauf vorbereitet ist. Angela dagegen war in dieser Hinsicht ein Genie gewesen, sie hatte ein ungewöhnliches Gedächtnis für Gesichter und konnte mit wenigen Strichen die charakteristischen Züge eines Menschen aus der Erinnerung zu Papier bringen.

Ruben Szymuk legte den Kopf schief und betrachtete das Bild.

»Wissen Sie, wer die besten Zeugen sind?«

Tess schüttelte den Kopf.

»Westindische Frauen, denn sie sitzen oft nah beieinander, wenn sie sich unterhalten.«

Im Flur näherten sich Susannes Schritte.

»Ja, sie ist wirklich gut, aber sie hat Angst«, sagte Ruben

Szymuk, »das blockiert sie. Es wird also wohl noch eine Weile dauern.«

»Wie lange?«, fragte Tess.

»Normalerweise brauche ich höchstens drei Stunden. Aber hier sollten wir mit Pausen deutlich mehr veranschlagen, vielleicht sogar den ganzen Tag.«

Als Susanne zurückkam, hielt Tess ihr ihr Handy hin.

»Sind Sie das, hier?«

Sie deutete auf das Foto von Susannes Kühlschrank mit den vier Personen im Cabrio.

»Ja. Ist aber lange her, vor den Kindern. Wir haben damals als Clique ein Auto gemietet und sind den ganzen Sommer damit herumgefahren.«

»Wo ist das Foto aufgenommen worden?«

Susanne überlegt.

»Wir haben an verschiedenen Orten in Schonen gezeltet. Das hier war irgendwo in Österlen. Da steht es sogar, unter dem Foto: *Wir rocken Simrishamn.*«

Tess sah genauer hin und entdeckte tatsächlich die kleine Schrift. Susanne Ek lachte verlegen.

»Wir dachten damals, das macht man so.«

Tess spürte, wie es in ihrem Bauch flatterte.

»Simrishamn also … Wann war das ungefähr?«

»Vor fünfzehn Jahren vielleicht? Es war das Jahr, bevor mein erstes Kind zur Welt kam. Wir waren damals um die fünfundzwanzig. Aber ich kann das auch noch genauer herausfinden.«

Tess betrachtete das Foto noch einmal. Im Hintergrund waren lediglich ein vergilbtes Feld und ein strahlend blauer Himmel zu sehen.

»Wo haben Sie das Auto gemietet?«

»Weiß ich auch nicht mehr genau, irgendwo dort in der Gegend. Ich habe noch Kontakt mit Magnus, der am Steuer sitzt, der weiß es bestimmt noch. Ist es wichtig?«

Susanne schien beunruhigt.

»Schwer zu sagen.« Tess nickte zum Bildschirm hinüber. »Aber ich überlege natürlich, worauf der Valby-Mann reagiert haben könnte, als er Ihren Kühlschrank sah. Könnte er etwas oder jemanden wiedererkannt haben?«

»Keine Ahnung. Aber ich bin mir sicher, dass ich ihn noch nie zuvor gesehen habe. Daran hätte ich mich ganz bestimmt erinnert. Und die anderen … nein, ich glaube auch nicht. Ich kann Magnus jetzt sofort anrufen.«

»Gerne«, sagte Tess.

Kurz darauf kehrte Susanne zurück.

»Gärsnäs. Wir haben das Auto in einer Werkstatt dort gemietet. Magnus konnte sich nicht an den Namen erinnern, aber es war ein gelbes Gebäude mit massenhaft Oldtimern davor, und es lag mitten im Ort an einer Bahnlinie.«

Chrilles Werkstatt schon wieder, dachte Tess.

Sie wandte sich Ruben Szymuk zu.

»Kann ich bitte eine Kopie davon haben?«

Sie zeigte auf den Bildschirm.

»Aber es ist noch lange nicht fertig«, sagte Szymuk.

»Es ist jetzt schon so viel besser als das aus Dänemark. Ich muss dringend etwas prüfen, und damit kann ich nicht den ganzen Tag warten.«

»Vielleicht könnten wir zumindest noch kurz an den Augen arbeiten. Was ist Ihnen da aufgefallen?«

Szymuk sah Susanne Ek an.

»Seit wir hier sitzen, erinnere ich mich plötzlich viel besser«, sagte Susanne. »Das eine war dunkler als das andere, und es war ein dunkler Fleck darin. Aber ich kann Ihnen nicht sagen, in welchem Auge.«

»Wir versuchen, es herauszuarbeiten. Haben Sie schon mal vom Waardenburg-Syndrom gehört?«, fragte Szymuk.

Tess schüttelte den Kopf.

»Eine Erbkrankheit. Bei den Betroffenen sind oft größere Haut- oder Haarpartien verändert, zum Beispiel können sie einen oder mehrere helle, abgegrenzte Pigmentflächen im Haar haben. Ein weiteres, recht übliches Phänomen sind verschiedenfarbige Augen, oft ein braunes und ein blaues. Christopher Walken und Kiefer Sutherland sind Promis mit einem Syndrom wie diesem. Ich glaube, unser Mann hier hat es auch.«

Das dänische Opfer hat nichts Besonderes zu den Augen gesagt, dachte Tess und nahm sich vor, Carsten Morris danach zu fragen.

»Interessant. Und das könnte man auch am DNA-Profil erkennen?«

»Ja«, sagte Szymuk und lächelte. »Wahrscheinlich. Ich bin hier aber nur der Zeichner.«

Tess ging zum Drucker und holte sich das Exemplar des Phantombilds, das Szymuk ihr ausgedruckt hatte, und fügte handschriftlich die Information über die verschiedenfarbigen Augen hinzu. Gut gebaut, eins achtzig bis eins fünfundachtzig groß, um die fünfzig Jahre alt, Raucher. Das war doch etwas, worauf man aufbauen konnte.

Sie ging über den Flur und rief Marie an.

»Es wird Zeit für einen neuen Österlen-Trip.«

Auf dem Weg nach draußen hörte sie Schritte hinter sich und drehte sich um.

»Warte kurz«, bat Rafaela. Unruhig warf sie einen Blick über ihre Schulter.

»Dieser Profiler. Er nimmt Tabletten.«

»Ich weiß«, sagte Tess.

»Starke Tabletten.«

Tess griff nach der Klinke. Bestimmt machte Rafaela Morris schlecht, um sich selbst in ein gutes Licht zu rücken.

»Er arbeitet nicht mehr an dem Fall«, sagte sie kurz angebunden.

Rafaela schaute schnell weg und scharrte verlegen mit dem Fuß.

»Wie gesagt, wenn sich bei euch eine Lücke auftut, gebt mir gerne Bescheid.«

Tess ließ die Türklinke wieder los.

»Warum willst du eigentlich so unbedingt mit alten Fällen arbeiten?«

Rafaela verschränkte die Arme vor der Brust. Ihr Gesicht verdunkelte sich.

»Als ich zehn war, wurde mein Bruder erschossen. Er arbeitete in einer Pizzeria in Lund, und eines Tages, als er von der Arbeit nach Hause wollte, standen draußen zwei Typen und knallten ihn ab. Die Täter wurden nie gefasst. Ich weiß, wie es ist, mit einem Verbrechen zu leben, das nie aufgeklärt wurde. Ich kann euch also von Nutzen sein.«

Tess nickte und öffnete die Tür.

»Erzähl mir ein andermal mehr von deinem Bruder. Ich muss jetzt los.«

Tess wartete draußen im Auto und schaute auf die ehemalige Strafvollzugsanstalt, die an Marie Erlings Garten in Kirseberg grenzte. Vergangenen Sommer hatte ein flüchtiger Insasse die Abkürzung über ihr Grundstück nehmen wollen, war aber sofort von ihr überwältigt und in Handschellen zum Gefängnis zurückgeführt worden. Inzwischen war das Gebäude geräumt und sollte nach dem Willen der Behörden eine Flüchtlingsunterkunft werden. Tess hütete sich, Marie zu fragen, was sie davon hielt.

Sie wählte ihre Nummer.

»Ich stehe draußen.«

»Komme«, sagte Marie.

Im Hintergrund war die gereizte Stimme ihres Mannes Tomas zu hören.

»Ja, geh nur! Aber erzähl deiner Kollegin auch, wie oft ich mir diesen Monat schon wegen der Kinder freinehmen musste.«

Minuten später wurde die Tür des roten Backsteinhauses aufgerissen und Marie kam die Treppe herunter. Ihr langer, leopardengemusterter Schal wehte hinter ihr her und wäre beinahe am Briefkasten hängen geblieben.

»Was für ein Scheißmorgen«, sagte sie und schlug die Autotür zu.

Tess fuhr auf die E22. Grauer Nebel lag über Straßen und Feldern.

»Es ist immer das Gleiche, ich werde noch verrückt davon! Und ich könnte dir nicht einmal sagen, wer von uns der größere Idiot ist, warum überhaupt einer von uns noch weitermachen will.«

»Überlege es dir, bevor du etwas unternimmst«, sagte Tess.

»Was meinst du damit?«

»Ihr bekommt ein drittes Kind. Sei ein bisschen dankbar für das, was du hast.«

»Dankbar? Bei uns ist schon wieder der Keller überschwemmt. Sei froh, dass du das nicht riechen musst! Und dann noch diese verdammte Übelkeit – eine Scheißkombination!«

Tess merkte, wie sie zunehmend gereizt wurde.

»Ja schon, aber du hast Familie, du bist schwanger …«

Sie unterbrach sich und sah aus dem Fenster. Marie war ohnehin nicht empfänglich für das, was sie ihr eigentlich sagen wollte.

»Habe ich dir erzählt, dass meine Mutter sich ein Haus in Söderslätt gekauft hat?«, fragte sie stattdessen. »Sie ist alleine dort eingezogen und wirkt total glücklich und zufrieden.«

»Die hat's gut! Da hätte ich auch Lust drauf«, sagte Marie und öffnete eine frische Tüte Karamellbonbons.

»Mein Vater dagegen ist immer noch kreuzunglücklich und hofft, dass es nur eine vorübergehende Schnapsidee ist und sie doch noch zu ihm zurückkehrt.«

»Es gab aber doch bestimmt Anzeichen! Die meisten stecken den Kopf in den Sand, bis es zu spät ist. Und dann stehen sie da wie vom Donner gerührt. Ich tröste mich hier mit diesen Dingern, und zu Hause brüllen wir uns in einer Tour an. Wenn es nicht Tomas ist, sind es die Kinder. Sobald ein Streit geschlichtet ist, beginnt der nächste. Dein Stress mit der Griechenbraut ist dagegen harmlos!«

Tess schwieg eine Weile. Hatte sie ebenfalls den Kopf in

den Sand gesteckt, als es mit Angela schleichend auseinandergegangen war? Vielleicht. Und vielleicht sogar über einen viel längeren Zeitraum, als ihr bisher bewusst gewesen war.

Ihr Handy vibrierte in der Hosentasche. Eine weitere Nachricht. Sie hatte gar keine Lust nachzusehen.

Marie war an diesem Morgen eigentlich zur Patrouille in einem der Einfamilienhausviertel von Malmö eingeteilt gewesen. Man hoffte, die Bevölkerung durch verstärkte Präsenz zu beruhigen und den Valby-Mann abzuschrecken.

»Wie hast du es geschafft, dich da rauszuziehen?«, fragte Tess.

»Ich steh doch nicht wie eine Idiotin zwischen den Häusern herum, während in einem anderen Vorort feierlich ein Hund beerdigt wird. Ich habe einen Deal mit Rafaela gemacht. Passte ihr prima, so ein chilliger Einsatz kommt so bald nicht wieder.«

Tess hob fragend die Augenbraue.

»Na, du hast doch bestimmt von dem Trauerzug in Rosengård gehört?«

Tess schüttelte den Kopf und bog auf die Ringstraße ein.

»Polizeihund Aldo ist gestorben. Deshalb wird in Rosengård eine Abschiedszeremonie für ihn abgehalten. Dreißig Polizisten stehen Spalier, wenn der Köter feierlich vorbeigefahren wird. Kannst du dir das vorstellen?«

»Seltsamer Zeitpunkt für so eine Inszenierung«, sagte Tess und bog Richtung Ystad ab.

»Allerdings. Wie soll man das den Leuten vermitteln? Ein Mörder und Vergewaltiger wütet und verbreitet Angst und Schrecken, kriminelle Banden bekriegen sich, und die Polizei steht da und trägt feierlich ihren bescheuerten Köter zu Grabe. Das ist doch krank!«

Sie schüttelte den Kopf.

»Und dann wird über Personalmangel gejammert.«

Tess zog umständlich das Phantombild aus der Tasche und reichte es Marie.

»Hier, es ist fast fertig, er hat wahrscheinlich zwei verschiedenfarbige Augen.«

Marie hörte auf zu kauen und betrachtete das Bild.

»Ha, das ist doch Joachim Löw, der Trainer der deutschen Fußballnationalmannschaft.«

Tess fuhr rechts ran und sah sich das Bild selbst noch einmal an.

»Ich wusste doch, dass er mich an jemanden erinnert!«

»Dürfte schwierig werden, damit an die Öffentlichkeit zu gehen. Alle werden sofort an Löw denken. Das wäre ja eine ganz neue Wendung, wenn der es gewesen wäre.«

Tess nahm ihr Handy und wählte Carsten Morris' Nummer.

»Ach, jetzt schon?«, sagte er zur Begrüßung.

»Sie haben gesagt, ich darf anrufen, sobald es etwas Neues gibt. Wir haben jetzt ein aktuelles Phantombild, an dem das Opfer aus Bellevue mitgewirkt hat, es ist ziemlich gut. Ich fotografiere es und schicke es Ihnen.«

Die Information über die verschiedenfarbigen Augen des Valby-Mannes war neu für Carsten Morris.

Tess erzählte auch von den Freunden im Auto auf dem Foto von Susanne Eks Kühlschrank. Dass es in Simrishamn aufgenommen worden war und dass sie vermutete, dass das Auto in Chrilles Werkstatt gemietet worden war, sodass es eventuelle Verbindungen zu dem in Brand gesetzten Ford geben könnte.

»Könnte das genügt haben, um ihn so aus der Fassung zu bringen, dass er seine Coladose stehen gelassen hat?«

Carsten Morris schwieg, dann räusperte er sich.

»Ja, er könnte befürchtet haben, dass sie ihn wiedererkennt. Das könnte eine Erklärung für seine Zerstreutheit sein.«

»Alles klar, ich melde mich wieder.«

Tess hatte nicht vor, Carsten Morris einfach so ziehen zu

lassen. Und wenn er ganz ehrlich war, wollte er bestimmt auch auf dem Laufenden bleiben. Er hatte nur keine Lust, sich länger mit den Kollegen in Malmö herumzuschlagen. Und das konnte Tess nur zu gut nachvollziehen.

Gärsnäs machte einen ebenso trostlosen Eindruck wie bei ihrem ersten Besuch. Vor der Werkstatt stand Chrille im blauen Arbeitsoverall und unterhielt sich mit einem Kunden. Als er die beiden Polizistinnen entdeckte, runzelte er die Stirn.

»Sie schon wieder.«

»Haben Sie einen Augenblick Zeit? Wir haben noch ein paar Fragen.«

»Sofort, bin gleich fertig«, murmelte er.

Auf dem Parkplatz vor der Werkstatt standen mehrere Autos. Tess erkannte das charakteristische Ford-Mustang-Emblem, ein galoppierendes silbernes Pferd an einem von ihnen.

Sie gingen hinein, um auf Chrille zu warten. An der Tür hielt Marie kurz inne.

»Ist der Hund da?«

Tess schüttelte den Kopf.

Chrille tauchte in der Tür auf.

»Der Malmöer Polizei gefällt es wohl in Gärsnäs?«

»Ja, es tauchen immer wieder Dinge auf, die uns hierher zurückbringen.«

Chrille setzte sich auf eine rostige Blechkiste.

»Sie vermieten hier auch ab und zu Autos, oder?«, fragte Tess.

»Nicht mehr. Vor ein paar Jahren habe ich damit aufgehört, es war mehr Arbeit als Vergnügen. Die Urlauber haben sie doch nur zu Schrott gefahren.«

Chrille zuckte ungehalten mit den Schultern.

»Ich habe verdammt viel zu tun, können Sie mir einfach sagen, was Sie wollen, damit ich weitermachen kann?«

Marie fuhr mit der Hand über die schmutzige Arbeitsfläche und wischte sich den Staub am Hosenbein ab. Chrille warf ihr einen wütenden Blick zu.

»Wissen Sie, Christer – denn so heißen Sie doch wohl eigentlich? Wir haben ebenfalls verdammt viel zu tun. Und je eher Sie Ihr Gedächtnis auffrischen und den Mund aufmachen, desto eher können wir mit Dingen weitermachen, die wir lieber tun, als uns mit Ihnen zu unterhalten.«

Tess zog das Phantombild aus der Tasche und reichte es ihm. Er betrachtete es gründlich.

»Okay ... Sollte ich den kennen?«

Seine Miene war ausdruckslos.

»Es ist eine etwas bessere Variante desselben Mannes, den wir Ihnen beim letzten Mal gezeigt haben. Der Däne. Schauen Sie es sich genau an.«

Chrille seufzte und betrachtete widerwillig das Bild.

»Wie Sie sehen, ist eine ziemlich auffällige Sache dazugekommen. Ein weißer Pigmentfleck, hier.«

Tess deutete auf die rechte Seite des Kopfes.

»Er könnte auch verschiedenfarbige Augen haben. Das Bild ist noch nicht ganz fertig. Raucher, eins achtzig groß, damals um die vierzig, fünfundvierzig, heute etwas über fünfzig Jahre alt. Eine Person, an die man sich erinnern würde, wenn man sie mal gesehen hat. Noch dazu, da er Däne ist.«

Chrille schüttelte den Kopf.

»Wie gesagt, Dänen sind hier nichts Ungewöhnliches.«

»Haben Sie vielleicht was zu trinken für mich?«, sagte Marie plötzlich und sah sich in der Halle um.

Chrille hob die Augenbraue.

»Sie können ein Glas Wasser haben.«

»Danke, aber ich hatte an was Stärkeres gedacht.«

Sie trat zu ihm, zog ihr Handy heraus und hielt das Foto mit der Destillieranlage hoch, das sie beim letzten Besuch gemacht hatte.

»Verstoß gegen das Alkoholgesetz, Verdacht des illegalen Verkaufs. Auch ein Verdacht wegen Vorbereitungen zum Verstoß gegen das Alkoholgesetz kann zu einer empfindlichen Geldstrafe führen.«

»Oh, verdammt …«

Chrille sprang auf und machte ein paar Schritte auf Marie zu, als wolle er ihr das Handy entreißen. Marie zog die Hand weg und schnalzte mit der Zunge.

»Aber Christer, müssen wir dem auch noch eine Anzeige wegen einer Tätlichkeit gegenüber Beamten hinzufügen? Reißen Sie sich zusammen, und denken Sie an Ihre Zukunft.«

»Bitch.«

Tess stellte sich dicht vor Chrille und senkte die Stimme.

»Bitch und Polizistin ist eine ganz schlechte Wortkombination. Das Wort Bitch ist überhaupt eine ganz schlechte Kombination im Zusammenhang mit Frauen.«

Chrille war knallrot im Gesicht.

Sie nahm ihm das Phantombild ab.

»Schade, dass das nicht weitergeholfen hat.«

Sie legte den Kopf schief und betrachtete selbst das Bild.

»Ich fand es richtig gut, irgendwie besonders. Entweder ist es schlecht gemacht, oder dieser Däne ist nie hier gewesen. Morgen wird dieses Bild an sämtliche Medienanstalten des Landes gehen. Wenn sich dann jemand findet, bei dem es Erinnerungen weckt, wäre es natürlich schlecht, wenn sich weitere Gründe für uns fänden, wieder nach Gärsnäs herauszufahren.«

»Genau, besonders schön ist es hier nämlich nicht«, ergänzte Marie. »Wollen wir dann jetzt mal ums Haus gehen und uns die Gerätschaften näher ansehen?«

»Ja, gerne«, sagte Tess. »Und Sie kommen mit.«

Chrille blieb stehen, es sah aus, als müsse er die Alternativen abwägen.

»Zeigen Sie mir das Bild noch mal«, sagte er.

Marie schloss die Tür, und Tess gab ihm das Phantombild. Chrille ging zum Tresen.

»Dieser Fleck ... der war auf dem ersten nicht drauf, das Sie mir gezeigt haben, oder?«

»Nein, der ist später dazugekommen. Eine neue Zeugin.«

»Ich war, wie gesagt, nicht hier, als das Mädchen verschwand. Ich musste damals ja auch ein Alibi angeben. Aber ich weiß, dass sich damals ein Däne hier rumtrieb, der ... irgendwie anders war. An einem Abend gab es hier in der Werkstatt einen Streit, und ich erinnere mich, dass er daran beteiligt war.«

»Dann wissen Sie also, von wem wir reden?«

»Der Fleck in seinen Haaren ... Ich glaube, er könnte es gewesen sein.«

»Name?«

Chrille streckte den Rücken durch.

»Seinen richtigen Namen weiß ich nicht, aber er wurde Silver genannt. Wegen dem Fleck, er leuchtete wie ein silbernes Ding auf seinem Kopf.«

»Na bitte, Chrille«, sagte Marie. »Klappt doch! Dann gab es hier also jedenfalls einen Dänen.«

»Sind Sie ihm mal begegnet?«, fragte Tess.

»Nein, ich habe nur von ihm gehört.«

»Sicher?«

Tess sah ihn scharf an.

»Wenn ich es sage, dann ist es auch so.«

»Muss ich Sie daran erinnern, dass Sie uns vorher auch schon Dinge gesagt haben, die sich im Nachhinein als nicht richtig herausgestellt haben?«, fragte Marie.

Tess nahm das Bild von der Theke.

»Könnte er einen Ford gehabt und hier daran herumgeschraubt haben?«

»Möglich.«

»Wer kannte ihn sonst noch?«

Chrille seufzte.

»Vielleicht Stefan Mårtensson. Wenn ich mich richtig erinnere, waren es die beiden, die sich an dem Abend in die Wolle kriegten.«

»Wie viel Sie plötzlich wieder wissen!«, sagte Marie erfreut. »Worum ging es denn bei dem Streit?«

Chrille zuckte die Achseln.

»Keine Ahnung. War ja nicht ungewöhnlich, dass die Leute sich kabbelten, war ja auch keiner ganz nüchtern.«

»Natürlich nicht«, sagte Marie und deutete auf das Fenster zum Hinterhof, »hier gab es ja anscheinend einige Quellen, an denen man seinen Bedarf decken konnte.«

Tess ermahnte Chrille, sich zu melden, falls ihm noch etwas einfiel.

»Das haben Sie jetzt aber alles nicht von mir«, rief Chrille ihnen hinterher, als sie die Tür öffneten.

»Wen schützen Sie?«

»Niemanden. Aber ich habe keinen Bock auf dummes Geschwätz.«

Tess deutete auf den Schuppen an der Rückseite des Gebäudes.

»Für das dumme Geschwätz sind Sie selbst zuständig. Wenn wir nächstes Mal hier auftauchen, ist der Apparat verschwunden, okay?«

»Silver. Dann suchen wir jetzt also nach einem Silver«, sagte Tess, als sie wieder im Auto saßen.

»Ja, schon lustig, wie ein bisschen Alkohol manchmal das Gedächtnis auffrischen kann. Aber wir hätten das Arschloch nicht davonkommen lassen sollen.«

»Der Streit lohnt sich im Moment nicht für uns.«

Auch diesmal hatte sie das starke Gefühl, dass irgendetwas in der Werkstatt nicht stimmte. Sie glaubte nicht, dass Chrille in unmittelbarer Verbindung zum Valby-Mann oder zu Annikas Verschwinden stand. Für die Mordnacht hatte er ein Alibi, und über den Streit an dem Abend schien er die Wahrheit gesagt zu haben. Immerhin hatten sie jetzt einen Namen. Und Stefan Mårtensson stand ganz oben auf ihrer Liste von Personen, mit denen sie unbedingt sprechen mussten.

»Jöns«, formte Marie mit dem Mund und reichte Tess das Handy. »Es ist dringend.«

»Wo seid ihr?«, fragte Jöns.

»Unterwegs, um was rauszufinden«, sagte Tess.

»Zwei Familien in Oxie haben am frühen Morgen einen Mann mit Sturmhaube um die Häuser streichen sehen. Ein Fahrrad war auch im Spiel. Wir brauchen Leute dort. Alle müssen zurück.«

Mittwoch
21. Februar

Es klingelte, und Rickard Mårtensson öffnete die Tür. Irgendetwas an dem nichtssagenden Mann mit Brille und blauem Anzug kam ihm bekannt vor, aber er kam nicht darauf, was es war.

»Ja?«, fragte er und musterte ihn.

»Erkennst du mich nicht? Ist dein Gedächtnis schon so marode?«

»He, was soll das?«

Wütend verschränkte Rickard die Arme vor der Brust. Dann fiel es ihm wie Schuppen von den Augen. Annikas Bruder, Axel Johansson.

»Was willst du hier?«, fragte er und trat drohend auf ihn zu.

»Ich dachte, wir könnten uns ein bisschen unterhalten.«

»Ich wüsste nicht, was wir uns zu sagen hätten.«

»Kann ich reinkommen? Dann braucht es nicht die ganze Nachbarschaft zu hören.«

Axel machte eine Geste zu den Häusern nebenan.

Widerwillig ließ Rickard ihn vorbei, und Axel trat in den Flur, warf einen missbilligenden Blick in das unaufgeräumte Wohnzimmer.

»So wohnst du also inzwischen?«

»Sieht so aus«, sagte Rickard und lehnte sich mit dem Rücken an den Schrank. »Bist du jetzt auch unter die Makler gegangen, oder was soll das hier werden?«

Axel sah ihn scharf an.

»Ich will wissen, was du der Polizei gesagt hast.«

»Wieso gesagt? Ich rede nicht mit der Polizei.«

»Du weißt so gut wie ich, dass es wieder losgeht. Klar sind sie auch bei dir gewesen.«

»Niemand ist bisher bei mir gewesen. Anscheinend haben sie wichtigere Dinge zu tun.«

Er stellte fest, dass Axel noch genauso blutleer und langweilig aussah wie früher.

»Bist du verhört worden oder nicht?«, fragte Axel.

»Was redest du denn da? Wieso sollten sie ausgerechnet zu mir kommen?«

»Tja«, sagte Axel und lachte kurz, »das ist eine gute Frage. Also, was hast du ihnen gesagt?«

»Da ich nicht mit ihnen geredet habe, kann ich ihnen auch nichts gesagt haben.«

»Kanntest du diesen Dänen, über den jetzt überall berichtet wird?«

»Was für einen Dänen?«

»Du guckst doch wohl Nachrichten, oder? Der Vergewaltiger in Malmö. Es war sein Auto, in dem Annika transportiert wurde. Hast du ihm dabei geholfen, oder war das Stefan?«

»Du bist ja völlig irre.«

Axel schüttelte den Kopf.

»So wie du dich an sie geklammert hast … Konntest wohl nicht einsehen, dass sie dich nicht wollte. Und dafür musste sie büßen.«

Rickard spürte, wie es in seiner Seele brannte. Obwohl das alles sechzehn Jahre her war, kränkte es ihn immer noch zutiefst.

»An sie geklammert? Musst du gerade sagen! Ich habe noch nie einen Bruder erlebt, der so hinter seiner Schwester hergerannt ist wie du. Sie war es so leid, dass du sie nie in Ruhe gelassen hast.«

Rickard knallte die Tür zu, und Axel zuckte zusammen.

Der kleine korrekte Bankangestellte war also doch ziemlich ängstlich. War ja wohl eindeutig, wer von ihnen hier der Härtere war, wer es gewohnt war einzustecken.

»Haben sie dich zu dem Streit vorm Paviljong befragt?«, meinte Axel plötzlich.

»Warum hast du so einen Schiss davor, dass es herauskommt?«

»Ich habe einfach keine Lust auf unnötige Spekulationen, und dass sie sich wieder auf das Falsche konzentrieren. Es reicht auch so schon.«

Rickard lächelte.

»Warum hast du es der Polizei eigentlich nie erzählt? Aus Scham? Hattest du Angst, deine Schwester könnte als Schlampe dastehen? Man kann mir ja einiges vorwerfen, und ich bin wirklich oft sternhagelvoll gewesen. Aber manche Dinge vergisst man nie. Wie du es mir ins Ohr gezischt hast, als wir am Boden lagen, nachdem ich dich niedergerungen hatte. Wie du mir gedroht hast.«

Axel richtete sich auf.

»Wenn das so ist, warum hast du es dann nicht der Polizei erzählt?«

»Es ging mich nichts an, ich wusste es ja gar nicht. Aber du steckst deine Nase ja in alle Angelegenheiten.«

Axel wich zurück.

»Das lasse ich mir von dir nicht bieten!«

Rickard machte ein paar weitere Schritte auf ihn zu.

»Na, gut! Dann beenden wir das Ganze jetzt am besten. Aber da du dir schon mal die Mühe gemacht hast hierherzukommen, werde ich dir etwas sagen. Ich weiß nichts über irgendeinen Dänen. Aber im Gegensatz zu dir weiß ich, wer deine Schwester getötet hat. Ich habe nichts damit zu tun. Und bald wird alles herauskommen. Ich habe jedenfalls nicht vor, weiter die Klappe zu halten.«

»Schön«, sagte Axel und sah ihn herausfordernd an. »Wer war's denn?«

»Das erzähle ich der Polizei, und nicht dir.«

Axel schüttelte den Kopf.

»Wahrscheinlich werde ich nie dein oder Stefans Geständnis zu hören bekommen. Aber ihr könntet wenigstens den Anstand haben zu sagen, wo ihr ihre Leiche hingebracht habt, damit meine Mutter und ich ein Grab haben, das wir besuchen können.«

Rickard richtete sich zu seiner vollen Länge auf, er war mehr als einen Kopf größer als Axel.

»Genug gequatscht. Ich glaube, du gehst jetzt lieber.«

Plötzlich holte Axel aus. Rickard war nicht darauf gefasst, hatte zum Glück aber nicht so viel getrunken, dass seine Reflexe nicht funktionierten. Er packte Axels Arm und drehte ihn herum, bis er schrie.

»Du besoffenes Schwein! Hast du das auch mit ihr gemacht? Als sie dich hat abblitzen lassen?«

Rickard hielt Axels Arm eisern fest und stieß ihn vor sich her.

»Wehe, du kreuzt hier noch einmal auf!«

Er warf Axel zur Tür hinaus und knallte sie hinter ihm zu. Dann ging er zur Spüle und streckte sich, um durch das schmale Küchenfenster zu beobachten, wie Axel zu seinem silberfarbenen Mazda eilte.

»So ein Dreckskerl!«

Wie konnte ein so wunderbarer Mensch wie Annika so einen dämlichen Bruder haben?

Er musste daran denken, wie sie sich immer über Axel lustig gemacht hatte, über seine überbehütende Art und darüber, wie schwer es ihm fiel, Mädchen kennenzulernen.

Der Tag, an dem sie eingewilligt hatte, sich mit ihm im Café Thulin zu treffen, war einer der glücklichsten seines Lebens gewesen. In der Nacht vor ihrem Date hatte er kaum geschlafen. Und am Morgen hatte er zum ersten und einzigen Mal in seinem Leben überlegt, was er anziehen sollte.

Die Begegnung mit Axel hatte ihn aufgewühlt. Gedanken und Gefühle, die jahrelang begraben gewesen waren, waren plötzlich wieder da.

Er setzte sich an den Küchentisch. Stacy strich ihm um die Beine. Rickard stützte den Kopf in die Hände und wartete, bis das wohlbekannte Rauschen seinen Kopf ausfüllte.

»Komm schon«, ermahnte er sich selbst.

Er trank einen Schluck Leichtbier. Stärkeres durfte er sich heute nicht genehmigen, nicht, wenn die Bilder wiederkehren sollten.

»Jetzt komm schon«, sagte er noch einmal laut und rieb sich mit geballten Fäusten die Stirn.

Die Suchaktion nach Annika. Er erinnerte sich an seine müden Beine, und wie er sich in den Tagen nach ihrem Verschwinden gefühlt hatte. An die Angst in den Gesichtern um ihn herum, weil man nie wusste, was sich hinter dem nächsten Gebüsch verbarg. Das Schweigen, das sich ausgebreitet hatte, die Erschöpfung.

Sie wanderten durch die Wälder und suchten systematisch ein Gebiet nach dem anderen ab. Von morgens bis abends, drei Tage lang. Alle Freunde waren dabei und warfen sich gegenseitig misstrauische Blicke zu. Er spürte sie besonders, er wusste, was die Leute redeten und dass man genau beobachtete, ob er verzweifelt wirkte. Aber er hatte sie ja nicht erst jetzt verloren, sondern bereits viel früher. Manche sagten es laut: *Einer weiß, was passiert ist.* Ihre Blicke brannten in seinem Rücken.

Rickard selbst dachte vor allem darüber nach, wer bei diesen Suchaktionen fehlte. Zwei Tage ließ sein Bruder sich nicht blicken.

Wieder rauschte es in seinem Kopf. Rickard spürte, dass er ganz nah dran war. Er konnte den Geruch seines Elternhauses wahrnehmen. Seines muffigen, ungelüfteten Zimmers. Am Abend nach dem letzten Tag der Suchaktion war er völlig erschöpft gewesen und sofort eingeschlafen. Er schloss die Augen, seine Hände schwitzten, und … Verdammt, da war es wieder weg.

Frustriert stand er auf und starrte durch die Terrassentür in die Dunkelheit. Wie spät es wohl sein mochte? Er trat hinaus und atmete ein paarmal tief durch.

»Verdammt, du bist so eine Niete!«

Sein versoffenes Hirn schaffte es nicht, sich zu erinnern. Wahrscheinlich geschah es ihm nur recht, alles, was passierte. Stacy schlüpfte nach draußen, er schloss die Tür und setzte sich wieder an den Tisch. Trank einen weiteren Schluck Leichtbier.

Dann musterte er seine groben Hände. Die hatte er von seinem Onkel Erik. Stefan hatte nicht solche Pranken, hatte von beiden Eltern jeweils das Beste geerbt. Alles an ihm war irgendwie normaler gewesen. Als Jugendlicher hatte Rickard durch seine Körpergröße einen kleinen Vorteil gehabt, aber nachdem Stefan mit dem Krafttraining angefangen hatte, glich sich das schnell aus und nutzte ihm bald gar nichts mehr. Ihre Mutter hatte sich als zweites Kind ein Mädchen gewünscht, deshalb war das Erste, was er zu hören bekommen hatte, ein »Oh nein!«. Sein großer Bruder verprügelte ihn immer wieder, und er konnte sich nicht daran erinnern, dass sein Vater je dazwischengegangen wäre. Er sah Stefan und seinen Vater vor sich, wie sie auf der Treppe vor Stefans neu gebautem Palast standen. Widerlich! Rickard trank weiter. Die beiden standen immer auf derselben Seite. Es war ihnen wahrscheinlich nur recht, dass er dem Alkohol erlegen war.

Und Stefan hörte nicht auf, sich zu nehmen, was ihm eigentlich nicht zustand. Das große Haus hatte er garantiert nicht nur mit seinem eigenen Geld bezahlt. Die weiße Fassade leuchtete in Wirklichkeit schwarz. Es erwischte ihn nur nie jemand beim Schummeln.

Rickard spuckte seinen Priem aus.

Und wenn es das Letzte war, was er tat: Er würde alles daransetzen, die Bruchstücke jenes Abends wieder zusammenzusetzen. Und dann mochte es verdammt noch mal kommen, wie es wollte.

Axels heftige Reaktion beunruhigte sie. Als Annika verschwand, hatte sie Angst gehabt, auch ihn zu verlieren, wenn er vor Wut und Rachegelüsten nicht mehr ansprechbar war.

Anita ging die Treppe zum Obergeschoss hinauf. Mit jedem Jahr betrat sie das Zimmer ihrer Tochter seltener. Es war zu einem Mausoleum geworden. Freunde hatten ihr geraten es umzuräumen, den Raum für etwas anderes zu nutzen. Doch das brachte sie nicht übers Herz.

Gäste durften das Zimmer nicht betreten, sie wollte die Kommentare der anderen nicht hören. Es war kühl dort und zog durch die Ritzen zwischen den Dielen. An einigen Stellen hatte sich die hellblaue Tapete von der Wand gelöst.

Am Fenster unter der Dachschräge stand Annikas Bett, vor dem sie vor sechzehn Jahren schreckensstarr gestanden hatte. Dass sie sechzehn Jahre später immer noch nicht wissen würde, was passiert war, hätte sie sich damals in ihren kühnsten Träumen nicht ausgemalt.

Anita setzte sich auf das Bett, strich mit der Hand über das Kissen. An der gegenüberliegenden Wand stand der Schreibtisch mit einem Foto ihrer Tochter und einer Vase mit Blumen. Jede Woche stellte sie einen frischen Strauß auf den Tisch. Sie nahm Annikas roten Pullover vom Korbstuhl am Fußende des Bettes und roch daran. Inzwischen war Annikas Geruch fast ganz daraus verschwunden. Nur ganz vage nahm sie noch eine Spur von Annika wahr.

Sie schloss die Augen und sah ihr Gesicht vor sich. Hörte ihre Stimme, ihr Lachen. Sie und Annika hatten sehr ähnliche Stimmen. Wenn Anita sich am Telefon meldete, dachten die Leute oft, es wäre Annika. Selbst nach ihrem Verschwinden.

Anita blickte sich um. Sie hatten alles durchsucht, das Bücherregal, den Schrank, jeden Millimeter des Zimmers. Aber das Tagebuch hatten sie nicht gefunden. Persönlich hatte sie Axel in Verdacht, es genommen zu haben, denn als sie ihn gefragt hatte, war er furchtbar wütend geworden. Danach hatte sie die Sache lieber auf sich beruhen lassen.

Zu gerne hätte sie gewusst, was Annika ihrem Tagebuch anvertraut hatte. In den Tagen unmittelbar vor ihrem Verschwinden hatte sie Annika angemerkt, dass etwas sie belastete. Anita hatte sie jedoch nicht drängen wollen, wie alle Jugendliche hatte Annika schließlich ein Recht auf Geheimnisse, und sie hatte gedacht, dass sie ihr letztendlich ihr Herz schon noch ausschütten würde.

Anita hätte alles dafür gegeben, das im Nachhinein ändern zu können. Wenn sie Annika damals angesprochen hätte, wäre das Schreckliche vielleicht gar nicht passiert?

2002

»Nein.«

Ich versuche, etwas zu sagen, bringe aber keinen Laut heraus. Er hat seine Hand auf meinen Mund gepresst. Er will wirklich, dass ich keine Luft mehr bekomme. Ob er vergessen hat, wer ich bin? Er drückt mich zu Boden, damit er mich nicht ansehen muss. Damit das Böse aus mir herausgequetscht wird, raus aus meinem Bauch.

Nur einen winzigen Augenblick durfte es etwas anderes sein als etwas Böses. Einen verlogenen Moment lang, als ich ganz allein im Bad war.

Der Schrei in mir war so laut, dass ich mich fragte, ob er draußen zu hören war. Dann brach ich auf dem Badezimmerboden zusammen. Ich lag da und hielt mich krampfhaft an dem weißen Duschvorhang fest. Starrte den Teststreifen an.

Anschließend kauerte ich mich vor der Badewanne zusammen. Die blauen Striche leuchteten. Ich wusste, dass es stimmte, merkte schon seit Tagen, dass etwas anders war als sonst. Nicht dass ich gewusst hätte, wie es sich anfühlt, schwanger zu sein, aber etwas an meinem Körper hatte sich verändert. Vorsichtig stand ich auf, löschte die Deckenlampe und setzte mich auf die Toilette. Schloss die Augen, redete mit mir selbst.

So schlimm muss es gar nicht sein, Annika. Du kannst es benutzen. Es ist ein Geschenk. Es wird ihn dazu bringen, sein Versprechen zu halten. Vielleicht ändert sich dadurch alles.

Im Flur hörte ich Axels Stimme, wie er mit Papa sprach. Warum war er ständig hier? Es war fast, als würde er immer noch zu Hause leben. Ich hatte es so satt, dass er mir ständig hinterherlief. Mein Leben ging ihn nichts an, er begriff gar nichts, dachte, ich wäre immer noch mit Rickard zusammen. Was für eine Katastrophe, wenn er herausfand, was passiert war.

Ich stand auf, machte das Licht wieder an und betrachtete mich im Spiegel. Sah, wie das Lächeln in meinem Gesicht immer größer wurde.

Ich steckte den Teststreifen in die Hosentasche und schloss die Badezimmertür auf.

Meine Mutter stand im Flur und sah mich forschend an.

Schnell wandte ich mich ab.

**Donnerstag
22. Februar**

Der Einsatz in Oxie wurde abgeblasen. Nachdem die Polizei einen Handwerker auf einem Fahrrad festgenommen hatte, war klar, dass es sich um einen weiteren Fehlalarm gehandelt hatte.

»Die Telefonzentrale stellt derzeit zehn solcher Anrufe pro Tag zu uns durch«, erklärte Jöns in der Morgenrunde.

Die tägliche Pressekonferenz überließ er inzwischen dem Pressesprecher, der den Eindruck vermitteln musste, dass die Situation unter Kontrolle wäre und sie stetig Fortschritte machten. Damit gab sich die Presse natürlich keineswegs zufrieden und begann stattdessen, ihre Internetseiten und Programme mit eigenen Spekulationen und Interviews mit aufgebrachten Einwohnern zu füllen. Erst heute Morgen hatte der Justizminister die Situation in Malmö und Umgebung als »höchst alarmierend« bezeichnet.

»Ja, und wo ist die Hilfe, die du uns zugesagt hast?!«, hatte Makkonen geflucht, als er die Pressemeldung vorlas.

Tess ging in die Garage hinunter. Weiterarbeiten war jetzt das Einzige, was sie tun konnten. Marie hatte sich am Morgen krankgemeldet, und Tess ertappte sich dabei, darüber fast ein bisschen erleichtert zu sein.

Es wurde Zeit, mit Stefan Mårtensson über seinen mutmaßlichen Streit mit dem Valby-Mann zu reden.

Eine Frau mit blondiertem Haar öffnete ihr die Tür. Rickard hatte nicht übertrieben, was den protzigen Palast seines Bruders in dem kleinen Dorf Vik anging.

Tess zeigte ihren Dienstausweis.

»Polizei Malmö. Ich suche Stefan Mårtensson, bin ich hier richtig?«

Die Frau, von der sie annahm, dass es Stefans Frau Frida war, versuchte, Tess über die Schulter zu blicken.

»Oh, ist was passiert?«

»Nein, nein. Wir würden nur gern ein paar Aussagen von früher überprüfen.«

Frida zerrte die beiden Golden Retriever zur Seite, die Tess eifrig begrüßten. Weiter hinten im Flur unterhielten sich zwei Männer. Tess erkannte Stefan, den gut gebauten Blonden.

»Ja, also man wird ja schon ein bisschen nervös, wenn plötzlich die Polizei vor einem steht.«

Stefans Frau lachte angestrengt.

»Stefan, Besuch für dich.«

Tess hörte Kinderrufen und Lärmen weiter drinnen. Stefan und der andere Mann kamen auf sie zu.

»Kommen Sie doch bitte rein«, sagte die Frau und schloss die Haustür hinter Tess.

Tess begrüßte Stefan Mårtensson und entschuldigte sich noch einmal, dass sie es nicht geschafft hatte, vorher anzurufen.

»Haben Sie einen Moment Zeit?«

Stefan schaute kurz auf die Uhr und nickte.

»Auf jeden Fall. Das ist übrigens mein Vater.«

Tess gab dem Mann die Hand. Seine leicht schräg stehenden Augen erinnerten sie an Fotos von Rickard, die sie in der Ermittlungsakte gesehen hatte.

»Ist er mal wieder zu schnell über die Landstraße gerast?«, fragte Dan Mårtensson und lächelte.

»Nein.« Tess lachte. »Nicht dass ich wüsste. Ich würde Ihnen nur gerne ein Bild zeigen.«

Stefans Handy klingelte, er entschuldigte sich und ging nach nebenan.

Tess hielt das Phantombild des Valby-Mannes hoch.

»Kennen Sie diesen Mann?«

Dan Mårtensson nahm die Zeichnung an sich und drehte sie in der Hand.

»Kommt mir bekannt vor … Sollte ich ihn schon mal gesehen haben?«

Tess erklärte, wer der Mann war und dass er sich möglicherweise zum Zeitpunkt von Annikas Verschwinden in der Gegend aufgehalten habe. Außerdem wisse sie relativ sicher, dass er ein paarmal in der Werkstatt in Gärsnäs gewesen sei.

Dan Mårtensson schüttelte den Kopf.

»Kann sein, dass ich ihn dort gesehen habe, aber sicher bin ich mir nicht. Es ist lange her, und dort gingen die Leute ein und aus.«

»Verstehe. Ihr anderer Sohn, Rickard, wie geht es ihm inzwischen?«

Dan seufzte.

»Ziemlich schlecht, fürchte ich. Er hängt wieder an der Flasche. Hatte ein paar nüchterne Perioden, aber dann fing es wieder von vorne an. Traurig das alles, ist auch nicht leicht, ihm da rauszuhelfen.«

Stefan beendete sein Telefonat und trat wieder zu ihnen.

»Wollen wir?«

Sie verabschiedete sich von Dan Mårtensson und folgte Stefan.

Wände und Möbel waren in Weiß gehalten. Stefan trug ein weißes Hemd und schwarze Jeans, sein Haar war glatt zurückgekämmt. Nur die feinen Fältchen um seine Augen verrieten, dass er bald vierzig wurde.

Er führte sie in einen Raum neben dem großen Wohnzimmer, der ebenfalls weiß gestrichen war. Bilder und Umzugskartons standen an den Wänden entlang auf dem Boden. An der Decke hing ein protziger Kronleuchter. Neben dem Sofa entdeckte Tess ein Ölgemälde von Ernst Billgren.

»Bitte entschuldigen Sie das Durcheinander, wir sind noch nicht ganz fertig geworden. Das Umzugsunternehmen ist am Dienstag gekommen, und mein Vater hat gerade noch den Rest vorbeigebracht. Die letzten fünf Jahre haben wir in Malmö gewohnt, aber dann haben wir Heimweh bekommen, die Kinder sollten lieber hier aufwachsen.«

Stefan hatte seinen Österlen-Dialekt abgelegt und sich ein etwas neutraleres Schonisch zugelegt. Tess hatte in den Vernehmungsprotokollen gelesen, dass die Familie von Ystad nach Malmö gezogen war, als das Maklerbüro, für das Stefan arbeitete, expandierte und er Bürochef geworden war.

Sie setzte sich auf einen weißen Sessel, und Stefan nahm ihr gegenüber Platz.

»Sie können sich wahrscheinlich denken, worüber ich mit Ihnen reden möchte?«

Stefan schlug die Beine übereinander und lächelte mit gebleichten Zähnen.

»Ich nehme an, es hat mit Annika zu tun. Warum sollte die Polizei uns sonst besuchen? Oder sind wir vielleicht zu schnell gefahren?«

Er zwinkerte Tess zu.

Tess erzählte von der Spur, die aufgetaucht war und die den Valby-Mann mit Annikas Verschwinden in Verbindung brachte.

»Ja, von dem Auto habe ich gehört«, sagte Stefan.

»Wir haben ziemlich eindeutige Hinweise darauf, dass er sich hier in der Gegend aufhielt, als Annika verschwand.«

Stefan nickte.

»Seltsam, dass sich niemand an ihn erinnern kann«, sagte Tess.

Sie griff nach ihrer Tasche und zog noch einmal das Phantombild heraus.

»Eines der Opfer, das letzte Woche in Malmö überfallen wurde, hat uns geholfen, dieses Bild zu erstellen.«

Sie reichte es Stefan.

»Es ist noch nicht ganz fertig, wir glauben, dass er verschiedenfarbige Augen hat, das eine blau, das andere eher bräunlich.«

Stefan Mårtensson nahm sich Zeit und musterte das Bild eingehend.

»Was ist das da auf seinem Kopf?«

Tess erklärte, was das Opfer über den Pigmentfleck gesagt hatte.

»Da war einer ...«

Stefan versank erneut in der Betrachtung des Bildes, als die angelehnte Tür sich öffnete und Frida hereinschaute.

»Möchten Sie vielleicht eine Tasse Kaffee?«

Tess schaute auf die Uhr.

»Für mich nicht mehr, danke.«

»Däne, oder?«, fragte Stefan, als seine Frau wieder gegangen war. »Ja, also das habe ich aus den Nachrichten. Der Mann, an den ich mich erinnere, war ebenfalls Däne. Er trieb sich relativ häufig in Chrilles Werkstatt herum. Haben Sie den schon gefragt?«

Tess nickte.

»Können Sie sich vielleicht an den Namen des Mannes erinnern?«

Stefan zögerte.

»Damals hatte er längeres Haar, so bauschig.«

Er deutete auf den Kopf.

»An diesen Fleck kann ich mich gut erinnern. Der Typ wurde Silver genannt, soweit ich mich erinnere.«

»Wie würden Sie ihn beschreiben?«

»Das mit den Augen stimmt, man bemerkte es aber nur von Nahem, es sah ein bisschen seltsam aus.«

»Wie war er als Person?«

»Ebenfalls seltsam. Er konnte nett sein, aber auch streitlustig, wenn er getrunken hatte. Wie die Dänen eben so sind. Ich erinnere mich, dass wir uns wegen etwas in die Wolle kriegten, was er über Frauen gesagt hatte. Etwas Abwertendes, aber ich erinnere mich nicht mehr genau daran.«

»Über Frauen?«

»Ja, er hatte da eine merkwürdige Einstellung, zumindest wenn er getrunken hatte. Bezeichnete Frauen als Schlampen und so weiter. Das scheint ja ganz gut zu dem zu passen, was man über ihn liest, oder?«

»Und Sie haben sich also gestritten?«

»Ja, ich glaube, ich sagte ihm, er solle verschwinden.«

Stefan lachte. Er nahm eine Snus-Tabakdose heraus und steckte sich eine Portion unter die Oberlippe.

»Es ist lange her. Aber ich weiß noch, dass es Sommer war.«

»Wann genau war das?«

Stefan schüttelte den Kopf.

»Keine Ahnung, aber vielleicht fällt es mir wieder ein.«

»Wie endete der Streit?«

»Er griff mich an. Ein paar andere gingen dazwischen, dann verschwand er. Wir waren alle nicht besonders nüchtern an dem Abend.«

»Fiel in diesem Zusammenhang Annikas Name?«

Stefan sah aufrichtig überrascht aus.

»Nein, nein, sie war ja nie dort. Kann mir nicht vorstellen, dass sie und der Däne sich kannten. Sie war überhaupt nicht der Typ, der etwas mit solchen Leuten zu tun hatte. Annika war eher brav, ein nettes, fröhliches Mädchen. Glauben Sie, er hat sie getötet?«

251

»Im Augenblick versuchen wir nur, eventuellen Verbindungen nachzugehen«, sagte Tess. »Kannten Sie Annika gut?«

»Nein, das würde ich nicht sagen. Ich kannte sie von der Schule, mehr nicht. Rickard war total in sie verknallt, und sie hatten anscheinend sogar kurz was miteinander. Mehr lief da aber auch nicht. Sie war eine Nummer zu groß für ihn, wenn man das so sagen darf.«

Tess nickte.

»Wer war noch an dem Abend dabei, als Sie aneinandergerieten?«

»Rickard könnte dabei gewesen sein, aber er war wahrscheinlich zu besoffen, um sich an irgendetwas zu erinnern.«

»Und sonst?«, fragte Tess. »Annikas Bruder, Axel?«

»Möglich, es waren etwa zehn Leute da. Aber soweit ich mich erinnere, kannte niemand diesen Silver. Er war nur vorübergehend in der Gegend, weiß nicht, was er sonst machte oder ob er einen Job hatte. In Chrilles Werkstatt konnten wir abhängen. Man fuhr mit dem Auto vorbei, quatschte, trank vielleicht auch mal ein Bier. Alte, Junge, ganz verschiedene Leute. Und keiner, mit dem ich heute noch Kontakt hätte.« Er hob die Hände.

»Haben Sie sich immer schon für Autos interessiert?«

»Nein, auch damals nicht. Mein Vater und seine Kumpel schraubten gern. Es gab aber nicht viel hier, und so lungerten wir halt dort rum. In Österlen brauchte man ein Auto, um sich fortzubewegen, und dort konnte man es reparieren, wenn es nötig war.«

»Wie ist die Beziehung zwischen Ihnen und Ihrem Bruder heute?«

Stefan seufzte.

Die Tür öffnete sich erneut, und ein kleiner Junge in einem weißen Schlafanzug mit roten Autos kam auf einem ebenfalls weißen Dreirad hereingefahren.

»Papa ist noch beschäftigt, fahr mal wieder raus und mach die Tür zu.«

Gehorsam fuhr der Junge aus dem Zimmer.

Stefan legte noch eine Portion Tabak nach.

»Wie Sie sicher wissen, ist mein Bruder Alkoholiker. Es waren verdammt schwierige Jahre. Wir haben nicht viel Kontakt, und ehrlich gesagt war er der Hauptgrund, weshalb ich gezögert habe, wieder hierherzuziehen.«

»Kannte er diesen Silver ebenfalls?«

»Ich glaube nicht, dass er sich sonderlich gut an die Zeit damals erinnert. Aber fragen Sie ihn doch. Wenn er betrunken ist, ruft er mich manchmal an, regt sich über irgendetwas auf, verwickelt sich in merkwürdige Argumentationsketten und behauptet, dass ich ihm Geld schulde. Sie verstehen schon.«

Tess nickte. Sobald er über seinen Bruder sprach, verfiel er wieder in seinen alten Österlen-Dialekt.

Er beugte sich vor und faltete die Hände.

»Obwohl es keinerlei Beweise gegen ihn gab, war ihm die Polizei ständig auf den Fersen. Es kam einem manchmal vor, als hätten sie sich auf ihn eingeschossen. Und ich glaube, viele seiner Probleme begannen damit. In einer kleinen Stadt wie Simrishamn wissen alle alles voneinander, und wenn man da Pech hat, kann es die Hölle sein.«

»Sie meinen, er ist deshalb Alkoholiker geworden?«

»Es hat zumindest dazu beigetragen.«

»Was halten Sie selbst von den Vorwürfen, die gegen ihn erhoben wurden?«

Stefan hob eine Augenbraue.

»Wer möchte so etwas von seinem kleinen Bruder denken?«

»Nein, schon klar, es muss eine schwierige Zeit für Sie alle gewesen sein.«

»Natürlich fragt man sich trotzdem … Da gibt es Dinge, die später passiert sind, als seine Persönlichkeit sich veränderte. Es heißt, er habe die Tat im Suff einmal gestanden. Vielleicht habe ich ihn nie wirklich gekannt ...«

»Hat er je mit Ihnen darüber gesprochen?«

»Sobald man versuchte, darüber zu reden, fuhr er gleich die Stacheln aus, wurde wütend und überschüttete einen mit Vorwürfen. Hätte unser Vater ihm kein Alibi gegeben, ja, dann wäre er wahrscheinlich eingelocht worden.«

»War das der Grund, weshalb Sie von hier weggezogen sind? Rickard und alles, was dann passierte?«

Stefan nickte.

»Zumindest war das ein Grund. Außerdem war ich den ganzen Dreck so leid. Im Grunde weiß man es jetzt erst wieder zu schätzen: die Natur, das Meer ... Jetzt, wo ich nicht mehr hier festsitze, sondern es mir selbst aussuchen kann.«

Tess stand auf und ging zu den Bildern hinüber.

»Sie sind kunstinteressiert?«

»Ja, ich kaufe und verkaufe ein bisschen.«

Stefan zeigte auf das Gemälde einer Frau mit großen Augen und bunten Schmetterlingen im Haar.

»Das ist Carolina Gynning, eine Freundin von mir aus Malmö.«

»In der Nacht, in der Annika verschwand«, sagte Tess, »haben Sie bei einem Kumpel übernachtet, der sich aber nicht richtig daran erinnern konnte.«

Stefan stand auf und schloss die Tür zum Flur.

»Ja, ich habe bei einem Kumpel übernachtet, aber er wollte nicht in die Sache hineingezogen und verhört werden.«

»Warum?«

»Er hatte ein paar krumme Dinger gedreht, Diebstahl, ein paar Drogen, nichts Größeres. Aber er hatte Angst, die Polizei könnte sich auch dafür interessieren. Deshalb behauptete er, er könne sich nicht so gut erinnern. Nicht besonders clever, aber ich konnte ihn ja schlecht zwingen. Eigentlich spielte es auch keine Rolle, ich wusste ja, dass ich unschuldig war.«

»Wie heißt dieser Kumpel?«

»Roger Andersson, er ist inzwischen tot, starb vor zehn Jahren bei einem Motorradunfall in Fågeltofta.«

»Und die Polizisten, die Sie verhört haben, gaben sich damit zufrieden?«

»Sie bohrten noch ein bisschen nach, aber eigentlich interessierten sie sich vor allem für Rickard.«

Grottenschlechte Polizeiarbeit, dachte Tess, dass sie sein Alibi nie wirklich überprüft haben.

»Ich habe kürzlich noch mal die Ermittlungsprotokolle gelesen. Sie hatten jede Menge Zeitungsausschnitte über Annikas Verschwinden gesammelt und aufbewahrt, stimmt das?«

Stefan runzelte die Stirn.

»Hm, ja, vielleicht hatte ich da ein paar Zeitungsstapel herumliegen, man las ja viel darüber. Aber aufbewahrt – ich glaube, so würde ich es nicht nennen. Eher war ich damals ein bisschen chaotisch, hatte es nicht so mit dem Aufräumen.«

»Mhm, dann stimmt das also nicht.«

Stefan rutschte auf dem Stuhl herum.

»Es erscheint mir zumindest übertrieben.«

Durch das Fenster sah Tess, dass die Außenbeleuchtung eingeschaltet worden war. Es dämmerte bereits.

»Etwa einen Monat vor dem Schulabschluss waren Annika und die anderen aus ihrem Jahrgang auf einer Freizeit in Blekinge Skärgård. Ich habe gehört, dass ein paar ehemalige Schüler als Betreuer dabei waren. Sie auch?«

Stefan lächelte entwaffnend.

»Ja, ich war auch dabei. Ich erinnere mich, dass das Wetter fantastisch war, man kam sich vor wie auf einer griechischen Insel.«

»Ist Ihnen dort im Zusammenhang mit Annika etwas aufgefallen?«

Stefan überlegte.

»Ich erinnere mich nur, dass sie oft Volleyball gespielt hat. Sonst eigentlich nichts.«

Stefan versprach, sich zu melden, falls ihm noch etwas einfiel. Auf dem Weg nach draußen begegnete Tess seiner Frau und bedankte sich, dass sie hatte stören dürfen.

Draußen füllte sie ihre Lunge mit frischer kalter Österlen-Luft. Eine feine Frostschicht hatte sich über ihren schwarzen Volvo gelegt. Sie stampfte mit den Füßen, um warm zu bleiben. Mondlicht erhellte die Felder rund um das Haus. Es war vollkommen windstill – ein scharfer Kontrast zu Sturm Rut.

Aus der Ferne war der düstere Ruf eines Waldkäuzchens zu hören. Sie blickte zu Stefans Haus hinauf, sah das warme Licht, das aus den Fenstern strömte. Zum ersten Mal seit vielen Jahren lebten die Brüder Mårtensson nicht weit voneinander entfernt. Doch zwischen ihren Leben lagen Lichtjahre. Beim Anblick dieses Hauses musste Rickard sein eigenes, grandioses Scheitern umso heftiger empfunden haben. Wer konnte es ihm verdenken?

Tess schaute auf das Meer hinaus, lauschte der Brandung der Ostsee, die bis zu der kleinen Anhöhe in Vik zu hören war, auf der Stefan sein Haus gebaut hatte.

Sie warf einen letzten Blick auf die große weiße Villa. Stefan war ein aalglatter Typ, das machte sich als Makler bestimmt gut. Irgendetwas stimmte nicht an seinem Alibi. Und wie praktisch, dass sein Freund Roger inzwischen tot war. Sie öffnete die Autotür und fuhr in die Dunkelheit hinaus.

Es juckte ihn überall. Er hatte den ganzen Nachmittag geschlafen. Sein Bettzeug war nass geschwitzt, und er wälzte sich hin und her. Einen ganzen Tag war Rickard nüchtern gewesen, die paar Leichtbier zählten in seinen Augen nicht.

Gestern war er wieder am Ententeich gewesen und hatte nach dem Mädchen Ausschau gehalten. Über mehrere Stunden hatte er gar kein Bedürfnis gehabt, etwas zu trinken. Als ihm aber bewusst geworden war, dass das Mädchen nicht auftauchen würde, hatte ihn die Enttäuschung übermannt, und er musste sich sehr zusammennehmen, um an seinem Vorsatz festzuhalten. Wenn das Beste, was er je zustande gebracht hatte, in nüchternem Zustand entstanden war, dann musste er versuchen, auf diesem Weg zu bleiben.

Er streckte sich nach der Snus-Tabakdose und knipste seine Nachttischlampe an. Schaute auf die Uhr. Es war schon nach acht Uhr abends.

Ein Kratzen an der Terrassentür brachte ihn dazu aufzustehen. Stacy stand davor und maunzte vorwurfsvoll, als hätte sie schon eine ganze Weile dort gesessen.

»Ja, ja, du hast doch deine Mäuse da draußen«, sagte er zu ihr und zog die schief hängende, quietschende Tür hinter ihr zu.

Er setzte sich auf das Ledersofa und stützte den Kopf in die Hände. Ein Sixpack Bier und noch mal *The Searchers* anschauen – das wäre jetzt genau das Richtige. Aber er musste einen klaren Kopf behalten, durfte nicht wieder alles vermasseln, wo er endlich so nah dran war.

Er ging ins Bad und zog sich aus. Im Spiegel sah er, dass sein Haar schon wieder viel zu lang war, es reichte ihm fast bis zu den Schultern. Kurzerhand griff er zur Nagelschere und schnitt ein paar Strähnen ab, glich ein bisschen aus, wo es nötig war. Die flaumigen Bartstoppeln waren ihm egal, weder er noch Stefan waren mit starkem Bartwuchs gesegnet.

Anschließend stieg er in die Badewanne und drehte die Dusche voll auf. Ließ sich das kalte Wasser über den Körper laufen und rubbelte sich den Juckreiz von den Armen. Nach ein paar Minuten begann er vor Kälte zu zittern und stellte das Wasser wieder ab. Er nahm das Handtuch vom Hocker neben der Wanne und rieb sich das Gesicht trocken. Sein Schädel brummte.

Dann setzte er sich in die Badewanne und vergrub das Gesicht im Handtuch.

Das Geräusch der laufenden Dusche vor sechzehn Jahren kehrte zurück. Er presste sich das Handtuch vor die Augen und versetzte sich in diese Nacht zurück.

Jemand, der über Schuhe im Flur stolperte. Die Badezimmertür wurde geöffnet. Vom offenen Fenster in seinem Zimmer drang eine Brise herein, Rickard blickte auf und sah die hellen Vorhänge im Wind leise flattern. Die roten Ziffern des Radioweckers zeigten 04:20 Uhr an. Übelkeit übermannte ihn, aber er schlief wieder ein.

Rickard ließ das Handtuch los, sein Gesicht fühlte sich taub an. Er raufte sich die nassen Haare, spülte sich den Mund aus, spuckte und musterte seine rot gefleckten Arme. Schloss die Augen und sah die Kratzspuren vor sich. Das Rauschen in seinem Kopf kehrte zurück.

Jetzt erinnerte er sich an den Abend nach der Suchaktion. Im Untergeschoss öffnete sich eine Tür. Die Treppe knarrte, als er hinunterging, um nachzusehen, wer gekommen war. Dann sah er das zerkratzte Gesicht seines Bruders vor sich.

Rickard saß unbeweglich in der Badewanne, hatte die Arme um die Knie geschlungen. Er zitterte vor Kälte und deckte sich mit dem Handtuch zu. Nach ein paar Minuten streckte er die Beine in der kurzen Wanne aus. Er legte den Kopf zurück, ließ ihn auf den Badewannenrand sinken. Atmete ein paarmal tief durch. Ruhe breitete sich in ihm aus, und er lächelte. Die Erinnerung war also noch da. Er wusste, dass er sie tief in seinem Innern vergraben hatte.

Er war bereit.

Als Tess die Haustür in Västra Hamnen öffnete, roch es drinnen leicht nach Zigarettenrauch. Langsam ging sie die Treppe hinauf.

Es war nach zehn Uhr abends, und ihre Beine schmerzten vor Müdigkeit. Im zweiten Stock blieb sie vor ihrer Wohnungstür stehen. Der Steinboden war feucht, und sie sah, dass fremde Fußspuren die Treppe hinauf bis zu ihrer Wohnungstür führten. Sie ging in die Hocke. Direkt vor der Tür zeichnete sich schwach ein Turnschuhprofil ab. Sie lauschte. Aus ihrer Wohnung drang kein Geräusch. Bei ihrem Nachbarn dagegen lief der Fernseher. Langsam ging sie die Treppe zum Dachboden hinauf, um zu kontrollieren, ob dort alles in Ordnung war. Als sie wieder vor ihrer Wohnungstür stand, steckte sie den Schlüssel ins Schloss und hörte das Geräusch von Hundepfoten im Flur.

Chilli sprang an ihr hoch und winselte glücklich.

»Schsch, braver Hund«, sagte Tess und streichelte ihm den Kopf. »Bist ein Feiner, aber als Wachhund nicht zu gebrauchen.«

Die Lampe neben dem Sofa brannte, ansonsten war die Wohnung dunkel. An der Tür standen Elenis Stiefel.

Tess hängte ihre Daunenjacke auf, zog sich die Schuhe aus und setzte sich auf das Sofa. Mit geschlossenen Augen lehnte sie sich zurück. Dachte über die Spuren im Treppenhaus nach. Wieder hatte jemand dort geraucht. Hatte Eleni Besuch gehabt? Im Kopf ging sie rasch ihren Freundeskreis durch, doch ihr fiel niemand ein, der es gewesen sein könnte. Chilli sprang zu ihr hinauf und rollte sich neben ihr zusammen.

Plötzlich sprang die Schlafzimmertür auf.

»Hallo Eleni, ich dachte, du schläfst?«

»Chillis Bellen hat mich geweckt.«

Elenis Haar war zerzaust. Schlaftrunken ging sie ins Bad. Tess sah Chilli an.

»Du hast doch gar nicht gebellt.«

Eleni kam wieder aus dem Bad, und Tess sah sofort, dass sie sauer war.

»Was ist los?«

Eleni zuckte die Achseln.

»Warst du bis jetzt noch im Dienst?«

»Ja, und es wird wohl noch eine Weile abends spät werden.«

»Hast du wirklich die ganze Zeit gearbeitet? Du antwortest nicht auf meine SMS.«

»Was meinst du damit?«

Eleni verschränkte die Arme.

»Ihr hattet wieder Kontakt. Du und Angela.«

Tess antwortete nicht, sie überlegte rasch, was Eleni gesehen haben könnte.

»Du solltest vorsichtiger sein mit deinem Facebook-Account, er öffnet sich auf dem iPad immer als Erstes.«

Elenis Augen waren kohlschwarz. Etwas war im Gange.

»Meine Güte …«, begann Tess.

»Meine Güte?«, schrie Eleni.

Sie riss ein Kissen vom Sofa und schleuderte es quer durchs Zimmer.

Tess stand auf und hob die Hände.

»Ich habe keine Lust auf Streit, okay?«

Eleni antwortete nicht. Ihr Augen verengten sich zu Schlitzen.

Tess ging Richtung Badezimmer, doch Eleni folgte ihr.

»Du hältst das mit mir für Selbstverständnis.«

Selbstverständlich, dachte Tess.

»Aber eigentlich sehnst du dich die ganze Zeit nur nach Angela und trauerst ihr hinterher. Jeden Tag. Glaubst du, ich merke das nicht? Denkst du auch beim Sex immer nur an sie?«

Bevor Tess reagieren konnte, packte Eleni sie an den Armen und stieß sie gegen die Wand, sodass sie mit dem Kopf dagegenschlug und es ihr vor den Augen flimmerte. Eleni hielt drohend die weiße Fernbedienung hoch und presste Tess gegen die Wand.

»Du bist einfach nur eine blöde Kuh«, fauchte sie. »Weißt du, wie sich das anfühlt, dass du eigentlich mit jemand anderem zusammen sein willst? Trefft ihr euch?«

»Nein.«

»Das glaube ich dir nicht.«

Tess versuchte, sich zu befreien, aber Eleni war überraschend stark. Sie schubste Tess erneut gegen die Wand.

»Jetzt mal sachte, leg das weg«, sagte Tess mit Blick auf die Fernbedienung.

»Von wegen sachte! Du behandelst mich wie den letzten Dreck!«

Chilli sprang vom Sofa, legte den Kopf schief und winselte.

»Es ist nicht, wie du denkst, ich …«

Ein Schlag mit der Fernbedienung traf sie am Wangenknochen, direkt unter dem Auge. Als Tess die Hand hob, schlug Eleni ihr mit voller Kraft gegen das rechte Ohr. Tess rutschte auf den Boden.

»Du hast mich gar nicht verdient«, brüllte Eleni und warf die Fernbedienung quer durchs Zimmer gegen die Lampe, sodass der Schirm herunterfiel. Dann lief sie ins Schlafzimmer, wo sie die Tür hinter sich zuknallte.

Chilli legte die Nase auf Tess' Knie und winselte. Sie strich ihm über das Fell. »Schon okay, ist schon okay.«

Langsam stand sie auf und stützte sich an der Wand ab, atmete tief aus. In ihrem Ohr rauschte es, es fühlte sich an, als habe das Trommelfell etwas abbekommen. Auch ihr Hinterkopf schmerzte.

Sie ging ins Bad und raffte Zahnbürste und Handtuch zusammen, nahm ein paar Dinge aus dem Spiegelschrank und wühlte eine Jeans und einen Pullover aus dem Wäschekorb.

Im Wohnzimmer riss sie im Vorbeigehen ein Kissen vom Sofa und stopfte alles in eine Tasche, dann zog sie sich Jacke und Schuhe an.

Die Schlafzimmertür ging auf, und Eleni stürmte heraus.

»Wohin gehst du?«

Sie stieß Tess Richtung Tür.

»Du gehst nirgendwohin, verstanden? Willst du zu ihr, ja, ist es das, was du willst?«

Tess packte Elenis Arm und nahm sie in den Polizeigriff.

»Lass mich los!«

Tess schob sie vor sich her und stieß sie aufs Sofa. Als Eleni Widerstand leistete, beugte sie sich über sie und drückte sie herunter.

»Ich gehe jetzt. Und wenn ich morgen Abend wiederkomme, bist du weg. Verstanden?«

Eleni lag ganz still. Sie zitterte.

»Ich melde mich und sage dir Bescheid, wann du dein Zeug abholen kannst.«

Mit schnellem Schritt ging sie zur Wohnungstür, wo Chilli wartete. Er sah sie an und wedelte mit dem Schwanz, hoffte wohl, sie würde ihn mitnehmen. Sie hob ihn hoch und drückte ihn zum Abschied fest an sich.

Der Wachhabende an der Rezeption des Präsidiums nickte nur zerstreut, als die Chefin des Cold-Case-Teams ihre Karte durch das Lesegerät zog, obwohl es schon elf Uhr abends war.

Das Kissen mit der Bulldogge darauf, das sie unter dem Arm trug, bemerkte er vermutlich gar nicht.

Tess nahm den Aufzug zur Abteilung Gewaltverbrechen im zweiten Stock. Sie hoffte inständig, nicht mit Kollegen zusammenzustoßen, die Überstunden machten. Zu ihrer Erleichterung war der Flur menschenleer, nur in zwei Diensträumen brannte noch Licht, weil jemand vergessen hatte, es auszuschalten.

Tess betrat den CC-Raum, warf ihre Tasche auf das Sofa, stellte sich ans Fenster und schaute auf die leere Straße hinab.

Der Kopf tat ihr weh. In der Schublade eines Rollcontainers fand sie zwei Blister Schmerztabletten. Sie ging zur Toilette. Im Spiegel entdeckte sie den Bluterguss. Sie drehte den Wasserhahn auf und wusch sich das Gesicht mit kaltem Wasser ab.

Ihr Ohr schmerzte ebenfalls, und sie schluckte eine Ibuprofen und zwei Paracetamol. Das blonde Haar hing ihr platt und stumpf herab, und unter einem Auge war die Wimperntusche verlaufen. Sie sah genauso erbärmlich aus, wie sie sich fühlte.

Erschöpft setzte sie sich auf die Toilette und schlug die Hände vors Gesicht. Warum war sie geblieben, warum hatte sie sich dem ausgesetzt, warum hatte sie die Beziehung nicht rechtzeitig beendet?

Irgendwann stand sie auf, wusch sich noch einmal das Gesicht, schnäuzte sich und ging in ihr Büro zurück.

Mit Kissen und Wolldecke machte sie sich ein provisorisches Lager auf dem Sofa zurecht. Wahrscheinlich konnte sie ohnehin nicht schlafen. Eleni hatte ihr geschrieben, aber sie hatte die Nachricht gelöscht und das Handy auf den Couchtisch gelegt. Sie hatte keine Lust auf irgendwelche Reuebekundungen. Beim letzten Mal hatte sie ihr noch geglaubt, hatte gedacht, ihr Anfall sei ein einmaliger – wenn auch inakzeptabler – Ausrutscher gewesen, ein Ausdruck ihres griechischen Temperaments. Damit war jetzt Schluss.

Tess legte sich auf das Sofa und starrte an die Decke. Am besten nutzte sie die Zeit für etwas Sinnvolles. Auf dem Schreibtisch lagen sämtliche Akten der Kopenhagener Ermittlungen zum Valby-Mann.

Eine Weile betrachtete sie sie vom Sofa aus. Dann stand sie auf und sortierte sie neu. Sie setzte sich hin, hüllte sich in ihre Decke und begann zu lesen.

Die Untersuchungen der dänischen Polizei waren solide und umfassten mehrere Tausend Seiten. Sie und Makkonen hatten angefangen, sie zu lesen, waren aber ständig unterbrochen worden.

Was vor ihr lag, waren die gesammelten Geschichten der dreizehn Opfer. Vielleicht entdeckte sie ja einen Zusammenhang zwischen ihnen, etwas, das über ihr Aussehen und ihr Alter hinausging, etwas, das ihr verriet, warum der Valby-Mann gerade diese Menschen ausgewählt hatte, warum er jetzt in Schweden aktiv war.

Tess ackerte sich durch die Protokolle. Christine, Anne-Mette, Monika, Iben, Grete, Cecilie, Linett, Kristen, Boel, Nina, Lene, Rita, Tove. Sie sah die Gesichter der Däninnen vor sich.

Sie alle waren irgendwann zwischen 2000 und 2005 dem Monster aus Valby zum Opfer gefallen.

Sie alle waren Mütter, dunkelhaarig, mittleren Alters, mit Kleinkindern oder Teenagern, genau wie Carsten Morris gesagt hatte. Die meisten von ihnen waren berufstätig, verheiratet oder lebten mit jemandem zusammen und waren einigermaßen wohlhabend. Zwei Drittel von ihnen wohnten in frei stehenden Häusern.

In regelmäßigen Abständen blinkte das Display ihres Smartphones auf. Sie drehte es schnell um.

Eine Stunde später stand sie auf, ihr Nacken war verspannt. Sie trat ans Fenster und massierte sich mit einer Hand die schmerzende Stelle. Die Tabletten hatten gegen das Pochen unter ihrem Auge geholfen, aber nicht gegen das Rauschen in ihrem Ohr. Sie blickte auf die leere Straße am Schleusenkanal hinab. Regen schlug gegen das Fensterblech. Ein Nachtbus auf dem Weg nach Staffanstorp fuhr vorbei und verschwand in der Nacht.

Eine Frau, die einen Rollkoffer hinter sich herzog, überquerte die regennasse Straße. Das Rattern der Rollen war bis in den zweiten Stock zu hören.

Tess folgte ihr mit dem Blick. Ganz hinten in ihrem dröhnenden Kopf blitzte etwas auf. Sie schaute der Frau hinterher, bis sie endgültig verschwunden war.

»Reisen«, murmelte sie vor sich hin. *Reisen.*

Aufgeregt lief Tess zum Sofa zurück und ging noch einmal die Berichte der Frauen durch, unterstrich die Passagen, in denen es um die Tage vor dem Überfall ging. Hier lag die Lösung! In jedem Bericht erkannte sie dasselbe Muster. Tess rieb sich die Augen, grimassierte, um sich wach zu halten. Sie holte sich ein Glas Wasser und trank ein paar schnelle Schlucke, den Rest goss sie sich in die Hand und benetzte damit ihr Gesicht.

Sie schrieb die Namen der schwedischen Opfer auf ein Blatt. Linnea. Zwei Tage bevor sie getötet worden war, war sie auf Rhodos gewesen, um eine Hotelanlage zu besichtigen. Am Tag selbst auf Dienstreise in Umeå. Susanne Ek. Am Tag vor dem Überfall war sie mit Freundinnen mit der Åland-Fähre gefahren und anschließend von Bromma nach Sturup geflogen. Josefin, die Frau, die von ihrem Nachbarn in Bunkeflostrand vor dem Überfall bewahrt worden war, war frisch von einer Konferenz in Skellefteå zurückgekommen und hatte sich den Vormittag freigenommen, just an dem Tag, an dem der Valby-Mann morgens versucht hatte, bei ihr einzubrechen.

Alle Opfer waren in den Tagen bevor sie überfallen worden waren, gereist, und zwar mit dem Flugzeug.

Das konnte kein Zufall sein! Plötzlich fühlte Tess sich hellwach. Sie schaute auf ihr Handy. 03:20 Uhr. Sie wollte Carsten Morris anrufen, zögerte jedoch und sah sich stattdessen die dänischen Berichte noch einmal daraufhin an, auf welchen Flughäfen die Frauen damals gelandet waren. In ein paar Fällen war es Kastrup, aber nicht in allen. Sie öffnete die Homepage des Flughafens Sturup. Vierzig Reiseziele insgesamt im vergangenen Jahr, reguläre sowie Charterflüge. Über zwei Millionen Reisende pro Jahr.

Rhodos, Umeå, Bromma und Gotland, alles war dabei. Wenn sie Pech hatte, würde sich herausstellen, dass eine der Frauen in Kastrup gelandet war, dann hielt ihre Theorie nicht stand. Es sei denn, er machte Schichtarbeit an zwei verschiedenen Flughäfen. Aber dann hätte er wahrscheinlich auch dänische Frauen überfallen, nachdem er wieder aktiv geworden war.

Vor nur einer Woche war sie selbst nach der Besprechung mit dem Stockholmer Cold-Case-Team in Sturup gelandet. Es war Nachmittag gewesen, der Flughafen voller Leute, die sich bewegten. Sie sah es deutlich vor sich: die Cafés, die Kioske, ein Restaurant. Das Sicherheitspersonal, diverse Reinigungskräfte, die Leute am Check-in. Es gab viele Orte, an denen man sich verstecken konnte. Vielleicht war sie an dem Nachmittag sogar an ihm vorbeigegangen.

Tess löschte das Licht, legte sich hin und starrte erneut an die Decke.

Freitag
23. Februar

»Gut geschlafen?«, fragte Marie. Ihre Armreifen klirrten.

Tess schreckte hoch. Verwirrt sah sie sich um. Was hatte ihre uniformierte Kollegin in ihrem Schlafzimmer zu suchen? Ihr Kopf dröhnte, sie konnte höchstens ein paar Stunden geschlafen haben. Erst als sie den mit Papierstapeln bedeckten Tisch sah, begriff sie, dass sie im Büro war. Sie zog sich die Decke bis unters Kinn. Das rechte Ohr tat ihr immer noch weh.

Marie setzte sich ihr gegenüber auf einen Stuhl.

»Die Karikatur einer leidenschaftlichen Mordermittlerin! Ich bin eigentlich auf dem Weg zum Außendienst.«

Sie stand auf, trat näher und betrachtete Tess' Gesicht.

»Verdammt, was ist passiert?«

»Kannst du mir mal die Schmerztabletten auf dem Tisch geben?«

Marie reichte sie ihr.

»Das war diese Irre, die hat dich geschlagen, stimmt's?«

Tess nickte und schluckte zwei Tabletten.

»Das war es dann ja wohl! Genau das habe ich dir prophezeit: Aus Kontrolle wird Gewalt.«

Marie setzte sich neben sie und legte ihr den Arm um die Schulter. Tess konnte sich nicht erinnern, dass sie das je zuvor getan hätte.

»Wenn ich heute Abend nach Hause komme, ist sie weg.«

»Was ist passiert?«

Tess zuckte die Achseln. Ein schneidender Schmerz fuhr ihr durchs Trommelfell.

»Wahrscheinlich hat sie meinen Newsfeed auf Facebook gelesen und gemerkt, dass ich auf Angelas Profil gewesen bin. Das genügte anscheinend. Sie hat mich mit der Fernbedienung angegriffen. Fühlt sich an, als hätte das Trommelfell was abgekriegt, ich hoffe nur, es ist nicht gerissen.«

Tess fasste sich ans Ohr.

»Ich hätte große Lust, hinzufahren und …«, sagte Marie. »Du siehst dir also immer noch Angelas Status und ihre Bilder auf Insta und Facebook an?«

Sie seufzte.

»Hast du ihr gesagt, dass du sie vermisst? Vielleicht wäre das ja ein Anfang?«

Tess lachte und schluchzte zugleich, dann schüttelte sie den Kopf.

»Das bringt doch nichts. Sie will keine Beziehung mit mir, das ist ziemlich eindeutig.«

Marie zog Tess an sich.

»Wie hat Eleni es nur geschafft, dich so zuzurichten? Du bist doch viel stärker als sie.«

»Es ging so schnell, ich hatte keine Zeit zu reagieren.«

»Ich erinnere mich noch, wie ihr euch kennengelernt habt. Schon damals gab es Hinweise, aber du hast immer nur geschwärmt, wie hübsch sie ist. Und diese Türkin, mit der du vor ihr was hattest und die parallel mit einem Typen zusammen war. Warum kannst du nicht mal eine ganz normale Frau kennenlernen? Ein ehrbares Mädel aus Landskrona oder so?«

Tess winkte ab, aber Marie redete einfach weiter.

»Weißt du, was der Trick bei der Partnerwahl ist?«

»Ach, kennst du dich da aus?«

»Ja, allerdings. Man muss spüren, dass man zusammen etwas Gutes vor sich hat. Da zählt nicht nur der erste Eindruck, es geht um Visionen. Viele können das nicht und fallen dann auf die Fresse. Tomas und ich haben es vielleicht nicht immer leidenschaftlich oder spektakulär miteinander, aber im Grunde ist er ein guter Mensch. Jedenfalls schlägt er mich nicht.«

Marie erhob sich.

»Ich komme heute Abend mit zu dir, um sicherzugehen, dass sie weg ist. Ich lass dich nie wieder mit dieser Psychopatin allein.«

»Nicht nötig«, sagte Tess. »Wir haben jetzt Wichtigeres zu tun.«

Sie richtete sich auf und trommelte mit den Fingern auf dem Papierstapel.

»Das Positive an diesem Drama ist: Ich habe heute Nacht etwas Wichtiges herausgefunden. Es ist bei allen dreizehn Fällen in Dänemark das Gleiche, alle Opfer haben kurz vorher eine Flugreise gemacht.«

Marie hob die Augenbrauen und begann, Tess' Notizen sowie die Details zu den Reisen zu lesen, die sie mit einem gelben Textmarker unterstrichen hatte.

»Wahnsinn«, sagte sie nach einer Weile. »Himmel und Erde vergehen, aber ein Polizistengehirn bleibt bestehen. Der Mistkerl arbeitet beim Flughafen! Damals Kastrup, jetzt Sturup, oder?«

»Ich hoffe, es stimmt. Die dänische Polizei soll uns die Reisen noch mal bestätigen. Aber es kann kein Zufall sein. Nicht in fünfzehn Fällen. Es hat mit dem Flughafen zu tun, er sieht sie dort, verfolgt sie anschließend und macht sich ein Bild von ihrer Situation.«

Tess erhob sich langsam und trat ans Fenster. Ihr Rücken schmerzte von der Nacht auf dem Sofa, und sie stützte die Hände ins Kreuz.

»Laut Morris arbeitet er im Niedriglohnbereich. Er ist also

kaum Pilot, sondern eher beim Wachdienst angestellt oder so. Wir müssen also jetzt die ganze Maschinerie in Gang setzen.«

Noch immer brummte ihr der Schädel, und sie hatte einen Geschmack nach alter Strickjacke im Mund. Sie brauchte dringend einen Kaffee. Tess hatte schon lange keinen richtigen Kater mehr gehabt, aber genauso fühlte es sich an. Der schöne Rausch vorher war ihr allerdings nicht vergönnt gewesen.

Sie zog die Jalousie hoch, dann kehrte sie zum Sofa zurück.

»Wenn das jetzt auch noch vorab an die Öffentlichkeit gelangt, sind wir am Arsch«, sagte Marie. »Wir müssen Makkonen klarmachen, was er damit jedes Mal anrichtet.«

Sie legte die Unterlagen wieder auf den Tisch.

»Also gut, Super-Cop. Das hast du toll gemacht. Eine ordentliche Papierorgie heute Nacht. Du hättest dir doch wenigstens ein paar Bierchen dazu zischen können.«

Kurz darauf klopfte Makkonen an die Glastür und trat ein.

»Ach du Schande, was ist denn mit dir passiert?«

Er betrachtete Tess, das Kissen und die Wolldecke auf dem Sofa, die Wassergläser zwischen den Aktenbergen.

»Wir hatten eine kleine Personalfeier«, sagte Marie. »Ziemliches Chaos, aber so endet das immer hier im Cold-Case-Team. Die Polizeikommissarin ist völlig ausgerastet und hat sich mit Lundberg geprügelt. Mach doch mal ein Foto, dann kannst du es auf Instagram posten, Makkonen.«

Makkonen setzte sich auf einen Sessel und sah sie beide an. Dann schüttelte er den Kopf.

»Sieht schlimm aus. Aber mal im Ernst, was ist passiert? Bist du in eine Schlägerei geraten?«

Tess zuckte die Achseln.

»Ziemlich blöde Sache«, sagte sie. »Ein Kumpel von früher, der in den falschen Kreisen gelandet ist, ich war heute Nacht dort und musste eingreifen.«

»Du musst das anzeigen. Das ist eine Tätlichkeit gegenüber Beamten.«

»Auf jeden Fall«, stimmte Marie ihm zu.

»Ach, scheiß drauf«, sagte Tess. »Wir haben jetzt keine Zeit für so etwas.«

Makkonen sah auf die Uhr.

»Um elf geht das Phantombild an die Presse.« Er trommelte mit den Fingern auf seinem Bein. Als würde er spüren, dass etwas in der Luft lag.

»Übrigens, Makkonen«, sagte Marie zögernd. »Diese undichte Stelle … Was glaubst du, wie wir das in den Griff bekommen?«

Makkonen holte tief Luft.

»Wirklich schlimm«, sagte er und schüttelte den Kopf. »Es ist eine Sache, wenn man die Hyänen von der Presse dazu benutzt, Dinge zu beschleunigen. Aber diesmal ist es wirklich schiefgegangen.«

Marie und Tess schwiegen. Er blickte sie an und richtete sich kerzengerade auf.

»Ihr glaubt doch nicht etwa, dass ich dahinterstecke?«

»Nein, nein.«

Tess schüttelte den Kopf, um ihren Worten mehr Gewicht zu verleihen.

»Uns ist schon klar, dass du deine eigenen Ermittlungen nicht gefährden würdest. Aber was glaubst du, woher die Informationen kommen?«

Makkonen kratzte sich am Kopf.

»Ich würde mir die Haare abrasieren, wenn es Lundberg wäre. Vielleicht einer von den jungen Hunden? Ich höre mich mal um.«

Er stand auf.

»Zeig es an«, sagte er zu Tess und tippte mit dem Finger unter sein Auge.

Tess betrat als Letzte den Besprechungsraum. Ihr Blick fiel auf das Hefegebäck, das Jöns bereitgestellt hatte. Um ihren Kollegen zuvorzukommen, zeigte sie auf ihr blaues Auge und erzählte ihnen dieselbe Geschichte wie Makkonen. Und sie erzählte von der Entdeckung, die sie gemacht hatte. Als sie fertig war, schwiegen alle.

Dann pfiff Makkonen durch die Zähne und applaudierte. Jöns und Rafaela folgten seinem Beispiel. Tess hob abwehrend die Hände.

»Danke, danke. Aber mal im Ernst, wie kann es sein, dass die dänische Polizei diesen Zusammenhang bisher übersehen hat?«

Tess zeigte auf die Fotos der dreizehn Däninnen und zwei Schwedinnen, die sie vor sich auf dem Tisch ausgelegt hatte.

»Es war nicht weiter schwer zu erkennen. In jeder Geschichte wird dieses Detail einer Flugreise erwähnt.«

»Aber wie bist du auf die Idee gekommen?«, fragte Rafaela und sah ihr zum ersten Mal in die Augen. Eine Art Bewunderung lag in ihrem Blick.

»Ich hatte plötzlich solche Sehnsucht nach Sonne und dachte, jetzt packe ich meinen Koffer und hau ab. Da hatte ich die Erleuchtung.«

Marie lachte laut.

»Ja«, sagte Makkonen, »wenn man im Büro übernachtet, hat man auf einmal eine Menge Zeit, um sich über solche Sachen Gedanken zu machen.«

»Das war vielleicht genau die Information, die uns bisher gefehlt hat«, sagte Jöns und streckte die Hand nach einem Stück Hefegebäck aus. »Volle Konzentration jetzt auf alle Angestellten in Sturup, und sprecht auch mit dem Flughafenbetreiber, Swedavia. Wie viele Angestellte werden es wohl insgesamt sein?«

»Fünfzehnhundert, laut deren Homepage«, sagte Tess. »Verteilt auf etwa fünfzig Firmen.«

»Das wird ganz schön viel Arbeit, die alle zu überprüfen«, seufzte Lundberg. »Wie viele Berufsgruppen sind es denn? Frachtabfertiger, Bodenpersonal, Restaurantangestellte, Reinigungskräfte, Passkontrolle, Sicherheitsdienst, Feuerwehr?«

»Und wie viele sind da überhaupt legal und offiziell angestellt?«, fragte Makkonen. »Und woher sollen wir wissen, dass der Typ unter seinem richtigen Namen arbeitet?«

»Musste er an einer Sicherheitskontrolle vorbei, um den Frauen folgen zu können?«

Tess nickte.

»Was mir noch eingefallen ist, ist, dass er den Frauen ja folgen musste, sobald er sie entdeckt hatte. Sonst hätte er sie ja aus den Augen verloren. Er muss also seinen Arbeitsplatz verlassen können, ohne dass es gleich jemand bemerkt. Schwierig, wenn er zum Beispiel in einem Restaurant oder am Check-in arbeiten würde.«

»Flexible Arbeitszeiten also«, sagte Marie. »Wachdienst, Reinigungskraft, etwas in der Art. Das hatte Morris ja auch schon vermutet. Niedriglohnsektor, wahrscheinlich Nachtschicht. Steigt er in den Flughafenbus nach Malmö, um ihnen zu folgen? Oder setzt er sich in ein Taxi? Nach dem Motto: *Follow that car?* Oder besitzt er ein eigenes Auto?«

»Sind die Frauen morgens geflogen?«, fragte Jöns an Tess gewandt.

»Nein, in den Fällen, die ich mir bisher angesehen habe, ist es sehr unterschiedlich. Bei manchen fanden die Reisen auch zwei Tage vorher statt, was darauf schließen lässt, dass er seine Opfer genau beobachtet.«

»Lundberg«, sagte Jöns, nachdem sie alles besprochen hatten, »du forderst sämtliche Angestelltenlisten der fünfzig Firmen an und gibst dann Bescheid, ob du Unterstützung brauchst. Ich kann inzwischen noch mal mit Kopenhagen sprechen.«

Am Whiteboard hing das fertige Phantombild des Valby-Mannes.

»Und das Bild halten wir erst mal zurück, oder?«, fragte Tess.

Jöns nahm sich noch ein Stück Gebäck, ging zu seinem Telefon, um die Presseabteilung anzurufen.

»Der Pressesprecher war nicht gerade begeistert«, sagte er anschließend. »Endlich hätte er ein paar Häppchen für die Presse gehabt, und dann gehen wir doch wieder dazwischen.«

Marie zupfte sich den Pullover zurecht.

»Dafür können wir ihnen morgen hoffentlich einen ganzen dänischen Hackbraten ins Maul stopfen.«

Tess zog ihr Handy heraus. *Tante Theas Beerdigung, 14:00 Uhr.* Ja richtig. Und sie hatte sich noch nicht einmal überlegt, was sie anziehen sollte.

Sie würde es nicht mehr schaffen, nach Hause zu fahren und sich umzuziehen. Im Büro hing lediglich ihre Dienstkleidung, aber was passte besser bei einem Anlass wie diesem? Tante Thea hatte Tess' Interesse für die Polizeiarbeit früh erkannt und sie ermutigt, sich bei der Polizeihochschule zu bewerben.

Als ihr der Job als Chefin des Cold-Case-Teams angeboten worden war, war es Tante Thea gewesen, die sie daran erinnert hatte: *Du möchtest nicht, dass je wieder ein Leben so zerstört wird, wie es in Tims Fall geschehen ist.*

Tess hatte die Bilder noch vor sich, wie sie vor zehn Jahren die Küche von Tim und seiner Mutter in Östra Grevie betreten hatte. Wie Tim zusammengekauert in einer Ecke gesessen und die Wand angestarrt hatte. Sie trug ihn ins Auto und hielt ihn den ganzen Weg bis zum Polizeigebäude fest. Die Großmutter, seine einzige Verwandte, lag im Krankenhaus, und Tess sah keine andere Möglichkeit, als ihn mit zu sich nach Hause in ihre Wohnung in Slottsstaden zu nehmen.

Tagsüber saß er stumm da, sah fern oder starrte die Wand an. In den Nächten plagten ihn Albträume. Aber nicht einmal im Schlaf sagte er etwas. Vergebens schalteten sie eine Kinderpsychologin ein, er öffnete sich nicht. Schließlich, nach drei Wochen, fing er an, eine Art Zeichensprache zu benutzen.

Einen Monat später war Tim zu seiner Großmutter nach Malmö gezogen, nachdem sie aus dem Krankenhaus entlassen worden war. Tess fragte sich immer noch, wie viel der Junge mit angesehen hatte. War er vielleicht sogar dabei gewesen, als seine Mutter getötet worden war? Wusste er, wer der Täter war? Sie hatte nie eine Antwort darauf bekommen.

Tess atmete ein paarmal tief durch, zog sich das hellblaue Hemd, den Schlips und die dunkelblaue Hose an. Dann ging sie zu Per Jöns, erklärte, dass sie für ein paar Stunden weg müsse, und rief ihren Vater an.

»Soll ich dich abholen?«

»Wozu?«

Er klang müde und gereizt.

»Tante Theas Beerdigung. Die ist heute.«

»Nein, lieber nicht. Ich möchte sie nicht sehen.«

»Scheiß auf Mama. Du kommst mit, du hast Tante Thea all die Jahre gekannt und hast keinen Grund, dich zu verstecken. Rasier dich und zieh dir was an, ich hole dich gleich ab.«

Tess blieb im Auto sitzen und schaute vom Parkplatz auf den Södra Sallerups Friedhof hinunter, der wie hingeworfen in der Ebene östlich von Malmö lag. In all ihrem Stress und der Müdigkeit versuchte sie, ein wenig Ruhe zu finden und ihre Gedanken von der durchwachten Nacht und der intensiven Besprechung am Morgen abzulenken.

Natürlich war es nie schön, zu einer Beerdigung gehen zu müssen, aber sie wünschte sich doch, präsenter sein zu können, wenn sie von Tante Thea Abschied nahm.

Ihr Vater Bengt war auf dem Beifahrersitz eingeschlafen. Als sie vorhin bei ihm angekommen war, hatte er immerhin schon im schwarzen Anzug parat gestanden, sich allerdings zunächst auch weiterhin gesträubt, sie zu begleiten.

Vom Parkplatz aus konnte man Theas Haus sehen, das alte rote Schulgebäude, dessen Garten von hohen Bäumen gesäumt wurde, die das Haus gegen den Wind vom offenen Feld her schützten.

Sie öffnete vorsichtig die Fahrertür, ließ ihren Vater weiterschlafen und ging zum Garten. Die Eisenpforte quietschte, als sie sie öffnete. Ein Geräusch, das sie in vergangene Zeiten zurückversetzte und Erinnerungen wachrief. An Tante Thea, die ihr immer verboten hatte, zum Abschied Tschüs zu sagen. Stattdessen hatten sie immer »bis bald« gesagt.

Tess schloss die Pforte hinter sich und schaute zu dem Backsteinhaus hinauf.

Sie wusste, dass man vom oberen Stockwerk aus die Skyline von Malmö sehen konnte: Kronprinsen, Turning Torso, das Neubaugebiet Malmö Live, die Mietshäuser von Rosengård und manchmal sogar die Öresundbrücke sowie einen schimmernden Streifen Meer. Es war immer Tess' Traumhaus gewesen.

Bereits als Kind hatte sie viel Zeit hier verbracht, viel mehr als ihre Schwester Isabel, und sie hatte immer gedacht, dass sie als Erwachsene in genauso einem Haus wohnen wollte. All ihre Kindheitserinnerungen an Tante Theas Haus waren sonnig, warm und glücklich.

Während einer Schulung für Führungskräfte vor ein paar Jahren hatte sie die Aufgabe bekommen, sich ihr Leben in fünf Jahren vorzustellen, sowohl privat als auch beruflich. Damals hatte sie sich selbst und Angela mit ihrem Kind in Tante Theas Garten gesehen. Auf dem Tisch standen Saft und Zimtwecken, und auf einer Decke im Gras spielte Angela mit dem Baby. Was für ein alberner Traum, dachte sie jetzt. Warum konnte sie einfach nicht loslassen?

Tess setzte sich auf die blaue Holzbank in dem winterlich kahlen Garten. Normalerweise setzt Tante Thea um diese Zeit ihre ersten Kräuter, brachte neue Erde auf und bereitete alles für den Frühling vor. Jetzt lag Raureif auf den Lavendelbüschen, die nicht beschnitten worden waren, weil Tante Thea seit dem Spätsommer im Krankenhaus gelegen hatte.

Unter ihren Lidern brannten Tränen. Sie stand auf und ging zum Gartentor, flüsterte leise: »Bis bald.«

Dann weckte sie ihren Vater. Die Wintersonne schien, und wären der frostige Boden und die kahlen Bäume nicht gewesen, hätte man meinen können, es wäre ein Sommertag. Tess zog sich die Daunenjacke über die Uniform und setzte ihre Pilotensonnenbrille auf, dann wanderten sie zu der weißgeschlämmten Kirche hinauf, die als älteste in ganz Malmö galt.

Es sollte eine fröhliche Beisetzung werden, dafür hatte Tante Thea ihren Angehörigen genaue Anweisungen hinterlassen. Eine Einundneunzigjährige, die am Ende eines langen und größtenteils glücklichen Lebens starb, brauchte man nicht zu betrauern, hatte sie gemeint. Auch hatte sie stets bedauert, dass sie selbst diese nette Zusammenkunft verpassen würde.

In kleinen Grüppchen standen die Beerdigungsgäste vor der Kirche. Tess erkannte ein paar Cousins und Cousinen, die sie seit Jahren nicht mehr gesehen hatte, und ging zu ihnen hinüber.

Ihr Vater blieb dicht bei ihr.

Als Tess' Mutter, Marianne, auf sie zutrat, blieb er abrupt stehen und wich zurück.

Tess stellte sich schützend zwischen sie.

»Hallo, Mama.«

»Therese, wie schick du in Uniform aussiehst!«

Tess sagte ihr nicht, dass es eine Notlösung gewesen war.

»Ja, Tante Thea hat sie immer gemocht.«

»Aber was ist mit deinem …« Sie deutete auf ihr Gesicht.

Weiter kam sie nicht. Tess erblickte ihre Schwester Isabel, die dort mit jemandem stand, den sie nur zu gut kannte. Was hatte Angela hier zu suchen?

Tess wurde eiskalt. Sie ging zu Isabel hinüber und führte sie ein Stück zur Seite.

»Warum hast du sie eingeladen?«

»Angela kannte Tante Thea. Ich habe sie letzte Woche angerufen und gebeten herzukommen, sie muss sich doch von ihr verabschieden dürfen, schließlich war sie auch ein Teil von ihrem …«

»Wieso muss?«

»Acht Jahre …«

»Ja, das war eine lange Zeit, aber inzwischen haben wir kaum noch Kontakt.«

»Ach Tess, du musst doch jetzt keine Szene machen. Versuche das auszublenden, zumindest für den Moment.«

»Ich mache keine Szene. Aber ein bisschen Loyalität wird man ja wohl noch von seiner Schwester erwarten dürfen! Du hättest mich wenigstens vorher anrufen können.«

Angela trat zu ihnen.

»Hoffe, es ist okay für dich?«, fragte sie.

Tess zuckte die Achseln.

»Schick siehst du aus.«

Tess hob die Augenbraue, ohne zu antworten. Sie wusste, dass sie Angela in Uniform sehr gefiel, und hoffte, sie dachte nicht, dass sie sie ihretwegen trug.

»Wollen wir zu Bengt und Marianne rübergehen? Ich glaube, die kommen heute nicht allein miteinander klar.«

Als sie bei ihren Eltern ankamen, fragte ihre Mutter erneut, was mit ihrem Gesicht geschehen sei, und so gab sie zum vierten Mal an diesem Tag ihre Geschichte von dem Freund, dem sie hatte helfen müssen, zum Besten. Angela runzelte die Stirn und sah sie skeptisch an.

»Wollen wir reingehen?«, fragte Tess.

Angela schloss zu ihr auf. Absurd, dachte Tess. Da hatten sie mehr als ein halbes Jahr nichts miteinander zu tun gehabt, und jetzt schritten sie Seite an Seite zum Altar. Angela trug ein halblanges schwarzes Kleid, und die Cousins sahen ihr hinterher. Angela hatte immer die Blicke der Männer auf sich gezogen. Früher, als sie noch zusammen waren, war Tess oft stolz darauf gewesen. Jetzt war das anders.

Angela setzte sich neben sie. Ihre Arme berührten sich kurz. Tess sog ihren Duft ein, schloss die Augen.

Orgelmusik erfüllte die Kirche. Tess betrachtete den weißen

Sarg, der mit brennenden Kerzen und einem Foto ihrer Großtante geschmückt war. Sie konnte und wollte sich nicht vorstellen, dass ihre geliebte Tante Thea darin lag, kämpfte gegen
die Bilder an, die sich ihr dennoch aufdrängten.

Sie dachte an Annika und an Anita, deren einziger Wunsch
es war, eines Tages ihre Tochter beerdigen zu dürfen. Tess war
in ihrem Leben schon auf vielen Beerdigungen gewesen, meist
dienstlich. Lange und komplizierte Ermittlungen führten oft
dazu, dass sie als Polizistin sowohl den Angehörigen als auch
den Toten nahekam. Am stärksten war dieses Gefühl gewesen,
als sie mit Tim auf der Beerdigung seiner Mutter gewesen war.

Der Pfarrer bat sie, im Gesangbuch »Eine Stadt über den
Wolken« aufzuschlagen.

»An die Stadt hat sie nie geglaubt, das Lied muss jemand
anderes eingeschmuggelt haben«, flüsterte Angela ihr zu.

Tess lächelte widerstrebend, ein warmes Gefühl breitete
sich in ihrem Bauch und in ihrer Brust aus. Sie vermisste Angelas Kommentare, ihre Ansichten, ihren Duft, ihren Humor.
Sie vermisste die ganze Angela.

Als es Zeit wurde, nach vorn zu gehen, hakte Angela sie
unter, und sie traten zusammen an den Sarg. Tess legte ihre
Blumen ab und stand eine Weile schweigend da.

»Danke«, sagte sie dann laut und ging wieder an ihren Platz
zurück.

Nach der Zeremonie versammelten sich alle draußen vor
der Kirche. Angela unterhielt sich mit ein paar Verwandten,
und Tess lauschte zerstreut ihren Erinnerungen an Tante
Thea.

»Es ist jedenfalls schön, dass sie und Lave jetzt nebenein-
anderliegen,«, sagte einer der Cousins.

»Ja, so sind sie am Ende wieder vereint, und sei es als Asche,
wenn man an nichts anderes glaubt«, sagte Angela.

Tess ertrug für heute keine weiteren Gespräche, sie würde

das Kaffeestündchen zu Ehren ihrer Großtante ein andermal nachholen.

Sie wollte sich von Angela verabschieden, überlegte es sich dann aber anders, nahm ihren Vater beim Arm und erklärte ihm, dass sie losmüssten.

Nachdem sie ihren Vater in Hjärup abgesetzt hatte, fühlte sie sich so erschöpft, dass sie sich nicht mehr dazu aufraffen konnte, ins Präsidium zu fahren. Hatte Angela bei ihrer Begegnung etwas empfunden? Hatte es sie in irgendeiner Weise berührt? Oder war sie lediglich froh gewesen, dass Tess ihr keine Szene gemacht hatte?

Tess öffnete Facebook und sah sich Angelas Statusmeldung an: »Ein sonniger Tag – trotz allem.« Tess las es mehrmals und legte ihr Handy dann weg. Sie durfte nicht wieder damit anfangen, sich ständig mit Angelas Statusmeldungen zu befassen und sich wieder Hoffnungen zu machen.

Als sie gerade den City-Ring verließ und Richtung Zentrum abbog, klingelte ihr Handy. Es war Britt, die Nachbarin des Einsiedlers.

»Sie haben gesagt, ich solle anrufen, wenn etwas ist. Nils hat angefangen zu sprechen. Zwar ziemlich unzusammenhängend und seltsam, aber ich dachte, ich erzähle es Ihnen trotzdem.«

»Was sagt er denn?«

»Er redet von Pferden. ›Pferde, ich habe Pferde gesehen.‹ Er wiederholt es immer wieder, wie ein Mantra. So langsam mache ich mir Sorgen.«

»Dann sollte ich vielleicht noch mal vorbeikommen.«

»Er hat sich sehr aufgeregt, als ich das vorgeschlagen habe, er will einfach nur in Ruhe gelassen werden. Wahrscheinlich würde er wieder völlig dichtmachen.«

»Sagt er noch etwas?«

»Moment, ich habe es mir extra aufgeschrieben, um es wörtlich wiedergeben zu können.«

Tess hörte ein Blatt Papier rascheln.

»Also, er sagt: ›Pferde, ich habe das Pferd gesehen. Es waren Pferde, ich hab's gesehen. Pferde waren es.‹ Seit Sie hier waren, spricht er über nichts anderes mehr.«

»Was meinen Sie? Sind das Spinnereien, oder könnte er uns damit etwas sagen wollen?«

»Da Nils seit Jahren nicht mehr so viel geredet hat, bin ich fest davon überzeugt, dass er etwas ganz Bestimmtes damit meint. Ich überlege jetzt, ihn ins Krankenhaus zu bringen, damit sie ihm ein Beruhigungsmittel geben.«

Tess dankte ihr für den Anruf und fuhr in die Tiefgarage unter ihrem Haus in Västra Hamnen.

Spann Nils sich da irgendetwas zusammen?

Beim Aussteigen hielt sie plötzlich inne. Ein Markenzeichen, das »leuchtete, eine Figur«. War es ein Pferd gewesen, das er auf der Jacke des Mannes gesehen hatte?

Tief in Gedanken ging Tess zu ihrer Etage hinauf. Als sie den Schlüssel ins Schloss steckte, merkte sie, dass die Tür nicht abgeschlossen war.

Vorsichtig zog sie den Schlüssel wieder heraus.

Also war wohl Eleni gekommen, um ihre Sachen abzuholen.

Tess hatte keine Lust reinzugehen, aber was sollte sie tun? Wenn Eleni noch da war, würde sie draußen warten, bis sie fertig war. Sie hatten nichts mehr zu besprechen.

Als sie eintrat, sah sie, dass die Lampe im Fenster brannte.

Aus dem Schlafzimmer war das Kratzen von Pfoten zu hören.

»Hallo«, rief sie. »Chilli?«

Das Kratzen wurde lauter. Tess stand ganz still und lauschte.

Auch aus dem Wohnzimmer war ein scharrendes Geräusch zu hören. Tess behielt die Schuhe an, nahm das Handy aus der Hosentasche und bewegte sich langsam vorwärts. Dort, wo das Wohnzimmer sich öffnete, lag Eleni auf dem Bauch, sie war an Händen und Füßen gefesselt. Ihr Mund war mit einem Stück Klebestreifen verschlossen, und Tess hörte erstickte Geräusche.

Es durchfuhr sie wie ein Stromschlag. Sie fühlte sich nackt ohne ihre Pistole. Wie hatte sie so dumm sein können, die Waffe nicht mit nach Hause zu nehmen? Plötzlich tauchte ein Schatten hinter ihr auf, sie drehte sich um, hob den Arm, aber es war schon zu spät.

Der maskierte Mann schleuderte sie zu Boden und setzte sich auf ihren Rücken, hielt ihre Arme eisern fest. Eine Klinge streifte ihren Hals.

»Lassen Sie los, Polizei!«, schrie sie.

Er legte ihr seinen großen Lederhandschuh über den Mund, und sie musste würgen.

»Das weiß ich«, sagte der Mann.

Es war die Stimme von den Aufnahmen, die Morris ihr vorgespielt hatte.

Sie versuchte, sich loszureißen, wand sich unter ihm. Sie hatte nicht vor, sich kampflos zu ergeben.

Im Schlafzimmer knurrte Chilli. Eleni zappelte panisch auf dem Fußboden, versuchte vergeblich, sich zu befreien. Immerhin war sie angezogen, wie Tess feststellte.

»Sag ihr, sie soll still sein«, sagte der Mann und nahm seine Hand weg.

Tess stöhnte und schnappte nach Luft.

Als er sich über sie beugte, nahm sie seinen Raucheratem wahr. Obwohl sie für solche Situationen trainiert war, fühlte sie sich seltsam hilflos.

»Und jetzt hörst du mir zu«, sagte er.

Elenis Bewegungen wurden immer hektischer. Das schien den Valby-Mann zu irritieren.

»Schsch«, fauchte er noch einmal. »Sag ihr, sie soll die Fresse halten.«

Tess wünschte sich, sie wäre allein mit ihm und müsste keine Rücksicht auf Eleni nehmen.

»Eleni! Beruhige dich. Lieg still, und atme durch die Nase«, sagte sie. »Du brauchst keine Angst zu haben, er wird dir nichts tun, er will nur mit mir reden.«

Sie hoffte, dass sie recht hatte. Tess beschloss zu kooperieren. Sie hatte keine Chance, sich aus seinem Griff zu winden. Er war zu stark, und sie war in einer hoffnungslosen Lage, bäuchlings auf dem Boden und mit seinem ganzen Gewicht auf ihrem Rücken.

»Sagen Sie mir, was Sie wollen.« Sie versuchte, so gefasst und neutral wie möglich zu klingen.

Im Fallen hatte sie ihr Handy verloren. Es lag an der Schwelle zur Küche und klingelte. Wahrscheinlich Marie, die sichergehen wollte, dass Eleni nicht bei ihr in der Wohnung war.

Tess hoffte, sie würde ihr Versprechen halten und vorbeikommen.

Der Valby-Mann verlagerte sein Gewicht auf ihre Beine und drückte ihre Schulter mit einem Arm zu Boden. Sie stöhnte und hörte, wie er Klebeband von einer Rolle riss.

»Ich weiß, wer Sie sind. Sagen Sie mir, was Sie wollen. Ich werde ganz still liegen«, sagte sie, während er ihre Hände mit dem Klebeband fesselte.

Er wollte ihr Angst einjagen, das war alles. Wenn er Eleni hätte vergewaltigen wollen, hätte er es längst getan. Und sie glaubte auch nicht, dass er sich an ihr selbst vergreifen würde.

Er vergewaltigt und tötet nicht einfach nur aus Lust. Er ver-

folgt damit ein bestimmtes Ziel. Das hatte Carsten Morris gesagt.

Mit der eigenen Schwäche konfrontiert zu werden löst bei ihm Todesangst aus. Deshalb wird er in solchen Situationen so gefährlich.

Aber sie würde ihm ihre Angst nicht zeigen. Das Klebeband schnitt ein, ihre Hände schmerzten, und sie konnte das Kinn nicht vom Boden heben. Als er mit ihren Händen fertig war, begann er, ihre Füße zu fesseln. Sie fing Elenis Blick auf und versuchte, ein beruhigendes Gesicht zu machen.

Im Schlafzimmer jaulte Chilli, er kratzte an der Tür und klang immer verzweifelter. Sie hoffte, er würde sich beruhigen, damit das Monster seine Aufmerksamkeit nicht auch noch auf ihn richtete.

Jetzt beugte sich der Valby-Mann erneut zu ihr herab.

»Es riecht nach Fotze hier drinnen. Zwei Fotzen«, flüsterte er ihr auf Dänisch ins Ohr.

Aus dem Augenwinkel sah sie seine schwarze Sturmhaube.

Sie blickte in seine verschiedenfarbigen Augen, so wie es Susanne Ek vor einer Woche getan hatte.

»Bist du zusammengeschlagen worden? Schade um dein hübsches Gesicht.«

Mit dem Zeigefinger berührte er ihre Wange.

Dann legte er Zeige- und Mittelfinger zu einem V vor seinen hinter der Sturmhaube verborgenen Mund.

»Fotzen.«

Sie biss die Zähne zusammen. Eleni schluchzte noch lauter.

»Kommen Sie endlich zur Sache. Eine Kollegin von mir ist unterwegs, um mich abzuholen. Ich glaube nicht, dass Sie ihr begegnen möchten.«

»Du lügst«, sagte er. »Sonst hättest du es mir nicht gesagt.«

Der Valby-Mann richtete sich auf. Ein stechender Schmerz

durchfuhr Tess, als er sein Gewicht wieder auf ihren Rücken verlagerte, aber sie bemühte sich, sich nichts anmerken zu lassen.

»Alle Polizisten lügen. Ihr verbreitet Unwahrheiten über mich.«

Wieder spürte sie die scharfe Klinge seines Messers an ihrer Kehle.

»Ich habe nichts mit dem Tod dieses Mädchens zu tun.«

»Das weiß ich«, sagte sie ruhig.

»Warum steht es dann überall? Du warst bei der Pressekonferenz dabei.«

»Ihre Fingerabdrücke wurden in dem weißen Ford gefunden. Können Sie mir erklären, warum?«

»Das spielt keine Rolle, ich habe sie nicht getötet.«

»Das glaube ich Ihnen.«

Sie fühlte sich jetzt ruhiger. Solange sie redeten, hatte sie ihn unter Kontrolle.

»Dann geh damit an die Öffentlichkeit. Sag, dass ich unschuldig bin an ihrem Tod.«

Wieder hörte sie Morris' Stimme in ihrem Kopf.

Es kränkt ihn, dass ihm Annikas Verschwinden zur Last gelegt wird. Denn es ist ein Verbrechen, das er so nie begehen würde.

»Hören Sie zu … ich weiß …«, begann Tess.

»Nein, *du* hörst mir zu«, sagte er und hob die Stimme.

Chilli bellte.

»Ich möchte, dass du morgen an die Presse gehst, Zeitung, Fernsehen und so weiter, und ihnen sagst, dass ich unschuldig bin. Du erklärst, dass ihr euch geirrt habt, dass ich nichts mit dem Verschwinden des Mädchens zu tun habe.«

»Werden Sie dann aufhören, Frauen zu vergewaltigen?«

»Du kannst gar nichts von mir verlangen. Aber ich verlange eine Entschuldigung von dir.«

Sie wollte ihm ins Gesicht schleudern, was sie wussten, dass sie seine DNA an der Coladose gefunden hatten und dass sie ihn früher oder später drankriegen würden.

»Sie werden es mir vielleicht nicht glauben, aber mich interessiert nur eins, ich will Annikas Mörder finden. Ich kann dafür sorgen, dass Ihnen dieses Verbrechen nicht mehr zur Last gelegt wird. Aber dann müssen Sie jetzt gehen.«

Wieder klingelte ihr Handy.

Der Valby-Mann erhob sich endlich. Im Fenster erkannte sie sein Spiegelbild. Sie musste an Susanne Ek denken, der er genauso im Flurspiegel erschienen war und die ihn als Froschmann bezeichnet hatte. Mit seiner schwarzen Ganzkörpervermummung und den Handschuhen erinnerte er tatsächlich an einen Taucher.

Eleni wand sich noch immer auf dem Boden und wimmerte voller Angst.

Der Valby-Mann ging zu Tess' Handy, schaute auf das Display und legte es dann neben sich ins Bücherregal.

»Das ist meine Kollegin, sie ist hierher unterwegs«, wiederholte Tess.

Er erwiderte nichts, sondern ging neben Eleni in die Hocke, strich mit dem Handschuh über ihr Haar.

»Hübsch. Ich wünschte, ich könnte bleiben und euch zusehen, wie ihr es miteinander treibt. Vielleicht ein andermal.«

Eleni zitterte und zuckte panisch. Er stand auf und ging wieder zu Tess, legte das Messer an ihre Wange und bückte sich, starrte sie durch die schmalen Schlitze der Sturmhaube an.

»Morgen gehst du an die Presse und verkündest es überall. Beim nächsten Mal bin ich weniger nett.«

Tess hörte, wie sich seine Schritte entfernten. Die Tür öffnete und schloss sich. Es wurde still in der Wohnung.

Eleni begann hysterisch zu weinen.

»Ganz ruhig, er ist weg. Du musst aufhören zu weinen, bis wir das Tape von deinem Mund herunterbekommen haben, sonst kriegst du keine Luft.«

Tess rollte sich auf den Rücken und versuchte, ihre Hände zu befreien, aber das Tape saß zu fest.

Eine Weile blieb sie reglos liegen, lauschte auf Geräusche von der Treppe und versicherte sich, dass der Valby-Mann nicht zurückkam.

Dann rollte sie sich über die Seite, kam auf die Füße und hüpfte zu ihrem Handy. Es gelang ihr, es mit dem Mund aus dem Regal zu ziehen und zwischen den Zähnen festzuhalten. So blieb sie stehen und überlegte, wie es ihr gelingen könnte anzurufen.

Sie hüpfte zum Sessel und ließ sich darauf niedersinken. Als es kurz darauf an der Tür klopfte, wusste sie, dass es nur Marie sein konnte.

»Es ist offen«, rief sie.

Marie kam herein, starrte Tess ungläubig an und lief dann schnell zu ihr.

»Verdammt, was ist hier passiert?«

Sie zog Tess hoch und zerrte an dem Klebeband, um ihre Hände zu befreien.

»Soll ich Verstärkung holen? Ich habe immer wieder versucht, dich anzurufen.«

»Nicht nötig, er ist weg. Hol eine Schere.«

Tess nickte zur Küche hinüber.

»Wir müssen es melden«, rief Marie aus der Küche, »damit eine Streife die Verfolgung aufnehmen kann.«

»Nein«, rief Tess zurück.

Minuten später waren sowohl Tess als auch Eleni vom Klebeband befreit, und Marie öffnete Chilli die Tür. Aufgeregt sprang er um die drei Frauen herum.

Eleni weinte und zitterte. Tess' Rücken schmerzte, und es pochte wie wild in ihrem Kopf. Marie reichte ihr ein Glas Wasser.

Tess legte tröstend einen Arm um Eleni.

»Wie ist er reingekommen?«, fragte sie.

»Ich wollte meine Sachen holen, dann habe ich jemanden an der Tür gehört und dachte, das wärst du.«

Tess stand auf, öffnete die Balkontür und ging hinaus. Sie atmete die frische kalte Luft ein und strich sich über die schmerzenden Handgelenke. Dann drehte sie sich um, schaute ins Wohnzimmer. Sie musste raus aus der Wohnung. Er hatte sie beschmutzt.

»Wir fahren jetzt ins Präsidium«, sagte sie zu Marie und schloss die Balkontür. »Ich möchte, dass du die Anzeige aufnimmst, kein anderer.«

»Und ich?«, fragte Eleni.

Tess sah ihre rot geweinten Augen. Am anderen Ende des Zimmers stand Marie. Sie hatte die Hände in die Hüften gestemmt und schaute zu ihnen herüber.

»Kannst du bei deinem Bruder übernachten?«

Eleni schniefte und nickte, dann versuchte sie mit wackligen Beinen aufzustehen. Tess nahm sie am Arm.

»Gut. Wir fahren dich hin«, sagte Tess.

»Nein, wir bestellen ihr ein Taxi«, sagte Marie. »Such jetzt all ihre Sachen zusammen. Alle.«

Sie sah Tess streng an und rief die Taxizentrale an.

Tess nahm das Kosmos-Gemälde von der Wand und stellte es in den Flur. Dann nahm sie Chilli in die Arme und drückte ihn fest an sich.

An der Tür drehte Marie sich zu Eleni um.

»Die Schlüssel«, sagte sie und streckte die Hand aus.

Widerstrebend zog Eleni sie aus der Tasche.

»Du hättest dich doch leicht gegen ihn verteidigen können,

so hart wie du zuschlagen kannst. Oder war die Fernbedienung gerade nicht in Reichweite?«

Eleni erwiderte nichts, sondern ging mit einem großen Koffer und dem Bild unter dem Arm vor ihnen die Treppe hinunter.

Samstag
24. Februar

»So ein Mist, dass ich zu spät gekommen bin«, sagte Marie.

Tess sah vom Sofa aus zu ihr hinüber.

»Du warst unbewaffnet, das hätte böse enden können. Er wollte mir nur Angst machen und seine Botschaft loswerden.«

Tess war es gelungen, ein wenig zu schlafen, nachdem Marie die Anzeige aufgenommen und sie selbst Jöns angerufen hatte, um ihm von dem Überfall zu erzählen. Obwohl heute Samstag war, war Marie früh ins Präsidium gekommen. Sie hatte die Füße auf den Schreibtisch gelegt und trug einen dicken Schal um den Hals. Ihre hochgekrempelten Ärmel gaben den Blick auf ihre Feuer speienden Tätowierungen frei.

Jöns hatte die meisten Mitarbeiter der Abteilung Gewaltverbrechen zum Wochenenddienst einberufen.

»Ausnahmesituation«, erklärte er.

Den Kollegen hatte er bereits in einer Teamsitzung von dem Überfall berichtet. Tess wollte nicht dabei sein, sie ertrug keine weiteren Blicke und Fragen. Noch immer taten ihr die Handgelenke weh, und auch ihr Rücken schmerzte. Gleich nach dem Aufwachen hatte sie Carsten Morris angerufen, doch der ging nach wie vor nicht an sein Handy.

»Also, was machen wir jetzt?«, fragte Marie und drehte einen Stift zwischen ihren Fingern. »Warum muss es so verdammt kompliziert sein?«

Zum ersten Mal sah Tess, wie sich im Profil die leichte Rundung ihres Bauches abzeichnete.

»Wie schaffst du das alles nur, in deinem Zustand?«

»Genau dieser Zustand hält mich auf Trab. Ich habe mehr Power als je zuvor, solange ich genügend von den Dingern hier esse.«

Sie wickelte ein Karamellbonbon aus, warf es hoch und fing es mit dem Mund wieder auf.

»Dann wirst du es also behalten?«

Marie sagte nichts. Sie warf den Stift auf den Tisch und blickte Tess an.

»Es tut mir leid.«

Tess schwieg. Sie hatte noch nie erlebt, dass Marie sich entschuldigt hätte, bei niemandem.

»Schon gut, du hast getan, was du konntest, er hat mich nicht verletzt.«

Marie schüttelte den Kopf.

»Das meine ich nicht. Ich war ein Arschloch, eine undankbare schwangere Idiotin. Tut mir leid, okay?«

»Schwamm drüber«, sagte Tess. »Schon gut.«

»Gut«, sagte Marie und wirkte erleichtert.

Lundberg kam herein.

»Wie geht es dir?«

»Ich bin ziemlich fertig«, sagte Tess.

Lundberg setzte sich ihr gegenüber und schob sich die Brille in die Stirn.

»Leider gabs noch keinen Treffer auf den Listen draußen in Sturup, aber sie sind dabei, das Personal durchzugehen.«

»Wissen sie, nach wem wir suchen und warum?«

Lundberg schüttelte den Kopf.

»Wir können uns jetzt absolut nicht leisten, dass irgendetwas durchsickert.« Er schob sich die Brille wieder auf die Nase.

»Eine Journalistin der *Sydsvenskan* hat angerufen und nachgehakt. Anscheinend kursieren bereits Gerüchte über den Überfall bei dir, nur dass du es weißt.«

Tess sah Marie an.

»Das kann doch nicht wahr sein! Seit wann weißt du davon?«

Sie wendete sich Lundberg zu, der auf seinem altmodischen Handy nach der Uhrzeit sah.

»Jöns hat in der Besprechung um acht davon erzählt, also vor anderthalb Stunden.«

»Und was hast du der Journalistin gesagt?«

»Dass ich keinen Kommentar dazu abgeben will, natürlich.«

»Gut. Wer war bei der Besprechung alles dabei?«

»Die Üblichen aus der Abteilung Gewaltverbrechen sowie ein paar zusätzliche Ermittler«, erklärte Lundberg.

Marie knüllte ihre Bonbontüte zusammen.

»Wir könnten genauso gut einen großen Bildschirm an der Fassade anbringen, auf dem steht, was wir gerade tun. *Unsere neueste Theorie lautet, die Spuren weisen hierhin, unser Verdacht geht in folgende Richtung, Makkonen geht jetzt kacken.*«

Tess' Smartphone blinkte auf, ein neuer Anruf. Da es sich um eine unterdrückte Nummer handelte, ging sie nicht dran.

Marie hatte noch immer die Füße auf dem Tisch und las die neuesten Nachrichten auf ihrem Handy.

»Geh mal auf die Seite von *Expressen*, jetzt gleich«, sagte sie zu Tess.

Tess öffnete die Seite.

Ganz oben stand: *Polizeichefin in Malmö in ihrer Wohnung angegriffen. Der Valby-Mann schlägt erneut zu. Polizei schweigt.*

Sie überflog den Artikel. Die Informationen waren dürftig, man berief sich auf anonyme Quellen.

»Glückwunsch«, sagte Marie. »Die haben es wirklich drauf, Leute zu anonymisieren. Um wen könnte es sich bei dieser Polizeichefin aus Malmö wohl handeln? Könnte es womöglich die mit dem Veilchen sein?«

Wieder klingelte Tess' Handy. Sie legte es gleich wieder weg.

»Ich muss weiterarbeiten«, sagte Lundberg und stand auf. »Aber ein Einsatz in Sturup steht bevor, stellt euch schon mal darauf ein.«

Kurz darauf klingelte ihr Handy schon wieder. Tess ging dran, es war die Reporterin des *Sydsvenskan*, dieselbe, die sie auf der Pressekonferenz angesprochen hatte.

»Ich weiß nichts darüber, wenden Sie sich an unseren Chef, Per Jöns.«

Sie drehte sich zu Marie um.

»Das war die Reporterin, die auch schon Lundberg angerufen hat. Sie weiß, dass ich es bin.«

Tess lehnte sich auf dem Sofa zurück und rieb sich mit den Händen über das Gesicht.

Als Tess' Handy wieder klingelte, nahm Marie kurzerhand das Gespräch an.

»*Kvällsposten*«, gab sie Tess mimisch zu verstehen. »Ja … nein, ich bin ihre Kollegin. Das haben Sie völlig falsch verstanden. Unter uns, und das sage ich Ihnen jetzt ganz im Vertrauen, handelt es sich um etwas ganz anderes. Ein Missverständnis. Nein, kein Überfall, und Therese Hjalmarsson ist nicht betroffen. Konzentrieren Sie sich lieber auf den Krieg in Syrien.«

Marie legte auf.

»Sie werden mich nicht mehr in Ruhe lassen«, sagte Tess und stand auf. »Ich muss mit Jöns reden.«

Tess hatte Jöns von der Forderung erzählt, die der Valby-Mann bei seinem Überfall genannt hatte. Dass sie öffentlich jeden Verdacht dementieren sollten, er habe etwas mit Annikas Verschwinden zu tun gehabt.

»Es schadet uns nicht, wir können trotzdem genauso weitermachen wie bisher. Aber es würde ihn vielleicht besänftigen. Außerdem kommt es der Wahrheit ziemlich nah.«

Jöns war nicht überzeugt gewesen.

»Die Polizei darf nicht bewusst Unwahrheiten verbreiten. Wir haben technische Beweise, die ihn mit dem Auto in Verbindung bringen, das in der Nähe des Tatorts gefunden wurde.«

»Das ist eine Ausnahmesituation«, hatte Tess darauf gesagt.

Jetzt hoffte sie, dass Jöns seine Meinung ändern würde.

Im Flur begegnete sie mehreren Kollegen, die ihr anteilnehmende Blicke zuwarfen.

Rafaela Cruz sprach sie an.

»Was hat er mit dir gemacht? Warst du ganz allein mit ihm?«

»Es geht mir gut. Schlimmer sind die ständigen Anrufe«, sagte Tess und hielt ihr Handy hoch, dessen Display schon wieder blinkte.

Rafaela runzelte die Stirn und warf den Kopf zurück.

»Du sagst Bescheid, wenn du mich brauchst, ja?«

Noch ehe Tess antworten konnte, hatte sie sich wieder umgedreht.

Kurz darauf stand Tess vor Jöns' Schreibtisch.

»Ich hatte heute noch kein Mittagessen«, sagte er, schob den Teller mit dem Windbeutel beiseite und wischte sich mit einer Serviette die Sahne vom Kinn.

»Mein Handy klingelt ununterbrochen«, sagte Tess.

Jöns seufzte.

»Bei der Besprechung heute früh waren wir zu acht. Die Anzeige, die Marie Erling heute Nacht aufgenommen hat, liegt hier, es gibt sie bisher nur in Papierform, zur Sicherheit. Ich habe wirklich keine Ahnung, wie wir verhindern können, dass weiter Informationen aus diesem Haus nach draußen dringen.«

»Was, wenn der geplante Zugriff in Sturup ebenfalls vorher durchsickert?«, fragte Tess. »Das wäre katastrophal. Ich kann damit leben, dass jetzt alle Welt weiß, was mir passiert ist, es richtet ja keinen weiteren Schaden an. Aber wenn Details unserer Ermittlungen an die Öffentlichkeit gelangen, wie etwa, dass wir seine DNA gesichert haben, dann beeinflusst das seine Vorgehensweise und wir werden handlungsunfähig.«

»Was schlägst du vor?«

»Zuallererst muss ich an die Öffentlichkeit gehen und eine Stellungnahme abgeben, um die Spekulationen zu beenden. Die Leute wissen, dass ich das Opfer bin, und geben sonst keine Ruhe. Anschließend brauche ich vorübergehend ein neues Handy. Und der Zeitpunkt für den Zugriff in Sturup darf nur im engsten Kreis kommuniziert werden. Ich schlage vor, dass erst mal nur Marie, Makkonen, du und ich ihn kennen. Vielleicht könnten wir intern sogar ein Fake-Datum herausgeben. Sollte das dann nach außen dringen, wissen wir zumindest, wo das Problem liegt.«

Jöns schüttelte den Kopf.

»Das wird schwierig, dann müssten wir ja auch den Zugriff alleine durchführen. Sollten wir nicht lieber das Spezialeinsatzkommando hinzuziehen? Der Valby-Mann ist noch nicht einmal davor zurückgeschreckt, Polizistinnen in ihrer eigenen Wohnung anzugreifen.«

Jöns wand sich mühsam aus seinem Stuhl und trat ans Fenster.

»Jetzt am Wochenende wird ohnehin nichts daraus. Es dauert einfach zu lange, die Namenslisten zu durchforsten. Wir können nur hoffen, dass er sich erst einmal ruhig verhält.«

Tess schaute auf ihr Handy. Sieben entgangene Anrufe von drei verschiedenen Nummern.

»Ich werde eine Reporterin der *Sydsvenskan* kontaktieren und ihr bei dieser Gelegenheit auch gleich mitteilen, dass unser Verdacht gegen den Valby-Mann bezüglich des Annika-Mordes sich erledigt hat.«

Jöns seufzte.

»Das sind Informationen, die ohnehin durchsickern würden«, fuhr Tess fort. »Ich mache mir keine Illusionen, dass er mit seinen Überfällen aufhören wird, aber vielleicht verschafft meine Aussage uns zumindest etwas Zeit. Außerdem nehmen wir uns intern den Druck, auf Teufel komm raus einen Zusammenhang finden zu müssen.«

Jöns sah sie nicht an.

»Was willst du Annikas Angehörigen sagen?«

»Die Mutter glaubt ohnehin nicht, dass der Valby-Mann etwas damit zu tun hat. Für sie spielt es also keine Rolle. Aber ich werde natürlich nicht aufgeben. Wir sind noch nie so nah dran gewesen. Ich spüre, dass sich etwas tut, dass es drüben in Österlen brodelt. Wenn uns bisher fünfzehn Puzzleteile fehlten, so sind es jetzt nur noch sieben, vielleicht auch nur fünf.«

»Okay, einverstanden.«

Jöns klatschte in die Hände.

»Ich informiere die anderen. Aber sag dieser Reporterin wirklich nur das Nötigste.«

»Auf jeden Fall, ich mach das ja auch nicht gerne. Aber ausnahmsweise könnten wir hier die Medien mal vor unseren Karren spannen und mit Informationen an die Öffentlichkeit gehen, die uns nützen.«

Tess verließ Jöns' Büro und ging zurück in das Büro des Cold-Case-Teams. Dann rief sie Johanna Svanberg von der *Sydsvenskan* an.

Die Reporterin war nicht schwer zu überreden, obwohl Wochenende war. Bereits eine Stunde nach dem Telefonat traf Tess sich mit ihr an der Rezeption des Polizeigebäudes.

Als sie den Fotografen sah, zuckte Tess zurück.

»Das war so nicht vereinbart.«

Die Reporterin hob die Hände.

»Nur ein schnelles Foto. Alle wollen Bilder von hübschen Polizistinnen.«

»Das war sexistisch.«

»Ich mach doch nur Spaß. Wir können die alten Fotos nicht schon wieder bringen. Außerdem sieht man Ihnen so schön an, dass Sie etwas Dramatisches erlebt haben.«

Sie deutete auf Tess' Auge.

Tess hatte keine Lust, sich mit ihr zu streiten. Sie gingen die Treppe hinauf und nahmen in einer etwas abseits gelegenen Sitzgruppe Platz. Tess erklärte, sie habe Informationen, mit denen sie gerne an die Öffentlichkeit gehen wolle. Die Reporterin sprang sofort darauf an.

»Der Vergewaltiger spielt keine Rolle mehr in unseren Ermittlungen um Annika Johanssons Verschwinden.«

»Ach, ja? Und warum? Seine Fingerabdrücke wurden doch in dem Auto gefunden, in dem sie transportiert wurde.«

»Diese Informationen stammen nicht von uns«, sagte Tess. »Es gab Hinweise darauf, dass er sich in der Zeit vor Annikas Verschwinden in Österlen aufgehalten hat. Denen sind wir nachgegangen, und in der jetzigen Situation müssen wir ihn von unserer Liste der Verdächtigen streichen.«

Die Reporterin machte ein enttäuschtes Gesicht.

»Okay, es geht hier also um ein Dementi?«

»So kann man es sehen, aber auch ein Dementi ist eine Nachricht, und Sie sind die Einzige, die sie hat.«

Tess lächelte Johanna Svanberg an, die sie forschend musterte.

»Warum wollen Sie damit an die Öffentlichkeit?«

»Weil ich möchte, dass Sie korrekte Informationen haben. Was Annika Johanssons Verschwinden vor sechzehn Jahren angeht, suchen wir nach einem anderen Täter. Und wir machen laufend Fortschritte.«

»Können Sie Genaueres dazu sagen?«

»Nicht zu diesem Zeitpunkt. Aber seit wir die Ermittlungen wiederaufgenommen haben, konnten wir neue Zusammenhänge klarstellen. Als Chefin des Cold-Case-Teams ist es natürlich mein Ziel, das Verschwinden des Mädchens aufzuklären.«

Die Reporterin seufzte.

»Warum ist er ausgerechnet bei Ihnen eingebrochen? Liegt es daran, dass Sie so bekannt sind?«

Tess wusste, dass Johanna Svanberg dafür berühmt war, gute Storys aufzuspüren und sich niemals abwimmeln zu lassen.

Sie zögerte mit der Antwort.

»Wie kommen Sie darauf, dass er mich überfallen hat?«

»Intuition. Nein, im Ernst. Es war von einer erfolgreichen Polizeichefin die Rede, und Sie haben dieses riesige Veilchen im Gesicht.«

Tess sah ein, dass es sinnlos war zu leugnen.

»Wenn ich wüsste, warum er es auf mich abgesehen hatte, hätte ich mich besser geschützt. Aber dieser Mann hat auch früher schon Polizistinnen angegriffen. Eine Machtdemonstration vermutlich.«

Die Reporterin wollte Details, wie der Überfall abgelaufen war. Tess antwortete so wortkarg wie möglich. Nein, sie hatte keine große Angst gehabt. Sie war für solche Situationen geschult und wusste zudem, wie man mit einer Person wie dem Valby-Mann umgehen musste, weil sie eng mit einem Profiler zusammenarbeiteten. Sie habe keinerlei physische Schäden davongetragen, außer einem kräftigen Schlag unter das Auge bei dem Versuch, sich zu befreien.

Johanna Svanberg holte erneut aus.

»Ihre Freundin oder Lebensgefährtin war ebenfalls in der Wohnung. Wie geht es ihr?«

Tess schwieg, auf die Frage war sie nicht vorbereitet.

»Woher haben Sie diese Information?«

»*Kvällsposten.*«

Tess hob lediglich die Augenbraue, wusste nicht, was sie sagen sollte.

»Okay«, sagte Johanna Svanberg. »Ich kann mir nur zu gut vorstellen, was für ein Albtraum es für zwei Frauen sein muss, mit einem extrem aggressiven Vergewaltiger und Mörder in einer Wohnung eingesperrt zu sein. Sie wissen, dass ich auch lesbisch bin, ich habe also kein Problem damit, dass diese Frau außerdem nicht irgendeine Frau, sondern ihre Lebensgefährtin ist.«

»Ich habe keine Beziehung mit der Frau, die Sie erwähnen.«

»Was hat die Frau dann in Ihrer Wohnung gemacht?«

»Was spielt das für eine Rolle? Schreiben Sie doch einfach, dass es eine Bekannte war, die mich besuchen wollte. Damit kommen Sie der Wahrheit auf jeden Fall näher als *Kvällsposten.*«

»Eine letzte Frage noch.«

Tess seufzte.

»Was geschieht jetzt? Ich meine, mit dem Valby-Mann?«

»Die Fahndung läuft. Wir werden ihn kriegen.«

»Weshalb sind Sie sich da so sicher?«

»Intuition«, sagte Tess und lächelte.

Nach dem Interview fühlte Tess sich völlig erschöpft. Was für eine Ironie, dass ausgerechnet Eleni in der Wohnung gewesen war, dass sie das gemeinsam hatten durchstehen müssen. Sie hatte ihre sexuelle Neigung vor den Kollegen nie geheim gehalten, aber sie hatte wirklich keine Lust, gegenüber der Presse darüber zu sprechen, vor allem nicht jetzt, da es zwischen ihnen aus war. Sie wollte nicht, dass Angela davon erfahren würde.

Dass sie bei der Arbeit als ein wenig anders galt, daran hatte sie sich längst gewöhnt. Man merkte es am besten daran, dass niemand eingehendere Fragen stellte. Wenn es um Gespräche über Beziehungen ging, wurde sie meist ausgeschlossen. Die Kollegen am Kaffeetisch sahen sie dann nicht an, und sie äußerte sich auch nicht von sich aus.

Vor ein paar Jahren, als sie noch mit Angela zusammengelebt hatte, hatte sie eines Freitags mitbekommen, wie ihre Kolleginnen ein gemeinsames Essen planten. Hinterher hatte sie erfahren, dass alle sich zu einem größeren Mädelsabend über die Abteilungsgrenzen hinweg getroffen hatten. Nur sie und Marie – die von den meisten im Haus für unmöglich oder zumindest ein bisschen seltsam gehalten wurde – waren nicht eingeladen gewesen.

»Es hätte dir ohnehin keinen Spaß gemacht. Jede Menge Blödsinn und Gespräche über Männer«, hatte eine Kollegin später zu ihr gesagt. Erst als sie es Angela erzählt und die es diskriminierend genannt hatte, hatte Tess reagiert.

Sie nahm den Aufzug in die Abteilung Gewaltverbrechen und betrat das Büro. Sobald sie die Glastür geschlossen und sich an den Schreibtisch gesetzt hatte, klickte sie die Homepage von *Kvällsposten* an. Die Meldung über sie selbst stand ganz oben.

Polizeichefin mit ihrer Lebensgefährtin in Wohnung gefesselt. Der Valby-Mann schlägt schon wieder zu.

Sonntag
25. Februar

»Wir haben jetzt also einen Namen«, sagte Lundberg.

Abgesehen vom Quietschen seines Filzstifts auf dem Whiteboard war es mucksmäuschenstill. Lundberg stand kerzengerade da, und zum ersten Mal meinte Tess eine leichte Röte in seinem Gesicht wahrzunehmen, eine Andeutung von Stolz und Erregung.

Er zeigte auf die Eckpunkte, die er notiert hatte.

»Däne. Dreiundfünfzig Jahre alt. Reinigungskraft. Zeitarbeit über die Rena AB. Davor arbeitete er als Wachmann und Reinigungskraft auf dem Flughafen Kastrup. Seine nächste Schicht ist morgen, Montag, fünfzehn bis dreiundzwanzig Uhr auf dem Flughafen Sturup.«

Feierlich schrieb Lundberg den Namen auf und unterstrich ihn zweimal.

»Noel Eriksen.«

»Bravo, Lundberg«, rief Marie von ihrem Platz aus.

Das mühsame Durchforsten der Personallisten vom Flughafen hatte sich also gelohnt. In der Nacht hatte der Personalbeauftragte der Reinigungsfirma Rena AB Lundberg den Namen und die weiteren Angaben gemailt.

»Bei den dänischen Behörden ist er allerdings unter diesem Namen nicht gemeldet«, ergänzte Lundberg.

»Kann es sein, dass er unter falschem Namen arbeitet? Wird so etwas vor der Einstellung nicht überprüft?«, fragte Makkonen.

»Sie scheinen es mal so, mal so zu halten. Ebenso was die Art der Anstellung betrifft. Als ich um die Personallisten bat, wurden sie da draußen teilweise ganz schön nervös.«

Lundberg lächelte.

Es war acht Uhr morgens, Jöns hatte Tess, Marie, Lundberg und Makkonen einbestellt, nachdem Lundberg den Namen erfahren hatte.

»Alle Informationen bleiben erst mal in diesem kleinen Kreis«, hatte Jöns erklärt.

Tess sah sich um.

»Was ist mit Rafaela?«

»Krank«, sagte Makkonen.

Marie lehnte sich zu Tess hinüber und flüsterte: »Verdammt, wie sollen wir es ohne sie nur schaffen?«

»Ein Foto hatten sie natürlich nicht von diesem Noel Eriksen?«, fragte Tess an Lundberg gewandt.

»Leider nicht. Wir haben heute Nacht telefoniert, und laut Aussage des Personalbeauftragten trägt dieser Däne immer ein Basecap, daher konnte er uns auch den Pigmentfleck im Haar nicht bestätigen. Soll ich ihn bitten, noch mal mit den Kollegen zu sprechen?«

»Nein«, sagten Tess, Makkonen und Jöns wie aus einem Mund.

»Szymuks Phantombild konnte ich ihnen bisher noch nicht vorlegen, ich wollte nicht, dass es allzu lang in ihrem Mailsystem herumgondelt.«

»Sehr gut, Lundberg«, sagte Marie. »Endlich mal einer, der an die undichten Stellen denkt.«

»Handy?«

»Kein in Schweden registriertes. Die dänische Polizei überprüft die Telia und andere Anbieter. Aber darauf sollten wir nicht setzen, er benutzt wahrscheinlich ein Prepaid-Handy.«

Jöns stand auf.

»Vieles deutet darauf hin, dass das unser Mann ist.« Er ging zum Whiteboard, an dem eine Karte vom Flughafengebiet hing. »Wir werden morgen Nachmittag zugreifen. Vorher treffen wir uns um zehn hier zur Lagebesprechung. Makkonen, Marie und ich fahren jetzt gleich raus und sehen uns das Gelände an.«

Tess legte die Füße auf den Stuhl vor sich.

»Ich komme mit.«

»Auf keinen Fall«, sagte Jöns.

Tess blickte überrascht auf.

»Wenn es tatsächlich der Valby-Mann ist und wenn er sich aus irgendeinem Grund heute auch auf dem Flughafen befindet, erkennt er dich sofort.«

Tess konnte sich auf keinen Fall vorstellen, hier herumzusitzen und zu warten, jedenfalls nicht während des eventuellen Zugriffs morgen.

Jöns beschrieb mit dem Stift einen Kreis über der Flughafenkarte.

»Ich bin der Meinung, wir sollten das morgen allein durchziehen. Vielleicht noch mit zwei oder drei Kolleginnen und Kollegen von der Spezialeinheit vor Ort als Verstärkung.«

»Mehr nicht?«, fragte Makkonen.

»Je größer der Einsatz, desto größer das Risiko aufzufliegen. Wenn wir den geringsten Verdacht bei ihm wecken, haben wir unsere Chance vertan, und das vielleicht für immer.«

Jöns klopfte auf die Karte.

»Es ist ja trotz allem ein recht kleines Gebiet. Ein Terminal, acht Gates. Wenn wir uns vorher genau über seine Gewohnheiten, seine Ausrüstung und seine eventuellen Kontakte mit Kollegen und so weiter informieren … Ich glaube, dann schaffen wir es mit ein paar Leuten von der Spezialeinheit, vielleicht auch von der Lokal- oder der Flughafenpolizei. Alle in Zivil, natürlich.«

»Hast du das mit den Chefs ganz oben abgesprochen?«, fragte Makkonen säuerlich. »Ich meine, wenn es schiefgeht und er entkommt, können wir uns alle bei der Landesregierung bewerben.«

»Ich spreche das natürlich vorher ab. Drei Beamte arbeiten auf dem Flughafen. Mit deren Teamchef, Andreas Heed, nehme ich Kontakt auf.«

Marie lachte spöttisch.

»Ist es nicht ein bisschen risky, Sturup einzubeziehen? Sind die da nicht ein bisschen wie Kling und Klang bei Pippi Langstrumpf? Normalerweise haben sie schließlich vor allem mit Reisenden zu tun, die unter Flugangst leiden oder zu viel getrunken haben.«

Jöns steckte sich ein Kaugummi in den Mund.

»Es sind die einzigen Ressourcen, die wir haben, es muss reichen. Sie können uns zumindest dabei helfen, das Gelände zu überwachen.«

Auf dem Tisch lag eine detaillierte Skizze des Flughafengebäudes mit den Wartesälen, Gepäckbändern, den Toiletten im Keller, den Läden und Restaurants, der Sicherheitskontrolle, dem Check-in, den acht Gates, den Schaltern der Fluggesellschaften und den Lounges.

Sie diskutierten verschiedene Strategien. Wo befanden sich die Eingänge? Mit welchem Verkehrsmittel würde der Valby-Mann voraussichtlich zur Arbeit kommen? Sein direkter Vorgesetzter schien jedenfalls nichts über seine Gewohnheiten zu wissen.

Per Jöns hielt alles fest.

»Ziel des Einsatzes ist es, ihn zu fassen. Sturup ist ein extrem gut gesichertes Gebiet. Wir wollen ihn möglichst erwischen, bevor er das Gebäude betritt.«

»Wir wissen nicht, wann er üblicherweise zur Arbeit erscheint und wie er dorthin kommt«, sagte Tess. »Mit dem Auto? Dem Flughafenbus? Dem Fahrrad? Fährt er bei Kollegen mit? Der normale Linienbusverkehr fährt Sturup gar nicht an, oder?«

»Nein«, sagte Lundberg. »Entweder man nimmt den Flughafenbus, ein Taxi oder das Auto. Die Busse fahren relativ häufig, und zwar sowohl von Malmö als auch von Lund aus. Sein Chef sagt, unser Mann ist immer pünktlich.«

»Du hast doch mit Morris gesprochen, Tess? Kannst du ihn nicht noch fragen, was er glaubt?«

»Ich erreiche ihn nicht, obwohl ich es schon seit Tagen versuche.«

»Der Kerl ist ja wirklich eine große Hilfe«, knurrte Makkonen.

Marie verdrehte die Augen.

»Ich würde nicht davon ausgehen, dass er mit jemandem zusammen fährt«, sagte Tess. »Er scheint eher ein Einzelgänger zu sein. Taxi klingt unwahrscheinlich, und zur Zeit der Verbrechen in Kopenhagen wurde nie ein Auto erwähnt, es war immer nur die Rede von Fahrrädern.«

»Vor sechzehn Jahren scheint er aber immerhin einen Führerschein gehabt zu haben und einen weißen Ford gefahren zu sein«, sagte Marie. »Ganz ausschließen können wir es also nicht.«

»Sonst bleibt nur der Flughafenbus«, sagte Jöns und sah Lundberg an.

»Der aus Malmö kommt um 14:45 Uhr an. Der Bus aus Lund fünf Minuten später.«

»Dann nehmen wir das mal als Arbeitshypothese.«

»Ja, oder er kommt tatsächlich mit dem Fahrrad«, sagte Marie. »Bisher wurde er immer nur auf einem Fahrrad gesehen, oder?«

Makkonen schüttelte den Kopf.

»Wer würde jeden Tag den Weg nach Sturup mit dem Rad fahren?«

»Wer würde fünfzehn Frauen vergewaltigen und eine davon an einem stürmischen Morgen am Strand mit einem Baseballschläger erschlagen?«, konterte Marie.

Per Jöns sagte dazu nur, dass sie die Details in der Lagebesprechung am nächsten Morgen festlegen würden.

»Dann legen wir auch fest, wo wir uns postieren. Wir brauchen mindestens jeweils zwei Leute an den drei Eingängen. Ich kümmere mich darum, die entsprechenden Leute zu organisieren.«

»Viel Glück dabei«, sagte Marie. »Ach übrigens …« Sie hielt ihr Handy hoch. »Es gab eine Schießerei in Seved, vor einer Stunde. Zwei schwedische Akademiker mittleren Alters aus Lund, die sich an den Kragen gegangen sind.«

Die anderen sahen sie an.

»Ja, was ist daran jetzt so komisch?«

Tess blieb nach der Sitzung noch, um mit Jöns zu reden.

»Ich muss morgen dabei sein. Du kannst mich doch nicht ausschließen, nur weil er bei mir eingebrochen ist.«

»Das würde mir nicht einfallen«, sagte Jöns. »Mir ist völlig bewusst, dass wir diese Chance einzig und allein dir zu verdanken haben. Ich weiß das zu schätzen, auch wenn ich es bisher vielleicht nicht so gezeigt habe. War ein bisschen viel die letzten Tage.«

Zum ersten Mal an diesem Morgen lächelte er. Lundbergs Erfolg mit den Personallisten hatte ihn merklich erleichtert. Endlich hatten sie etwas Konkretes, dem sie nachgehen konnten.

»Was macht dein Auge?«, fragte er.

»Ach, geht schon.«

»Ich habe das Interview in der *Sydsvenskan* gelesen, gute Story«, sagte er. »Du hättest natürlich auch das erzählen können, was du uns aufgetischt hast, dass das Veilchen von einem Einsatz stammt. So war es aber nicht, oder?«

Er legte eine Hand auf ihre Schulter.

»Sag Bescheid, wenn du Hilfe brauchst oder in Schwierigkeiten bist, ja?«

Tess lachte und winkte ab.

»Ich lüge nie, wenn ich im Dienst bin. Wie machen wir es morgen?«

»Du sitzt mit mir im Auto vor dem Flughafen. Von dort aus leiten wir den Einsatz.«

Tess ging ins Büro hinüber. Sie musste darüber nachdenken, was er gesagt hatte und wie viel wohl im Haus geredet wurde.

Vor der Wand im Büro, an der sie die Ermittlungen im Annika-Fall zusammengefasst hatten, blieb sie stehen. Sie war schon früher an Zugriffen auf dem Flughafen Sturup beteiligt gewesen. Einmal wegen eines zur Fahndung ausgeschriebenen Norwegers, ein andermal wegen eines mutmaßlichen Schleppers. Flughäfen waren schwer überschaubar. Viele Menschen waren in Bewegung, zahlreiche Berufsgruppen in unterschiedliche Tätigkeiten involviert, wo sie Zutritt zu verschiedenen Räumen hatten. Aber Sturup war nicht sehr groß und hatte einen relativ einfachen Grundriss. Auf jeden Fall ließ er sich besser in den Griff bekommen als Arlanda oder Kastrup.

Sie betrachtete den Flickenteppich aus Namen und Fotos an der Wand und kniff die Augen zusammen.

Fotos, Pfeile, Notizen zu möglichen Beziehungen zwischen den einzelnen Akteuren. Als sie Annikas lachende blaue Augen sah, überkam sie das schlechte Gewissen. Sie war der Wahrheit über die neunzehnjährige Frau aus Simrishamn keinen einzigen Schritt näher gekommen.

»Bald«, sagte sie. »Bald bist du wieder an der Reihe.«

Das Phantombild des Valby-Mannes hatte Tess ganz am Rand aufgehängt, zusammen mit dem des halb ausgebrannten Fords. Darunter stand ein großes Fragezeichen.

Sie hoffte, es in ein paar Tagen entfernen zu können.

Montag
26. Februar

Tess saß an ihrem Schreibtisch, als Jöns mit der erlösenden Botschaft kam.

»Bingo! Der Personalchef der Rena AB hat große Ähnlichkeiten mit dem Phantombild bestätigt. Wir haben ihn!«

Jöns klang erleichtert und gleichzeitig angespannt.

Tess versuchte noch einmal, Carsten Morris anzurufen, landete aber wieder nur auf seiner Mailbox. Sie ging in den Konferenzraum, wo alle, die am Einsatz teilnehmen sollten, bereits versammelt waren: Makkonen, Marie und Adam Wikman, der für Rafaela einspringen sollte, sowie zwei Polizisten des Spezialeinsatzkommandos, Daniella Flood und Linus Sand.

»Gesetzt den Fall«, sagte Jöns, »dass der Valby-Mann aus irgendeinem Grund von seinem gewohnten Verhalten abweicht, bevor er das Gebäude betritt oder in Gesellschaft eines Kollegen eintrifft – was dann?«

Er hatte Verstärkung angefordert, jedoch nur zwei zusätzliche Kräfte bewilligt bekommen. Insgesamt waren sie jetzt also acht aus Malmö, plus zwei von der Dienststelle in Sturup.

»Wir wissen eigentlich nichts über diesen Mann. Es könnte also auch sein, dass er mit dem Motorrad kommt, bei seiner Ankunft feststellt, dass etwas nicht stimmt, und über die Felder in den Wald verschwindet. Wie gehen wir dann vor?«

Sie betrachteten gemeinsam die Karte und diskutierten die verschiedenen Möglichkeiten, den Flughafen zu verlassen.

»Wir haben keine schweren Waffen dabei, da der Valby-Mann bisher immer nur mit einem Messer bewaffnet war. Aber dass er mit einem Messer auf der Arbeit erscheint, ist unwahrscheinlich.«

Für den Zugriff hatten sie sich in Zivil gekleidet, um in der Menge untertauchen zu können. Alle waren mit Dienstwaffe und Schutzweste ausgerüstet und über Funk verbunden. Tess selbst erkannte einen Kollegen noch aus mehreren Metern Entfernung: seine Art zu gehen, der Blick, die Haltung, ja, selbst die Kleidung verrieten ihn. Gut möglich, dass der Valby-Mann auch über diesen Blick verfügte.

Marie hatte die Anweisung »in Zivil« als Aufforderung verstanden, sich in ihre Rockerklamotten zu werfen. Über dem flach anliegenden Holster um die Taille trug sie einen breiten Nietengürtel mit einem Totenschädel als Schnalle, darüber eine Motorradjacke und in der Nase einen auffallenden Ring. Makkonen hatte sich das Haar glatt gekämmt, trug Anzug, eine Brille mit schwarzem Gestell und zog einen Rollkoffer hinter sich her. Daniella Flood und Linus Sand trugen Sportklamotten. Daniella hatte eine Golftasche über der Schulter hängen, und Linus gab den Tennisspieler, der sich bei den Bussen mit Lundberg unterhalten würde.

Adam Wikman trug Arbeiterkluft und einen Werkzeuggürtel, sein Gesicht war vom Ernst der Situation gezeichnet: Dies war sein bisher größter Einsatz. Er sollte so tun, als müsse er einen der Spinde in der Umkleide reparieren. Sobald Noel Eriksen auftauchte, sollte er als Signal für die anderen dreimal mit dem Hammer gegen den Schrank schlagen.

Ola Makkonen hatte in der vorhergehenden Besprechung seine Zweifel geäußert.

»Meint ihr, der Grünschnabel schafft das, ohne sich in die Hose zu machen?«

Aber Jöns hatte sich nicht beirren lassen und darauf bestanden, alle Ressourcen, die ihnen zur Verfügung standen, so effektiv wie möglich zu nutzen.

»Wenn wir ihn draußen nicht erwischen, schnappen wir ihn uns also gleich nach dem Umziehen. Sein Chef meint, er geht immer direkt in die Umkleide.«

Adam Wikman nickte.

»Dann werde ich ihn wahrscheinlich festnehmen, Chef?«

Makkonen hob die Hände.

»Hold your horses! Du konzentrierst dich ganz aufs Klopfen. Im Fall des Falles stehen Daniella und ich draußen und kümmern uns um ihn.«

»Ganz genau«, sagte Jöns.

Adam Wikman zuckte verlegen mit den Schultern und sank in sich zusammen.

»Das ungünstigste Szenario«, fuhr Jöns fort, »das wir um jeden Preis vermeiden müssen, wäre, ihn draußen zwischen den Reisenden verfolgen zu müssen. Wir haben allen Grund zu der Annahme, dass der Valby-Mann in so einer Situation versuchen würde, Geiseln zu nehmen. Da wir insgesamt nur knapp zehn Leute sind, darf das auf keinen Fall passieren.«

Er sah einen nach dem anderen an.

»Überprüft bitte noch mal, ob ihr wirklich zugeschaltet seid. Wir haben einen Techniker von der Regionalen Einsatzleitstelle dabei, der alles mitverfolgt. Sollte das Ganze eskalieren, bekommen wir sofort Verstärkung.«

Er nickte ihnen zu.

»Los geht's.«

Durch nasskaltes Schmuddelwetter fuhren sie zum Flughafen. Eine dünne Schneeschicht hatte sich am Morgen über Söderslätt gelegt, und die gefrorene Erde drängte sich auf den Äckern durch die frische weiße Decke wie kleine Vulkaninseln. Das lang gezogene gelbe Terminalgebäude hob sich leuchtend vor dem grauen Himmel ab.

Insgesamt acht Flugzeuge starteten und landeten in der Zeit zwischen fünfzehn und sechzehn Uhr in Sturup, und mehrere Hundert Passagiere bewegten sich in dieser Zeit durch die Halle.

Der obere Teil des Fluglotsenturms war in regenschweren Nebel gehüllt, und obwohl es mitten am Tag war, brannte auf dem Parkplatz bereits die Straßenbeleuchtung.

Tess und Jöns saßen schweigend im Auto. Es war halb drei. Marie stand vor dem Eingang und kaute Kaugummi. Neben ihr stand ein glänzender schwarzer Handgepäckkoffer, der mit Motörhead-Aufklebern verziert war.

Gegenüber der Drehtür stand Lundberg mit seiner Altmännerkappe und dem grauen Mantel und unterhielt sich ganz entspannt mit dem Tennisspieler Linus Sand.

Zehn Minuten später sah Tess den silbergrauen Flughafenbus mit dem Regenbogenlogo heranfahren. Er glitt am Eingang vorbei und hielt auf der anderen Straßenseite.

Ihr Herz klopfte.

»Der Malmö-Bus«, sagte sie.

Jöns forderte alle Beteiligten auf, sich bereitzumachen. Sekunden angespannten Schweigens verstrichen.

»Ich glaube, alle sind raus, negativ«, sagte Marie schließlich über Funk.

Weitere Minuten vergingen.

»Ich gehe rüber und check die Lage«, sagte Marie kurz.

Der Bus verstellte Tess und Jöns die Sicht, doch von ihrem Platz im Auto aus schien es nicht so, als befände sich noch jemand im Fahrgastraum.

Marie kehrte zum Eingang zurück.

»Der Bus ist leer.«

Jöns wies alle an, auf ihren Positionen zu bleiben. Wenig später fuhr der Bus wieder los.

Tess schaute auf ihr Handy. 14:48 Uhr. In zwölf Minuten begann die Schicht des Valby-Mannes.

»Er hätte mit diesem Bus kommen müssen«, sagte sie. »Laut dem Rena-Chef ist er immer pünktlich.«

Jöns antwortete nicht. Ein weiterer Flughafenbus näherte sich.

»Der Bus aus Lund«, sagte er, und dann über Funk: »Nächster Bus. Achtung.«

Der Bus hielt an derselben Stelle wie der erste.

»Es steigen lauter Chinesen aus«, teilte Marie mit. »Eine ganze Mao-Armee, locker über fünfzig.«

»Bleib stehen und warte«, sagte Jöns.

Tess hielt es kaum aus an ihrem Platz.

»Größerer Mann mit Basecap steigt aus«, sagte Marie. »Kommt auf mich zu. Jetzt geht er an Lundberg vorbei.«

»Ist er das, Lundberg?«, fragte Jöns.

»Schwer zu sagen«, antwortete dieser. »Schlechte Sicht. Aber die Größe stimmt.«

»Der Käppi-Mann befindet sich mitten zwischen den Chinesen«, sagte Marie. »Ziemliches Chaos an den Türen.«

Tess drückte den Kommandoknopf.

»Was passiert jetzt?«

»Ist er es?«, rief Jöns. »Marie, kannst du ihn besser erkennen als Lundberg?«

»Er ist immer noch zwischen den Chinesen. Ich sehe ihn schlecht.«

»Okay«, sagte Jöns. »An alle: Verlasst eure Positionen und folgt ihm hinein. Adam macht sich in der Umkleide bereit.«

Er legte die Unterarme auf das Lenkrad.

»Ich hoffe, er packt das und überstürzt nichts, nur um den Helden zu spielen.«

Tess spürte Frust in sich aufsteigen.

»Ich will da rein. Es bringt doch nichts, wenn ich hier draußen rumsitze.«

»Ausgeschlossen, das weißt du genau. Du bist eins seiner Opfer, hast du das vergessen?«

Tess war gar nicht dazu gekommen, darüber nachzudenken, dass sie wegen des Überfalls in ihrer Wohnung eventuell noch einen Gerichtsprozess über sich ergehen lassen musste.

»Ich gehe jetzt auf ihn zu«, hörte sie Makkonen über Funk.

Die Sekunden, die darauf folgten, kamen ihr vor wie eine Ewigkeit. Makkonen hielt den Funkknopf gedrückt, sodass sie seine Gespräche mithören konnten.

»Können Sie mir vielleicht helfen? Gibt es eine Bahn vom Flughafen in die Innenstadt?«

»Nein, ich glaube, es gibt nur Busse«, sagte der Mann in breitestem Schonisch.

Tess sah Jöns an und schüttelte den Kopf.

»Falscher Mann«, sagte Makkonen.

»Oh, verdammt«, fluchte Jöns. »Bist du dir sicher?«

»Hundert Prozent«, sagte Makkonen.

Jöns schaute auf die Uhr.

»Noch zwei Minuten, bis seine Schicht anfängt. Wo ist er?«

»Woher soll ich das wissen?«, erwiderte Tess gereizt.

Sie schaute auf den Parkplatz hinaus. Vom Auto aus konnte sie praktisch nichts sehen.

Jöns gab erneut Order.

»Plan B. Nehmt eure Plätze im Abflugbereich ein.«

Marie und Linus Sand stellten sich an der Sicherheitskontrolle an, Makkonen und Flood nahmen ihre Position vor der Umkleide ein, und die Sturuper Kollegen postierten sich innen vor dem Eingang.

»Positionen eingenommen«, verkündete Marie.

Die Sekunden vergingen. Tess sah, wie Jöns der Schweiß über die Stirn lief, mit seinem gewaltigen Körper passte er kaum noch hinter das Lenkrad. Allmählich wurde es kalt im Auto. Tess rieb von innen die beschlagene Windschutzscheibe blank.

»Wikman hat doch wohl sein Funkgerät eingeschaltet? Ich verstehe einfach nicht, dass der Valby-Mann nirgends auftaucht«, sagte Tess und schaute rastlos aus dem Fenster.

Reisende gingen unbekümmert in das Gebäude hinein oder kamen wieder heraus.

Jöns öffnete die Autotür.

»Ich drehe mal eine kurze Runde und überprüfe die Lage.«

Er ging zum Eingang, sah sich um und ging dann weiter zum Nebeneingang, wo die Parkgarage lag und die Sturuper Kollegen gestanden hatten.

Kurz darauf waren über Funk drei harte Schläge zu hören.

Tess zuckte zusammen.

»Ist er da? Dann antworte mit zwei Schlägen«, sagte sie.

Zwei weitere Hammerschläge über Funk.

Jöns kehrte zum Auto zurück.

»Alles zurück zu Plan A«, rief er atemlos. »Adam, du folgst ihm, sobald er die Umkleide verlässt.«

Jöns schlug die Autotür zu.

»Verdammt, wie ist er bloß reingekommen?«, fragte er. »Jetzt schnappen wir uns den Kerl!«

Ungeduldig warteten sie auf Adams nächstes Signal. Drei Hammerschläge waren vereinbart, wenn der Valby-Mann die Umkleide verließ und in die Halle ging.

Als sie erfolgten, sagte Jöns: »Dann mal los.«

Tess raufte sich frustriert die Haare.

»Er kommt auf uns zu. Freie Bahn«, meldete Daniella Flood.

»Wir gehen rüber«, ergänzte Makkonen.

Viel zu viel Zeit verstrich.

»Was ist los?«, fragte Jöns, erhielt aber keine Antwort.

Schließlich war Maries aufgeregte Stimme zu hören.

»Er hat seinen Putzwagen umgestoßen, jetzt ist er auf dem Weg zu den Sicherheitskontrollen. Flood wurde am Bein verletzt. Wir verfolgen ihn. Jetzt.«

Während ihrer kurzen Durchsage waren im Hintergrund Tumult, aufgeregte Stimmen und Schreie zu hören.

»Er hat sich losgerissen. Rennt Richtung Sicherheitskontrolle«, rief Makkonen, dann schrie er: »Und du bleibst hier!«

Tess begriff, dass Letzteres Adam galt.

»Wir müssen da rein«, sagte sie.

»Nein, wir bleiben hier. Wenn er umkehrt, sind wir die Einzigen, die noch hier draußen sind. Dann schnappen wir ihn uns.«

Ein Rauschen über Funk.

»Chef, ich geh rein.«

Adam Wikman atmete heftig.

»Nein, Adam, du bleibst draußen, da haben wir mehr von dir. Es können nicht alle am selben Ort sein.«

Tess und Jöns sprangen aus dem Auto und stellten sich neben dem Eingang auf.

»Makkonen, was ist los?«

»Wir gehen jetzt durch die Sicherheitskontrolle, schwierige Lage, viele Leute, ziemliches Durcheinander, er ist schon durch. Kein freies Schussfeld.«

Im Hintergrund war die Alarmsirene zu hören, Angestellte schrien.

»Er läuft zu den Gates, linke Seite, wiederhole, linke Seite.«

Makkonen schien ihm am dichtesten auf den Fersen zu sein.

»Wie ist er an ihnen vorbeigekommen? Ich verstehe das nicht«, sagte Jöns zu Tess.

»Heed? Wo bist du?«

»Ich gehe rüber auf die linke Seite vom Gate.«

Tess spürte einen Adrenalinstoß. Der Valby-Mann war mit aller Wahrscheinlichkeit nicht mehr auf dem Weg zum Eingang und in ihre Richtung. Sie konnten hier überhaupt nichts ausrichten.

»Wir müssen rein und sie unterstützen«, sagte sie zu Jöns.

»An Gate drei jetzt«, rief Daniella über Funk.

»Geh du rein«, sagte Jöns zu Tess. »Ich bleibe draußen vor dem Eingang.«

Tess tastete nach der Waffe in ihrem Holster.

Rasch lief sie zum Eingang, als sie erneut Daniella hörte.

»Er ist weg!«

»Nein, auf Gate fünf«, rief Makkonen. »Hat die Kappe abgeworfen, Heed hat sie. Wiederhole: Gate fünf. Vor dem Flugzeug warten Reisende, die an Bord gehen wollen, kein Personal am Gate. Er läuft jetzt auf sie zu.«

»Kein freies Schussfeld also«, sagte Jöns. »Drängt ihn in die Ecke, kreist ihn ein. Hinter Gate sieben kommen nur noch die Toiletten.«

Als Tess die Ankunftshalle betrat, sah sie, dass alle Leute stehen geblieben waren. Einige waren zur Sicherheitskontrolle gelaufen, um einen besseren Blick auf die Verfolgungsjagd zu haben. Mitten im Weg stand ein großes rotes Werbeauto für einen Autoverleih, daneben lag der umgestoßene Putzwagen, mit dem der Valby-Mann die Polizisten angegriffen hatte. Überall lagen Putzutensilien verstreut.

Daneben stand Adam Wikman und machte ein verzweifeltes Gesicht.

»Ich war so nah dran, ihn zu fassen«, sagte er und zeigte es mit den Händen.

»Ja, ja«, sagte Tess. »Bleib jetzt hier stehen und bewache den Eingang.«

Über Funk war für einen Augenblick nichts zu hören, dann wieder Makkonens Stimme.

»Wir haben ihn verloren. Er muss nach draußen gelaufen sein.«

Im Hintergrund Kinderweinen und aufgeregte Stimmen.

»Die Türen des Gates sind geschlossen, kein Personal hier.«

»Alles leer«, keuchte Daniella Flood.

»Er muss durch den Notausgang sein.«

Tess machte kehrt und rannte durch die Eingangshalle nach draußen. Dann bog sie rechts ab und rannte das Gebäude entlang. Hinter der nächsten Ecke fand sie sich vor dem Sicherheitszaun zur Luftseite wieder.

»Ich gehe rein«, meldete sie über Funk. »Ich klettere über den Zaun.«

»Nein, warte«, rief Jöns. »Das machst du auf keinen Fall allein!«

Tess lief auf den Zaun mit dem großen Schild »Restricted area, no entrance« zu und kletterte hinüber, wodurch sie den Alarm im Flugsicherheitsturm auslöste.

»Ich bin jetzt auf der Luftseite und bewege mich auf den Außenbereich von Gate sieben zu«, sagte Tess.

»Warte auf Verstärkung«, sagte Jöns. »Makkonen, ist Daniellas Bein okay?«

»Alles okay«, antwortete Daniella.

»Dann unterstützt Hjalmarsson«, sagte Jöns. »Geht durch den Notausgang. Adam kommt vorne raus und bewacht den Haupteingang.«

Anders Heed hielt vom Fenster aus Ausschau, während Marie, Sand und Lundberg die Passagiere von Gate fünf nach draußen führten.

Jöns rief über Funk die regionale Einsatzleitstelle.

»Wir brauchen Verstärkung, mindestens zwei Autos. Verdächtiger auf der Luftseite in Sturup. Informieren Sie die Flugleitstelle über den Einsatz. Alle Gates müssen geschlossen werden. Keine Starts mehr. Wenn möglich, soll der Verkehr umgeleitet werden.«

Tess lief auf einen großen Lastwagen zu. An Gate fünf stand das Flugzeug nach Bromma bereit, regulärer Abflug in fünfzehn Minuten, und wartete auf die Passagiere.

Daneben standen die Enteisungsfahrzeuge. Tess hatte schlechte Sicht und lief hinüber auf die andere Seite.

»Bin jetzt an Gate fünf«, sagte sie leise.

Zwei Männer in gelben Reflektorwesten und Ohrenschützern bewegten sich um die Maschine herum und schienen überrascht, als Tess sich ihnen näherte und ihren Dienstausweis hochhielt.

»Polizei, ich brauche Ihre Weste. Das ist ein Einsatz.«

Einer der Männer zog sich die gelbe Weste aus und reichte sie Tess.

»Der Flug ist eingestellt, verlassen Sie das Gelände bitte da entlang«, sagte sie und zeigte Richtung Gate eins.

Die beiden Flughafenmitarbeiter rannten zu den vorderen Gates, und Tess ging um das Flugzeug herum. Das bunte Heck zeichnete sich grell vor dem grauen Himmel ab. Tess zog sich die Mütze in die Stirn und stopfte das Haar darunter.

»Maschine im Landeanflug«, verkündete Anders Heed über Funk.

Tess lief rasch zu einem Flughafenauto hinüber und suchte dahinter Schutz. Donnernd kam die Maschine näher. Die Landebahn war nur wenige Hundert Meter entfernt, und sie sah das ausgefahrene Fahrwerk.

»Ein Mann läuft auf die Maschine zu. Sieht aus, als wäre es unser Mann«, rief Heed.

Das Flugzeug setzte auf. Der Motor brüllte, und an den Reifen bildete sich eine Staubwolke.

Tess schaute über die Dachkante des Wagens und sah einen dunkelhaarigen Mann auf das bremsende Flugzeug zulaufen. Die Scheinwerfer der Maschine leuchteten grell. Ein Fluglotse mit Ohrenschützern dirigierte sie mit seiner Flagge, als er plötzlich den Mann entdeckte, der auf die Landebahn rannte. Er winkte mit beiden Händen, um ihn zu stoppen.

Aber der Valby-Mann lief weiter.

»Was hat er vor? Versucht er, sich das Leben zu nehmen?«, rief Makkonen über Funk.

Die Alarmanlage des Flugsicherheitsturms heulte ununterbrochen.

»Bleibt auf euren Positionen und wartet ab«, sagte Jöns. »Hjalmarsson, du wartest auf Verstärkung. Makkonen und Flood sind unterwegs.«

Tess warf einen Blick zurück zum Terminal sowie zu Gate fünf, wo Makkonen und Daniella sich befanden. Sie war dem Valby-Mann und dem Flugzeug mehrere Hundert Meter näher als ihre Kollegen. Entschlossen nahm sie ihre Waffe aus dem Holster, lud sie durch und nahm die Verfolgung wieder auf. Die Gegend rund um den Flughafen war zwar eben und gut zu überblicken, dennoch war es leicht, hier zu entkommen. Tess sah, wie der Pilot versuchte, nach links auszuweichen, um den Valby-Mann nicht zu überrollen. Dann richtete er die Maschine wieder geradeaus.

»Ich schnappe ihn mir jetzt«, rief Tess und lief ebenfalls auf die Landebahn. Die Motoren des Flugzeugs und die Sirene vom Flugsicherheitsturm übertönten alles, es hatte keinen Zweck zu rufen. Sie fragte sich, was in dem Mann vorging. Sobald das Flugzeug stand, würde es zum Gate manövriert werden. Wenn er vorhatte, an Bord zu gehen, oder versuchen wollte, Geiseln zu nehmen, war sein Verhalten völlig irrational. Tess rannte weiter.

»Wir sind nur noch ein paar Hundert Meter entfernt«, hörte sie Makkonen in ihrem Ohr.

Allmählich kam Tess trotz ihrer guten Kondition außer Atem. Die Maschine rollte noch immer, und zwar deutlich schneller, als es von Weitem den Anschein gehabt hatte.

Nur noch hundert Meter. Sie entdeckte einen weiteren Lastenwagen und suchte dahinter Schutz.

Plötzlich blieb der Valby-Mann stehen und starrte das Flugzeug an.

Was hast du vor?, dachte Tess. Es ist aus!

»Ganz ruhig jetzt«, sagte sie in ihr Funkgerät. »Ich habe ihn gleich, lasst euch bitte nicht sehen. Ich trage eine gelbe Flughafenweste.«

Der Valby-Mann drehte sich um, blickte in Tess' Richtung, doch sie konnte sich noch rechtzeitig ducken. Durch eine Öffnung im oberen Teil des Wagens sah sie, wie der Valby-Mann erneut Anlauf nahm und über die Wiese davonlief, aufs offene Feld.

Tess ließ den Wagen hinter sich und nahm die Verfolgung wieder auf. Nach hundert Metern war sie direkt hinter ihm.

»Stehen bleiben! Polizei! Auf den Boden!«

Jetzt waren es nur noch wenige Schritte.

»Geben Sie auf«, schrie Tess, »ich will nicht schießen!«

Sie hob die Waffe und gab einen Warnschuss ab.

Obwohl sie völlig erschöpft war, gelang es ihr, ihm mit der Waffe einen Schlag gegen die Schulter zu verpassen. Der Valby-Mann drehte sich um, stolperte, und sie schlug noch einmal zu.

»Hinlegen«, schrie sie. »Die Arme ausgestreckt.«

Der Valby-Mann lag am Boden, Tess warf sich auf ihn und drückte ihm die Waffe in den Nacken.

»Arme auseinander, zeigen Sie Ihre Hände.«

Sie hörte ihn keuchen.

»Es ist aus, verstehen Sie? Aus!« Sie drehte ihm die Arme auf den Rücken.

Er wimmerte und räusperte sich.

»Ich habe ihn«, meldete Tess über Funk, »er ist unbewaffnet.«

»Gute Arbeit«, sagte Jöns erleichtert. »Ich schicke ein Auto, um ihn abzuholen.«

Der Valby-Mann drehte den Kopf und blinzelte zu ihr hinauf.

»Fotze«, zischte er und spuckte auf den Boden. »Bullenfotze.«

»Immer noch besser als ein Vergewaltiger und Mörder.«

Makkonen trat neben sie. Daniella Flood zog die Handschellen heraus und legte sie dem Valby-Mann an.

Dann näherte sich ihnen mit Blaulicht das Auto der Flughafenpolizei. Makkonen und Daniella Flood zwangen den Valby-Mann auf die Füße und zerrten ihn zum Auto.

Tess klopfte sich die schwarze Hose ab und machte sich auf den Weg Richtung Ausgang.

Zum dritten Mal innerhalb von nur einer Woche blickte Tess in die verschiedenfarbigen Augen des Valby-Mannes. Sie saßen im Verhörraum der Haftanstalt, zwischen ihnen lag das Diktaphon auf dem Tisch. Bislang hatte es, abgesehen von Makkonens Fragen, jedoch nur Schweigen aufgenommen. Der dreiundfünfzigjährige Valby-Mann Leon Eriksen, wie er mit richtigem Namen hieß, weigerte sich zu sprechen.

Makkonen war frustriert hinausgegangen. Die Staatsanwältin hatte Leon Eriksen zuvor mitgeteilt, dass er des Mordes an Linnea Håkansson, der schweren Vergewaltigung in zwei Fällen sowie des Hausfriedensbruchs und der Nötigung gegenüber Polizeikommissarin Tess Hjalmarsson dringend tatverdächtig sei. Außerdem erhebe die dänische Staatsanwaltschaft Anklage gegen ihn wegen dreizehnfacher Vergewaltigung in und um Kopenhagen. Bis dato leugnete Leon Eriksen sämtliche Taten und lehnte es ab, sich einen Anwalt zu nehmen.

Nachdem der Valby-Mann sie zwei Stunden hingehalten hatte, hatte Per Jöns endlich eingewilligt, Tess zu ihm zu lassen, auch wenn ihm bewusst war, dass dies gegen die Regeln verstieß. Allerdings bestand er darauf, selber auch anwesend zu sein. Tess Hjalmarsson war ein Opfer des Valby-Mannes, und es wäre ein Dienstvergehen gewesen, sie mit ihm allein zu lassen. Außerdem war sie diejenige, die ihn festgenommen hatte. Und Jöns glaubte, dass er aus diesem Grund noch weniger bereit sein würde zu reden.

Tess war da anderer Meinung. Das Bild, das Morris ihr vom Valby-Mann gezeichnet hatte, deutete eher darauf hin, dass er gerade deshalb mehr Respekt vor ihr haben würde. Sie wünschte sich, Jöns würde sie das Verhör allein führen lassen. Sein Monolog dauerte nun schon beinahe eine Stunde.

Eines hatte Tess sich jedenfalls fest vorgenommen: Sie würde sich ausschließlich auf Annika konzentrieren und alle anderen Verbrechen, deren er angeklagt war, ausblenden, inklusive des Überfalls auf sie selbst. Ausblenden, dass er der landesweit bekannte Valby-Mann war, sie würde sogar ausblenden, was er all den Frauen angetan hatte. All seine Verbrechen und Grausamkeit sollten sie nicht von ihrem Ziel abbringen.

»Also«, sagte sie, legte den Stift auf den Tisch und lehnte sich in ihrem Stuhl zurück. »Sind Sie sicher, dass Sie keinen Anwalt brauchen?«

Er grinste überlegen und verschränkte die Arme vor der Brust.

Eine Weile musterten sie sich schweigend. Leon Eriksen trug die grüne Jogginghose der Haftanstalt, hatte jedoch sein eigenes hellblaues T-Shirt anbehalten dürfen. Abgesehen von den Augen und dem markanten weißen Fleck im Haar wirkte er erstaunlich unauffällig. Sportlich, klare Gesichtszüge, und tatsächlich sah er dem deutschen Fußballbundestrainer Joachim Löw ähnlich. Der Phantombildzeichner Szymuk hatte ihn wirklich gut getroffen.

»Ich überlege die ganze Zeit, was Sie da draußen auf dem Flughafen eigentlich vorhatten. Warum sind Sie direkt auf das Flugzeug zugerannt?«

Tess versuchte, nicht der üblichen Strategie bei Verhören zu folgen, wollte ihn irgendwie zum Reden bringen. Doch Eriksen rutschte nur unruhig auf seinem Stuhl herum.

»Sie haben uns ziemlich an der Nase herumgeführt. Wie sind Sie eigentlich nach Sturup gekommen? Mit dem Fahrrad, habe ich recht?«

Leon Eriksen lächelte, schwieg jedoch weiter.

Tess seufzte. Dann begann der Valby-Mann plötzlich zu sprechen.

»Wie geht's deiner hübschen Freundin?«

Tess bemühte sich, keine Reaktion zu zeigen, sah aber aus dem Augenwinkel, wie Jöns bei der unvermittelten Frage zusammenzuckte.

»Wie meinen Sie das?«, fragte sie.

Leon Eriksen starrte sie nur an.

»Sprechen Sie von der Frau, die sich in meiner Wohnung befunden hat, als Sie mich überfallen haben? Nicht dass es eine Rolle spielen würde, aber das war nicht meine Freundin. Sie geben also zu, dass Sie mich am dreiundzwanzigsten Februar in meiner Wohnung überfallen haben?«

Leon Eriksen schwieg und lächelte weiter.

Sie durchschaute ihn. Es war eine Mischung aus Verteidigungshaltung und Machtdemonstration. Er versuchte, sie zu provozieren, sie abzulenken.

Tess wandte sich an Jöns.

»Können wir kurz rausgehen?«

»Gib mir bitte zehn Minuten mit ihm allein«, sagte sie, als sie vor dem Verhörraum standen.

Jöns verzog das Gesicht.

»So bringt das doch nichts«, beharrte sie. »Er wird weiter nur dasitzen und sich über uns lustig machen. Und ich muss mit ihm über Annikas Verschwinden reden. Bald übernehmen ihn die Dänen, und dann ist diese Chance vertan.«

»Gut, du bekommst zehn Minuten«, sagte er nach einigem Zögern.

Jöns rief den Wärter.

»Können wir in einen Raum mit Videoüberwachung wechseln?«

Der Mann schüttelte den Kopf.

»Da ist die Kamera kaputt. Wird frühestens morgen repariert. Aber ich kann die Lage durch den Spion im Auge behalten.«

Er zeigte auf die Tür.

Jöns holte tief Luft und sah Tess an, dann nickte er. Tess nahm Lederjacke und Schal mit, um Leon Eriksen zu signalisieren, dass sie nicht viel Zeit hatten.

Der Valby-Mann drehte sich nicht einmal um, als Tess in den Verhörraum zurückkehrte.

»Also, Leon. Wir haben zehn Minuten. Nur Sie und ich in diesem Raum. Dann kommen Ihre Landsleute und übernehmen.«

Eriksens Blick flackerte kurz, dann hatte er sich wieder im Griff. Sein Lächeln allerdings war verschwunden.

»All die Fragen, die die dänische Polizei haben wird: dreizehn Überfälle, zwei Morde ... Sie warten wie hungrige Wölfe darauf, sich auf Sie zu stürzen.« Tess schüttelte den Kopf. »Es wird endlose Verhöre geben. Da werde ich gar keine Möglichkeit mehr haben, Ihnen meine Fragen zu Annika Johansson zu stellen. Und wie ich Ihnen neulich schon sagte, das ist das Einzige, was mich interessiert.«

»Warum behauptest du, es war nicht deine Freundin, ich habe doch die Fotos im Bücherregal gesehen.«

Er öffnete den Mund und rollte seine Zunge wie bei einem Kuss.

Tess stellte sich vor, wie Eriksen in ihrer Wohnung herumgelaufen war und die Bücherregale untersucht hatte, während Eleni gefesselt auf dem Boden lag. Sie konnte sich nicht erinnern, dass dort ein Foto von ihr und Eleni stand. Vielleicht hatte Eleni eins hingestellt. Die Fotos von ihr und Angela standen jedenfalls schon lange nicht mehr dort.

»Ihr seid sehr feminin, das gefällt mir. Viele Lesben sind so maskulin, so langweilig. Und wer liegt bei euch oben? Du, habe ich recht?«

Tess wünschte sich, Carsten Morris wäre bei diesem Verhör dabei. Sie zog ihr Handy heraus und schaute auf die Uhr.

»Wir sollten das Thema wechseln«, sagte sie und blickte ihm direkt in die Augen. »Die Spekulationen über meine Freundin können wir uns für ein anderes Mal aufheben.«

Sie lockerte ihren Schal.

»Noch sieben Minuten. Wo waren Sie in der Nacht des achten Juni 2002? Warum befinden sich Ihre Fingerabdrücke in dem weißen Ford, in dem auch Haare von Annika gefunden wurden?«

Tess trommelte mit den Fingern auf dem Tisch und seufzte, als sie einsah, dass er nicht vorhatte, ihr zu antworten.

»Ich glaube nicht, dass Sie einem Mädchen wie Annika etwas antun würden. Es passt nicht zu Ihnen, eine blonde junge Frau zu ermorden, die gerade erst mit der Schule fertig geworden ist. Einfach so.« Sie schnippte mit den Fingern. »Das ist doch gar nicht Ihr Stil, oder?«

Zum ersten Mal schien ihr Leon Eriksen wirklich zuzuhören.

»Die Taten, die Sie begangen haben, dienten einem bestimmten Zweck. Ich weiß nicht, warum Sie sie begangen haben, aber ich bin mir sicher, dass Sie eine logische Erklärung dafür haben. Habe ich recht?«

Eriksen rutschte auf seinem Stuhl hin und her, hob die gefesselten Hände und strich sich die Haare aus dem Gesicht.

Was für ein eitler Fatzke, dachte Tess.

»Wahrscheinlich ist Ihnen nicht klar, was Sie damit gewinnen, wenn Sie mir erzählen, was passiert ist. Aber es geht hier um etliche Überfälle auf verschiedene Frauen. Ihnen steht eine lange Gefängnisstrafe bevor, auch wenn man Ihnen nicht alle Taten wird nachweisen können. In Schweden wird man bereits für einen einzigen Mord zu einer lebenslangen Haftstrafe verurteilt. Dann werden Sie in Ihr Heimatland überstellt, wo Sie Ihre Strafe absitzen werden. Wir haben Ihre DNA, und wir warten auf weitere Analysen, zusammengenommen weist so vieles auf Sie hin, dass … tja, ich würde sagen, Sie sitzen ziemlich in der Scheiße.«

Leon Eriksen schüttelte den Kopf, doch Tess fuhr ungerührt fort.

»Aber für Annika Johanssons Verschwinden wollen Sie nicht verantwortlich gemacht werden, das haben Sie mir doch klar und deutlich zu verstehen gegeben, als Sie bei mir eingebrochen sind, aus Wut über diese Anschuldigungen. Und ich kann Ihnen helfen, von diesem Verdacht freigesprochen zu werden. Ich habe eine Theorie dazu, was passiert ist, aber Sie müssen mir helfen, sie wasserdicht zu machen. Wie würde es sich anfühlen, auch für diesen Mord verurteilt zu werden, den Sie doch gar nicht begangen haben? Und ich glaube, dass Sie ganz genau wissen, wer diesen Mord begangen hat. Sie werden dafür einsitzen, für mindestens zwanzig Jahre, und dann hat der Täter die Schuld ganz einfach auf Sie abgewälzt.«

Tess trat ans Fenster. Sie öffnete die Jalousie einen Spaltbreit und schaute in die Dunkelheit hinaus.

»Ich habe schon oft zu Unrecht Verurteilte gesehen. Irgendwie kommt man damit zurecht, dass man hinter Gittern sitzt, wenn man weiß, was man getan hat. Aber für etwas bestraft zu werden, das man nicht getan hat …«

Sie ließ die Jalousie plötzlich los, sodass sie zurückschnellte. Leon Eriksen biss auf dem Ausschnitt seines T-Shirts herum, als würde es ihn einengen. Er musterte sie von Kopf bis Fuß.

»Das zehrt an einem«, redete Tess weiter. »Das nagt und

bohrt. Man altert vorzeitig. Und je mehr Zeit vergeht, desto schwieriger wird es, Wiedergutmachung zu erlangen. Unwahrscheinlich, dass noch jemand Lust hat, einem zuzuhören, wenn man erst einmal rechtskräftig verurteilt ist. Der wahre Täter stirbt in dieser Zeit vielleicht sogar.«

Da Eriksen immer noch nichts sagte, fuhr Tess fort.

»Zu Beginn meiner Laufbahn habe ich mich um einen kleinen Jungen gekümmert, der ein traumatisches Erlebnis hatte.«

Leon starrte ins Leere.

»Seine Mutter war im Obergeschoss des Hauses, in dem sie wohnten, ermordet worden. Anschließend hatte jemand Feuer gelegt. Hätte der Nachbar nicht die Feuerwehr gerufen, wäre der Junge wahrscheinlich auch verbrannt. Die Polizei hielt das Ganze für einen Unfall, auch ich. Ein paar Wochen später, viel zu spät, entdeckten wir Spuren, die darauf hinwiesen, dass die Frau ermordet worden war. Und die Obduktion bestätigte, dass sich kein Rauch in der Lunge befand, dass sie also schon vor dem Brand tot gewesen sein musste.«

Leon blickte sie an, er schien ihr plötzlich zuzuhören.

»Wir konnten den Täter nicht fassen. Ich glaube, ich weiß, wer es war, aber intern galt der Fall als abgeschlossen. Und es gab weiterhin keine eindeutigen Beweise gegen den Mann. Heute lebt er irgendwo, und diese Tat lastet auf seinem Gewissen. Und gleichzeitig gibt es den Jungen, der nie Gewissheit erhalten hat, was wirklich geschehen ist. Und wissen Sie«, sie stellte sich neben Leon Eriksen, »das, was ich heute im Blick dieses Jungen sehe, will ich nie wieder bei irgendjemandem hervorrufen. Ich werde um jeden Preis dafür sorgen, dass derjenige, der Annika Johansson ermordet hat, zur Verantwortung gezogen wird.«

Tess setzte sich wieder hin.

»Aber ich weiß, dass man Sie für Annikas Verschwinden

verantwortlich machen wird. Ihre Fingerabdrücke im Auto, die Zeugen, die Sie in den Tagen des Geschehens in der Gegend gesehen haben … Vielleicht trägt auch der Wunsch, diesen Fall endlich abschließen zu wollen, dazu bei … Und wenn ich ehrlich sein soll, ist es mir auch lieber, Sie wandern dafür in den Knast als niemand.«

Leon Eriksen knirschte mit den Zähnen.

Tess schaute noch einmal auf die Uhr.

»Die Zeit ist um. Das war wahrscheinlich die letzte Chance, unter vier Augen zu sprechen. Schade, dass Sie sie nicht genutzt haben.«

Sie stand auf. Leon Eriksen räusperte sich und schlug mit den gefesselten Händen auf seinen Oberschenkel.

»Ich will mit diesem Morris reden. Bring ihn her.«

»Carsten Morris?«

Er nickte.

»Und noch etwas: Wenn ich verurteilt werde, will ich meine Strafe in einem schwedischen Gefängnis absitzen.«

»Warum? Was spielt das für eine Rolle?«

»Schweden«, sagte er und hob die Stimme. »Kümmere dich darum. Du bist doch hier so eine Art Super-Cop, du kriegst das bestimmt hin.«

Sein Gesichtsausdruck war wie ausgewechselt. Tess sah sich demselben aggressiven Blick gegenüber, dem bereits über ein Dutzend Frauen ausgesetzt gewesen waren.

»Hol Morris her, dann überlege ich mir, was ich über das Verschwinden des Mädchens weiß«, sagte Eriksen.

Der Wärter öffnete die Tür.

»Alles okay«, sagte Tess. »Geben Sie mir noch fünf Minuten.«

Sie wandte sich wieder an den Valby-Mann.

»Die Lage, in der Sie sich befinden, ist eigentlich nicht dazu angetan, irgendwelche Bedingungen zu stellen. Wir haben hier kein Kronzeugensystem, nach dem es Strafmilderungen geben könnte, nur weil jemand bereit ist zu reden.«

»Aber du willst etwas von mir, oder? Also ist es doch eine Win-win-Situation.«

Eriksen erhob sich plötzlich.

»Setzen Sie sich«, sagte Tess.

Als der Wärter ihnen signalisierte, dass die Zeit um war, hob Tess die Hand, um ihm zu bedeuten, dass sie so gut wie fertig waren.

»Ich werde sehen, was ich tun kann«, sagte sie. »Aber ich kann Ihnen nichts versprechen.«

Dann stand sie auf und verließ den Verhörraum.

Dienstag
27. Februar

Hastig nahm Rickard drei große Schlucke aus der Flasche. Es kratzte im Hals, und er schnappte nach Luft. Dann lehnte er sich auf dem Fahrersitz zurück und blickte auf das leere Fußballfeld. Die Schranken am Bahnübergang standen offen, erst in ein paar Monaten würde hier wieder die Dampflok des Museumzuges zu sehen sein.

Rickard erinnerte sich an einen Ausflug mit seinem Vater, an das einzige Mal, dass sie in seiner Kindheit etwas zu zweit unternommen hatten.

Es war Hochsommer, und sie fuhren mit dem Museumszug durch die Felder. Rickard war zehn und fasziniert vom lauten Pfeifen und dem schweren Qualm, der aus dem Schornstein der Lokomotive drang. Er und sein Vater standen auf einer Plattform zwischen den alten Waggons, und der Zug fuhr durch grüne Wälder bis nach Sankt Olof, wo sie sich an einem Kiosk ein Eis kauften. Er war davon ausgegangen, dass Stefan sie dort am Bahnhof erwarten und sie zu dritt zurückfahren würden. Als er begriff, dass sie auch auf der Rückfahrt nur zu zweit sein würden, lehnte er sich auf der Bank glücklich an seinen Vater.

Jetzt lag die Gegend verlassen da und wartete darauf, dass sich im Frühling die Dörfer belebten, die Restaurants wieder öffneten und die Straßen sich mit Touristen füllten. Eines Tages würde er seine Debbie mit auf eine Fahrt mit dem Museumszug nehmen. Wenn er sich ordentlich ins Zeug legte, würde sie ihm vielleicht die sechs verlorenen Jahre verzeihen. Woher hätte er auch wissen sollen, dass es sie gab?

Er nahm die Flasche vom Beifahrersitz und musterte sie. Heute hatte er sein Nüchternheitsgelübde gebrochen. Aber das, was er vorhatte, erforderte Mut, und den hatte er ohne die Flasche nicht.

Er nahm ein paar weitere Schlucke und schaute über die nebligen Felder, die in der Ferne mit dem Meer zu verschmelzen schienen. Wenn er wollte, dass sein Leben eine Wendung nahm, musste er handeln.

Er startete den Motor und fuhr auf die Landstraße. Ein paar Hundert Meter vor ihm lag das rote Backsteinhaus seines Vaters. Er fuhr in die kleine Einfahrt.

Die Haustür öffnete sich, und sein Vater Dan erschien auf der Treppe, mit seiner schwarzen Baseballkappe auf dem Kopf und eine Papiertüte in der Hand.

Rickard sah, dass er überrascht war.

Er schaltete den Motor aus und stolperte aus dem Auto.

»Sie haben den Dänen festgenommen«, sagte er. »Silver. Aber die Polizei glaubt nicht, dass er es war.«

»Hallo, Rickard. Wolltest du mich besuchen?«

Sie sahen sich an. Oder aneinander vorbei. Rickard wich seinem Vater aus, er spürte die Enttäuschung in seinem Blick.

Trotzig spuckte er den Tabakpriem aus und wischte sich die Hände an seiner Camouflage-Hose ab.

»Ich werde nicht hinnehmen, dass sie wieder von vorne anfangen, darin herumzuwühlen, und dass sie mich wieder vorladen.«

»Wollen wir reingehen?«, fragte sein Vater. »Ich habe Kaffee aufgesetzt.«

Er drehte sich um, ohne eine Antwort abzuwarten, und ging hinein.

Rickard blickte sich um, das Haus lag etwas abseits, es gab

nur wenige Nachbarn. Im Flur blieb er unsicher stehen. Wie lange wohnte sein Vater jetzt eigentlich schon hier? Lebte er allein, oder hatte er eine neue Frau? Daran hatte es ihm eigentlich nie gemangelt, genau wie Stefan hatte er immer wieder neue Freundinnen an seiner Seite, sowohl vor als auch nach der Krankheit ihrer Mutter und der Scheidung vor vielen Jahren.

»Wie geht es dir?«

Rickard überlegte, ob er seine Cowboystiefel ausziehen sollte. Das Gesicht seines Vaters verriet, dass er es von ihm erwartete. Aber die grüne Fleecejacke behielt er an.

»Ich halte das nicht noch einmal aus«, sagte Rickard und wischte sich mit dem Handrücken über die Nase.

»Das liegt doch längst hinter uns«, sagte sein Vater. »Denk nicht mehr dran. Komm rein und setz dich.«

Die Küche war spartanisch eingerichtet und wirkte unpersönlich. Es gab keinerlei Anzeichen für die Anwesenheit einer Frau. Rickard betrachtete seinen Vater von hinten. Sein Haar war an den Schläfen ergraut, und er wirkte gebeugt.

Aus dem gelben Küchenschrank nahm sein Vater zwei Tassen mit Untertassen und stellte sie auf den Tisch, dann nahm er die Kanne aus der Maschine und schenkte ihnen Kaffee ein.

»Milch?«

Rickard schüttelte den Kopf.

»Die Polizei hat recht«, sagte er dann. »Es war nicht der Däne.«

Sein Vater hob die Tasse und trank schweigend.

»Du weißt das so gut wie ich. Du warst in dieser Nacht auch zu Hause.«

Rickard wollte es nicht gelingen, den Henkel der kleinen Tasse zu ergreifen. Seine Hand zitterte.

»Was macht der Alkohol?«, fragte sein Vater.

Rickard sah sich in der Küche um. Es kam ihm absurd vor, hier zu sitzen und Kaffee zu trinken, als wäre nichts passiert. Er hatte nicht damit gerechnet, dass sie reingehen würden. Das Eingesperrtsein und die Stille störten ihn. Es wäre leichter gewesen, draußen zu reden.

»Wenn sie mich noch einmal zum Verhör vorladen, schieße ich mir eine Kugel in den Kopf.«

Sein Vater hob die Hand.

»Mach's nicht so dramatisch, Rickard, dafür gibt es gar keinen Grund.«

»Ich erinnere mich endlich«, sagte Rickard und starrte auf die Tischplatte.

Seine Stimme versagte, sie klang längst nicht so fest, wie er gehofft hatte. Sein Vater saß ganz still.

»Ich erinnere mich wieder an die Nacht. Es war die ganze Zeit da, aber mit … na ja, Lücken. Jetzt merke ich, wie sie sich langsam füllen, ich brauche mich nur zu konzentrieren, dann kommt alles wieder.«

Sein Vater ging zur Kaffeemaschine, um sich nachzuschenken. Fragend blickte er zu Rickard hinüber, aber der schüttelte den Kopf.

»Du hast doch auch gehört, wie Stefan mitten in der Nacht nach Hause gekommen ist. Es war spät, er versuchte, die Tür zuzuziehen, stellte die Dusche an. Was glaubst du, warum er geduscht hat? Es kann dir nicht entgangen sein, nur du und ich waren zu Hause. Und dann sein zerkratztes Gesicht …«

»Ich glaube, ich kann dir nicht ganz folgen.«

Dieser herablassende Ton! Es war haargenau wie immer.

»Das kannst du sehr wohl«, sagte er laut und stellte seine Tasse so heftig ab, dass der Kaffee überschwappte. »Aber du schützt ihn, wie du es immer getan hast.«

Er stand auf.

»Und ich musste alles einstecken. Immer und immer

wieder, damit bloß kein Schatten auf den großartigen Sohn fällt. Deinen Liebling. Gibt er dir Geld, damit du die Klappe hältst?«

Sein Vater trat einen Schritt auf ihn zu.

»Wenn du nur Streit suchst, muss ich dich jetzt bitten zu gehen.«

Rickard blinzelte. Eine Welle der Verachtung stieg in ihm auf.

»Du hast es nicht verdient, dass ich dich Vater nenne. Was hast du je für mich getan? Wer bist du überhaupt?«

Er stieß seinen Stuhl um, ging mit ein paar raschen Schritten in den Flur und zog sich die Cowboystiefel an.

Draußen ließ er den Motor aufheulen und kurbelte das Fenster herunter.

»Übrigens, du bist Großvater eines unehelichen Kindes. Aber das ist dir wahrscheinlich scheißegal«, brüllte er in Richtung des still daliegenden Hauses.

»Können Sie mir nicht einfach sagen, worüber Sie mit mir reden wollen?«, fragte Tess.

»Nicht am Telefon. Können wir uns treffen?«

Es hörte sich an, als wäre Rickard Mårtensson tatsächlich nüchtern.

Tess schaute auf die Uhr. Sie musste eigentlich auf direktem Weg zur Dienststelle. Eriksen schwieg weiterhin in sämtlichen Verhören, auch nachdem die dänische Polizei nach Malmö herübergekommen war. Abwechselnd hatten sie versucht, Carsten Morris zu erreichen, und die Staatsanwältin arbeitete an einem Haftantrag.

»Ich muss wenigstens ungefähr wissen, worum es geht«, sagte Tess.

Rickard seufzte.

»Ich wollte Ihnen erzählen, was mit Annika passiert ist. Klingt das vielversprechend?«

Tess fuhr rechts ran.

»Ich hoffe, es hat Hand und Fuß. Ich stecke gerade mitten in einer anderen wichtigen Ermittlung. Und noch etwas: Ich möchte, dass Sie nüchtern sind.«

»Ich habe keinen Tropfen getrunken. Mich juckt es überall, und ich würde sterben für ein Glas Bier. Aber um Ihnen zu zeigen, dass ich es ernst meine, bin ich nüchtern. Kommen Sie?«

»Nennen Sie mir einen Treffpunkt, dann bin ich in einer Stunde da.«

»Der Gyllebo-See. Wissen Sie, wo das ist?«

Tess schaute auf ihrer Karten-App nach.

»Bei Rörum?«

»Genau. Wenn Sie aus Malmö kommen, fahren Sie in Tomelilla ab und dann weiter über Smedstorp oder Gärsnäs.«

»Warum ausgerechnet dort?«

»Das werden Sie schon sehen.«

Tess überlegte schnell. Sicher war es riskant, zu einem verlassenen Ort mitten im Wald zu fahren, um sich mit einem unberechenbaren Alkoholiker zu treffen, der noch dazu Hauptverdächtiger in einem Vermisstenfall war. Andererseits wollte sie unbedingt wissen, ob er etwas Wichtiges zu erzählen hatte.

Tess bog nach Gyllebo ab, gut zehn Kilometer nördlich von Simrishamn. Da der weiße Ford nur wenige Hundert Meter vom Gyllebo-See entfernt gefunden worden war, ging sie davon aus, dass Rickard ihr etwas zu dem Auto sagen wollte.

In Gyllebo gab es eine Antroposophenkolonie, deren bunte Holzhäuser sich auffällig vom Rest des Ortes abhoben. Tess rief Marie an, die heute wegen Schwangerschaftsbeschwerden krankgeschrieben war, und erklärte ihr, was sie vorhatte.

»Wenn du innerhalb einer Stunde nichts von mir hörst, weißt du, wo du suchen musst.«

»Jawohl, ich werde den Grund des Sees umpflügen.«

Es war kurz vor drei. In einer Stunde würde es dämmern. Tess überquerte die Bahnlinie und sah das Schloss von Gyllebo ganz in der Nähe des Sees, ein hellgelbes, protziges Gebäude aus dem Mittelalter. Bis ins siebzehnte Jahrhundert war das Schloss in dänischem Besitz gewesen, dann war es, ebenso wie andere Schlösser in Schonen, im Tausch gegen die Insel Bornholm an Schweden gegangen.

Neben dem Schloss weideten mehrere Alpakas, ein seltsamer Anblick, so mitten im Wald. Tess fuhr auf den Parkplatz.

Der Gyllebo-See war einer der größten Binnenseen Schonens, aber wiederum auch nicht so groß, dass eine Leiche dort über so viele Jahre unentdeckt geblieben wäre. Falls das der Grund war, weshalb Rickard sich hier mit ihr treffen wollte. Der See hatte Mitte der Neunzigerjahre schon einmal eine Rolle in einer Mordermittlung gespielt. Damals war es um einen brutalen Mord an einer Frau aus Smedstorp gegangen, und man hatte die verstümmelte Leiche unter einem Steg gefunden. Nach Annikas Verschwinden war der Grund des Sees zumindest teilweise abgesucht worden, doch er war an manchen Stellen tiefer als an anderen und sehr schwer zugänglich. Jetzt lag er still da, das Ufer war noch eisbedeckt.

Neben dem kleinen Steg direkt am Parkplatz stand ein rostiger roter Volvo älteren Baujahrs.

Tess schaltete den Motor aus, steckte ihre Waffe in die Innentasche ihrer Jacke und stieg aus. Ein paar Enten glitten auf dem Eis am Ufer aus und landeten mit einem Platschen im See. Tess warf einen Blick in den verlassenen Volvo, dann ging sie zum Strand. Draußen auf dem Steg entdeckte sie einen großen dünnen Mann mit braunem Haar, der eine grüne Fleecejacke und eine graubeige Camouflage-Hose trug.

»Rickard Mårtensson?«, rief sie.

Der Mann drehte sich um, die Arme hatte er vor der Brust verschränkt. Er nickte ihr zu. Tess ging auf den Steg hinaus und schüttelte ihm die Hand. Er sah älter und verbrauchter aus, als sie erwartet hatte. Der Blick seiner leicht schräg stehenden Augen wirkte verletzlich. Keine gebleichten Zähne, maßgeschneiderten Anzüge oder weißen Hemden, wie bei seinem Bruder Stefan. Rickard wandte sich von ihr ab und blickte wieder auf den See hinaus.

»Als ich klein war, sind wir hier im Winter Schlittschuh gelaufen.«

Er zeigte auf die bewaldete Seite des Sees.

»Es gab heißen Kakao, Hockeyclubs, Familien mit Kindern, das ganze Programm. Wissen Sie, dass da draußen auf dem Grund ein Traktor steht?«

Tess sah ihn ungläubig an.

»Tatsächlich? Kaum zu glauben.«

Rickard wischte sich mit dem Handrücken die Nase ab.

»Ja, nicht wahr? Dahinten ist das Wasser richtig tief. Der Traktor ist grün, ein klassischer John Deere. Vor ungefähr zwanzig Jahren waren ich und mein Kumpel Roger unterwegs, wir haben richtig einen draufgemacht. Wir klauten einen Traktor von einem Hof in Bondtofta. Es war saukalt, und überall lag Schnee. Wir hatten Spaß, tranken Bier und fuhren herum. Plötzlich kamen wir auf die grandiose Idee, das Eis zu testen. Wir fuhren einfach auf den See hinaus. Es war ein wirklich geiles Gefühl. Aber als wir ungefähr in der Mitte waren, brach das Eis. Natürlich, was sonst? Ich habe immer noch das Knacken im Ohr. Es dämmerte gerade, genau wie jetzt. Ich erinnere mich, dass ich mir vor allem Sorgen darüber machte, es könnte jemand im Schloss sein und uns sehen. Schon komisch, dass man sich wegen so was Stress macht, wenn man gerade dabei ist, mit einem tonnenschweren Traktor ins Eis einzubrechen.«

Rickard sah sie von der Seite an, als wolle er sich vergewissern, dass Tess ihm auch wirklich zuhörte.

»Und dann?«, fragte sie.

»Ja, wir brachen also ein. Ganz langsam. Gerieten mit dem ganzen Scheiß unter die Eisdecke, das Wasser war furchtbar kalt und … ja, ich weiß nur noch, dass Wasser in das Fahrerhäuschen drang und ich dachte: Mund zu und raus hier. Ich zerrte an Roger, und irgendwie gelang es uns, durch das Fenster raus und an die Oberfläche zu kommen. Wir schwammen, bis wir das Loch fanden, zogen uns aufs Eis und krabbelten an Land.«

Rickard zeigte auf das Ufer.

»Dann standen wir da und sahen, wie der Traktor sank. Es war irgendwie großartig. Und dabei unglaublich still. Das Wasser öffnete und schloss sich wieder, verschlang den Traktor. Die Scheinwerfer waren noch an und leuchteten einen Moment lang geradewegs in den Himmel, obwohl sie schon unter Wasser waren. Dann war der Traktor verschwunden. Ein bisschen wie bei der *Estonia*.«

Er lachte.

»Wir rannten nach Hause, mit abgefrorenen Hintern. Ich weiß, dass Roger es niemandem erzählt hat. Jetzt ist er tot, er starb vor vielen Jahren bei einem Motorradunfall in der Nähe von Fågeltofta. Nahm unser Geheimnis mit ins Grab.«

Rickard schwieg. Ein paar Enten schwammen am Steg vorbei.

»Ich habe oft gedacht, Annika ... oder was von ihr übrig ist, könnte da unten bei dem Traktor liegen. Manchmal bin ich hier rausgefahren und hab mich auf den Steg gesetzt, um mit ihr zu reden. Es fühlt sich an, als wäre sie mir hier nah.«

Rickard schwieg erneut.

»Sie haben den See durchkämmt, aber nicht so weit draußen. Zumindest habe ich nicht gehört, dass sie einen Traktor gefunden haben.«

»Dieser Roger, war der ein gemeinsamer Freund von Ihnen und Ihrem Bruder?«, fragte Tess. Schon wieder ging es um Stefans Alibi. Das konnte kein Zufall sein.

Rickard nickte.

»Ja, aber hauptsächlich hatte ich mit ihm zu tun. Mein Bruder hat wahrscheinlich nur Eindruck auf ihn gemacht.«

Er runzelte die Stirn.

»Ich habe in meinem Leben ziemlich viel Scheiße gebaut

und war ständig betrunken. Aber ich habe nie einen Menschen getötet. Dieses Mädchen habe ich geliebt. Mehr, als ich je irgendjemanden geliebt habe. Es ist nicht witzig, wenn ich daran denke, wie sie mich am Ende abserviert hat, aber ich hätte sie niemals töten können.«

»Ist das der Grund, weshalb wir hier sind, weil Sie mir das erzählen wollten?«

Rickard schüttelte den Kopf.

»Nein, nicht nur.«

Unterhalb des Stegs schwammen die Enten in der Hoffnung auf Futter im Kreis.

»Ich glaube, die Polizei sollte dort noch einmal suchen, vielleicht gibt es da unten noch etwas anderes Interessantes. Das Auto, in dem sie anscheinend transportiert worden war, wurde ja auch ganz in der Nähe gefunden. Wenn man eine Leiche an dem Traktor festbinden würde, wäre das doch das perfekte Versteck.«

»Ziemlich ausgebufft«, sagte Tess. »Im Dunkeln runterzutauchen, die Leiche zu versenken und anzubinden … Und wer weiß, wie viel nach sechzehn Jahren überhaupt noch übrig wäre. Die Fische, die Strömung …«

»Ich habe mich erkundigt. Skelette halten sich in Süßwasser besser als in Salzwasser.«

»Ich werde das prüfen und schauen, was wir tun können. Leider gibt es gerade eine Menge anderer Dinge, die Vorrang haben. Sie haben sicher gelesen, was in Malmö passiert ist.«

Rickard unterbrach sie.

»Der Däne war es nicht.«

»Wie können Sie sich da so sicher sein?«

Er drehte sich zu ihr um.

»Weil ich weiß, wer es war.«

Tess stampfte mit den Füßen, um nicht zu frieren. Sie spürte das Gewicht der Waffe in ihrer Jacke.

Es gefiel ihr nicht, mit Rickard so weit draußen auf dem Steg zu stehen. Unter der abgehärmten Oberfläche erahnte sie eine unterdrückte Aggressivität, die schon viele Jahre gärte und nur darauf wartete, sich ihren Weg zu bahnen.

»Wir gehen zu den Autos, dann können Sie es mir dort erzählen«, sagte sie und bedeutete ihm vorauszugehen.

Im Schloss waren einzelne Fenster erleuchtet.

Schweigend gingen sie zum Parkplatz. Dort angekommen, setzte Rickard sich auf die Kofferraumhaube und steckte sich eine Zigarette an.

Tess schaute auf ihr Handy und stellte fest, dass Marie angerufen hatte. Sie schrieb ihr eine Nachricht: *Bin noch am See, alles unter Kontrolle.*

»Okay, Rickard, jetzt will ich hören, was Sie mir zu sagen haben. Bis auf die Enten sind wir hier ganz allein.«

»Sind Sie die Chefin bei der Polizei?«

»In gewisser Weise, ja. Ich leite das Team, das sich um alte unaufgeklärte Morde kümmert. Annikas Fall gehört dazu.«

Rickard musterte sie.

»Ich hab Sie im Fernsehen und auf Fotos gesehen.«

Er wischte sich über die Mundwinkel.

»Dann wissen Sie also Bescheid über alles, was nach Annikas Verschwinden passiert ist? Ich meine das ganze Drumherum?«

»Ich weiß alles, was herausgefunden wurde, was leider nicht sehr viel ist.«

»Nein, denn wo, verdammt noch mal, ist sie?«

Er breitete die Arme aus. Dann spuckte er auf den Boden.

»Über mich wissen Sie dann wahrscheinlich auch alles?«

»Weiß man jemals alles über einen Menschen?«, meinte Tess. »Zumindest habe ich ein einigermaßen vollständiges Bild von Ihrer Herkunft und Ihrer Familie. Stört Sie das?«

Rickard lachte.

»Nein, ach was. Ich habe nichts zu verbergen. Ich habe gemacht, was ich wollte, und das tue ich immer noch, dazu stehe ich. Was soll ich auch sonst tun?«

»Frau, Kinder, Beruf?«

Rickard hob abwehrend die Hände. Er schwieg einen Moment. Dann sagte er:

»Kinder sind nicht schwer zu bekommen. Viel schwerer ist es, sie zu behalten.«

Er blickte auf den See hinaus.

»In der Nacht, in der Annika verschwand, war ich stockbesoffen, das wissen Sie. Um vier Uhr nachts wachte ich auf. Ich schaute auf den Radiowecker, es war genau vier Uhr zwanzig. Mir war schlecht vom Alkohol, aber das war nicht der Grund, warum ich aufgewacht bin. Es war die Haustür. Die war irgendwie nicht in Ordnung. Stefan und ich versuchten nachts immer, sie leise aufzumachen und uns reinzuschleichen, aber das war unmöglich. Die Tür quietschte immer und hatte sich auch irgendwie verzogen, sodass es schwierig war, sie richtig zuzubekommen.«

Er hustete.

»Ich wachte also auf. Lag in meinem Bett und lauschte. Hörte, wie jemand sich die Schuhe auszog und im Flur etwas umfiel. Wir hatten unten ein zweites Bad, und die Dusche ging an, lief vielleicht fünf Minuten. Ich erinnere mich, dass mir das komisch vorkam. Stefan und ich duschten nie, wenn wir nachts nach Hause kamen. Darauf wären wir gar nicht gekommen. Am Morgen danach dachte ich nicht mehr daran, ich hatte einen Wahnsinnskater und kotzte im oberen Bad in die Toilette.«

Rickards Miene war hochkonzentriert. Tess erinnerte sich nicht, in dem tausendseitigen Ermittlungsbericht etwas über diese Erinnerungen gelesen zu haben.

»Wer war es, der da nach Hause kam?«

Rickard antwortete nicht sofort.

»Meine Mutter war übers Wochenende verreist, und mein Vater schlief unten in seinem Zimmer. Bleibt nur einer, der noch einen Hausschlüssel hatte.«

Ein Flügelschlagen durchschnitt die Luft, und eine Reihe Kraniche flog über den See.

Rickard schüttelte den Kopf, kramte in den Taschen seiner Fleecejacke und zog erneut seine Zigarettenschachtel heraus, die er ihr diesmal hinhielt.

»Danke, nein. Erzählen Sie weiter.«

Sie lehnte sich an ihren Dienstwagen, zog den Schal enger und schlang die Arme um sich, um die Wärme zu halten. Rickards glühende Zigarette leuchtete im Halbdunkel.

»Okay, wie auch immer, in den Tagen danach dachte ich nicht mehr daran. Ich sah Stefan auch nicht, er war oft tagelang weg, hatte immer mehrere Frauen gleichzeitig am Laufen. Und dann ging der Zirkus los. Annika wurde vermisst, überall herrschte Chaos, und die Polizei fing an, mich auszuquetschen. Immerhin durfte ich bei der Suchaktion dabei sein ...«

Rickard zuckte die Achseln.

»Völlig sinnlos. Ich wusste, dass sie tot war, ich spürte das. Sie sollte am Montag ihren Ferienjob in einem Kindergarten antreten. Darauf hatte sie sich riesig gefreut, sie wäre niemals freiwillig weggeblieben. Ich spürte, dass wir auch ihre Leiche nicht finden würden. Aber ich wollte dabei sein, obwohl mich die Leute schräg anguckten. Ich versuchte, mir nichts daraus zu machen, aber es war ziemlich klar, dass alle dachten, ich hätte etwas mit Annikas Verschwinden zu tun.«

»Haben Sie sich gar keine Sorgen gemacht, was mit ihr geschehen sein könnte?«

Rickard zog ein paarmal an der Zigarette.

»Doch, klar. Nachdem Annika verschwunden war, war auch von meinem Bruder nichts mehr zu sehen. Kein einziges

Mal hat er an den Suchaktionen teilgenommen. Schon merkwürdig, dachte ich, alle anderen sind dabei, aber er lässt sich tagelang nicht blicken.«

Rickard drückte seine Zigarette auf dem Autodach aus und warf den Stummel auf den Parkplatz.

»Und dann wurde es noch merkwürdiger. Nach der letzten Suchaktion hörte ich ihn abends nach Hause kommen. Ich ging die Treppe runter, um mit ihm zu reden.«

Rickard zog eine neue Zigarette heraus und zündete sie rasch an. Zog ein paarmal, dann schaute er zum Himmel.

»An den Wangen und auf der Stirn hatte er tiefe Kratzer. Es sah aus, als wären sie ein paar Tage alt.«

Er hob einen Finger und strich sich über die Wange.

»Einen quer über die rechte Wange, also so. Dann noch einen tieferen auf der Stirn, oben am Haaransatz.«

Tess runzelte die Stirn. Auch davon hatte er in den bisherigen Ermittlungen nichts erwähnt.

»Was haben Sie zu ihm gesagt? Haben Sie ihn zur Rede gestellt und gefragt, woher er sie hatte?«

Rickard schüttelte den Kopf.

»Nichts. Ich brachte kein Wort heraus. Wir standen beide nur da und starrten uns an. Plötzlich fiel mir die Nacht ein, in der Annika verschwunden war, wie ich die Tür gehört hatte und anschließend die Dusche ... Alles kam wieder hoch.« Rickard sprang vom Auto herunter. »Mein Bruder hat wochenlang ein Basecap getragen, das er sich tief in die Stirn zog.«

Tess sagte nichts. Sie öffnete den Kofferraum ihres Autos und zog ihre gefütterte schwarze Dienstjacke heraus. Vor Kälte tat ihr das verletzte Ohr wieder weh.

»Ich war neulich bei Stefan«, sagte sie und schloss den Kofferraum. »In seinem neuen Haus in Vik, um ihm ein Foto des Dänen zu zeigen.«

»Mann, Scheiße!« Rickard trat ein paar Schritte auf sie zu. »Jetzt vergessen Sie doch mal diesen Dänen, er war's nicht!«

Rickard stand da und starrte sie an, dann warf er seine Zigarette weg.

»Was für eine Zeitverschwendung, mit euch zu reden!«

»Jetzt beruhigen Sie sich erst mal.«

Tess zog ihr Handy heraus und wählte Maries Nummer.

»Bin noch am See, rufe gleich noch mal an«, sagte sie und legte auf. »Es wird spät, ich muss wieder. Stefan behauptet, er habe damals bei Roger übernachtet, wissen Sie irgendwas darüber?«

Rickard schnaubte verächtlich.

»Bullshit. Ganz bestimmt nicht. Ich habe ihn doch gehört. Sie sind die Erste, der ich das erzählt habe.«

»Warum erst jetzt?«

Rickard schüttelte den Kopf.

»Leute wie Sie haben keine Ahnung, wie es ist, ein Paria zu sein, einer, von dem niemand etwas wissen will. Dem niemand irgendwas glaubt. Wer hätte denn auf einen Loser wie mich gehört? Alle waren davon überzeugt, dass ich es war. Keiner interessierte sich dafür, was ich vielleicht zu sagen gehabt hätte. Vor allem nicht, wenn es um meinen Bruder ging, der so erfolgreich und beliebt ist.«

»Aber als der Verdacht auf Sie fiel, hätten Sie es doch sagen können? Sie wollen doch nicht behaupten, dass Sie sich stattdessen lieber geopfert haben?«

»Mein Vater wusste, dass ich zu Hause war, er hat mich kommen hören. Danach haben wir nie wieder darüber geredet. Das ganze Thema war tabu. Seitdem trinke ich. Und um ehrlich zu sein, war es verdammt schön, sich den ganzen Mist aus dem Kopf zu ballern.«

»Weshalb haben Sie Ihre Meinung geändert? Warum reden Sie jetzt?«

Rickard blickte erneut zum Himmel.

»Die Bilder kamen plötzlich wieder. Und dann erfuhr ich, dass Stefan wieder hierhergezogen ist. Ich habe seinen verdammten Prachtbau gesehen. Und gleichzeitig wird die ganze Sache mit Annika neu aufgerollt. Also, wie lange soll er noch davonkommen?«

Um sie herum war es jetzt stockdunkel. Von Weitem sah Tess Autoscheinwerfer, die sich näherten, dann aber abbogen; wahrscheinlich parkte das Auto vor einem der Häuser in Gyllebo.

»Warum hätte Ihr Bruder Annika etwas antun sollen?«

Rickard beugte sich über das Auto.

»Es wäre ja die ultimative Erniedrigung für mich gewesen, wenn er mir mein Mädchen ausgespannt hätte. Er ertrug den Gedanken nicht, nicht jede gehabt zu haben.«

Tess öffnete die Autotür.

»Das erklärt aber nicht, warum er sie getötet haben soll.«

Rickard trat ganz nah an sie heran. Er war mindestens einen Kopf größer. Kühl betrachtete sie sein vernarbtes Gesicht. Sie spürte das Gewicht der Waffe in ihrer Tasche.

»Annika war schwanger, als sie starb.«

Tess hob die Augenbraue und schüttelte den Kopf.

»Das sind ja plötzlich eine ganze Menge neuer Informationen. Woher wissen Sie, dass sie schwanger war?«

Rickard trat einen Schritt zurück.

»Ihr Bruder, Axel Johansson, hat es mir ein paar Tage vor ihrem Verschwinden gesagt. Er drohte mir, mich totzuprügeln, wenn es meins wäre, dieser Schwächling. Was für ein Witz!«

»Es war aber nicht Ihres?«

»Nein, das wäre auch zu schön gewesen. Sonst wäre vielleicht alles ganz anders gekommen.«

»Was hat es in Ihnen ausgelöst, dass die Frau, die Sie liebten, von einem anderen schwanger war?«

Rickard zuckte die Achseln.

»Es war sowieso vorbei.«

»Ging es in dem Streit mit Axel um die Schwangerschaft? Ich meine, vor dem Paviljong, in der Nacht, in der Annika verschwand?«

Rickard nickte und sog die kalte Luft tief ein.

Tess schloss die Fahrertür wieder und sah auf die Uhr.

»Sie behaupten also, Annika sei schwanger gewesen und Sie hätten das ein paar Tage vor ihrem Verschwinden erfahren. Und Sie glauben, Ihr Bruder war der Vater des Kindes und er hat Annika ermordet, weil sie schwanger war und er Panik bekam?«

Rickard grinste schief.

»Fällt Ihnen was Besseres ein? Für mich klingt das völlig plausibel. Wahrscheinlich hat er versucht, sie zu einem Schwangerschaftsabbruch zu überreden, sie weigerte sich, und sie fingen an zu streiten. Das eine führte zum anderen, und dann sah er keinen anderen Ausweg mehr, als sie verschwinden zu lassen.«

»Und anschließend, glauben Sie, hat er sie hier versenkt? Neben dem Traktor?«

Sie blickte auf den dunklen See hinaus.

»Ja, es gibt nur eine Person, der ich von dem Traktor erzählt habe, und das ist Stefan.«

»Und was ist mit dem Auto?«

»Für ihn war es nicht weiter schwer, daranzukommen, es gab ja massenhaft Autos in der Werkstatt in Gärnäs.«

»Und die Fingerabdrücke des Valby-Mannes im Auto, wie erklären Sie sich die?«

»Keine Ahnung, vielleicht hat er sich den Wagen vorher ausgeliehen, was weiß ich? So was hält sich doch lange. Aber der Valby-Mann hat sie auf keinen Fall getötet.«

»Woher wissen Sie das?«

»Weil ich Ihnen gerade erklärt habe, wer es war. Wie schwer ist das denn zu kapieren? Die Dusche, das fehlende Alibi, die Kratzer, und an der Suchaktion hat er sich auch nicht beteiligt …«

Tess trat gegen einen Stein auf dem Boden.

»Wenn so etwas erst sechzehn Jahre später herauskommt, ist es schwierig zu überprüfen.«

»Was glauben Sie denn, wen sie damals für ihre Schwangerschaft verantwortlich gemacht hätten? Es hätte mich kaum weniger verdächtig gemacht.«

»Und warum hat Axel Ihrer Meinung nach nichts gesagt?«

»Er wollte wahrscheinlich den Ruf seiner Schwester nicht in den Dreck ziehen.«

Tess musste an das Tagebuch denken, das aus Annikas Zimmer verschwunden war und von dem man annahm, dass Axel es an sich genommen hatte. Vielleicht hatte sie dort etwas über ihre Schwangerschaft geschrieben? Wie reagierte ein überbehütender Bruder, wenn er erfuhr, dass seine kleine Schwester von einem Mann schwanger war, den er nicht ausstehen konnte?

Sie holte das Phantombild aus ihrer Tasche und leuchtete es mit der Taschenlampe an.

»Kennen Sie diesen Mann?«

Rickard nickte.

»Klar, das ist der Däne, den Sie verhaftet haben. Silver. Ich habe mich nie mit ihm unterhalten, aber ich erinnere mich, dass er eine Weile hier in der Gegend abhing. Ziemlich irre, wenn Sie mich fragen.«

Tess schwieg. Atmete die kalte Abendluft ein.

»Ein Zeuge, der vom Waldrand aus den Täter beobachtet hat, meinte, er hätte ein Markenzeichen auf der Jacke gesehen. Es könnte ein Pferd gewesen sein. Hatte Stefan mal so eine Jacke?«

Rickards Augen verengten sich zu Schlitzen.

»Machen Sie mit meiner Aussage, was Sie wollen, Hauptsache, er kommt nicht noch einmal davon.«

Sie sah zu ihm auf.

»Sie reden unterdessen mit niemand anderem darüber, okay?«

»Ich habe sechzehn Jahre lang die Klappe gehalten, da halte ich es wohl noch eine Weile aus.«

»Ihr Vater. Mit ihm würde ich auch gerne noch mal über das reden, was Sie mir gerade erzählt haben.«

Rickard lachte freudlos.

»Klar, versuchen Sie 's.«

Er stieg in seinen Volvo und gab Gas. Tess stieg in ihr eigenes Auto und folgte ihm, stellte die Heizung auf die höchste Stufe. Ihre Nase war eiskalt, und sie spürte ihre Hände und Füße nicht mehr.

Als sie auf die Landstraße einbog, sah sie, wie Rickards Rücklichter in die andere Richtung verschwanden. Sie hielt am Straßenrand, schaltete den Motor aus und dachte noch einmal darüber nach, was Rickard ihr erzählt hatte.

Könnte eine ungewollte Schwangerschaft der Grund gewesen sein, Annika zu ermorden?

Und die Anschuldigungen gegenüber Stefan, waren sie begründet, oder versuchte Rickard einfach nur, von sich abzulenken?

Mittwoch
28. Februar

Tess und Marie fuhren zu Stefan Mårtenssons Maklerbüro am David Halls Torg in Malmö. Seit der Verhaftung des Valby-Mannes konnte Tess sich vor Interviewanfragen kaum retten. Zeugen am Flughafen Sturup hatten die dramatischen Szenen gefilmt. Gestern hatte Tess Blumen von ihrer Mutter bekommen, die ihr gratulieren und sich für ihren Einsatz bedanken wollte.

»Das Schlimmste ist, dass diese Griechin überall als deine Lebensgefährtin bezeichnet wird«, sagte Marie.

»Was?«

»Das wirft nicht gerade ein gutes Licht auf dich.«

Tess zuckte die Achseln.

»Die Reporter suhlen sich ja gerade in der Vorstellung, wie zwei lesbische Frauen von einem Monster vergewaltigt werden. Ziemlich erniedrigend. So würde nicht berichtet werden, wenn es sich um einen männlichen Polizisten handeln würde.«

»Und wenn es zwei Schwule gewesen wären?«

»Dann vielleicht.«

Tess stieg aus dem Auto. Stefan Mårtensson erwartete sie vor seinem Büro.

»Ich wollte Sie eigentlich auch schon anrufen«, sagte er, als Tess ihm die Hand schüttelte. »Ich habe noch einmal darüber nachgedacht, wann genau dieser Silver und ich in der ›Garage‹ in Gärsnäs aneinandergerieten. Ich glaube, es war tatsächlich der Sommer, in dem Annika verschwand. Irgendwann um die Schulabschlussfeier herum.«

»Wieso fällt Ihnen das gerade jetzt wieder ein?«

»Es war der Sommer, in dem Rickard und ich am meisten Zeit in der Werkstatt verbrachten. Und es war ganz sicher, bevor Annika verschwand. Ich bin anschließend nie mehr dort gewesen.«

»Gab es dafür einen bestimmten Grund?«

»Nun ja, es wurde alles so anstrengend.«

Stefan bat sie in sein Büro. Genau wie bei ihm zu Hause war fast alles weiß, hell und glatt. Eine der Wände war komplett mit Verkaufsexposés bestückt.

Tess musterte sie.

»Interessiert?«, fragte Stefan.

»Vielleicht irgendwann mal. Sie setzen anscheinend vor allem auf Österlen?«

Stefan trat neben sie.

»Ich kenne die Gegend, das macht einen als Makler glaubwürdig. Und das Interesse an der Küste steigt jedes Jahr«, sagte er.

»Västerlen?«, fragte Marie und zeigte auf ein Haus. »Haben Sie sich das ausgedacht?«

Stefan lachte.

»Maklersprache. Gemeint ist: westlich von Ystad bis rauf nach Helsingborg. Vielleicht nennt es bald jeder so.«

»Mein Polizistinnengehalt würde gerade einmal für die Hälfte von dem da reichen«, sagte Marie und zeigte auf einen baufälligen Holzschuppen auf einem Grundstück.

Stefan Mårtensson zuckte die Achseln. Er führte sie in einen Besprechungsraum, und sie ließen sich auf orangefarbenen Stühlen nieder.

Tess legte ihre Hände auf die Tischplatte.

»Also, wir sind heute aus einem bestimmten Grund hier.

Es gibt da ein paar Dinge, die wir einfach nicht zusammenbekommen.«

Stefan runzelte die Stirn.

»Was für Dinge?«

»Ihr Bruder behauptet, dass Sie in der Nacht von Annikas Verschwinden morgens gegen vier nach Hause kamen. Er ist sich sicher, Sie gehört zu haben. Vor allem aber will er in den darauffolgenden Tagen Kratzwunden in Ihrem Gesicht gesehen haben. Auch haben Sie sich nicht an den Suchaktionen beteiligt, obwohl alle anderen dabei waren. Und Ihr Alibi ist leider verstorben.«

Stefan schüttelte ein wenig den Kopf, die Falte auf seiner Stirn wurde tiefer.

»Hören Sie nicht auf diesen Säufer.«

»Dann stimmt es also nicht?«

»Mein Bruder ist Alkoholiker, er bringt Zeiten, Menschen, Orte und so weiter durcheinander. Ob es Dienstag oder Mittwoch ist, spielt in seinem Leben keine Rolle mehr.«

Tess versuchte es mit einer Lüge.

»Es gibt allerdings noch eine zweite Person, die uns etwas von den Kratzern erzählt hat.«

»Wer?«

»Dazu kann ich nichts sagen.«

Stefan stand auf und seufzte. Er kehrte ihnen den Rücken zu. Nach einer Weile drehte er sich wieder um.

»Okay. Diese Kratzer gab es, und sie hatten einen ziemlich peinlichen Grund.«

Er setzte sich wieder.

»Was das andere angeht, ist mein Bruder völlig auf dem Holzweg. Ich war in der Nacht nicht zu Hause. Ich war bei … bei einer Frau.«

»Okay. Warum haben Sie das nicht früher gesagt? Dann haben Sie also das andere Alibi bloß erfunden?«

Stefan zog eine Grimasse.

»Es hätte einen Riesenskandal gegeben, und ihr Mann drohte, mich umzubringen.«

»Wer war es denn?«

»Eine Freundin meiner Mutter.«

»Name?«

Stefan blickte verlegen auf seine Hände hinab.

»Louise Granqvist.«

Tess und Marie sahen sich an. Erst vor wenigen Tagen hatten sie die Zeugin Louise zu Hause besucht, um mit ihr über jene Nacht zu sprechen. Und jetzt kam Stefan und behauptete, damals bei ihr gewesen zu sein.

Tess bat ihn weiterzuerzählen.

»Sie war sehr viel älter als ich, über vierzig, inzwischen um die sechzig. Ja, heute kann ich darüber lachen, aber damals war es nicht besonders lustig. Ihr Mann kam am frühen Morgen plötzlich nach Hause. Eigentlich hätte er auf Dienstreise sein müssen. Ich hörte ihn auf der Treppe, konnte mir gerade noch die Hose anziehen, lief zum Fenster und sprang hinaus. Dabei bin ich in den Rosen gelandet ...«

Stefan fasste sich an die Wange.

»Ich trug tiefe Kratzer davon und stieß mir den Kopf an einem Baumstumpf. Der Typ stand oben am Fenster und brüllte, er würde mich umbringen. Meine Hose rutschte mir herunter, während ich davonkroch, ich war total schmutzig und bekam weitere Kratzer ab. Ich sah schlimmer aus als Sie gerade.«

Tess führte eine Hand an ihr Auge. Sie hatte ihr Veilchen beinahe vergessen.

»Ich war starr vor Schreck.«

»Um welche Uhrzeit war das?«, fragte Tess.

»Kurz nach sechs, ich erinnere mich, dass ich auf die Uhr geschaut habe.«

»Wohin sind Sie dann?«

»Ich streunte in der Gegend herum, ich wollte meinem Vater so nicht begegnen und wartete, bis ich dachte, dass alle weg waren. In den nächsten Tagen habe ich ebenfalls versucht, mich so wenig wie möglich draußen blicken zu lassen. Dachte, der Typ würde seine Drohung wahr machen, wenn er mir auf der Straße begegnete.«

»Waren Sie deshalb nicht bei den Suchaktionen dabei?«

»Ja, es hätte ja auch merkwürdig ausgesehen, wenn ich da mit zerkratztem Gesicht aufgekreuzt wäre.«

»Haben Sie Louise nicht um ein Alibi gebeten, als die Polizei danach fragte?«

»Doch, aber sie weigerte sich. Ihr Mann hatte ihr ebenfalls gedroht. Wäre ja auch peinlich für ihn gewesen, wenn das rausgekommen wäre. Und da fand er wohl, es wäre eine gerechte Strafe, wenn ich kein Alibi hätte. Aber zum Glück für uns alle hakte die Polizei nicht weiter nach. Louise war eine der engsten Freundinnen meiner Mutter, das alles war ziemlich peinlich.«

»Das stimmt«, sagte Marie. »Mit heruntergelassener Hose erwischt zu werden ist wahrscheinlich nie schön. Ich habe gehört, Sie sind damals durch einige Betten gehüpft?«

Stefan seufzte erneut.

»Jugendsünden. Ich war so angeödet, war es so leid, in Simrishamn zu leben, und wollte einfach nur weg. Mein Bruder soff, und ich riss Frauen auf.«

»Aber nicht Annika?«

Er machte eine abwehrende Handbewegung.

»Nein, die nicht. Sie war mir damals einfach zu jung.«

Marie hob die Augenbraue.

»Louise wohnte ganz in der Nähe des Wäldchens, hat sie Ihnen nie erzählt, dass sie in der Nacht etwas Seltsames gehört hat?«

Stefan sah sie erstaunt an.

»Nein, sie hatte wohl Angst, dass das Ganze dann herausgekommen wäre. Ich erinnere mich nur, dass ich schlief und dass sie mich weckte, als ihr Mann plötzlich nach Hause kam.«

Tess nickte.

»Und nach diesen Kratzern hat Sie auch nie jemand gefragt?«

»Keine Ahnung, wahrscheinlich habe ich irgendeine Ausrede erfunden. Da ich mich von allem fernhielt, heilte das meiste, bevor mich wieder jemand näher ansah.«

Er schwieg.

»Ach, genau, ich trug die ganze Woche eine Baseballkappe, damit man die Wunden nicht so sah.«

Er deutete auf seine Stirn.

Tess stand auf.

»Innerhalb einer Woche haben wir jetzt zwei verschiedene Erklärungen bekommen, was Sie in jener Nacht gemacht haben. Ich hoffe für Sie, dass sich diese hier als wahr herausstellt. Wir werden Louise kontaktieren. Lebt ihr Mann noch?«

Stefan stand ebenfalls auf.

»Keine Ahnung. Aber das Ganze ist doch längst verjährt?«

Tess antwortete nicht. Sie stand auf und sagte im Gehen, dass sie sich wieder bei ihm melden würden.

»Denkst du das Gleiche wie ich?«, fragte Tess, als sie wieder im Auto saßen.

»Das weiß ich nicht«, sagte Marie. »Aber zumindest ist es eine unterhaltsame Geschichte, wenn das wirklich so stimmt. Wirklich raffiniert vom Ehemann, dafür zu sorgen, dass er kein Alibi für die Nacht hatte. Hut ab!«

»Ein komischer Zufall ist es aber schon, dass er in der Nacht so nahe am Tatort war«, sagte Tess. »Noch dazu im Haus einer Zeugin. Glaubst du ihm, dass er nichts gehört hat?«

Marie schnaubte.

»Ich weiß nicht.«

Tess rief Lundberg an und gab ihm den Namen von Louise Granqvist durch. Sie bat ihn, Kontakt zu ihr aufzunehmen und Stefans neues Alibi zu überprüfen.

Tess bog zum Hauptbahnhof ab und fuhr dann weiter Richtung Kirseberg, wo sie Marie absetzen wollte.

»Wo Carsten Morris wohl abgeblieben ist?«, sagte Tess nachdenklich. »Er hat doch bestimmt von dem Überfall auf meine Wohnung gehört. Hätte er sich da nicht bei mir melden müssen?«

»Eingewiesen, tippe ich mal«, sagte Marie und steckte sich ein Bonbon in den Mund.

»Meinst du?«

Marie legte einen Fuß auf das Armaturenbrett.

»Ja, er hat Panikattacken. Wir haben uns ein bisschen unterhalten, und er hat mir von den Beruhigungsmitteln erzählt, die er ständig einwirft. Du weißt ja, die Anti-Stresskugeln, Tabletten, dieser glasige Blick – er war im Prinzip permanent high, als er bei uns war.«

Tess war erstaunt.

Anscheinend hatten Marie und Carsten Morris doch mehr Kontakt gehabt, als sie gedacht hatte.

»Mir ist aufgefallen, dass ihr euch gut verstanden habt.«

»Ja. Aber erst mal habe ich ein anderes Projekt am Laufen.« Sie klopfte sich auf den Bauch.

Tess war kurz abgelenkt und musste scharf bremsen, als eine Frau plötzlich über die Straße lief.

»Und wie geht es dir?«, fragte Marie. »Hast du dich noch mal bei Angela gemeldet?«

»Nein. Warum sollte ich?«

»Weil du sie immer noch liebst, und weil du mir von eurer Begegnung auf dem Friedhof erzählt hast zum Beispiel.«

»Nein, dazu braucht es schon mehr. Da wird nichts mehr draus.«

Sie bog in Maries Straße ein.

»Sure«, sagte Marie und öffnete die Autotür. »Bis bald!«

Tess fuhr zum Västra Hamnen hinunter, stellte ihr Auto ab und ging zum Strand. Die Wellen schlugen hoch, und ausnahmsweise einmal waren sowohl die Brücke über den Öresund als auch die Skyline Kopenhagens in der Abenddämmerung zu sehen. Ein Frachtschiff mit der Aufschrift »Delta tankers« fuhr vorbei. Tess setzte sich auf einen Holzsteg, sog die Meeresluft ein und spürte die Müdigkeit in Kopf und Gliedern.

Dann zog sie ihr Handy heraus, loggte sich bei Facebook und Instagram ein, entdeckte jedoch keine neuen Posts von Angela. Sie selbst konnte sich kaum erinnern, wann sie das letzte Mal ihren Status aktualisiert oder ein Foto hochgeladen hatte. Ihre Follower mussten ganz schön enttäuscht sein, oder sie rechneten einfach nicht mehr mit ihr. Eigentlich gehörte es zum guten Ton, Dinge aus seinem Leben preiszugeben. Alles andere war, wie Monopoly mit jemandem zu spielen, der nie eine Straße kauft oder ein Haus oder Hotel baut. Was sollte sie aber auch schreiben? Sie konnte doch schlecht ein Foto von ihrem blauen Auge posten. Ein paar Freunde hatten ihr nach dem Überfall geschrieben und gefragt, ob alles okay sei. Tess hatte nicht geantwortet, sie postete nie etwas, das mit ihrer Arbeit zu tun hatte.

Sie stand auf und blickte aufs Meer hinaus.

Nach der Begegnung mit Rickard hatte sie Hoffnung geschöpft. Schließlich war es schon seltsam, dass Stefan damals plötzlich untergetaucht war. Sie wusste nicht recht, warum, aber sie wollte gerne glauben, dass es so gewesen war. Vielleicht tat Rickard ihr auch einfach nur leid, wegen seiner Kindheit und wegen des Verdachts, mit dem er später all die Jahre hatte leben müssen.

Trotz der vielen Rückschläge und der Tatsache, dass sich der Fall als so schwierig erwies, hatte sie das Gefühl, dass sie kurz vor dem Durchbruch standen. Sie kannte das von früheren Fällen. Ihr Gehirn lief dann auf Hochtouren, bis sich schließlich ein Muster herauskristallisierte.

Was, wenn Rickard die Wahrheit sagte und Stefan tatsächlich so spät nach Hause gekommen war? Sie zog ihr Handy heraus, aber Lundberg hatte noch nicht zurückgerufen. Sie hatten das Labor beauftragt, den DNA-Fleck auf dem Stofffetzen zu analysieren, der im Wäldchen gefunden worden war. Ein kläglicher Versuch, aber bisher gab es einfach noch keine Hinweise, die eindeutig genug waren, um einen der Betroffenen zu konfrontieren.

Dohlen hüpften zu Tess' Füßen auf dem Steg herum. Sie stellte sich vor, wie die Haustür quietschte und zuschlug, dann das Rauschen der Dusche, von dem Rickard erzählt hatte. Der Zeitpunkt mitten in der Nacht war unbestreitbar interessant.

Als sie vor ihrem Haus stand, blickte Tess zum Balkon hinauf. Sie hatte keine Lust reinzugehen, ohne recht zu wissen, warum.

Das Klingeln des Handys riss sie aus ihren Gedanken.

Tess schaute auf das Display. Ein Schauer lief durch ihren Körper – ein Freudenschauer. Mit einem kurzen »Hej« nahm sie ab.

Angela kam sofort zur Sache.

»Ich habe das Interview mit dir gelesen.«

Tess wusste nicht, was sie sagen sollte. Sie wollte nicht mit Angela darüber reden, vor allem nicht über Eleni.

»Es war nicht so dramatisch, wie es klingt. Ich arbeite halt an dem Fall, er wollte mir wahrscheinlich nur einen Schrecken einjagen.«

»Von wegen, ›nur‹! Hat er dir wehgetan?«

»Nein, es ging auch alles ganz schnell, Marie Erling war schon unterwegs zu mir, und er ist sofort verschwunden, als er das mitbekam. Es ist so viel passiert …«

Angela schwieg kurz. »Wir könnten uns doch mal treffen, einfach auf einen Kaffee oder so?«

»Wie gute Freunde, ja?«

Tess merkte, dass sie kühler klang als beabsichtigt. Und sie hörte Angela an, dass sie das ärgerte.

»Wir brauchen ja vielleicht nicht so genau zu definieren, was wir sind. Einfach gute Freunde sind wir jedenfalls nie gewesen.«

Tess spürte, dass sie etwas sagen musste, wusste aber nicht, was. Sie vereinbarten, später noch mal zu telefonieren, und legten auf.

Wütend über sich selbst schlug Tess sich mit dem Handy auf den Oberschenkel und fluchte. Dann stellte sie fest, dass sie einen Anruf aus Dänemark bekommen hatte, und rief zurück.

Die Frau am anderen Ende erklärte, dass sie die Exfrau von Carsten Morris sei.

»Ich habe gesehen, dass Sie mehrmals versucht haben, ihn zu erreichen. Er ist für ein paar Tage in stationärer Behandlung.«

»Nichts Ernstes, hoffe ich?«

Die Frau schnaubte.

»Bei Carsten ist es immer was Ernstes. Aber wenn Sie lebensbedrohlich meinen … nein, diesmal nicht«, sagte die Frau und gab ihr die Nummer einer Klinik in Kopenhagen.

Nach dem Gespräch mit der Polizistin am Gyllebo-See fühlte Rickard sich wie von einer Last befreit. Sie hatte ihm zugehört, und sie schien ihn ernst zu nehmen. Die Wahrheit, an der er all die Jahre so schwer getragen hatte, war endlich heraus.

Im Flur zog Rickard sich die Stiefel aus und ging dann in die Küche. Er öffnete den Kühlschrank, nahm eine Dose Tuborg heraus und leerte sie in einem Zug. Ein wohliges Gefühl breitete sich in seinem Körper aus. Er nahm sich eine weitere Dose und ging damit ins Wohnzimmer.

Vom Poster an der Wand lächelte Ethan zufrieden auf ihn herab. Rickard öffnete die Dose.

You want to quit, Ethan?

»That will be the day«, sagte er laut, hob die Dose und prostete ihm zu.

Um ihn herum strahlte die Sonne der Prärie, sie erleuchtete das Zimmer, und das rhythmische Trappeln von Pferdehufen ließ den Fußboden vibrieren.

Jetzt gab es kein Zurück mehr, Ethan würde seine Rache bekommen. Sechzehn Jahre Bullshit waren vorbei. Rickard reckte die Faust in die Höhe. Ein letztes Bier noch heute Abend, dann wollte er morgen sein neues Leben beginnen, das Haus aufräumen und putzen. Er sah Debbies Gesicht vor sich. Um ihretwillen musste er es schaffen. Er hatte gewiss nicht vor, unerfüllbare Ansprüche zu stellen, er wollte sie nur ab und zu treffen dürfen, ihr erklären, wer er war und dass sie zusammengehörten. Dafür aber musste er sich zusammenreißen, sie sollte stolz auf ihn sein können.

Er musterte die Bierdose in seiner Hand.

»Bald werde ich dich verlassen, mein Freund. Du warst ein treuer Gefährte, aber jetzt wird es Zeit, sich zu trennen.«

Stacy blickte ihn von der Sofaecke aus schläfrig an.

Rickard kippte den Rest aus der Dose in sich hinein.

Donnerstag
1. März

Vor ihr erhoben sich die mächtigen Pfeiler der Öresundbrücke. Als Tess die Auffahrt nahm, kam es ihr vor, als würde sie geradewegs in den blauen Himmel fahren. Auf dem Meer waren Frachtschiffe nach Deutschland und Polen unterwegs, dazwischen tummelten sich ein paar Segelboote. Vor wenigen Stunden war der Valby-Mann im Gefangenentransporter genau dieselbe Strecke ins Vestre Fængelse gefahren. Tess nahm an, dass er dort bereits von der dänischen Polizei verhört wurde.

Während der gestrigen Haftverhandlung in Malmö, die ein großes Medieninteresse auf sich gezogen hatte, hatte er konsequent geschwiegen und nur verächtlich gelächelt. Die Staatsanwältin hatte dafür gesorgt, dass Leon Eriksen für ein paar Tage nach Kopenhagen überstellt worden war, damit die dänische Polizei ihn ebenfalls verhören konnte.

Helles Vorfrühlingslicht fiel durch die Autoscheiben, und Tess drückte auf den Fensterheber, um frische Luft hereinzulassen. Zum ersten Mal seit Wochen fühlte sie sich innerlich leicht. Die Jagd nach dem Valby-Mann war beendet. Jöns hatte versprochen, sich zu erkundigen, ob Eriksen seine Haftstrafe in einem schwedischen Gefängnis verbüßen konnte, zumindest sollte Eriksen das glauben. Auch Carsten Morris hatte sich einverstanden erklärt, bei dem Verhör heute dabei zu sein. Und so war dies für Tess die wahrscheinlich letzte Chance, Eriksen zu den Umständen von Annikas Verschwinden zu befragen. Sie hoffte, dass auch er sich an sein Versprechen halten würde.

Plötzlich klingelte ihr Handy, und sie schaltete die Freisprechanlage ein.

Rickard hielt nicht viel von Smalltalk und Höflichkeitsfloskeln.

»Haben Sie mit meinem Bruder gesprochen?«

Tess versuchte herauszuhören, ob er nüchtern war.

»Ja, das habe ich, und wir sollten uns auch noch mal über alles unterhalten.«

»Wie hat er reagiert? War wahrscheinlich gar nicht so leicht für ihn, sich rauszuwinden, oder?«

Tess erklärte, dass sie gerade im Auto unterwegs zu einem Verhör sei und deshalb nicht reden könne.

»Es ist komplizierter, als wir gedacht haben. Ihr Bruder hat ein anderes, neues Alibi für die Nacht.«

Rickard stutzte.

»Was für ein Alibi? Sie dürfen ihm nicht glauben, er ist verdammt gut darin, Leute zu manipulieren. Das hat er sich bestimmt wieder nur gekauft, das ist Ihnen doch wohl klar, oder? Ich weiß doch, was ich gesehen und gehört habe!«

Tess näherte sich dem Tunnel am Ende der Brücke.

»Ich ruf Sie morgen früh zurück, Rickard, dann reden wir noch mal.«

Rickard brach die Verbindung ab, ohne sich zu verabschieden. Sie würde noch einmal zu ihm fahren müssen, um mit ihm zu reden, auch über Stefans neues Alibi.

Kurze Zeit später war Tess auf dem dänischen Festland. Es war Mittagszeit, und je näher sie dem Zentrum von Kopenhagen kam, desto mehr Radfahrer tauchten auf. Als sie an einer Ampel halten musste, betrachtete sie die Titelseiten verschiedener dänischer Zeitungen in einem Zeitungsständer vor einem Geschäft.

Nachbarn des Valby-Monsters unter Schock: Er war ein ganz normaler Familienvater.

Nachdem die Verhaftung bekannt geworden war, hatten die dänischen Medien alle möglichen Details über Leon Eriksens Vergangenheit ans Licht gebracht. Und wie erwartet konnten die Nachbarn und Bekannten nicht fassen, wie ein nach außen hin so freundlicher Mann ein so krasses Doppelleben führen konnte. Bis vor einem Jahr war Leon Eriksen verheiratet gewesen und hatte als Stiefvater von zwei Söhnen deren Fußballmannschaft in Amager trainiert.

Nachdem sie zehn Minuten durch Vesterbro und Engehave gefahren war, kam sie am Vestre Fængelse in der Vigerslev Allé an. Ein Ziegelbau in Form eines gigantischen Kreuzes, das mit hohen Mauern und Schornsteinen versehen war. Es war das größte Gefängnis Dänemarks.

Über dem Tor blinkte eine grüne Lampe auf, und Tess fuhr in den kopfsteingepflasterten Hof. Äußerlich wirkte die Anstalt wie aus der Zeit gefallen, solche Gefängnisse gab es in Schweden gar nicht mehr. Auf Neuankömmlinge machte es bestimmt einen furchteinflößenden Eindruck.

Hier befand sich die Abteilung, in der die gefährlichsten Verbrecher Dänemarks untergebracht waren, so wie Leon Eriksen. Sie verbüßten dort lange Haftstrafen, denn die dänische Rechtsprechung war in der Regel deutlich härter als die schwedische.

Tess parkte und stieg aus. In dem Auto neben ihr saß eine verweinte Frau mit zwei Kleinkindern auf der Rückbank.

Sie ging zum Eingang, wo Carsten Morris auf sie wartete. Über dem Cordjackett trug er einen schwarzen Mantel und auf dem Kopf eine schwarz-weiß gestreifte Mütze. Er sieht aus wie ein Schuljunge, dachte sie und schüttelte ihm die Hand.

»Lange nicht gesehen. Ich habe versucht, Sie anzurufen. Alles okay?«

Carsten Morris lächelte und machte eine Handbewegung, die wohl sagen sollte: Es ist, wie es ist. Er hatte zugenommen, und seine Gesichtsfarbe wirkte deutlich gesünder.

»Ein schicksalhafter Ort«, sagte sie und blickte an dem Gebäude hinauf.

»Valby, wo er die ersten Vergewaltigungen begangen hat, liegt nur wenige Straßenzüge entfernt«, sagte Carsten und zeigte nach Westen. »Und auf der Rückseite des Gefängnisses liegt der Vestre Kirkegård, einer der größten Friedhöfe Skandinaviens. Wenn man keine Lust mehr hat, hier zu hocken, kann man immer noch den Hinterausgang nehmen. Es findet sich immer eine Lösung.«

Das Gefängnis lag ziemlich zentral, und laut Carsten Morris konnte man von den Zellen der Insassen, die zu lebenslänglichen Haftstrafen verurteilt worden waren, teilweise bis zum Tivoli am Hauptbahnhof gucken. Dort sperrte man den Gerüchten nach die Allerschlimmsten ein.

»Es ist härter, wenn man der Freiheit so nahe ist, dass man sie sehen und beinahe anfassen kann«, sagte er.

Der Verhörraum wirkte ebenso kahl und düster wie in allen Gefängnissen. Tess und Carsten Morris saßen schweigend nebeneinander und warteten. Tess überlegte, wie es wohl für Morris sein mochte, endlich dem Mann zu begegnen, dem er sein halbes Berufsleben gewidmet hatte. Sie fragte aber nicht nach, Morris wirkte hochkonzentriert, und Tess wollte ihn nicht stören.

Nach etwa fünf Minuten öffnete sich die Tür. Zwei Wärter stießen Leon Eriksen vor sich her, der sich über die rohe Behandlung beschwerte.

Tess erstarrte. Der Valby-Mann hatte sich die Hälfte des Gesichts schwarz angemalt. Sie drehte sich zu Carsten Morris um, der jedoch keine Miene verzog. Er und der Valby-Mann musterten einander eingehend.

Tess deutete auf Eriksens Gesicht.

»Nehmen Sie bereits an einem Theaterprojekt teil, oder was?«

Eriksen verzog den Mund, ohne Carsten Morris aus den Augen zu lassen.

»Sie haben doch gesagt, ich sei ein Doppelwesen – so sieht man dann eben aus?«

Er wollte eine ausladende Geste machen, doch die Handschellen hinderten ihn daran.

Tess überlegte, wie er wohl an die schwarze Farbe gekommen war, so etwas durfte man ja wohl kaum in die Zelle mitnehmen. Sie brauchte nicht zu fragen.

Der Valby-Mann erhob sich halb vom Stuhl und drehte ihnen den Hintern zu.

»Das einzig sichere Versteck. Ich hab die Kreide vorher abgewaschen, falls Sie sich das fragen.«

Er setzte sich, ignorierte sie völlig und starrte ausschließlich Morris an, als Tess ihm sagte, dass er wie abgesprochen alleine mit ihm sprechen könne. Sie werde allerdings später dazukommen, damit er sein Versprechen einlöse und ihr mitteile, was er ihr über Annikas Verschwinden zu sagen habe.

»Hast du denn auch den anderen Teil deines Versprechens eingelöst?«

Auch jetzt kaute Leon Eriksen wieder auf dem Ausschnitt seines T-Shirts herum – genau wie beim ersten Verhör.

Tess nickte zu Morris hinüber.

»Wir arbeiten daran, aber das braucht etwas mehr Zeit. Die Anfrage zur Haftverbüßung in Schweden liegt jedenfalls auf dem Schreibtisch des schwedischen Justizministers.«

In Wirklichkeit hatte sie keine Ahnung, wie weit Jöns gekommen war, ob er das Ganze überhaupt schon in die Wege geleitet hatte.

Als Eriksen nichts erwiderte, verließ sie den Raum. Eriksen war so auf Carsten Morris fixiert, dass sie hoffte, er würde sich eher öffnen, wenn sie die beiden eine Weile alleine ließ.

Sie setzte sich ins Auto und fuhr auf gut Glück durch die Straßen rund um das Vestre Fængelse, um sich einen Kaffee zu kaufen. Dabei kam sie auch am Engehavepark vorbei, einem der Orte, an denen sich viele Drogenabhängige aufhielten. Auf den Bänken saßen abgerissene Gestalten und setzten sich ganz offen ihre Spritzen, während wenige Meter von ihnen entfernt Frauen mit Kinderwagen die Straße entlanggingen.

Auch in der dänischen Hauptstadt herrschte mildes Frühlingswetter, und die tief stehende Nachmittagssonne drang zwischen die mit Graffiti besprühten Häuser. Zwischen der Mittagszeit, der Frokost, wie die Dänen sagten, und dem Feierabendverkehr waren nur wenige Autos auf der nördlichen Istegade unterwegs. Tess fand eine Parklücke und betrat ein Café, in dem sie einen Latte Macchiato to go bestellte. Rastlos schaute sie auf die Uhr. Dann fuhr sie zum Gefängnis zurück.

Am Eingang zeigte sie ihren Dienstausweis, setzte sich auf eine Bank und wartete. Um Punkt halb vier holte einer der Wärter sie ab und führte sie erneut zum Verhörraum. Als sie die Tür öffnete, hörte sie Leon Eriksens Stimme. Sie hielt den Wärter am Ärmel fest und hinderte ihn daran, die Tür ganz aufzumachen. Durch den Spalt lauschte sie dem Gespräch.

»Ich habe durchs Fenster zu ihnen hineingeschaut. Habe gesehen, wie harmonisch alles war, und mir vorgestellt, ich gehörte dazu.«

»Warum?«, fragte Morris.

»Die Leute fühlen sich zu Hause sicher, vor allem frühmorgens. Da sind sie ganz in ihrer Welt.«

»Was haben Sie dabei empfunden, wenn Sie zu ihnen hineingeschaut haben?«

»Einsamkeit. Und Macht.«

»Macht?«

»Ich wusste, dass ich ihr Leben innerhalb von Minuten zerstören könnte, wenn ich das gewollt hätte.«

»Waren Sie auch wütend?«

»Ja.«

»Warum?«

»Warum sollten sie es so gut haben und ich nicht?«

Die beiden schwiegen eine Weile. Tess hoffte, dass ihr Atem sie nicht verriet.

»Ich muss Sie etwas fragen, worüber ich all die Jahre nachgedacht habe«, sagte Carsten Morris.

Sein Tonfall klang mit einem Mal vertraulich.

»Was meinen Sie, warum hat der Täter den Frauen hinterher den Unterleib gewaschen? Es will mir einfach nicht in den Kopf!«

Letzteres sagte Morris in fast beiläufigem Tonfall.

Eine Weile blieb es still.

»Tja, das weiß ich natürlich nicht«, sagte Leon Eriksen leise. »Aber es klingt, als wollte er ... Ja, vielleicht will er sie hinterher wiederherstellen, ihnen helfen, wieder rein zu werden.«

»Das heißt?«

»Vielleicht will er ihre Schuld tilgen.«

Tess sah auf die Uhr. Sie musste jetzt reingehen. Aus Morris' Frage schloss sie, dass Leon Eriksen noch immer alle Taten leugnete. Sie stieß die Tür auf, und der Valby-Mann drehte sich zu ihr um, er schien sichtlich irritiert durch die Unterbrechung. Im schwarz angemalten Teil seines Gesichts leuchtete der Augapfel wie eine kleine Lampe. Er musterte Tess von oben bis unten und schüttelte den Kopf.

Tess schaute auf das Diktaphon auf dem Tisch. Die dänische Kriminalpolizei war alles andere als amüsiert gewesen, ihn für eine Stunde den Kollegen aus Schweden überlassen zu

384

müssen. Jetzt wurde es knapp. Sie überlegte, wie viel Eriksen Morris wohl von den Überfällen erzählt hatte.

Sie setzte sich zu Morris und sprach für das Protokoll aufs Band, dass sie anwesend sei und dass es bei der anschließenden Befragung um das Verschwinden von Annika Johansson gehen werde.

»Haben Sie beide schon über dieses Thema gesprochen?«

»Nein«, sagte Morris und schüttelte den Kopf.

»Na, dann, Leon Eriksen. Ich habe Sie das schon einmal gefragt, aber vielleicht können Sie sich inzwischen ja wieder besser an die Tage um den achten Juni 2002 erinnern?«

Der Valby-Mann sah weiterhin nur Morris an. Tess wiederholte ihre Frage.

»Wir haben nicht viel Zeit.«

Als immer noch nichts geschah, wandte Tess sich an Morris, der in Gedanken versunken zu sein schien.

»Vielleicht könnten Sie es mal versuchen?«

Morris zuckte zusammen und beugte sich dann über den Tisch.

»Also, Leon, können Sie sich an dieses Datum erinnern? Sie haben uns ja versichert, Sie hätten nichts mit dem Tod dieses Mädchens zu tun. Dann helfen Sie uns. Erzählen Sie uns, was Sie in diesen Tagen mitbekommen haben.«

Eriksen sah zur Decke.

»Es stimmt, dass ich damals in Südschweden war. Zwei Sommer lang habe ich ein Haus in der Nähe dieser Stadt gemietet ...«

»In Simrishamn?«, fragte Tess.

Leon Eriksen antwortete nicht.

»War es Simrishamn?«, fragte Morris.

»Ja, genau.«

Tess seufzte. Anscheinend hatte Eriksen beschlossen, sie zu ignorieren. Die kleine Freiheit, die ihm blieb, nutzte er aus.

Schon bald würden Mithäftlinge und die brutalen Regeln des Gefängnisses ihn brechen. Vergewaltiger von seinem Kaliber erfuhren hinter Gittern eine ganz besondere Behandlung. Wahrscheinlich war das auch der Grund, weshalb er seine Haftstrafe lieber in Schweden absitzen wollte, er war dort weniger bekannt.

»Bitten Sie ihn, mehr über den Sommer damals zu erzählen«, sagte sie zu Carsten Morris, als wäre er eine Art Dolmetscher.

Leon Eriksen berichtete Morris, dass er sich oft in einer Werkstatt etwas außerhalb von Simrishamn aufgehalten hatte, um dort an Autos herumzuschrauben. Er habe in Dänemark einen weißen Ford gestohlen und sei ohne Kennzeichen nach Südschweden gefahren, was nicht weiter riskant gewesen sei, da es ziemlich unwahrscheinlich sei, dort von einem Polizisten angehalten zu werden. Er habe verschiedene kleine Jobs gehabt, auf einem Bauernhof oder an einer Tankstelle, um sich hier und da etwas Geld zu verdienen.

Tess erkundigte sich, mit wem er dort zu tun gehabt habe, und Morris gab die Frage weiter.

»Ich habe nie etwas mit Leuten zu tun. Die Leute denken vielleicht, dass wir miteinander zu tun haben, aber ich bin ein Einzelgänger.«

Tess schob Morris ein Foto von Annika Johansson herüber.

»Kennen Sie diese Frau?«, fragte Morris.

»Nie gesehen«, erwiderte Eriksen.

Tess hatte im Laufe ihrer Karriere Hunderte von Verhören geführt. Manche Leute waren leicht als Lügner zu entlarven, andere schwieriger. Der Valby-Mann gehörte jedenfalls zu Letzteren.

»Was ist mit dem weißen Ford passiert? War es der, der später halb ausgebrannt am Gyllebo-See gefunden wurde?«

»Kann sein«, sagte Eriksen, »irgendjemand hatte ihn mir gestohlen.«

»Wann haben Sie ihn zum letzten Mal gesehen?«

Wieder gab Morris die Frage weiter.

»An einem Abend, als ich wieder mal in der Autowerkstatt war.«

Tess war plötzlich hellwach. Gleichzeitig klopfte es an die Tür. Zwei dänische Polizeibeamte traten ein und erklärten, Leon Eriksen müsse jetzt wieder in seine Zelle, ehe er zum nächsten Verhör gebracht werden würde.

Tess stand auf und ging mit den beiden hinaus.

»Mir wurde eine Stunde zugesagt, wir haben also noch gut dreißig Minuten, und ich brauche diese Zeit unbedingt. Er packt gerade zum ersten Mal aus.«

Der bärtige Polizist hob die Hand.

»Wir haben Befehl von ganz oben.«

»Dann holen Sie bitte Ihren Chef, damit er es mir persönlich sagt. So lange machen wir hier drinnen weiter.«

Tess ging wieder hinein.

»Entschuldigung, ein Missverständnis, machen Sie einfach weiter, wo wir stehen geblieben waren.«

Sie verfluchte die dänische Polizei, es war genau, wie Makkonen gesagt hatte: Sie hielten sich nicht an die Absprachen.

Tess nickte Morris zu.

»Was können Sie uns über den Abend sagen, an dem Ihr Auto verschwand?«

Leon Eriksen kaute erneut auf seinem T-Shirt-Ausschnitt herum. Tess versuchte, ruhig zu bleiben. Die Minuten verstrichen.

»Ich war in der Werkstatt und trank ein paar Bier. Dazu lief die ganze Zeit Musik. Es wurde spät, die Leute kamen und gingen. Gegen Ende war außer mir nur noch ein Typ da, der ganz furchtbare Musik hörte ...« Leon Eriksen schüttelte den

Kopf. »Obwohl es dänische war. Ich bat ihn, eine andere CD einzulegen.«

»Was war das genau für Musik?«, fragte Tess über Morris.

»Kim Larsen. *Vor ska du hin, lile du.* Ein affiger Typ.«

Leon Eriksen schwieg und überlegte, oder tat zumindest, als überlegte er. Dabei saugte er weiter an seinem T-Shirt, das oben schon ganz nass war und sich von der Farbe an seinem bemalten Kinn schwarz gefärbt hatte.

»Ein Handy klingelte, und der Mann ging raus, um zu telefonieren. Ich nutzte die Gelegenheit und stellte die Musik aus. Er schien sich über irgendetwas aufzuregen, das hörte man durch die Tür. Als er wieder reinkam, wirkte er gestresst, er fragte mich, ob ich ihm mein Auto leihen könne, seins würde nicht fahren.« Tess ließ fragen, ob er etwas von dem Gespräch mitbekommen habe.

Leon Eriksen schüttelte den Kopf.

»Schwedisch, Sie wissen schon. Kann ich nicht so gut. Aber er wirkte gestresst.«

Tess schwieg und wartete ab, ob er von selbst weiterreden würde. Als er das nicht tat, wandte sie sich wieder an Morris.

»Wir glauben, dass Annika schwanger war, als sie ermordet wurde«, sagte Tess. »Sie haben das Waardenburg-Syndrom, die meisten davon Betroffenen sind zeugungsunfähig. Das ist einer der Gründe, weshalb ich es für unwahrscheinlich halte, dass Sie der Täter sind. Haben Sie bei dem Telefonat irgendetwas Richtung ›schwanger‹, ›Kind‹ oder so etwas aufgeschnappt?«

Morris gab die Frage weiter, aber Leon Eriksen schüttelte den Kopf.

»Zeugungsunfähig! Das ist ja lächerlich.«

Tess hob die Augenbraue und wandte sich an Morris.

»Bitten Sie ihn, weiter von dem Abend zu erzählen.«

Leon Eriksen strich sich erneut mit einer eitlen Handbewegung die Haare aus dem Gesicht.

»Ich hatte nichts dagegen, dass er sich kurz mein Auto lieh, es war eine ziemliche Rostlaube, und er versprach, es zurückzubringen. Ich gab ihm die Schlüssel, und er zog ab. Ich wartete mehrere Stunden, und als er nicht wiederkam, schloss ich einen anderen Wagen aus der Werkstatt kurz und fuhr damit nach Hause. That's it.«

»Wie alt war der Mann ungefähr?«, fragte sie.

Leon Eriksen zuckte die Achseln.

»Schwer zu sagen, ungefähr so alt wie ich, vielleicht ein bisschen jünger.«

»Und wie sah er aus? Blond oder dunkel? Groß, klein, dick, dünn?«

Eriksen zuckte erneut die Achseln und grinste Morris an.

»Normal.«

»Kommen Sie, das können Sie besser. Haben Sie ihn davor schon mal gesehen?«

Tess suchte auf ihrem Handy ältere Fotos von Stefan und Rickard Mårtensson heraus, die sie gespeichert hatte. Als Erstes zeigte sie ihm das von Stefan.

Er warf er einen gleichgültigen Blick auf das Foto.

»Und was ist mit dem?«

Widerstrebend sah Leon Eriksen sich auch das Foto von Rickard Mårtensson an. Tess kam es vor, als ließe er den Blick ein klein wenig länger darauf ruhen. Eine Antwort blieb er ihnen jedoch auch diesmal schuldig.

Sie scrollte weiter zu den Fotos von Annikas Bruder Axel, stieß aber auch damit nur auf Schweigen. Tess wandte sich an Carsten Morris.

»Können Sie es noch mal versuchen?«

»Leon, haben Sie möglicherweise einem dieser Männer Ihr Auto geliehen?«

Leon Eriksen biss auf seinem Kragen herum, dann ließ er das T-Shirt los.

»Tut mir leid, aber ohne die schriftliche Zusicherung, dass ich in ein schwedisches Gefängnis komme, kann ich mich an gar nichts mehr erinnern.«

Tess seufzte.

»Kooperieren Sie mit uns. Dann werden Sie nicht wegen eines Mordes verurteilt, den Sie nicht begangen haben, und erhöhen Ihre Chance, in Schweden einzusitzen. Außerdem wäre es für Sie die Gelegenheit, eine gute Tat zu begehen, das Gleichgewicht ein klein wenig wiederherzustellen, nach allem, was Sie anderen Menschen angetan haben.«

»Wir brechen hier ab«, sagte Leon Eriksen zu Morris. »Rufen Sie den Wärter. Und richten Sie ihr aus, dass sie nächstes Mal mit dem Bescheid hier antanzen soll.«

Er nickte in Tess' Richtung.

»Und noch etwas: Sie haben den Falschen. Ich habe niemandem etwas getan.«

Tess erhob sich.

»Natürlich. Alle hier drinnen sind unschuldig, ist doch klar. Und wissen Sie, womit ich diese Leute immer tröste? *Denken Sie an alle anderen Verbrechen, die Sie in Ihrem Leben begangen haben, und mit denen Sie davongekommen sind.* Dann werden sie ganz still. Vielleicht kann das ja auch Ihnen ein Trost sein in den Jahren, die Sie jetzt vor sich haben.«

Der Wärter kam herein.

Leon Eriksen starrte Tess an, dann wendete er ihr abrupt den Rücken zu und ging mit den Männern hinaus. Sofort konnte Tess freier atmen.

Wütend warf sie ihr Handy auf den Tisch.

Carsten Morris reichte ihr das Aufnahmegerät.

»Er leugnet alles und behauptet, jemand habe die Verbrechen kopiert, derer er in Dänemark angeklagt war.«

Tess lachte und schüttelte den Kopf.

»Ein Trittbrettfahrer? Natürlich!«

Morris stand auf.

»Ich schreibe Ihnen einen Bericht. Mein Eindruck ist aber, dass er definitiv nichts mit dem Verschwinden des Mädchens zu tun hat. Seine Mutter ist vor einem halben Jahr bei einem Brand in ihrer Wohnung ums Leben gekommen. Genau wie ich gesagt habe, scheint das der Auslöser dafür gewesen zu sein, dass er wieder aktiv geworden ist. An Ihrer Stelle würde ich mir diesen Todesfall mal genauer ansehen.«

Im Augenblick war es Tess völlig egal, ob der Valby-Mann seine alte Mutter getötet hatte oder die Taten gestand, für die er aller Wahrscheinlichkeit nach verurteilt werden würde.

»Mir fiel auf, dass er beim Foto des Dunkelhaarigen reagiert hat, bei diesem Rickard«, sagte Morris.

Tess zog sich die Jacke an.

»Das ist mir auch aufgefallen. Übrigens, worüber haben Sie eigentlich geredet, als ich vorhin reinkam? Er sagte etwas darüber, dass er von draußen in die Wohnungen der Menschen geschaut habe?«

»Er meint, er sei ein Voyeur und liebe es, das Leben anderer Menschen zu beobachten. Das sei das einzige Vergehen, dessen er sich schuldig gemacht habe.«

Tess hob die Augenbraue.

»Danke, dass Sie es zumindest versucht haben. Jetzt können sich andere um unseren Voyeur hier kümmern.«

Louise Granqvist schob ihren Einkaufswagen durch die Gänge des ICA-Supermarkts in Simrishamn. Sie legte Schokoflocken und Kekse hinein, denn am Abend sollten die Enkelkinder kommen und bei ihr übernachten. An der Fleischtheke ließ sie sich Serranoschinken aufschneiden und plauderte ein wenig mit dem Verkäufer. Anschließend ging sie Richtung Kasse, als sie zwischen zwei Regalen hindurch plötzlich einen Mann entdeckte und stehen blieb. Sie ging ein paar Schritte rückwärts und spähte erneut durch die Lücke.

Er stand so, dass sie ihn im Profil sah, und hielt unschlüssig ein eingeschweißtes Brot in der Hand.

Louise musterte ihn. Die chaotische Nacht, die Wärme, die Mücken. Das blendende Licht der Scheinwerfer, die rasend schnell auf sie zukamen, sodass sie in den Graben ausweichen musste, das Auto, das vorbeipreschte. Alles war wieder da.

Sie hatte den Schrei von damals noch im Ohr, dieses verzweifelte Rufen, deutlich leiser beim zweiten Mal.

Louises Mund wurde trocken, ihre Handflächen schweißnass, und sie merkte plötzlich, wie verkrampft sie sich am Einkaufswagen festhielt, als fürchte sie, sonst zu stürzen. Hinter ihr gingen andere Kunden Richtung Kasse, während sie weiter in seine Richtung spähte. Schließlich nahm er das Brot und ging weiter.

Louise schloss die Augen, atmete tief durch und ging endlich weiter zu den Kassen. Dort hatten sich lange Schlangen gebildet. Sollte sie den Wagen stehen lassen und den Laden einfach verlassen?

Sie bemerkte, dass eine der Warteschlangen sich schneller bewegte, und eilte dorthin.

Als sie an der Reihe war, legte sie rasch alle Waren auf das Band, nahm sich zwei Papiertüten und steckte die Karte in das Lesegerät. Die Kassiererin bat sie, den Vorgang zu wiederholen. Mit zitternden Fingern gab sie die PIN ein, drehte sich um und entdeckte ihn weiter hinten in einer der anderen Schlangen. Als sie gerade den Laden verlassen wollte, rief die Kassiererin sie zurück, weil sie die Karte im Lesegerät vergessen hatte. Mit gesenktem Kopf nahm sie sie heraus und beeilte sich, nach draußen zu kommen. In jeder Hand eine Tüte überquerte sie die Straße, stellte sich in den Eingang eines China-Restaurants und beobachtete, was geschah.

Von Weitem sah sie Annika Johanssons Mutter, Anita, die offenbar ebenfalls auf dem Weg zum ICA war.

Louise stellte ihre Tüten ab. Wollte das Schicksal ihr damit einen Wink geben, war es an der Zeit, etwas wiedergutzumachen? Dinge, um die sie sich viel eher hätte kümmern müssen, die sie vielleicht sogar hätte verhindern können, damals, vor langer Zeit?

Kurz darauf sah sie den Mann aus dem Supermarkt kommen. Er zögerte einen Moment, dann überquerte er die Straße und bog um die nächste Ecke. Louise folgte ihm mit dem Blick.

Anita schwieg, die Hand, in der sie den Hörer hielt, war schweißnass und zitterte. Die Frau am anderen Ende fragte, ob sie noch dran sei.

»Ja, aber was Sie mir da erzählen, ist unfassbar! Haben Sie uns damals diesen Brief geschrieben?«

»Ja. Ich hoffe, Sie verstehen, dass ich damit nicht zur Polizei gehen kann. Gleichzeitig kann ich es nicht mehr für mich behalten, deshalb habe ich Sie angerufen. Sie sollen wissen, was ich gesehen habe oder was ich glaube, gesehen zu haben. Jetzt können Sie damit machen, was sie wollen.«

Anita schwirrte der Kopf. Sie wünschte sich, Ingvar wäre bei ihr, damit sie sich gegenseitig stützen könnten, es ging plötzlich alles so schnell.

»Ich hätte es viel früher sagen sollen«, fuhr die Frau fort. »Aber manchmal weiß man nicht, ob man seinem Gedächtnis trauen kann. Was, wenn man sich irrt? Ich war nicht ganz bei mir, als das alles passierte, damals, in jener Nacht … Ich war fremdgegangen, und danach war alles so chaotisch.«

Die Worte strömten nur so aus ihr heraus, Anita hörte zu und konnte es dennoch nicht verarbeiten.

»Ich konnte damals nicht aussagen, dachte, es gäbe vielleicht eine ganz natürliche Erklärung dafür, dass er in diesem Auto saß. Vielleicht war es reiner Zufall, dass er in genau diesem Augenblick an mir vorbeikam. Aber wenn ich ganz ehrlich bin, glaube ich nicht an Zufälle. Und jetzt habe ich ihn zum ersten Mal seit vielen Jahren wiedergesehen, beim Einkaufen, und ja …«

Die Frau redete unzusammenhängend und schluchzte.

Anita stand von ihrem Sessel auf.

»Danke, dass Sie angerufen und mir das alles erzählt haben«, sagte sie, dann legte sie auf.

Im Haus war es still, und Anita schaute in den Schnee hinaus. Die letzte Kältewelle, die jedes Jahr vor dem endgültigen Ende des Winters von der Ostsee her hereinbrach, war in diesem Jahr besonders spät und hart ausgefallen.

Sie ging in Annikas Zimmer, setzte sich aufs Bett und betrachtete den Baum vor dem Fenster. Eine dicke Schneeschicht hatte sich auf seine Zweige gelegt. Ihr fiel auf, wie sehr der Baum in den letzten sechzehn Jahren gewachsen war. Sie dachte an die Nacht damals und daran, was die Frau ihr jetzt erzählt hatte. Sie konnte es einfach nicht nachvollziehen. *Sie hatte ihn gesehen?* Was hatte er damals mitten in der Nacht im Wald zu suchen gehabt? Und was hatte er mit Annika zu schaffen?

Was war es, das Annika ihr nicht erzählt hatte?

Anita stand auf und ging in den Keller hinunter.

Ganz hinten im Schrank fand sie die verstaubte Kiste mit Annikas CDs. Sie erkannte das Cover des Albums *Det var en torsdag aften* von Kim Larsen wieder und zog es heraus, öffnete die Hülle und betrachtete den Sänger mit dem breiten Mund. Annikas schwarzer CD-Player stand ebenfalls im Schrank. Anita legte die CD ein und setzte sich auf den Teppich. Annika hatte oft in ihrem Zimmer Musik gehört. Anita hatte nicht sonderlich darauf geachtet, was es gewesen war, meist die üblichen alten Hits oder Popmusik. In ihrem letzten Frühling allerdings hatte Annika auffällig oft dänische Lieder gehört. Anita hatte diesen etwas merkwürdigen Musikgeschmack nicht weiter hinterfragt, sie wusste ja, dass Jugendliche herumexperimentierten, das war ganz normal. Erst hinterher hatte sie darüber nachgedacht, als ihr auffiel, dass Annika ungewöhnlich launisch war. Eine Veränderung, die sie zuvor nicht an ihr wahrgenommen hatte.

Der dänische Sänger hob mit heiserer Stimme zu singen an. *Jeg kan høre flyvere i natten, er det fjende eller ven.*

Anita runzelte die Stirn, es klang wirklich nicht nach dem, was Neunzehnjährige normalerweise hörten. Sie stand auf und holte sich das weinrote Fotoalbum vom Tisch. Es war bereits das dritte Mal in dieser Woche, dass sie Annikas Sachen durchging. Annika hatte die Fotos selbst eingeklebt und kurze Texte dazu geschrieben. Alle waren auf der Freizeit aufgenommen worden, in dem Monat, bevor sie verschwand. Anita rang mit sich, etwas in ihr sperrte sich dagegen, das Album anzusehen. Aber nach dem Telefonat mit der Frau hatte sie eine Art Jetzt-oder-nie-Gefühl ergriffen.

Sie schloss kurz die Augen, dann öffnete sie das Album. Fröhliche Gesichter am Lagerfeuer, auf dem Wasser und am Strand. Die Jugendlichen spielten Volleyball, segelten oder amüsierten sich anderweitig.

Im Hintergrund klang weiter Kim Larsens Stimme, *Tik klokken slår och slår.* Salzige Tränen netzten Anitas Lippen, sie wischte sie mit dem Handrücken fort. Genau diesen Schmerz hatte sie vermeiden wollen.

Ihr Bein war eingeschlafen. Entschlossen ging Anita zum Schrank, schob Bücherkisten und altes Spielzeug beiseite. Dann bückte sie sich und zog aus einer der hintersten Ecken eine Papiertüte heraus und setzte sich damit auf den Boden. Ganz obenauf lagen die alten Schulbücher ihrer Tochter, das Geschichtsbuch aus der Abschlussklasse. Als sie es aufschlug, fielen ein paar Fotos heraus, die von einer rosa Büroklammer zusammengehalten wurde. Auf dem obersten lächelte ihre

Tochter sie strahlend an. Anscheinend waren auch diese Bilder während der Freizeit im Blekinge Skärgård entstanden.

Anita betrachtete das erste lang und ausgiebig. Annika lag mit dem Kopf auf dem Schoß einer anderen Person. Im Hintergrund war ein roter Hausgiebel zu erkennen. Es sah aus, als hätten sie das Foto selbst gemacht. Annika schaute direkt in die Kamera und schien die Sonne zu genießen. Dieses Foto hatte Anita noch nie gesehen. Annika sah glücklich aus, und Anita spürte, wie sie selbst lächelte. Sie blätterte weiter, runzelte die Stirn und lauschte Kim Larsens heiserer Stimme.

Tik klokken slår och slår.

Schließlich legte Anita die Fotos neben sich auf den Boden. Auf fast allen war Annika mit diesem Mann zu sehen. Glücklich und eng umschlungen.

Das Atmen fiel ihr schwer, sie schlug sich die Hand vor den Mund und starrte die Bilder an, immer wieder. Ihre Hände zitterten.

Dann stand sie auf, schaltete den CD-Player aus und eilte die Treppe hinauf.

2002

Es war ein Fehler, ihn anzurufen. Alles ist schiefgelaufen, und jetzt ist es zu spät. Deshalb liege ich hier. Es ist deswegen, wegen dieses Anrufs. Oder?

Meine Hand hat beim Auflegen gezittert und war schweißnass.

Es brannte hinter meinen Lidern, ich wollte nur noch nach Hause. Sollte ich ihn noch einmal anrufen? Alles zurücknehmen, behaupten, es sei nur ein Scherz gewesen?

In der Garderobe des Paviljongs war es stickig. Überall hingen Jeans- und Trainingsjacken. Ich riss sie herunter und ging hinaus. Drinnen lief E-Type, *I got life,* ich drängte mich an den betrunkenen Fußballern in ihren blau-gelben Trikots vorbei, die stumpf auf der Tanzfläche auf und nieder hüpften. Was hatten sie auf unserer Abschlussparty zu suchen?

Sara hielt mich fest.

»Komm, wir tanzen!«

»Ich will nicht, ich bin müde«, sagte ich und machte mich los. Ich wollte wirklich nur noch nach Hause.

Der falsche Gesang der Blau-Gelben dröhnte in meinen Ohren. Die Fenster zum Strand waren geöffnet, um frische Luft in den Saal zu lassen. Schweißgeruch mischte sich mit dem Zigarettenrauch, der von der Terrasse hereindrang. Der Boden klebte, es stank nach Bier. Ich trank meine Cola aus, die noch auf der Theke stand, und bemerkte, dass Rickard auf mich zusteuerte.

Er wankte, ließ mich aber nicht aus den Augen. Was wollte er nur schon wieder? Ich hatte doch längst Schluss gemacht. Ich drehte mich um und sah im Spiegel hinter der Bar, wie zwei Typen ihn aufhielten und in ein Gespräch verwickelten. Ich schlich mich zur Toilette, schloss ab und setzte mich auf den Klodeckel. Kleine schwarze Punkte tanzten vor meinen Augen. Ich steckte meinen Kopf zwischen die Knie. Als ich mich wieder besser fühlte, nahm ich ein Stück Traubenzucker aus der Tasche, stand auf und wusch mir am Waschbecken das Gesicht mit kaltem Wasser.

Dann betrachtete ich im Blechspiegel mein Gesicht. Ich wollte das alles nicht. So hätte es nie kommen dürfen.

Ich ging zurück in den Saal. Rickard war nirgends zu sehen, er schien endlich aufgegeben zu haben.

Es war kurz vor zwei. Noch eine Stunde, dann würde das Paviljong schließen. Wenn ich mich jetzt rausschlich und langsam nach Hause ging, würde es nicht auffallen, dass ich früher gegangen war. Die Tanzfläche war voll. Auf dem Bildschirm flimmerte Kylie Minogue im gelben Sportwagen umgeben von Wolkenkratzern vorbei: *Can't get out of my head.*

Sara kam noch einmal herüber. Das Gejohle von der Tanzfläche übertönte ihre Stimme.

»Wie geht es dir?«, rief sie.

»Okay, ich bin nur müde. Ich mach mich mal auf den Weg«, rief ich zurück.

»Wenn du noch kurz wartest, können wir zusammen gehen.«

Ich schüttelte den Kopf.

»Ich ruf dich morgen an.«

Ich drückte mich an der Wand entlang, um an den Tänzern vorbeizukommen. Die Garderobe war nicht besetzt, meine Jeansjacke lag auf dem Boden. Im Freien angekommen, atmete ich auf, es war schön, dem Gedränge und den vielen Leuten zu entkommen.

Draußen standen mehrere Autos, an denen eigene kleine Partys mit Musik, Bier und Gegröle stattfanden. Die Nacht war rein, warm und hell.

Ich zog mir die Jacke an und ging Richtung Brücke, entschied mich dann aber doch für die Abkürzung durch das Wäldchen.

»Soll ich dich mitnehmen?«, fragte jemand hinter mir.

Ich zuckte zusammen und murmelte: »Nein, danke.«

Freitag
2. März

»Gut, dass du kommst, ich muss raus hier!«, sagte Marie, als sie die Haustür öffnete.

Tess suchte an der Garderobe nach einem freien Haken, dann legte sie ihre Jacke auf einen Haufen Schuhe.

An der Wand hing ein signiertes Poster der Hardrockband Krokus mit der Aufschrift »Alive and screamin«. Marie war die einzige Mutter über fünfunddreißig in Tess' Bekanntenkreis, die immer noch zu Heavy-Metal-Konzerten fuhr.

Tess folgte ihr Richtung Küche.

»Wie geht es dir?«, fragte sie.

»Ich habe ziemliche Rückenschmerzen, aber ich habe etwas dagegen genommen. Ich halte alles aus, Hauptsache, wir kommen hier weg«, sagte sie und stützte eine Hand ins Kreuz.

Tess setzte sich auf einen Hocker im Flur. Vor einer Stunde hatte Annikas Mutter angerufen. Es schien dringend zu sein. Anscheinend hatte Anita beim Aufräumen zwischen Annikas Sachen Fotos gefunden, die sie noch nicht kannte. Tess hatte ihr versprochen, so bald wie möglich vorbeizukommen.

Vorher aber wollten sie noch einmal mit dem Vater der Brüder Mårtensson in Simrishamn reden. Wie erinnerte er sich an jene Nacht? Die Verhöre, die vor sechzehn Jahren mit ihm geführt worden waren, wiesen einige Ungereimtheiten auf.

»Sag mal, der hat sich wirklich ein Stück Kreide in den

Hintern gesteckt?«, rief Marie aus der Küche. »Nur um sich das Gesicht anmalen zu können?«

Tess mochte nicht an Leon Eriksen denken, an seine absurde Selbstüberschätzung und die unmöglichen Forderungen, die er stellte.

Maries Tochter Greta tappte in den Flur und hielt ihr ihren Spielzeugmopp hin. Tess nahm sie auf den Schoß.

»Schon mal was von Madenwürmern gehört?«, fragte Marie vom Spülbecken aus.

Tess erstarrte und war drauf und dran, die Dreijährige wieder auf den Boden zu setzen.

»War nur Spaß. Ich komme gleich!«

Marie warf das Geschirrtuch auf den Tisch und ging die Treppe hinauf, um sich umzuziehen.

»Tomas ist noch eine Runde joggen, müsste aber gleich hier sein«, rief sie Tess zu.

Tess warf einen Blick ins Wohnzimmer. Überall lagen Klamotten herum, und der Parkettboden war von Spielzeug übersät. Vor dem Fernseher saß Maries fünfjähriger Sohn Max.

Draußen nahm der Schneefall immer mehr zu, wie Tess durch die Glastür zur Veranda erkennen konnte. Sie schaute auf die Wetter-App ihres Handys. Demnach würde das Unwetter im Laufe des Tages Richtung Österlen weiterziehen. Sie mussten möglichst bald los, bevor sich die ersten Schneeverwehungen auf den Straßen bildeten. Es war erst acht Uhr, aber bei Blitzeis brauchte man für die Strecke nach Simrishamn gut und gerne anderthalb Stunden.

»Bin gleich so weit«, rief Marie von oben.

Die Haustür ging auf.

Tess merkte, wie sie sich instinktiv duckte, als Maries Mann Tomas hereinkam. Sie hatte gehofft, wieder im Auto zu sitzen, bevor er zurück war. Er machte ihr immer ein schlechtes Gewissen, ohne dass sie hätte sagen können, warum.

»Hallo«, sagte er und streckte die Hand aus. »Bin total ver-
schwitzt, deshalb lieber so. Müsst ihr wieder raus?«

»Ja, ein paar letzte Dinge abklären.«

Tomas zog sich die Laufschuhe aus.

»Hab von deiner Heldentat in Sturup gelesen. Coole
Sache!«

Tess wand sich unbehaglich.

»Und das mit dem Überfall in deiner Wohnung hab ich
auch gehört, das war bestimmt schrecklich«, rief Tomas, inzwischen aus der Küche. »Meine Kollegen reden von nichts
anderem mehr.«

Zum Glück kam Marie die Treppe herunter.

»Okay, fahren wir«, sagte sie und band sich die Haare zum
Pferdeschwanz zusammen.

Tess ging schon mal zum Auto und hörte noch, wie Marie
und Tomas sich drinnen anschrien.

»Au, verdammt!«

Rickard steckte sich den Finger in den Mund, um die Blutung zu stoppen. Dann sägte er weiter. Kurz darauf fiel der Gewehrlauf auf den Boden. Stacy sprang herbei, maunzte und schnupperte an dem Metallstück. Rickard verscheuchte sie mit dem Fuß und nahm die Schrotflinte aus der Schraubzwinge.

Er kannte sich mit Waffen nicht aus, interessierte sich nicht dafür. Nur wenige Male hatte er überhaupt ein Gewehr in der Hand gehabt, wenn er mit Jocke auf Wildschweinjagd gegangen war. Ein paar nächtliche Aktionen in seiner Jugend. Er machte sich nichts aus der Jagd, aber das hatte er Jocke damals in den Wäldern natürlich nicht gesagt.

Dieses Gewehr hatte er gestern aus Jockes Schrank genommen, eine doppelläufige Winchester.

Rickard mochte nicht darüber nachdenken, wie er Jocke erklären sollte, warum er den Lauf abgesägt hatte. Dieses Problem vertagte er lieber auf später. Die Mündung war ausgefranst, und Rickard schraubte die Waffe noch einmal fest, um sie mit der Rundfeile zu bearbeiten. Alle nötigen Informationen hatte er über das Internet gefunden. Das war der Vorteil bei abgesägten Schrotflinten: Sie ließen sich leichter verstecken.

Die Streuung des Schrots dagegen war noch größer, Präzision und Schussgeschwindigkeit litten ebenfalls. Aber er hatte ja auch nicht vor, aus großer Distanz zu schießen.

Jocke hatte einmal damit geprahlt, dass er an illegale Patronen gekommen wäre, amerikanische sogenannte Buckshots. Die waren anscheinend bei der amerikanischen Polizei sehr beliebt. Das passte für Rickards Zwecke, zur Sicherheit würde er aber auch noch ein paar Schachteln normale Munition einpacken.

Er nahm die Waffe und wog sie in der Hand. Jetzt ähnelte sie mehr einem altmodischen Revolver. Nicht besonders cool, aber das spielte keine Rolle. Er richtete sie auf Ethan über dem Sofa.

»*That will be the day we surrender.*«

Im Flurspiegel sah er sich im Profil. Er hielt in der Bewegung inne und legte das Gewehr wieder auf den Tisch.

Er hatte der Polizistin vertraut, hatte ihr wirklich geglaubt, dass sie sich um die Angelegenheit kümmern würde. Aber es hatte sich herausgestellt, dass sie genauso eine Niete war wie alle anderen und auf die Lügen seines Bruders hereinfiel. Rickard war tief enttäuscht, gleichzeitig wuchs seine Überzeugung, dass das, was er jetzt vorhatte, das einzig Richtige war.

Sein Kühlschrank war ungewöhnlich gut gefüllt, er strich sich ein Brot mit Kalles Kaviar und nahm fünf Bierdosen heraus, die er in einer Plastiktüte verstaute. Er hatte sich fest vorgenommen, auch heute nüchtern zu bleiben, aber man wusste ja nie, was man eventuell brauchen konnte. Rickard bückte sich und kraulte Stacy hinter den Ohren.

»Stimmt's, altes Biest, ist immer gut, wenn man einen Vorrat dabeihat.«

Stacy strich ihm um die Beine. Rickard ging zum Wohnzimmertisch und nahm sich noch einmal den Brief an Debbie vor.

Gestern musste er ein Tuborg trinken, um ihn zu vollenden. Weder auf Handschrift noch auf Formulierungskunst war er sonderlich stolz, aber er hatte zumindest versucht, ehrlich zu sein. Die meiste Zeit hatte er für die Unterschrift gebraucht. »Rickard« war zu distanziert. Und so wurde es am Ende Papa. Ein Schauer durchlief ihn, als er es schrieb. Dreimal hatte er das Blatt zerknüllt und den Brief neu geschrieben, dann war er zufrieden gewesen. Er überlegte, wie Jeanette wohl reagieren würde. Wusste sie, wie die Dinge lagen? Dachte sie angesichts seines Lebenswandels, er sei gar nicht an einem Kontakt mit dem Mädchen interessiert?

Durchs Fenster sah er, dass es angefangen hatte zu schneien, kleine nasse Flocken, die über seine Prärie wirbelten. Am Morgen war die Kälte hereingebrochen. Der Winter schlug noch einmal zu, nachdem alle schon gedacht hatten, er wäre endgültig vorbei.

»Scheißwetter«, konstatierte er.

Aus alter Gewohnheit zog er sich die grüne Fleecejacke über, doch dann fiel ihm ein, dass er ja etwas brauchte, um die Waffe hineinzustecken, und er nahm seinen blauen Mantel mit der Kapuze vom Haken. Die Schrotflinte und die Patronen verstaute er in einer Innentasche. Es passte perfekt. In die andere Tasche steckte er den Brief an seine Debbie.

Dreimal klopfte er sich auf die Taschen, nahm seinen Cowboyhut und drehte sich in der Tür nach Stacy um.

»So long, my friend.«

Dann nahm er sein Handy und wählte die Nummer der Polizistin.

»Rickard?!«, rief Tess überrascht und warf Marie einen Blick zu. Sie machte sich auf ein weiteres wirres Gespräch gefasst.

Die Schneewehen, die vom offenen Feld herangeweht worden waren und sich teilweise über die Straße gelegt hatten, waren mehr als einen halben Meter hoch, das letzte Stück bis Simrishamn krochen sie nur noch dahin.

Am anderen Ende war ein Keuchen zu hören.

»Sie haben ihn sechzehn Jahre lang nicht drangekriegt, jetzt muss ich selber handeln.« Seine Stimme klang hart, aber gefasst.

Unmittelbar vor ihnen stand ein Schneepflug auf der Straße und blockierte die Fahrbahn. Tess fuhr rechts ran.

»Ich habe genug von Ihrer Stümperei. Ich habe ein Gewehr und werde ihn erschießen. Es gibt kein Zurück.«

Die orangefarbene Warnleuchte des Schneepflugs blinkte.

»Tun Sie sich das nicht an, Rickard, das ist es nicht wert. Sie zerstören nur Ihr eigenes Leben.«

Schweigen.

»Rickard?«

Er hatte aufgelegt.

Tess warf Marie ihr Handy zu.

»Er ist bei Stefan und droht, ihn zu erschießen. Wir müssen hin. Ruf ihn noch mal an, versuche, ihn abzulenken.«

Tess startete den Motor und fuhr auf die Gegenfahrbahn, hupte und versuchte, an dem Schneepflug vorbeizukommen, der einen dicken Wall vor sich aufgetürmt hatte. Marie rief Anita an und erklärte ihr, dass es einen Notfall gebe und dass es noch etwas dauern würde, bis sie kämen.

Da sie nicht an dem Räumfahrzeug vorbeikamen, stieg Marie aus, lief zur Fahrerseite und gestikulierte wild. Widerwillig fuhr der Mann sein Fahrzeug zur Seite und klappte die Schaufel ein, sodass sie vorbeifahren konnten. Marie stieg wieder ein.

»Ruf ihn noch mal an, und versuche, auch Stefan zu erreichen. Oder seine Frau«, sagte Tess, als sie endlich wieder fahren konnten.

Simrishamn war in eine Schneewolke gehüllt. Sie konnte kaum etwas sehen. Zum Glück waren die Straßen menschenleer.

Marie rief nacheinander alle drei Nummern an, aber niemand nahm ab.

»Stefans Handy ist ausgeschaltet. Verdammt, was sollen wir tun?«

Im Schneegestöber war es nahezu unmöglich, sich zu orientieren.

Als sie die Stadtgrenze passiert hatten, kamen sie auf eine gerade, bereits geräumte Strecke, und Tess beschleunigte. Das Schild Richtung Vik tauchte auf, sie waren also noch etwa einen Kilometer von Stefans Haus entfernt.

»Bitte Makkonen um Verstärkung«, bat sie Marie.

Kurz darauf bogen sie nach Orelund zu Stefans Haus ab.

Die schmale Straße war natürlich noch nicht geräumt, und zu spät reagierte Tess auf die scharfe Kurve. Sie rutschten in eine Schneewehe und blieben stecken. Tess trat das Gaspedal durch und hörte, wie die Räder durchdrehten.

»In Schonen braucht man doch sonst keine Schneeketten, verdammt noch mal«, fluchte Marie und öffnete die Tür.

Tess schaltete den Motor aus und stieg ebenfalls aus. Dann

betrachteten sie die Bescherung. Das konnte dauern. Tess ging zum Kofferraum und nahm ihre Jacke heraus.

»Wir laufen das letzte Stück. Schaffst du das?«

Marie nickte und zog sich ebenfalls Jacke und Mütze an. Dann kämpften sie sich auf dem schmalen verschneiten Kiesweg voran.

Ein heftiger Wind blies, die Apfelpflanzungen boten ihnen kaum Schutz, und der Schnee fiel in dichten Flocken. Sie kamen an einem Café mit einem Hinweisschild vorbei, dass ab Ostern wieder geöffnet sei. Marie lief direkt hinter Tess, diese hörte sie keuchen.

»Hier, wir können die Abkürzung nehmen.«

Ein Feld tat sich vor ihnen auf, und oben auf dem Hügel erkannten sie Stefans Haus.

Stellenweise lag der Schnee mehr als zehn Zentimeter hoch, und Tess spürte, wie er ihr in die Stiefel drang.

Als sie endlich am Haus waren, blieben sie einen Moment stehen. Das große, weiß gekalkte Gebäude verschmolz mit der Umgebung.

»Keine Autos da. Lass uns hintenrum gehen«, sagte Tess.

Auch auf der anderen Seite, wo sich die Einfahrt befand, sah alles leer und verlassen aus.

»Es scheint keiner da zu sein«, sagte Marie und spuckte in den Schnee.

Tess lauschte an der Haustür, und Marie schaute durch die Fenster. Dann klingelte Tess. Beide zogen ihre Waffen und machten sich bereit.

Das Klingeln war bis nach draußen zu hören. Doch auch beim zweiten Mal öffnete niemand.

Sie gingen noch einmal um das Haus herum und schauten erneut durch die Fenster.

»Es ist wirklich niemand da«, sagte Tess und steckte ihre Waffe wieder ein.

»Könnte er Stefan irgendwo hingebracht haben? Nach Tomelilla zum Beispiel? Oder verarscht er uns nur?«

Sie warfen noch einen Blick auf das Haus, dann stapften sie durch den Schnee zurück zum Auto.

Mit einem Spaten schaufelte Tess den Schnee unter den Rädern beiseite, und beim dritten Versuch gelang es ihr, das Auto zu befreien und zu wenden. Sie bog auf die große Straße ein und fuhr wieder zurück nach Simrishamn.

»Er hätte uns nicht anrufen müssen, um uns zu warnen«, sagte Tess.

»Du meinst, er hofft insgeheim, dass wir ihn aufhalten? Was sollen wir denn jetzt machen?«

»Wir können ihn bei dem Wetter nicht auf gut Glück irgendwo suchen. Versuch weiter, ihn zu erreichen. In der Zwischenzeit besuchen wir Anita Johansson.«

Marie schaltete die Lautsprecherfunktion ein und versuchte es erneut unter allen drei Nummern. Ohne Erfolg.

Der Parkplatz an der Strandwiese lag verlassen da, die Jugendherberge war geschlossen. Soweit er es überblicken konnte, war er der einzige Mensch weit und breit. Es war lange her, seit Rickard hier gewesen war, aber es war immer noch genauso wie früher: Im Sommer war es hier brechend voll, im Winter dagegen öde und leer. Das Wäldchen auf der hügeligen Heide dämpfte das Brausen des Meeres.

Rickard griff nach der Tüte mit den Bierdosen auf der Rückbank. Morgen würde er sein nüchternes Leben wieder aufnehmen, ganz bestimmt. Er öffnete eine Dose und leerte sie in wenigen Zügen. Dann öffnete er die zweite und dann die dritte. Langsam breitete sich ein wohliges Gefühl in ihm aus. Er stützte die Arme auf das Lenkrad und starrte hinaus. Sammelte sich.

Nach einer Weile steckte er die verbliebenen zwei Dosen in seine Manteltaschen, stieg aus und folgte den Holzplanken auf dem sandigen Weg durch das Wäldchen. Vom Hügel aus konnte er das Meer sehen, und das Brausen nahm an Stärke zu. Die Wellen schlugen hoch und brachen sich donnernd am Strand. Links von ihm lag halb verborgen das Großsteingrab Havängsdösen. Er ließ den Blick über die Wiesen schweifen, entdeckte aber niemanden und ging in die andere Richtung weiter, zum Verka-Fluss, der in die Hanö-Bucht mündete. Beim Überqueren des Flüsschens musste er sich am Brückengeländer festhalten, das Bier, das er getrunken hatte, zwang ihn zur Vorsicht.

Von der Kuppe des nächsten Hügels aus hatte er Aussicht über das Meer, den breiten Sandstrand und die verlassene Heide.

Ein Zaun trennte die Weideflächen vom Strand. Der Wassersaum war von einer dünnen Eisschicht bedeckt.

Außer Atem erreichte Rickard die windgebeugte kleine Kiefer, die einsam an einem Hang stand. Vor zwanzig Jahren war sie etwa doppelt so breit gewesen, doch der halbe Baum war bei einem Sturm abgebrochen. Rickard blickte sich um, aber von seinem Bruder war immer noch nichts zu sehen. Er hatte gehofft, sie könnten sich in dem Wäldchen an seinem Haus treffen, wo sie ungestört hätten reden können. Aber Stefan hatte ihm gesagt, dass er mit den Hunden an den Strand gehen wollte.

»Wenn du reden willst, komm da hin.«

Von der Kiefer aus erstreckte sich der Strand in einem weiten Bogen Richtung Norden bis nach Åhus. Es war ein langer weißer, feinkörniger Sandstrand mit mehreren betongrauen Schutzbunkern, die an den Hängen des Militärgebiets lagen. Wenn man die Augen ein wenig zukniff, konnte man bei klarer Sicht den Qualm der Fabriken von Blekinge sehen.

Weiter südlich ragte eine kleine Landspitze mit Nadelwald und einer Fischerhütte ins Meer hinaus. Auf der anderen Seite lag Vitemölla, wo ein weiterer breiterer Sandstrand begann.

Für viele war das hier das Paradies, für Rickard war es lediglich einer von vielen Orten in einer Gegend, die er schon lange kannte.

Er rückte seinen Cowboyhut zurecht und versicherte sich noch einmal, dass die abgesägte Schrotflinte in der Innentasche seiner Jacke steckte.

Durch das Brausen des Meeres meinte er einen Männerchor zu hören. Er hielt sich an der Kiefer fest und drehte sich um. Auf dem Hügel hinter ihm tauchte Ethan Edwards auf, begleitet von ein paar weiteren Männern zu Pferd. Das Trappeln der Hufe war weithin zu hören. Ethan hob sein Gewehr zum Gruß, und das Singen wurde lauter. Rickard nickte ihnen zu. Er war bereit.

Wolken jagten über den Himmel, der sich über dem Wasser dunkelorange färbte, mit unruhigen schwarzen Streifen darin. Rickard schob sich eine Portion Kautabak unter die Oberlippe und schaute zum Baum hinauf, der im Wind schwankte.

Die einsame Kiefer, die dort jedem Schlag trotzte, jahrein, jahraus.

»Genau wie du«, donnerten Ethan und der Chor hinter ihm.

Rickard stolperte und musste sich am Baumstamm festhalten.

»Da bist du ja. Gleichgewichtsprobleme?«

Die Stimme seines Bruders übertönte das Meeresrauschen, und der Chor verstummte. Stefans zwei Golden Retriever wedelten mit dem Schwanz. Normalerweise hätte Rickard sich hinuntergebeugt, um sie zu begrüßen. Aber es gab kein »Normalerweise« mehr.

»Bringen wir es hinter uns, ich muss gleich wieder ins Büro.«

Stefan war viel zu schnell aufgetaucht, Rickard hatte keine Zeit gehabt, sich vorzubereiten. Aber der Promillegehalt verlieh ihm Mut.

»Warum hast du die Polizei angelogen?«

Stefan hob die Augenbrauen.

»Was meinst du damit?«

»Du weißt genau, was du in der Nacht damals getan hast. Aber du hast nichts Besseres zu tun, als dir ständig ein neues Alibi zu verschaffen.«

Seine Worte kamen nicht so heraus, wie er gehofft hatte, dennoch fuhr er fort.

»Ich habe alles gehört. Und dann die Kratzer in deinem Gesicht, als du Tage später nach Hause kamst. Du warst es, du hast sie getötet und im Gyllebo-See versenkt. Du allein wusstest, dass dort der Traktor lag, das perfekte Versteck. All die Jahre musste ich diese Schuld tragen. Übernimm endlich die Verantwortung, tu es für Annika, für ihre Mutter, für uns alle.«

Rickard zerrte eine der verbliebenen Bierdosen aus seiner Tasche, öffnete sie und trank ein paar Schluck. Sein Bruder schüttelte nur den Kopf und blickte über die Heide hinaus.

»Rickard, Rickard, wann wirst du nur endlich erwachsen? Merkst du nicht, was das aus dir macht?«

Er deutete mit dem Kopf auf die Bierdose.

»Du halluzinierst. Ich war in dieser Nacht nicht zu Hause, sosehr du das auch glauben möchtest. Und es ist doch offensichtlich, dass ich nicht einfach zugeben konnte, bei wem ich die Nacht verbracht hatte.«

»Bei wem hast du die Nacht denn verbracht?«

»Ich dachte, das hat die Polizei dir erzählt.«

Rickard schüttelte den Kopf und trank weiter.

»Dann beschuldige mich nicht einfach. Ich war bei Louise, Mamas Freundin. Ich bin wirklich nicht stolz drauf, aber so war es. Ihr Alter wurde stinkwütend und drohte mich umzubringen. Deshalb sprang ich aus dem Fenster und verletzte mich im Gesicht. Ich müsste dir das alles gar nicht erzählen, es reicht, dass die Polizei es weiß und dass sie mir glaubt.«

Rickard hasste das selbstgefällige Lächeln seines Bruders.

»Du lügst«, stammelte er.

»Nein, Rickard, tue ich nicht.«

»Hat Louise der Polizei bestätigt, dass du bei ihr warst?«

»Das ist nur eine Frage der Zeit, sie werden noch mal mit ihr reden. Und du hattest verdammt Glück, dass Papa dir ein Alibi gegeben hat. Denn im Gegensatz zu mir hattest du eine

Beziehung mit Annika und warst ziemlich angepisst, als sie dich fallen ließ.«

Es spielte keine Rolle, wie oft er es schon gehört hatte, es tat immer noch genauso weh. Rickard stellte seine Dose auf den Boden, öffnete den Reißverschluss seines Mantels und zog die abgesägte Schrotflinte heraus.

Stefan starrte sie an.

»Was soll das denn werden?«

»Du sollst endlich aufhören zu lügen!«

Rickard umfasste die Waffe mit beiden Händen und richtete sie auf seinen Bruder, seine Hände zitterten. Ein Kiefernzapfen fiel herunter und landete genau zwischen ihnen.

»Los jetzt, sag endlich die Wahrheit«, brüllte er.

Stefan schien völlig unbeeindruckt.

»Jetzt hör mir mal gut zu, falls du mit deinem versoffenen Kopf überhaupt in der Lage bist, das zu begreifen: Wenn ich mitten in der Nacht nach Hause gekommen wäre, warum hat Papa es dann nicht gehört und mir ein Alibi gegeben? Glaubst du, Papa hätte mir nicht ebenso geholfen wie dir, wenn es so gewesen wäre?«

»Wahrscheinlich hat er geschlafen.«

Stefan spuckte seinen Kautabak aus und zeigte mit dem Finger auf Rickard.

»Aber du willst mich gehört haben, obwohl du oben geschlafen hast und völlig betrunken warst? Leg jetzt das Ding weg und nimm endlich dein Leben in die Hand, falls du noch eins hast.«

Die Hunde winselten und zerrten an der Leine. Rickard hatte sie nicht eingeplant, nicht bedacht, dass sie auf die Schusswaffe reagieren könnten.

Stefan griff nach dem Lauf und richtete ihn von sich weg. Dann beugte er sich vor und kam Rickard ganz nah.

»Verdammter Loser«, zischte er.

Dann packte er die Hundeleine fester, drehte sich um und ging die Wiese hinunter zum Fluss.

Rickard hob das Gewehr auf und schoss.

»Bleib stehen«, brüllte er, während er von dem heftigen Rückstoß beinahe umgerissen wurde.

Der Schuss hallte über die Heide, ein paar Möwen flogen vom Strand auf und flüchteten aufs Meer hinaus.

Zwischen den Bäumen sah Rickard Stefan und seine Hunde verschwinden. Er warf das Gewehr weg, öffnete die letzte Dose und setzte sich, lehnte sich mit dem Rücken gegen den Baum. In seinen Ohren fiepte es. Er zog seine Beine an die Brust und umschlang sie mit beiden Armen. Dann legte er den Kopf auf die Knie und wiegte sich vor und zurück.

Erneut versetzte er sich in die Nacht zurück. Die quietschende Tür, das Laufen der Dusche. Was hatte die Polizistin noch gesagt? Plötzlich sah er die Jacke vor sich, das Emblem des galoppierenden Pferdes auf dem Rücken. Rickard schlug mit dem Kopf gegen seine Knie, dann hielt er inne und blickte auf das dunkle Meer hinaus.

»Oh verdammt, wie konnte ich nur so blöd sein!«

Er schaute zum Himmel, wo sich graue Wolkenmassen langsam Richtung Meer bewegten. Alles drehte sich.

Dann brüllte er: »Du Arschloch!«

Er drehte sich um, schaute zu den Hügeln hinauf und stolperte. Dort oben zeichneten sich die Silhouetten von Ethan und seinem Chor ab, als wären sie auf ihren Pferden festgewachsen. Schließlich hob Ethan beide Hände zum Himmel, drehte sich um und ritt in der Dämmerung davon.

2002

Er dreht meinen Kopf und drückt mich in Gras, Laub und Dornen, die mir wie Nadeln in Wange und Nacken dringen.

Seine Hände um meinen Hals sind stark, seine Daumen drücken fest von beiden Seiten. Wie entschlossen er ist! Ich kann nicht mehr schreien, bin erschöpft, von ihm bezwungen, ich kann keinen Widerstand mehr leisten. Höre seinen hektischen Atem, das Rascheln seiner Kleidung … als er weiter mit mir ringt, weil er glaubt, er müsse mich weiter zu Boden drücken. Dabei zappeln nur meine Füße noch, ein letzter Kampf.

Winselt da wieder der Hund? Oder bin ich das selbst?

Ich falle, lasse mich fallen, sinke, treibe fort. Weit hinten zwischen den Bäumen sehe ich Großmutter. Alles ist neblig, dunkel und weich. Ein Licht blendet mich. Ich schwebe. Will nicht hierbleiben.

Noch einmal versuche ich, den Kopf zu drehen, um Luft zu bekommen, ich blinzele. Sehe das Metall meines Armbands aufblinken. Ein letzter klarer Gedanke, eine letzte Tat.

Ich weiß, dass es vorbei ist. Ich sehe das Gesicht meiner Mutter. Es ist Morgen, sie ruft, sie sucht nach mir, sucht nach einer Spur. Das Armband, rufe ich ihr zu. Das Armband.

Aber sie sieht mich nicht. Niemand sieht mich mehr.

Tess und Marie fuhren in die Einfamilienhaussiedlung, in der Anita Johansson wohnte. Die Haustür stand offen. Noch bevor sie ausgestiegen waren, kam Anita die Treppe heruntergelaufen, ein Bündel Fotos in der Hand.

»Schauen Sie selbst«, sagte sie zu Tess. »Sie waren die ganze Zeit zusammen.«

Anita hatte sichtlich Mühe, die Fassung zu wahren.

Gemeinsam gingen sie wieder hinein.

»Und Sie haben nichts davon gewusst?«

»Nein, woher denn?« Anita schlug sich die Hand vor den Mund. »Das hätte ich mir in meinen wildesten Fantasien nicht ausgemalt. Ausgerechnet er! Aber jetzt verstehe ich endlich ihren Musikgeschmack, ihre Stimmungsschwankungen in den letzten Wochen ihres Lebens.«

Tränen liefen ihr über die Wangen. Tess nahm sie in den Arm.

»Er ist auf allen Bildern, auf jedem einzelnen! Ich habe sie in einem Buch gefunden. Erst vor ein paar Tagen habe ich ihn von Weitem beim Einkaufen gesehen.«

Tess nahm die Fotos und trat ins Licht, um besser sehen zu können. Er hatte dieselben schräg stehenden Augen wie Rickard und sah ausnehmend gut aus. Sie blätterte weiter. Annika wirkte glücklich, verliebt. Auf einem der Fotos war er von hinten zu sehen, der silberfarbene Mustang reflektierte das Blitzlicht der Kamera.

Tess atmete tief durch. Wie konnte er so viele Jahre unerkannt bleiben? Wie hatte er es geschafft, alles auf seine Söhne abzuwälzen?

Tess rief Rickard an. Er ging sofort dran, als hätte er darauf gewartet.

»Wo bleiben Sie denn? Sind sechzehn Jahre immer noch nicht genug? Sie können ihn jetzt abholen.«

Es rauschte. Tess hielt sich das freie Ohr zu, um ihn besser verstehen zu können, und ging ins Wohnzimmer hinüber. Sie blickte auf die Fotos in ihrer Hand.

»Wo sind Sie, Rickard? Bei Ihrem Vater?«

»Er hat mir mein Mädchen genommen. Hat ihr ein Kind gemacht. Und hat mich in Sicherheit gewiegt.«

Sie hörte, dass er trank. Plötzlich lachte er laut und angestrengt.

»Was für ein Arschloch!«

Schläge waren zu hören, dann der Schrei eines Mannes.

»Aber ich danke Ihnen für Ihre Hilfe.«

Rickard legte auf.

Tess wählte erneut seine Nummer. Vergebens.

Auf der spiegelglatten Straße nach Brösarp gerieten sie ins Rutschen. Schnee fiel auf die Windschutzscheibe. Es war, als würden sie in eine weiße Wolke hineinfahren, und Tess blieb nichts anderes übrig, als die Luft anzuhalten und darauf zu hoffen, dass ihnen keiner entgegenkam. Marie versuchte währenddessen weiter, Rickard oder seinen Vater zu erreichen, ohne Erfolg.

»Halt an, ich fahre«, sagte sie schließlich.

Tess stieg aus, kämpfte sich durch den Schneesturm um das Auto herum und stieg auf der Beifahrerseite wieder ein. Ja, Marie war unter diesen Bedingungen sicher die bessere Fahrerin.

Sie fuhren wie durch einen weißen Tunnel, die orangefarbenen Schneeleitstäbe waren ihre einzige Orientierung.

Am Ende bog Marie auf gut Glück in eine kleinere Straße ein. Das Navi sagte ihnen, dass sie sich an der nächsten Abfahrt links halten und dreihundert Meter durch die Felder fahren mussten. Doch dann entdeckte Tess Rickards roten Volvo mitten im Schneetreiben vor einem Gebäude in der entgegengesetzten Richtung. Das eingeschossige Backsteinhaus lag wie hingeworfen inmitten der verschneiten Wiesen zwischen Vitaby und Brösarp.

Tess öffnete die Autotür und hielt sich den Arm schützend vors Gesicht. Eisige Schneeflocken erschwerten die Sicht. Sie zog ihre Dienstwaffe und lud sie durch. Im selben Moment war aus dem Haus ein Schuss zu hören.

»Verdammt!«, fluchte Marie.

Sie liefen hinüber und rüttelten an der verschlossenen Tür. Tess versuchte, durchs Fenster zu schauen, aber die Jalousie war heruntergelassen.

»Wir müssen es über die Veranda versuchen«, rief sie Marie zu.

Per Handy meldete sie den Schuss bei der regionalen Einsatzleitstelle und gab ihre Position durch.

Anschließend folgte sie Marie zur überdachten Veranda auf der Rückseite des Hauses. Im Wohnzimmerfenster brannten zwei kleine Lampen.

Die Verandatür hatte außen keinen Griff, und Tess sah sich nach etwas um, womit sie die Scheibe einschlagen konnte. Marie reichte ihr einen schweren Stein, Tess schmetterte ihn gegen die Scheibe und griff vorsichtig mit der Hand durch das Loch. Dann öffnete sie die Tür von innen.

»Rickard?«

Unheilverkündende Stille empfing sie.

»Rickard, sind Sie hier?«

Glasscherben knirschten unter ihren Füßen.

Tess ging mit gezogener Waffe voraus, dicht gefolgt von Marie. Das Wohnzimmerparkett knarrte. Es roch nach Blut. Ein unangenehm süßsäuerlicher Geruch.

Sie betraten den Flur. Zu Tess' Füßen lag Rickard Mårtensson auf dem Rücken, sein Kopf war halb weggeschossen. Eine abgesägte Schrotflinte ruhte unter seinem Kinn.

Marie schlug sich die Hand vor den Mund.

Ein schwaches Wimmern und Gurgeln war zu hören.

Tess bedeutete Marie, den anderen Mann zu untersuchen, der weiter drinnen in der Küche auf dem Boden lag.

»Er lebt«, sagte Marie leise. »Aber es geht ihm schlecht.«

Sie begann mit lebenserhaltenden Maßnahmen und versuchte, die Blutung zu stillen.

»Wo bleiben die denn?« Tess rief noch einmal in der Einsatzleitstelle an, um sich zu vergewissern, dass ein Krankenwagen unterwegs war.

Dann beugte sie sich über Rickard, tastete seine Brust ab und suchte an seinem Hals nach dem Puls. Entschlossen drückte sie zehnmal seinen Brustkorb. Mitten in der Bewegung fiel ihr Blick wieder auf seinen Kopf, und sie fragte sich, was sie da eigentlich tat.

»Verdammt, verdammt, verdammt.«

Tess strich über Rickards Arm. Neben ihm lag sein Cowboyhut, ein trauriges Symbol für seine Träume von einem anderen Leben, die sich niemals erfüllen würden. Sie schaute zu Marie hinüber. Vor der Spüle lag Dan Mårtensson mit weit geöffneten Augen und starrem Blick, das Blut pulsierte rhythmisch aus seinem Mundwinkel. Der hellgelbe Küchenschrank über ihm war mit Blut bespritzt. Die Schrotladung musste ihn aus zwei bis drei Metern Entfernung in die Brust getroffen haben. Vater und Sohn sahen sich tatsächlich verblüffend ähnlich, das war ihr schon bei der ersten Begegnung mit Dan Mårtensson aufgefallen. Die schmalen Augen, das braune Haar, das bei ihm allerdings an den Schläfen ergraut war.

Tess kniete sich neben ihn und fühlte seinen Puls. Er ging unregelmäßig und schwach. Dan wimmerte, und sie beugte sich über ihn, um ihm in die Augen sehen zu können.

»Dan Mårtensson, können Sie mich hören? Nicken Sie bitte, wenn Sie mich verstehen.«

Ein gurgelnder Laut kam aus seiner Kehle.

»Nicken Sie nur, wenn es geht. Hat Rickard auf Sie geschossen?«

Dan Mårtensson bewegte kaum merklich den Kopf, was sie als Nicken interpretierte.

»Was haben Sie mit Annikas Leiche gemacht?«

Mårtensson versuchte erneut, den Kopf zu bewegen, es gelang ihm jedoch nicht.

»Sie waren es, der sie getötet hat, ist das richtig? Sie hatten ein Verhältnis mit ihr.«

Er schloss die Augen.

»Können Sie mich hören?«

Sie brachte ihn in die stabile Seitenlage, damit er nicht an seinem Blut erstickte. Tess wollte alles tun, damit er überlebte.

»Sie kommen schon durch, Dan, aber ich nehme Sie wegen Annika Johanssons Verschwinden am achten Juni 2002 fest, und weil Sie anschließend ihre Leiche haben verschwinden lassen.«

Sie beugte sich noch näher zu ihm hinunter.

»Verstehen Sie mich? Liegt Annikas Leiche im Gyllebo-See? Nicken Sie, wenn Sie meine Frage verstanden haben.«

Dan röchelte. Tess schaute zu Rickard hinüber, dachte an die Begegnung mit ihm am See und daran, dass das halb ausgebrannte Auto ganz in der Nähe gefunden worden war. Dan Mårtensson konnte sehr wohl von dem Traktor gehört haben, den sein Sohn dort versenkt hatte. Und es war deutlich leichter, eine Leiche in einem See verschwinden zu lassen als auf dem stürmischen Meer, wo das Risiko bestand, dass sie wieder an Land gespült wurde.

Der Schneesturm pfiff ums Haus. Eine Uhr tickte. Tess richtete sich auf. Seltsam, dachte sie. Es lag trotz allem eine Art Frieden über der Küche, trotz der gewaltsamen Tragödie, die sich hier Sekunden vor ihrem Eintreffen abgespielt hatte. Der Tod verbreitete eine Atmosphäre der Ruhe und Wehmut.

Endlich näherte sich das Heulen der Krankenwagensirene.

Tess zog Dan Mårtensson einen Turnschuh aus und untersuchte ihn, er hatte Schuhgröße vierzig.

»Sie hatten ein Verhältnis mit Annika, stimmt's? Sie waren zusammen auf der Freizeit in Blekinge. Annika wurde schwanger, und Sie bekamen Angst, Ihre Beziehung könnte auffliegen, Sie wollten das Kind nicht behalten. Vielleicht hat sie Sie auch erpresst? Darüber haben Sie sich dann in dem Wäldchen gestritten, anschließend ist es eskaliert, und Sie haben sie getötet. War es so?«

Dan Mårtenssons Kopf bewegte sich langsam und schwer.

»Dann hat er sich an jenem Abend also selbst das Alibi gegeben, und nicht Rickard«, stellte Marie fest.

Tess nickte.

»Die Polizei hat Rickards Version geglaubt: dass sein Vater unten im Schlafzimmer lag. In Wirklichkeit hat Rickard ihn gar nicht gesehen, er ist sofort in sein Zimmer gegangen. Rickard kam in ein leeres Haus. Als er morgens aufwachte, war sein Vater wieder da ...«

Tess blickte noch einmal auf Dan Mårtensson hinunter.

»Er war's, der in der Nacht nach Hause kam und sich die Spuren von der Auseinandersetzung mit Annika abwusch sowie von dem missglückten Versuch, den Ford des Valby-Mannes in Brand zu setzen.«

Das unruhige blaue Licht des Krankenwagens flackerte durch die Küche. Die Sanitäter hatten die Sirene ausgeschaltet.

»Wenn wir uns ganz auf das hier hätten konzentrieren können, statt diesen irren dänischen Mörder zu suchen ...«

Es klopfte an der Tür.

»Hast du mal eine Plastiktüte für mich? Schnell!«

Marie stand auf, stolperte zu einer der Küchenschubladen und warf Tess eine durchsichtige Plastiktüte zu. Diese wischte damit ein wenig Blut von Dan Mårtenssons Wange ab und drehte dann das Äußere nach innen, machte einen Knoten und steckte die Tüte in ihre Jackentasche.

Wenn der kleine Fleck an dem Fetzen von Annikas Kleidung sich vergrößern ließ, wenn sie das Labor dazu bringen konnte, die Blutprobe möglichst bald zu untersuchen, konnten sie die

Spuren am Tatort Dan Mårtensson zuordnen. Bis er vernehmungsfähig war, würde es noch lange dauern, wenn er überhaupt mit dem Leben davonkam.

Marie öffnete den Sanitätern die Tür. Weiteres Sirenengeheul näherte sich, und kurz darauf war auch die Polizei aus Simrishamn vor Ort. Plötzlich war die Küche voller Menschen.

Tess unternahm einen letzten Versuch, mit Dan zu sprechen.

»Nicken Sie bitte, wenn Sie mich verstehen. Der Gyllebo-See – ist Annika dort?«

Der Krankenwagenfahrer bat sie, beiseitezugehen.

»Sie müssen jetzt raus hier.«

Tess zog sich zurück.

»Der Mann steht unter Mordverdacht. Ich muss im Krankenwagen mitfahren und weiter versuchen, ihn zu verhören«, sagte Tess.

»Das geht nicht, er ist zu schlecht dran. Wir müssen zuallererst sein Leben retten.«

Auf einer Bahre wurde Dan Mårtensson hinausgetragen.

Als die anderen weg waren, ging Tess in das Schlafzimmer. Sie wollte ein paar Dinge prüfen, bevor die Techniker kamen und das Haus absperrten. Über dem Bett hing ein Gemälde in Rot, Gelb und Schwarz von einem berühmten dänischen Sänger. Tess betrachtete die Signatur, D.M., und begriff, dass er es selbst gemalt haben musste. Sie öffnete den Schrank und wühlte in seinen Sachen.

»Hast du die hier gesucht?«, fragte Marie und hielt eine blaue Trainingsjacke hoch.

Auf dem Rücken war ein silbernes, galoppierendes Pferd zu sehen, das Markenzeichen des Ford Mustang.

Tess stopfte die Jacke unter ihre eigene, dann verließen sie das Haus.

Samstag
3. März

Das warme Licht der Kronleuchter in der Bee Bar wirkte nach dem Schneematsch auf den Straßen besonders einladend. Tess suchte nach bekannten Gesichtern, entdeckte aber keins. Die Bee Bar war eines der wenigen Lokale für Homosexuelle in Malmö.

Sie nickte dem Barmann zu, den sie flüchtig kannte, und setzte sich auf einen der Hocker, bestellte ein India Pale Ale und hängte ihre Tasche an einen Haken unter der Theke. Noch immer trug sie Dan Mårtenssons Trainingsjacke mit sich herum. Sie hatte noch nicht entschieden, was sie damit machen wollte. Im Gerichtssaal würde sie keine große Bedeutung haben, für sie aber war sie das entscheidende Beweisstück: Der Einsiedler hatte das Emblem mit dem galoppierenden Mustang eindeutig identifiziert.

Den ganzen Tag hatten die Medien über die Schüsse in Dan Mårtenssons Haus berichtet und über die jüngsten Ereignisse spekuliert. Bisher war es jedoch keiner Redaktion gelungen, eins und eins zusammenzuzählen.

Tess hatte ihr Handy ausgeschaltet. Am nächsten Morgen sollte eine Pressekonferenz zu den Annika-Ermittlungen stattfinden, die sie diesmal selbst leiten würde. Sie war sich noch nicht ganz sicher, was sie sagen wollte. Es gab viele Details, die auf Dan Mårtensson hindeuteten, und sie selbst hatte keinerlei Zweifel mehr, was am achten Juni 2002 passiert war. Sie hatte die Schuld in seinen Augen gesehen, als er in der Küche auf dem Boden lag. Und sie wusste, dass Anita Johansson ebenfalls von seiner Schuld überzeugt war. Annikas Leiche aber war noch immer verschwunden.

Tess hatte Annikas Mutter ein Grab versprochen, an dem sie sie besuchen konnte – ein gewagtes Versprechen, aber sie war fest entschlossen, es zu halten.

Tess trank einen Schluck und dachte an Tim Bergholm. Sie wusste, was sie eines Tages würde tun müssen. Im Moment aber nahm sie nur ihr Handy heraus und googelte Tims Namen. Dann klickte sie das nebenstehende Foto an und wurde weitergeleitet auf die Seite der *Sydsvenskan*.

15-jähriges FF-Malmö-Talent absolviert Probespiel für U-21, las sie und lächelte. Sie kannte Tims große Leidenschaft und sein fußballerisches Talent, und sie freute sich aufrichtig über seinen Erfolg. Auf den Bildern erkannte sie ihn von ihrem letzten Besuch vor ein paar Jahren noch gut wieder: das kurze braune Haar, sein ernster dunkler Blick.

Sie las weiter: *Tim Bergholm, 15, FF Malmö, nutzte die Gelegenheit, in der Jugendmannschaft sein Können zu beweisen, und wird erstmals am Sonntag gegen Frankreich aufgestellt.*

Beim Scrollen fand sie weitere Bilder von ihm im hellblauen Mannschaftstrikot. Sie sah sie sich an und verspürte das Bedürfnis, Kontakt mit ihm aufzunehmen. Sie musste sich dringend noch einmal die zu den Akten gelegte Voruntersuchung zu dem Brand vornehmen, bei dem seine Mutter ums Leben gekommen war. Vielleicht ergab sich ja doch noch eine Möglichkeit, die Ermittlungen wiederaufzunehmen.

Das Klingeln ihres Handys riss sie aus den Gedanken. Lundberg.

»Bist du beschäftigt? Oder willst du hören, was ich herausgefunden habe?«

Lundberg wollte es ihr nicht am Telefon erzählen, und so

zahlte Tess und ging. Am Bahnhof Triangeln nahm sie sich ein Taxi und fuhr zum Präsidium.

Im Eingang wäre sie beinahe mit Marie Erling zusammengestoßen. Sie wunderte sich, dass sie so spät noch hier war.

»Ich hab's eilig, will zum Konzert nach Kopenhagen. Kommst du mit?«

Tess schüttelte den Kopf.

»Ich dachte, du hättest erst mal genug von den Dänen?«

Marie lachte und rückte ihren Nietengürtel zurecht.

»Ich habe gelernt, nicht alle über einen Kamm zu scheren.«

Tess musterte sie.

»Du gehst doch nicht etwa mit Morris hin?«

»Doch, genau das.«

»Mensch, Marie, du bist verheiratet und erwartest ein Kind!«

»Wir trinken nur Wasser, also auf Dänisch Tuborg grön. Er ist immer noch auf Entzug.«

»Das war nicht das, worauf ich hinauswollte.«

Marie wendete sich dem Ausgang zu.

»Alles gut, wir sind nur Freunde, gute Freunde. Ich kann ganz gut einen Psychiater im Bekanntenkreis gebrauchen. Du übrigens auch«, sagte sie und zeigte mit dem Finger auf Tess.

Tess nahm den Aufzug in die Abteilung Gewaltverbrechen. Alles war dunkel, bis auf das Licht, das aus dem Büro der CC-Skåne-Gruppe auf den Flur fiel. Am ovalen Konferenztisch saß Lundberg und las in den Akten.

»Er hatte einen Nebenjob im Krematorium in Ystad«, sagte er, ohne aufzublicken.

»Wer? Dan Mårtensson?«

Lundberg schob sich die Brille in die Stirn und nickte.

»Mehrere Jahre, parallel zu der Lehrerstelle in der Schule. Und auch zu der Zeit, als Annika verschwand.«

Tess setzte sich zu ihm. Lundberg hatte die letzten Stunden damit verbracht, alles zu sammeln, was sich über Dan Mårtenssons Vergangenheit herausfinden ließ, und die spärlichen Informationen zu ergänzen, die sie bereits von früher über ihn hatten: Beziehungen, Wohnungen, Jobs.

»Hast du auch herausbekommen, wann genau er jeweils Dienst hatte?«

»Hmh. Und genau hier wird es interessant.«

Lundberg schob ihr ein Blatt Papier zu.

Tess überflog den Vertretungsplan der Gemeinde, den Lundberg angefordert hatte.

»Zehnter Juni. Der Montag nach Annikas Verschwinden. Demnach arbeitete Dan Mårtensson zwei Tage nach Annikas Verschwinden im Krematorium von Österlen? Und du gehst davon aus, dass er an dem Morgen allein war?«

»Ja, laut dem Chef des Krematoriums, mit dem ich gesprochen habe, war das so üblich. Wer Frühschicht hatte, setzte die Öfen in Gang und begann mit der Arbeit. Und an diesem Morgen war das Dan Mårtensson.«

»Wo liegt das Krematorium?«

»Ein paar Kilometer außerhalb von Ystad.«

»Aber es würde doch auffallen, wenn plötzlich eine zusätzliche Leiche eingeäschert werden würde? Sie kennzeichnen die Urnen doch. Hätte er damit wirklich durchkommen können?«

Lundberg rieb sich nachdenklich das Kinn.

»Wie er das rein praktisch hinbekommen haben könnte, weiß ich nicht. Aber es ist doch ein interessanter Zufall und ziemlich delikat, findest du nicht?«

»Doch, auf jeden Fall«, sagte Tess und stützte den Kopf in die Hände. »In den Voruntersuchungsprotokollen stand nichts, aber auch gar nichts über diesen Nebenjob.« Sie schüttelte sich. »Wahnsinn!«

Dann blickte sie sich um und sah all die Blumensträuße,

die immer noch auf den Schreibtischen standen. Kollegen aus dem ganzen Land hatten ihnen zur Festnahme des Valby-Mannes gratuliert. Sogar die Presse, die der Malmöer Polizei in den letzten Monaten alles andere als gewogen war, hatte sich dazu durchgerungen, ihren Einsatz zu loben. In der *Sydsvenskan* war eine lange Reportage über den Mann publiziert worden, der die Menschen in Malmö und Kopenhagen so viele Jahre in Angst und Schrecken versetzt hatte. Dazu war ein Foto von ihr selbst veröffentlicht worden, mit der Bildunterschrift: *Super-Cop greift Valby-Monster.*

Makkonen hatte sie aufgezogen: »Meinst du nicht, es wird langsam Zeit, dass du die alten Fälle beiseitelegst und als echte Polizistin draußen aufräumst?«

Tess stand auf, streckte sich und schaute zu Annikas Foto am Whiteboard hinüber.

»Wie viel Leid man hätte vermeiden können, wenn die Kollegen damals ihre Arbeit ordentlich gemacht hätten«, sagte sie.

Sonntag
4. März

Die Sonne fiel auf die hellgrünen Holzpaneele des Kaltbadehauses in Ribersborg. Auf der Terrasse saß ein älteres Paar und genoss die Märzwärme.

Tess fühlte sich erstaunlich entspannt, die Nervosität, die sie verspürt hatte, als sie Angela auf der Beerdigung getroffen hatte, war verschwunden. Sie nahm ihre Tassen und ging zur Kaffeemaschine, um sie aufzufüllen.

Frischfröhliche Winterbader mit rosigen Wangen kamen hinter der Theke aus dem Schwimmbereich.

Tess hielt kurz inne und musterte Angela heimlich. Ihr dunkles Haar war noch länger geworden, und es kam ihr vor, als hätte sie abgenommen. Tess ging zu ihr zurück und war erstaunt, wie selbstverständlich es sich anfühlte, hier mit ihr zu sitzen. Allerdings schlug dieses Gefühl jedes Mal um, wenn ihr wieder bewusst wurde, dass jetzt alles anders war.

»Die Milch war alle«, sagte sie und stellte Angelas Tasse ab.

»Macht nichts, ich trinke ihn jetzt ohnehin schwarz.«

»Guck an, die Dinge ändern sich«, sagte Tess.

Es gefiel ihr nicht, auch wenn es nur um einen Schluck Milch ging. Sie setzte sich ihr gegenüber. Angela lächelte und strich sich das Haar hinters Ohr.

»Wie hältst du es nur aus, bei der Arbeit permanent mit dem Tod konfrontiert zu sein?«

Tess nahm einen Bissen von ihrem Kardamomwecken.

»Der Tod ist nicht das Schlimmste, der gehört ja zum

Leben. Viel schlimmer sind die Lügen und der Verrat, von denen man ständig umgeben ist.«

Sie bereute es, noch während sie es aussprach, sie wollte nicht verbittert klingen.

»In dem ganzen Fall ging es nur darum«, beeilte sie sich hinzuzufügen. »Ein Sohn erschießt seinen Vater, weil der mutmaßlich seine große Liebe geschwängert und sie dann getötet hat. Er hat es sechzehn Jahre geheim gehalten, während der Sohn als Hauptverdächtiger dastand.«

»Krass, wie du das schaffst. Und ein Glück, dass es jemand tut«, sagte Angela und schüttelte den Kopf.

Tess drehte nachdenklich die Tasse in der Hand. Der Kreis hatte sich noch nicht ganz geschlossen, es war noch nicht alles geklärt. Und so stellte sich auch noch keine echte Befriedigung über das Erreichte ein.

»Wie geht es dir eigentlich, nach Tante Theas Beerdigung und alldem?«

Angelas Frage riss sie aus ihren Gedanken.

»Ich fühle mich leer, aber sie ist ja nicht jung oder plötzlich und unerwartet gestorben.«

»Nein, das stimmt. Am Ende hat sie immer gesagt, sie hätte genug gelebt. Viele Freunde und ihr Mann waren ja auch schon tot. Und jetzt ist sie im Grab wieder mit Lave vereint.«

Tess stand auf und schaute auf das glitzernde Wasser hinaus. Sie musste daran denken, wie Angela und ihr Cousin Erik auf der Kirchentreppe gestanden und sich über Gräber und Einäscherung unterhalten hatten.

»Was ist?«, fragte Angela. »Ist da draußen irgendwas?«

Tess drehte sich zu ihr um.

»Nein, nichts.«

In diesem Moment klingelte Tess' Handy. Eine Frau namens Jeanette aus Simrishamn wollte mit ihr über einen Brief reden, den sie von Rickard Mårtensson bekommen hatte.

»Er scheint zu denken oder gedacht zu haben, das Kind wäre von ihm«, fuhr die Frau fort. »Aber das kann ich mir nicht vorstellen ... Ich wollte mich trotzdem bei Ihnen melden, weil ich weiß, dass er jetzt tot ist und unter Mordverdacht steht. Fühlt sich krass an. Ich war völlig perplex, als der Brief kam.«

»Sie haben also vor ein paar Tagen einen Brief von Rickard Mårtensson bekommen«, wiederholte Tess, »in dem er behauptet, der Vater Ihres Kindes zu sein?«

»Ja. Er schreibt, es wäre ihm klar geworden, als er uns auf der Straße gesehen hat. Sie hätte seine Augen und sein Lächeln. Es ist alles ziemlich sonderbar ...«

Tess unterbrach sie erneut.

»Kannten Sie Rickard Mårtensson?«

»Ja, schon ... Jeder wusste, wer er war.«

»Und ... waren Sie mit ihm zusammen?«

»Nein, bestimmt nicht! Vor ein paar Jahren hatten wir ganz kurz was miteinander, das ist ... ja, das ist sechs, sieben Jahre her.«

»Und?«

»Von der Zeit her würde es hinkommen, wir hatten Sex, aber ich hatte die Spirale, es kann also eigentlich nicht sein. In seinem Brief nennt er sie Debbie, aber sie heißt Smilla und sie hat schon einen Vater: den Mann, mit dem ich zusammenlebe.«

»Verstehe«, sagte Tess.

Die Frau am anderen Ende schwieg eine Weile.

»Es würde alles durcheinanderbringen«, sagte sie dann.

Tess sah Rickard vor sich, in Camouflage-Hose und Cowboyhut. Die schräg stehenden Augen, in denen Lebensfreude und gleichzeitig Müdigkeit zu sehen waren.

Menschen und ihre Geheimnisse, dachte sie, nachdem sie das Gespräch mit der Frau aus Simrishamn beendet hatte. Das Einzige, was man sicher weiß, ist, dass man nicht alles über einen anderen wissen kann, weder über seine Gedanken, Motive oder Gefühle.

Tags zuvor hatte sie die Ergebnisse der Blutanalyse bekommen. Es war dem Labor gelungen, den kleinen Blutstropfen auf dem Stück Stoff, das man damals in dem Wäldchen gefunden hatte, zu untersuchen. Man hatte ausschließen können, dass es von den Söhnen stammte. Es handelte sich um Dan Mårtenssons Blut.

Schweigend gingen Tess und Angela auf den Steg hinaus, der weit ins flache Wasser reichte. Von den Algen am Strand stieg ein säuerlicher Geruch auf.

»Wie geht es deinen Eltern?«

Tess hatte seit ein paar Tagen keinen Kontakt mehr mit ihrem Vater gehabt.

»Mal sehen, wie sich das entwickelt. Vielleicht braucht meine Mutter ja nur ein bisschen Zeit für sich selbst. Aber je mehr Zeit vergeht, desto schwieriger wird es wohl, die Beziehung wieder zu kitten. Mein Vater wird schon wieder auf die Beine kommen, es dauert halt alles seine Zeit.«

»Ja«, sagte Angela und schaute auf das Meer hinaus. »Aber es kommt einem so überflüssig vor. Es ist schwierig, jemand Neues zu finden. Es sind so viele Ebenen, auf denen es passen muss.«

Ein eng umschlungenes Paar kam ihnen auf dem Steg entgegen. Tess sah Angela von der Seite an und dachte, dass ihr das ruhig etwas früher hätte einfallen können.

Dienstag
20. März

Lange standen Tess und Anita Johansson vor dem Grabstein auf dem Friedhof von Snårestad, mitten in der wogenden Landschaft um Ystad.

»Das ist leider alles, was ich Ihnen geben kann«, sagte Tess.

Den gestrigen Tag hatte sie bei der Friedhofsverwaltung von Ystad zugebracht und Namen und Grabnummern herausgesucht. Es war nicht leicht gewesen, sich in dem Register über eingeäscherte Personen aus der Umgebung zurechtzufinden. Teile davon waren bereits digitalisiert worden, andere dagegen nicht.

Am Montag, den zehnten Juni, zwei Tage nach Annikas Verschwinden und an dem Morgen, an dem Dan Mårtensson im Krematorium Dienst hatte, waren drei Menschen eingeäschert worden: eine Frau und zwei ältere Männer. Ganz oben auf der Liste stand Elma Nilsson, geboren 1922 in Stora Herrestad, einem kleinen Dorf zwischen Ystad und Tomelilla.

Am Vormittag des zehnten Juni war ihre Leiche nach einem langen Leben und einem vermutlich natürlichen Tod im Krematorium von Österlen eingeäschert worden.

Siebenundvierzig Kilo, eins dreiundfünfzig groß, ein kleiner, schmaler Frauenkörper, dachte Tess. Da blieb genügend Platz für eine weitere Person im Sarg.

Auf dem Weg nach Ystad hatte Tess die Leiterin des Krematoriums angerufen und sich über die Details des Einäsche-

440

rungsverfahrens informiert. War es möglich, zwei Leichen in einen Sarg zu legen und gleichzeitig zu verbrennen?

»Theoretisch wäre es möglich, klar, wenn die Leichen nicht zu groß sind. Nach achtzig Minuten in einem siebenhundert Grad heißen Ofen ist nur noch Asche übrig, wenn man von den Metallteilen absieht«, hatte die Frau ihr gesagt.

»Muss der Deckel während des Verbrennens geschlossen sein?«, fragte Tess weiter.

»Nein, die Öfen sind inzwischen ziemlich groß.«

»Und würde die Asche zweier Personen in eine Urne passen?«

Die Frau hatte nur geseufzt, aber schließlich eingeräumt, dass es durchaus möglich wäre, zumindest bei größeren Urnen.

Nach dem Telefonat hatte Tess in der Friedhofsverwaltung mithilfe der Ausweisnummer von Elma Nilsson deren Grabnummer herausgefunden. Es war die Nummer dreiundfünfzig, und dort standen sie jetzt.

Anita Johansson trat vorsichtig an den Grabstein heran. Es war ein Naturstein mit unregelmäßigen Kanten, auf dem eine tönerne Taube saß. Sie bückte sich und strich behutsam über den Stein. Das Grab schien nicht regelmäßig besucht zu werden, es wuchs lediglich ein wenig Heidekraut darauf, zwischen das sich kleinere Grasbüschel und hohe Disteln geschoben hatten. Anita steckte zwei Vasen mit roten Rosen in die Erde, eine kleine und eine größere.

»Ich kann mich erkundigen, ob der Platz daneben noch frei ist«, sagte Tess.

»Ich spüre, dass sie hier ist. Das genügt.«

Anita drehte sich um und setzte sich auf die Bank.

»Es ist jedenfalls ein schöner Ort, so ruhig«, sagte sie und schloss die Augen.

Die Zweige der Hängebirke über ihr waren über und über

mit zarten Knospen besetzt, und auf der Wiese blühten violette und gelbe Krokusse.

Tess ließ Annikas Mutter auf der Bank zurück und ging zum Parkplatz. Am Tor drehte sie sich noch einmal zu ihr um.

Wenn Annikas Mutter der Gedanke, dass Annika hier war, genügte, dann genügte er Tess ebenfalls.

Danke an ...

... alle, die mir auf unterschiedlichste Weise bei der Arbeit an *Cold Case: Das verschwundene Mädchen* geholfen haben und von deren Namen, Geschichten und Lebensumständen ich mich inspirieren lassen durfte. Allen, die gelesen, geholfen und für gut befunden haben.

Das meiste ist erfunden, Teile sind wahr, und für eventuelle Fehler bin ich ganz allein verantwortlich.

Besonderer Dank an ...

... Åsa Flood, die immer meinte, es würde schon werden, sowie an Annika Flensburg, die immer noch mehr lesen wollte. An Mats Platon, Anna-Carin Pihl, Mona Wilcke, Karin Olsson und Jerker Eriksson für gute Ratschläge. Und an Lena Lindehag, die da war, als ich sie am nötigsten brauchte.

Johan Heed, Lars Forsberg und Tarja Udd bei der Polizei: Danke für das Wissen, das ihr mit mir geteilt habt. Danke auch euch Cold-Case-Ermittlern aus dem ganzen Land, die ihr mir von eurer Arbeit erzählt habt, sowie Fredrik Andersson in Malmö, der mich ins Polizeigebäude hineingelassen hat.

Ich danke meinem Verlag Forum und seiner Mannschaft, der besten, die man sich vorstellen kann, meinen Verlegern Karin Linge Nordh und John Häggblom, die mich sicher durch alle

Untiefen gelotst und an mich und mein Manuskript geglaubt haben, es verbessert und mir immer das Gefühl gegeben haben, dass wir etwas Tolles schaffen.

Meinem Lektor Johan Stridh für seinen professionellen Blick, der vieles gesehen, gerettet und verbessert hat. Danke Elisabet Brännström von der Abteilung Rechte und Lizenzen bei Bonniers für ihre Begeisterung für meinen Roman.

Auch meinen Eltern Ruth und Thomas möchte ich danken, die mich gelehrt haben, an mich zu glauben. Ich wünschte, sie würden noch leben und könnten das alles mit mir teilen.

Danke, Tesso, für Deinen pfiffigen, nervigen Rotstift, und dafür, dass Du bist, wie du bist und mein Leben so viel besser und fröhlicher machst.

Danke, Alison, für Deine Geduld, obwohl Du nie erfahren hast, who did it.

Danke an Ulrika und Gabriella Andersson, die mir zusammen mit anderen Angehörigen Einblicke in ihr Leben gewährt haben, die mir gezeigt haben, womit sie jeden Tag leben müssen. *Cold Case: Das verschwundene Mädchen* ist inspiriert von Helena Anderssons Verschwinden in Mariestad 1992.

Ein Mord erlaubt kein Vergessen

Tina Frennstedt
COLD CASE – DAS
GEZEICHNETE OPFER
Kriminalroman
Aus dem Schwedischen
von Hanna Granz
464 Seiten
ISBN 978-3-7857-2697-6

Nebel liegt über Südschweden, als bei einem Leuchtturm eine der provokantesten Künstlerinnen des Landes tot aufgefunden wird. An ihrer Leiche finden sich Spuren einer einzigartigen Sorte Lehm, der einen COLD CASE wieder in den Fokus rückt: Vor 15 Jahren wurde der junge Pianist Max Lund auf brutale Weise ermordet. Am Opfer fand man damals das gleiche Material. Tess Hjalmarsson ermittelt unter Hochdruck. Sie muss die Verbindung zwischen den Opfern finden, um einen nächsten Mord zu verhindern ...

»*Diese Krimireihe hat alles, was der anspruchsvolle Spannungsleser sich wünscht!*« JURY DES CRIMETIME AWARD

Lübbe

Joona Linna und der gefährlichste Mörder Schwedens: Wer jagt wen?

Lars Kepler
LAZARUS
Thriller
Aus dem Schwedischen
von Thorsten Alms,
Susanne Dahmann
640 Seiten
ISBN 978-3-404-18072-1

Niemand mordete wie Jurek Walter. Niemand fügte den Angehörigen der Opfer so viel Schmerz zu wie er. Und niemand glaubt, dass er, der gefährlichste Serienmörder Schwedens, die Schüsse aus einer Polizeiwaffe und den Sturz in einen eiskalten Fluss überlebt haben könnte. Niemand. Bis auf Joona Linna, Kommissar aus Stockholm. Er weiß, dass Jurek Walter nicht eher ruhen wird, bis er Joona und seine Familie zerstört hat ...

»Die Thriller von Kepler sind sensationell. Als würde man Hannibal Lecter wieder begegnen« LEE CHILD

Lübbe

Die Community für alle, die Bücher lieben

★ In der Lesejury kannst du Bücher lesen und rezensieren, die noch nicht erschienen sind

★ Gemeinsam mit anderen buchbegeisterten Menschen in Leserunden diskutieren

★ Autoren persönlich kennenlernen

★ An exklusiven Gewinnspielen und Aktionen teilnehmen

★ Bonuspunkte sammeln und diese gegen tolle Prämien eintauschen

Jetzt kostenlos registrieren: www.lesejury.de

Folge uns auf Instagram & Facebook:
www.instagram.com/lesejury
www.facebook.com/lesejury